| 中国文学理论与批评丛书 |

学术顾问　钱中文 | 主编　吴子林

新理性精神与当代文论建设

钱中文　著

全国百佳图书出版单位
时代出版传媒股份有限公司
黄　山　书　社

图书在版编目(CIP)数据

新理性精神与当代文论建设/钱中文著. —合肥：黄山书社,2017.8
(中国文学理论与批评丛书/吴子林主编)
ISBN 978-7-5461-6677-3

Ⅰ.①新… Ⅱ.①钱… Ⅲ.①中国文学–当代文学–文学理论–研究 Ⅳ.①I206.7

中国版本图书馆 CIP 数据核字(2017)第 193692 号

新理性精神与当代文论建设
XINLIXING JINGSHEN YU DANGDAI WENLUN JIANSHE
钱中文 著

策　　划　汤吟菲　朱莉莉
责任编辑　朱莉莉
责任印制　李　磊
装帧设计　观止堂_未氓
出版发行　时代出版传媒股份有限公司(http://www.press-mart.com)
　　　　　黄山书社(http://www.hspress.cn)
地址邮编　安徽省合肥市蜀山区翡翠路 1118 号出版传媒广场 7 层 230071
印　　刷　安徽新华印刷股份有限公司
版　　次　2019 年 10 月第 1 版
印　　次　2019 年 10 月第 1 次印刷
开　　本　700mm × 1000mm　1/16
字　　数　435 千
印　　张　21.75
书　　号　ISBN 978-7-5461-6677-3
定　　价　69.80 元

服务热线　0551-63533706
销售热线　0551-63533761
官方直营书店(https://hsss.tmall.com)

总　序

通读眼前的八部书稿，各种情绪：兴奋、激动、享受、叹息、伤感、寂寥……轮番袭来，纠结于心。这时，我想起了一部电影——

音乐家科伦布的爱妻亡故，他从此带着两个女儿隐居深林，整日独自研习古大提琴。在绵延无休的乐声中，他看见深爱的亡妻，此刻就坐在他对面聆听。之后，他们一起祷告，一起乘坐马车，一起并肩走过春色茂密的森林，一起来到河岸渡口，直到她独自坐上小船离去。怕她再次消失，他不忍停下手中的乐曲。为了让她一遍一遍重现，他用余生不断拉奏心爱的大提琴，记下心里的悲伤乐曲，想看看爱将延续到哪里。

这是一个清静的世界。老房子旧得幽静、坦然，乐声绵延无休、难以捉摸，家中的器皿也都散发出乐器的光泽。科伦布在森林里拉琴、作曲，他拒绝宫廷表演的邀请，拒绝各种矫饰，只为灵感而作曲，只是记下瞬间的颤抖，删除多余的抒情。他的演奏闻名遐迩，在传说中更是出神入化。

有一天，17 岁的红衣少年，一个鞋匠的儿子，敲响了音乐家的门。他立志成为伟大的音乐家，慕名前来学艺,几经周折,红衣少年成了科伦布的学生。后来,红衣少年背着老师受聘为皇家乐队的演奏家,而被逐出师门。再后来,红衣少年成了宫廷乐长,生活富足;音乐给他带来了华丽的马车、镶嵌珠宝的假发衣饰、显贵的地位与指挥权杖,但他不再有 17 岁时那湛蓝的眼神。他深感自己始终未得音乐的要领。他记得,年少的那个午后,在森林里听到的琴曲,那种庄重、静穆、悠远而哀伤的,才是真正的音乐。

老人弥留之际,宫廷乐长深夜赶赴森林小屋,去上最后一堂音乐课。当他一身显阔地走进那简朴肃穆的家中,发现自己不过是个臃肿的丑角。他问老人:“音乐是什么? 为了供奉上帝? 为了取悦国王? 为了金钱? 为了荣誉? 是爱情的忧伤? 或是自暴自弃的放纵?”

都不是。

他终于领悟,自己的疑问便是答案:“是不是给死者的礼物? 是给那些不能说话的人低声的安慰,给那些消逝了的童年? 是为了让鞋匠的锤声变得柔和? 是为了那我们出生之前就已存在过的时间,在我们呼吸之前,或者看见光亮之前……”

——这是电影《尘世里的每一个清晨》所讲述的三百多年前的故事,它把我们带回到音乐的黄金时代,唤醒了许多温馨美好的记忆。

是的,倘若音乐有魂魄的话,那就是它的毫无用处,它的无用之用。音乐是爱,是恩慈,是虔诚,是内心孤独的吟唱,是出神的一瞬,是人类关于光明、自由和宁静的力量的梦想。

“一个民族的政治生活只是它存在的浅层部分；为了了解其内在的生命——其行动的源泉，我们必须通过他的文学、哲学，以及艺术这些反映该民族理念、情感和梦想的东西，来深入探索它的灵魂。”罗曼·罗兰写道，“音乐展示给我们的是在表面的死亡之下生命的延续，是在世界的废墟之中一种永恒精神的绽放。”①

文学艺术的研究与创作一样，都是一种生气灌注、深邃博大的“创世”，也就是发现、创造可能世界，帮助人们建立生命的、家族的、民族的“根”的意识，确立经验的、文化的统一感与连续性，在滋养自身的同时，影响人类的精神世界。

安贝托·艾柯在《诺伯托·博比奥：重新审视博学之士的命运》一文中强调，知识分子的责任不在“解决”危机，而在“制造”危机，即时刻营造出一种危机感，唤起人类的共同意识的危机感，并寻找、创造普遍的社会共识。

20世纪70年代末80年代初，即进入“新时期”以来，整个国家处在一种社会转型之中。如何建立中国自己的崭新形态的文艺理论，成了文艺学界的重要课题。面对当代西方文化传入所引发的诸多挑战，以及当代文学创作所提出的诸多命题，经一大批文艺理论家、批评家的共同努力，中国当代的文艺理论终于实现了现代性的转型，即“从一家‘专政’式的独语，转变为‘百家争鸣’式的对话；从政治话语转变为学科的学术话语；从非常态的中心话语，转变为自主发展的常态话语”②。文艺学研究的视野得到前所未有的拓展，如文艺社会学、文艺心理学、文艺美学、文艺解释学、中西比较诗学、文艺生态学、文艺符号学、文艺人类学、文化诗学等领域，都有人在尝试，并获得了不少结实的成果。

---

① ［法］罗曼·罗兰著：《音乐散文集》，冷杉、代红译，中国文联出版社1999年版，第1页、第7页。

② 童庆炳撰：《新时期文学理论现代性转型概说》，《童庆炳文集》第3卷，北京师范大学出版社2016年版，第468页。

值得强调的是，其中的一些杰出的代表，如钱中文、童庆炳、孙绍振等文艺理论家，他们大多经历过各种政治运动，从没脱离当代中国的政治、文化现实。置身于风云际会的时代，他们怀抱笃定的理想主义的激情，广泛关注历史与现实的政治、经济、科技、文化各领域，对现有的种种结构模式始终保持质疑的态度，并通过精深的研究推翻僵化不合理的部分，表现出了对时代命脉的精确诊断和敏锐切入。由于洞察了语言符号背后的价值世界，他们成功揭示了其中丰沛而深厚的精神质地，呈现了关于生活世界的总体想象，开启了一个个一般人所未曾领悟的心灵世界。他们的学术成果是对社会文化问题的思考，是显示人文知识分子存在身份的根据，体现了对社会应履行的责任。

至于当下学界的中坚力量，如高建平、王岳川、李春青、陈晓明等一批学者，则是这些前贤的薪火相传者。与师长辈学者一样，对于他们而言，个人与历史、个人与国家互为镜像；他们有着丰富的内心生活及准则，善于提取、想象、弘扬历史与现实中稀薄而弥足珍贵的东西，并以其充沛的语言敞开、释放灵魂的悸动、精神的能量，以内在心灵的秩序对抗外部庸众的世界。

在我看来，文艺理论、美学的研究者以及批评家与作家、艺术家一样，都是这个世界的观察者、倾听者、质疑者和审判员，都是在为一个“缺席的民族”而写作，而不是做历史的书写者、抄写者和打字员。

名利诱惑与学术追求，对于所有问学者来说，是人生中不断出现的十字路口。文学艺术和生命宛若一条河流，收集了星光、烈日、蓝天、雾霾、彩虹和暴雨。面对欲望与生命力蠢动的世界，真正的学者以学术为宗教、为信仰为志业，他们洞察哪些是浮云，哪些是本质；他们所能看到的不只是现在，还有未来；他们播撒怀疑的种子，而不是收成已然明确的事实；他们不只是理念的唤醒者，同时还是社会革新进程的引导者；他们知道，生命只能燃烧，不可虚耗——因为他们手头所持有之物，不外乎时间、记忆和文学艺术所创造的美；而理论的勃勃生机，只能源于抵御纷扰人生的各种诱惑或压力，源于创造性的质疑、心无旁骛的虔诚劳作和漫长执着的自我探寻。只有在思考和写作中，每个人才能找到自己真正的皈依之所——这是上述优秀学者给我们的深刻启示。

由钱中文先生担任学术顾问，本人主编了“中国文学理论与批评丛书”。本着“学术乃天下公器”的宗旨，我们拟分期分批分人结集出版，以检阅当代中国学人的学术实绩。本丛书具有开放结构，第一辑推出的为我国当代著名的文艺理论家、美学家、批评家，其中既有年逾八旬的资深学者，也有中、青年学术新锐；每人一集，收录“有分量”的代表作，凸显“一家之言”的戛戛独造。

主编这套丛书的愿望有二：

其一，展现新时期以来中国文艺理论研究与批评所取得的实绩，凸显那些富于中国特色的、有个性、有识见、敢论断、敢担当的学术创见。如，钱中文的“新理性精神”文论，童庆炳的“文化诗学”，孙绍振的“文学文本解读学”，高建平、王岳川之于中西美学的剖析，李春青之于中国古典诗学的建构性清理，以及陈晓明、吴子林之于中国“文学问题”的探究等等。

有识之士指出，一个城市乃至一个国家的文化质量，跟它是否拥有富于价值的文学记忆或文化记忆，有着很大的关系。所谓文学记忆或文化记忆，就是有一个或一批伟大的作家、思想家，他或他们代表这个城市、国家，这个城市、国家也进入了这一个或一批伟大作家、思想家的创作生命。简言之，文学记忆或文化记忆直接关系到一个国家的文化形象的塑造，其义大焉。

毫无疑问，包括文艺理论、文学批评在内的学术本身，是中国当代文学记忆或文化记忆的重要组成部分。随着我国上升成为世界第二大经济体，中国正成为一个世界性的大国，系统地向世界展现中国的现代化成就、中国文化和价值观，塑形中国的“大国形象”，至关重要。为此，在推出本丛书的同时，我们还将努力组织专家将它们译成外文，使它们走出国门，走向世界，逐步实现中国文论走出去的宏愿，让西方人了解中国、认识中国——这是颇有文化远见的举措，在一切追求市场效应的今天显得尤为难能可贵。

其二，志在薪梓承传，泽被后学，希冀后来者能赓续前人纯正的学术品格，全副身心投入到文学这一健康的终生事业中去，以扭转目前文艺理论、美学研究以及文学批评的窘境或困境，切实推进现实社会的改善与进步，使人们重获生命的完满，走出一条焕发生命韵致与光泽的道路。

马克思有句格言："最先朝气蓬勃地投入新生活的人，他们的命运是令人羡慕的。"①通读完八部书稿，只觉时光如电，一股氤氲之气回荡其间。偶尔抬眼远望，只见雾霾重重，晨昏不明，仿佛自己悬浮于另一个世界；一阵北风骤起，雾霾一点一点散去，古老的都城一点一点透明起来，一点一点安详、生动起来。

户外，市声隐隐沸动，如深山松涛；窗外，落叶敲打着落叶，雨点追逐着雨点；远方，迷迷蒙蒙，嚣嘈不舍昼夜——我听到了生活行进的坚实步履……

一切都只是开端。"中国文学理论与批评丛书"还将推出第二辑、第三辑……并将进一步扩大规模。我们真诚地希望读者诸君提出宝贵的批评建议。

是为序。

吴子林

2016 年 12 月 23 日

① ［德］马克思撰：《致 R》（1843 年 5 月），见《马克思恩格斯全集》第 1 卷，第 408 页。

目　录

现代性与当代文学理论的新的建构(代序)
——钱中文先生访谈录

一

吴子林:钱先生,您好! 首先感谢您在百忙之中接受我的访谈。在我国文艺学界中,真正做到理论上自成体系的理论家是屈指可数的,而您是其中最具名望的学者之一。我是读着您的一系列著作走上文学理论研究道路的,很想听您谈谈从事文学理论研究的宝贵经验。据我所知,您原来的愿望是成为一个作家,后来怎么转向文艺理论研究了呢?

钱中文:每个人的人生道路都是一道优美的弧线!我幼时念过乡村私塾,1945 年夏,我小学毕业,考入了无锡县中学。从初中二年级开始,我渐渐发觉,我生活似乎有个目标,而且到后来越来越强——这就是我想写作、将来当个作家的愿望。这个愿望深藏在我的心里,像一颗种子一样慢慢萌发。此前,我在课外大约读了两年半的旧小说、武侠小说。初二下学期的时候,我的审美情趣发生了一个激变,转到现代文学上去了。这主要是我班上的国文教师启发了我。他给我们上课时,顺便讲了“五四”新文化运动,讲了一批新作家与新文学作品,讲了科学与民主,还有反对封建迷信,等等。于是,我设法找来鲁迅的《呐喊》与《彷徨》、冰心的《寄小读者》等作品阅读。我感觉鲁迅的作品描写的就是我身边的人和他们困苦的生活情状,就是我熟悉的家乡的风景,写得多好啊!《寄小读者》一书充满了多少温情和爱啊!这位国文教师给了我“五四”精神的启蒙教育,鲁迅等人的作品则改变了我的阅读趣味,使我热爱新文学,走上文学的道路。

吴子林:我想,也就是在这时您萌发了“文学抱负”,正是它推动了您后来将毕生的精力投入到献身文学的生命活动中。

钱中文:是的。1951 年,我以一个偶然的机会,考入了中国人民大学俄语系学习。这一年夏天,我在报考大学时,屈从了世俗的观念,为了将来有个牢靠的谋生手段,报了医学院。可是,文学是我心中真正的圣地,我怎么忍心舍弃它呢?因此,高考之后,我一直闷闷不乐。回到无锡,学校正急着找我,说要分配我去报考中国人民大学,这是所干部学校,进去不但不花一分钱,还有生活补贴。我一听,自然同意了。当时,我觉得去人民大学学习俄语,比起学习医学更接近文学,将来当个文学翻译家也很好,这曾是我少年时代的梦想之一啊!北上人大时,我拣了十多本小说,捆进了行李包,算是我的财富!到北京后,由于手头拮据,我还在人大书摊零购过几次当时唯一的文学杂志《人民文学》，有时还买《文艺报》看看文艺形势，在生活方面则除了买支牙膏、买块毛巾什么的，不敢有其他方面的支出。

校方一开始就抓端正学习态度，说来人大学习俄语，就是要为国家培养翻译人才，于是，大家向翻译方面努力；谁知我们刚稳定思想，校方的培养方向就变了，要我们将来去当俄语教员。不少同学不愿当，我的心愿是当文学翻译家，也不想当教员。于是，领导就要我们不断地检查自己的入学动机。经过一年时间的政治学习，反反复复自我检查，最后大都消磨了自己的热情与棱角，服从了组织的要求。但是，文学创作的欲望仍在我心里骚动，我却不大敢看从家里带来的小说，因为在当时的革命环境中，阅读这类小说变得极不合时宜了。进入人大一年后，原来的供给制改为薪金制，我因非干部出身，改为薪金制后，我的生活更拮据了。四年大学生活，因无钱买火车票，未回家一次——这对现在的大学生来说是不可思议的。

在大学的四年生活里，我确是成长起来了，获得了一定的知识。我极愿意服务于我们伟大的祖国，希望她能尽快繁荣富强，为此我愿献出自己的青春。在我的胸中有一种渴望服务的激情，我至今仍旧怀着这种信念！

1955 年，我大学毕业，去苏联莫斯科大学俄罗斯语文系学习，成了俄罗斯文学的研究生。1959 年 8 月，我回到了北京。10 月，我和几个年轻人被分配到了中国社会科学院文学研究所。到文学所不久，要把我们分配到几个研究组去，开会征求我们的意见。当时参加会议的领导有何其芳、蔡仪和叶水夫等先生，何其芳所长希望我到理论组去，说理论组要一些懂外文的人。蔡仪先生是理论组的组长，也表示欢迎。我因为没有系统学习过文学理论，不熟悉理论问题，心里没底，未敢贸然答应。叶水夫先生则欢迎我到苏联东欧文学组，我自然高兴前往。这样，我就到了苏联东欧文学组，主要方向是研究俄罗斯文学。

一到文学所，正好遇上所谓“反右倾”运动，领导布置我们阅读何其芳、蔡仪两位先生中华人民共和国成立前后的各种理论著作,查查里面有无右倾思想。在这荒唐的“锻炼”中,我算是真正接触到了文艺理论,通过阅读他们的著作,对文艺理论居然产生了浓厚的兴趣。“反右倾”运动一结束,批判修正主义的运动就接上了。这时我阅读了不少苏联文学评论,整理了不少资料。1961 年,我转入了文艺理论组。1960 年至 1965 年,我发表了如《灵感漫谈》《文学创作的想象》《细节描写与典型化》《谈“多余的人”》等文章,同时被编入批判组,发表多篇所谓批“修”批“资”的文章,我的思想自然受到左倾文艺思想的影响。1965 年秋,我被派往江西省丰城县搞“四清”运动,1966 年 6 月 1 日,我被召回北京,参加“文化大革命”。说来可笑,我是非常小心谨慎地参加“文化大革命”的,也山呼过“万岁万万岁”,可是历史跟我开了一个残酷的玩笑。1969 年,我成了群众“专政”的对象,被看管起来,不得与家人见面,完全失去了自由,“反革命”的帽子到 1978 年才被摘除。在干校,当我感到在这个世界上孤独无援,体验到生比死还艰难时,钱锺书先生是唯一的人性地对待我的人,他使我获得了心灵的拯救。现在回想起来,五六十年代,乃至七十年代,谈不上有什么学术活动。我真想再度一次青春岁月,一个像今天多少可以自我选择的岁月,如果可能的话!

吴子林:梦魇一般的日子终于一去不复返了! 那么,您的学术生涯是怎样重新开始的呢?

钱中文:我是一个真正意义上的后知后觉者。到 20 世纪 70 年代中后期,我才开始反思自己,反思社会,反思我过去获得的知识、思想,反思各种人物的作为。经过无数次痛苦的思索,直到 80 年代中期,我才完成了反思。

吴子林:这种反思与学术研究之间有着怎样的关系呢?

钱中文:首先,我觉得要改变自己的孤独状态,因为我在这种孤独的创伤中生活已经十多年了。人在孤独中是难以生存的,尽管这个世纪是孤独、焦虑、迷茫、彷徨弥漫的世纪。我没有原罪,也没有拉斯科里尼柯夫的罪行，我不能醒着睡着都生存于噩梦之中。因此我得努力使自己融入人群，希望人与人之间的关系更人性一些，于是向几位曾经受过我以“人性”“人道主义”“触动”的老专家道了歉，卸却心头的重负，在精神上获得别人的谅解。

其次，通过反思我找到了自己，在精神上获得了真正的解放，渐渐地也形成了自己的学术个性，即一种追求真理的独立精神。我终于明白，人和人是一种各自独立、相互依存的存在，是一种对话关系的存在，个人的思想各自独立，自有价值。理论不是只有一个人能创造，能创造的人很多，你也只能在理论上提出新说，有所创造，而非精神上的哑巴。一旦明白了这些道理，你就感到了精神上的自由与解放，你就在学术上找到了自我，敢于坚持自己的观点。

80 年代以后，我特别讨厌那种在讨论问题时自以为是的绝对真理化身的文风，在辩论中非要把人置于死地的文风，彻底否定别人的文风，非此即彼、不给别人说话权利的文风，因为我过去也这样做过，并深受其害。而且，由于过去的那种盲从的热情，几乎使我丢了身家性命。所以每当遇到别人对某种理论或介绍过来的文学理论大加赞扬的时候，我总是较为冷静，总要细加体味，并且往往持有保留的态度，即使对于我自己介绍的外国文学理论也是如此。我明白，我不可能再崇拜新的理论偶像，我必须在我原有的水平上对它们进行思索与鉴别，而决定取舍，我只能吸取那些自称为新理论中的某些我需要的，于文学理论这一学科的改造、发展有利的因素。

对于一个知识分子——学者来说，他应追求真理，坚持真理，有着独立的精神，自由的思想；他还应是一个具有血性和良心、怜悯和同情的人，一个富有人文精神的人。90 年代，我提出“新理性精神”，把“交往对话”精神作为它的组成部分；在我看来，这是人的生存的基本方式，一种新的思维方式，可以用它来抵御独断专横的话语霸权——这也算是我的一种人生的感悟吧！

吴子林:回首那些流逝的岁月,真是让人感叹不已！我在阅读您的学术著作时,清晰辨出了其中的俄苏文学知识谱系。显然,您的立场观点和信念在当时就基本奠定了,俄罗斯文化中那种深厚的人文精神、宽阔的思想视野和胸怀,深深影响了您那从容、坚韧的精神气质。这让我想起了法国著名作家罗曼·罗兰说过的一句话:“一棵树不会太关心它结的果实,它只是在它生命汁液的欢乐流溢中自然生长。只要它的种子是好的,它的根扎在沃土中,它必将结好的果实。”可以说,正是生活苦难的磨炼给了您一种历史的穿透力与大气的贯注!

二

吴子林:以自我反思为契机,新时期伊始,您便展开了自己崭新的学术思考。“审美意识形态”与“审美反映论”是您在20世纪80年代最重要的理论创造,它代表了当代中国文艺理论所达到的新的高度,是新时期以来文艺理论研究的重要成果之一,并在90年代以后产生了广泛的影响。现在年轻一些的学者和读者,已经不甚了解您当时提出这个命题的背景了,请您谈谈好吗?

钱中文:好的。20世纪80年代初,文艺界对过去被简化了的文学观念(如,文学是一种意识形态,文学要为政治服务,等等)纷纷提出了质疑。在美学界,围绕艺术的审美本质发生了一场大讨论,翻译出版了不少外国的有关论著。一些学者认为审美就是一切,而嘲弄文学艺术的其他功用;另一些学者则坚持原有的被简单化的马克思主义文艺思想,仍主张文学是意识形态说。这既无助于对过去几十年的庸俗社会学的文艺思想的反思,又继续严重脱离了文学创作的实际。根据当时更新文学理论的普遍要求,文学所文艺理论研究室接受了一个国家重点研究课题,即集体撰写一本《文学原理》式的著作。我们这个组由于写作者观点大体相同而又不尽一致，很难写成一本观点完全统一的书；后来几经商量，决定分成几个部分来写，分别探讨文学这一现象存在的过程，即作品、创作、接受、鉴赏与发展。分配给我的是“发展论”部分，这迫使我不得不思考文学观念的问题，因为没有形成一个比较科学一些的文学观念，我这部分的写作根本无法进行，要想有所出新和超越根本就不可能。学术创造如果只是量的增加，那是没有多大意义的，形成不了精神价值的积累。

我国原有的文学观念，明显已不符合文学自身的特征；那么，外国人又是如何说的呢？我翻阅了当时可以找到的几部外国学者的文艺理论著作，在写作组中对这几本著作做了介绍，并提议翻译出版“现代外国文艺理论译丛”，后来在三联书店出了 14 种，由于某种原因，这套丛书到 90 年代初就停止出版了。外国几种著作所张扬的文学观念也未能使我满意，如韦勒克的“虚构性”“内在研究”说，波斯彼洛夫的“意识形态本性论”等；稍后不断涌现的外国学者和我国学者自己提出的文学观念，如结构主义与解构主义文论，文学符号论，文学语言学，文学心理学，精神分析学，文学感情论，文学表现论，文学生产论，文学接受论，读者反应论，文学现象学，文学主体论，文学象征论，还有文学数学化论，信息论，控制论，系统文学论等等。它们或是接触了文学本质特征的某一方面，在文学本质的不同层次上自有意义，但我总觉得不具有总体性意义；或是只是一种研究文学的方法与切入点，而非理论本身。

对我来说，反思是一种自觉的自我批判，一种对原有文学知识、文学观念、方法的检验和判断。

1982 年，我在《文学评论》第 6 期发表了《论人性共同形态描写及其评价问题》一文，提出了“文艺是一种具有审美特征的意识形态”的观点；认为讨论文学应该是探讨具体的文学样式及文学作品，而非抽象的文学一般；认为文学是通过对语言的审美结构的，通过创作主体的感受、体验而灌注了感情思想的鲜活的艺术形式，即审美意识形态。1984 年，我在评述苏联的文学理论与关于文学研究方法论更新的几篇文章里，继续提出文学是“审美意识形态”，文学创作是“审美反映”说，并对文学“意识形态本性论”专文进行介绍与评析，指出“意识形态本性论”这一观念，强调的是“文学艺术是认识生活的一种形式”，而忽视了文学艺术的审美特性。与此同时，童庆炳教授在其1984年出版的《文学概论》中也已提出了“审美反映”说，并对文学的本质做出了与文学审美意识形态论相同的阐释。

吴子林：文学审美意识形态论的提出，在观念的层面上，第一次把文学艺术的意识形态与政治意识形态做了明确的理论区分；它把文学艺术从政治的直接组成部分剥离了下来，成为一个单独的自主性的存在——这正是当时文学理论试图摆脱政治从属论和庸俗社会学的直接反映。值得注意的是，您提出这一理论时，当代现实主义理论正经受着现代主义的冲击。“审美反映论”的提出，是否有现代主义这一思想参照系呢？

钱中文：是的。在现代派文学争论最激烈的时候，我并未介入。1982年，我收集了不少资料。1983年，我写下了《现实主义和现代主义的几个理论问题》一文，在比较两种创作原则及其特点的同时，就当时的争论表示了我的看法。总的说来，我对现代主义者嘲弄现实主义的做法比较反感；我对于现代主义文学的态度比较拘谨，而倾情于现实主义文学。80年代中期，当我在法国看到一些荒诞派剧作的演出后，我对现代派文学的看法发生了根本性的转变。1984年，我写了《现代主义创作方法中的几个问题》，后来以这篇论文的主要观点为基础，写了《最具体的和最主观的是最丰富的——论审美反映的创造性本质》一文的初稿。1986年初，稍作修改后，上海的《文艺理论研究》很快就刊用了此文。在这篇我写得最为用力的文章里，我改造了哲学反映论，批评了认识论的偏颇，也批评了对反映论的新的庸俗化现象；文中我提出了适合文学创造的审美反映、审美反映的心理结构、审美反映中的主体创造力、现实的三种形态、审美心理定势、动力源、审美反映中的再现与表现，以及审美反映的多样性及其无限可能性等。我认为,“审美反映是一种灌注生气、千殊万类的生命体的艺术反映,它具有实在的容量、巨大的自由,它不仅曲折多变,而且可以使脱离现实的幻想反映,具有多样的具象形态,可使主客观发生双向变化”;“审美反映具有强烈的感情色彩。思想是抽象的观念,而在审美反映中,它却成了一种具象的、充满生活血肉的艺术的思想,即对现实生活的事物特征感性的总体把握、认识而出现”;“审美反映无限多样,一是现实的无限性,二是主观性是一种不断更新的动力。凡是主观性不强的审美反映可能是失败的审美反映。创作个性是主观性的最高要求,是创造的极致。最丰富的是最具体的和最主观的”①。

吴子林:您刚才提到了对反映论的新的庸俗化现象,后来有人认为审美反映和审美意识形态论是建立在认识论、反映论的基础之上的,反映论就是认识论,它较之其他什么如人类本体论等,不仅庸俗,而且在实践上明显落后了。对此,您是怎么看的呢?

钱中文:所谓对反映论的新的庸俗化,就是把被过去庸俗化的反映论,顺手接了过来,再次加以曲解,以庸俗化的方式批判庸俗化。

20 多年来,认识论、反映论在文艺理论中一直受到诟病,有人一见到它们就恶语相向,批判一番,如同条件反射一般。实际上,他们批判的东西是把被歪曲了的东西再度歪曲。我在提出审美反映和审美意识形态之前和之后,的确重视文学的认识作用,但是,我从未强调文学就是认识,也未认为文学创作要以认识作用为先。我一再强调的是,那种可以称作文学艺术的东西,如果不具审美特征,那么它的其他特征、功能也是无从谈起的,我后来也不断地在阐释文学的审美特征与文学的其他特征的有机联系。反映不是认识,但含有认识;反映论中虽有主体客体之分,但从来是承认主体的能动作用的,只有机械唯物论的反映论,才是僵死的反映。

我使用“审美反映”一词时,踌躇了很久。当时有多种概念、范畴可供选择,如心理、感情、表现、创造、象征、原型,等等,但我觉得使用“审美

① 钱中文:《现实主义与现代主义》,人民文学出版社 1987 年版,第 75-76 页。

反映”来阐释以语言审美结构为其形式特征的审美创造，可能会更符合创作的实际一些。理论的概括不可能面面俱到地概述事物的全貌，事物与过程绝对比概念、规定要丰富、复杂得多。

“审美反映论”是审美主体的创造过程，除了承认生活作为创作的源泉这一前提外，整个创作过程起着主导作用的是审美的主体。我的《最具体的和最主观的是最丰富的——论审美反映的创造性本质》一文，实际讨论的是创作主体在审美反映过程中的创造性本质，即审美反映论的创造性本质。我提出，“审美反映中主观性的创造力表现为对现实的改造，现实呈现为三种形态：现实生活、心理现实、审美心理现实。心理现实中的主客观时时产生双向转化，客观因素的主观化，主观因素的对象化”；具言之，“心理现实是一种不断改变自己特征的动态统一体。主观性既然可以消灭存在和观念之间的绝对界限，赋予客观性因素以主观形式，并不断使之获得主观的特征，那么在充满变幻的审美心理现实的实现过程中，原来的主观因素可以不断对象化，获得客观性特征，而原来已经获得了主观形式，渗入了主观精神的客观因素，可以进一步被主观化，从而形成不断进行着的双向转化过程，展现出审美主体的能动的积极性来”①。

吴子林：显然，“审美反映论”是在顽强地与现代主义对话中提出的，它无论是在对审美主体的规定，还是在对客观性的阐释上，都已经迥异于经典的现实主义对反映论的基本规定了。因为经典现实主义的反映论，强调的是所谓的客观真实性，即对已经认定的本质规律做出一致的反映。可以说，它实际超出了传统现实主义的界域。

钱中文：我所说的“审美反映”，很难套用“反映”两个字来规范它，实际上它与审美表现或是审美创造都是相通的。后来有学者认为，我的审美反映论把主体的审美感知推到了最重要的地位，它是心理的、感性的和符号学意义上的反映论——在这一意义上，审美反映论可以说是审美表

① 钱中文：《最具体的和最主观的是最丰富的——论审美反映的创造性本质》，《文艺理论研究》，1986年第4期，第15页。

现论。

吴子林:这很有意思。我知道,有人就称您为“一个现代主义的现实主义者”! 最近,有人对您的“审美意识形态论”提出了所谓的“考论”。我很想知道您的想法。

钱中文:学术的论辩必须尊重对方观点的原意,这样才有意义,否则岂不是堂吉诃德式的大战风车,有什么意思呢! 因此,我觉得很有必要清理一下自己的认识。

1986 年 11 月,我在苏州大学主持了“全国文学观念学术讨论会”。会上众说纷纭,我重申了前几年提出的思想,即正在进行中的书稿的部分思想——文学是审美意识形态。随后,我将发言稿整理成文,在 1987 年的《文艺研究》上发表了。这就是《论文学观念的系统性特征》一文,它讨论了文学本质特征的多层次性,以及作为文学最根本特性的审美与意识形态的不可分离性,审美与意识形态的融合,它的那种与生俱来的复合性特性。1988 年,我又发表了《论文学形式的发生》一文,这时我的认识较之以前已有所深入,主要探讨文学的发展是如何从“前文学”到“文学”的。“前文学”是先民的一种审美意识的表现,具有多种原型的口头性文学。我将文学“审美意识形态”的逻辑起点归之于“审美意识”及其历史的生成过程,主要是试图恢复文学本质特性,探讨和文学观念形成中的自身的历史感。随着交往的进步,语言文字的出现与发展,审美意识逐渐生发出诗性的语言文字结构,并在语言的诗性形式结构中获得了存在的实在形态,演变而为初始形式的审美意识形态,如《周易》与《诗经》,随后经过历史的长期的发展,逐渐演变而为现代意义上的审美意识形态。出版于 1989 年的《文学原理——发展论》(第二、三版改为《文学发展论》)讨论文学观念的第一编共四章,其中用了两章的篇幅,专门阐释了“审美意识”的演变。最近我又对此问题做了一些补充的论述。

从总体上说,“文学作为审美的意识形态,以感情为中心,但它是感情和思想认识的结合;它是一种虚构,但又具有特殊形态的真实性;它是有目的,但又具有不以实利为目的的无目的性;它具有阶级性,但又是一种具有广泛的社会性以及全人类性的审美意识形态”①。所以,审美意识形态不是一些人认为的那样,只是审美加意识形态。当然,那时用语不够规范,如有“审美的意识形态”与“审美意识的形态”之说,后来就统一为“审美意识形态”之说。当时一些同行虽未直接使用这一观念,但他们的论著都表达了相同的思想,审美意识形态便成为一种集体共识。20 世纪 90 年代末,我国著名文艺理论家童庆炳教授将“审美意识形态”作为文学理论的基本原理之一,写入了新编的《文学理论教程》之中。他认为,“‘文学审美意识形态论’理论的建立,应该说是百年来中国现代文论的一大收获”,是中国学者“寻找到的在诗意审美和社会功利之间、文学自律和他律之间取得某种平衡的现代文学理论。历史将证明,这一思想的确立是中国现代文学观念走向成熟的一个标志”。当然,也有一些人不认同这一观念,甚至表示反对,这也是正常的,理解与知识背景不同使然。文学的本质问题也可以从其他方面进行探讨,未可定于一说。任何认识与理论观点,都有自身的局限,只是程度不同而已,重要的是提出新的思想来。

吴子林:据我所知,现在批判“审美意识形态论”的“考论”者缺乏一种“高度发达的事实感”,而刻意扭曲“审美意识形态论”,说这是什么“硬拼凑”,是所谓的“纯审美主义”;更耐人寻味的是,有的“考论”者采取的是一种自我否定的策略——这种批判不探究对方本意,有时离谱得出奇,真是让人不知所云。

三

吴子林:20 世纪 90 年代中期以降,您的学术思想又有了一次拓展,

① 钱中文:《论文学观念的系统性特征》,《文艺研究》,1987 年第 6 期,第 23 页。

相继提出了“新理性精神”“交往对话主义”“中国古代文论的现代转换”等命题，显示出了前所未有的开放，回应着当代最尖锐、最前沿、最时尚的理论难题。这在您那一辈人当中是少有的。当时，您为什么会提出“新理性精神”呢？

钱中文：首先是看到20世纪以来中外文学艺术价值、精神的下滑，人的精神的淡化与贬抑，这与20世纪人的价值、精神的贬值、失落有关；其次，人的价值、精神的失落，与20世纪各种社会灾祸紧密相连，致使信仰神化，理想失落，一再引发人的精神危机；再次，理性到19世纪下半期，所宣扬的美妙的千年王国并未实现，它的极端的工具化、实用化，使其不断走向反面，而日趋没落。人文理性在唯理性主义、实用理性的打压下，遭到严重破坏。总之，传统的理性主义不可避免地衰落下去，各种非理性主义不断更迭，逻辑实证主义离开人文精神。在反理性主义不断蔓延的情况下，一些人文主义知识分子开始重新寻找自己的立足点。当时，上海的一些学者提出了人文精神的讨论。1995年，我写下了《文学艺术价值、精神的重建：新理性精神》一文，回应了当时的人文精神讨论。

“新理性精神”作为一种文化、文学艺术内在的精神信念，是对以往理性的扬弃。为了避免旧理性的覆辙，以及非理性主义、反理性主义的极端化与虚无主义，“新理性精神”从以下四个方面确立自身内在的理论逻辑关系：其一，主张要以“现代性”即现代意识精神为指导，来进行我们当今的文化建设。我所理解的“现代性”，指的是“促进社会进入现代发展阶段，使社会不断走向科学、进步的一种理性精神、启蒙精神，就是高度发展的科学精神和人文精神，就是一种现代意识精神，表现为科学、人道、理性、民主、自由、平等、权利、法制的普遍原则”①。其二，新理性精神包括新人文精神，即以人为中心，希望通过社会的努力、文学艺术的呼唤，在人与人、人与社会、人与自然、人与科技的关系中，极大地发挥过去不被允许的自由进取精神，恢复人应当具有的血性和良心、怜悯与同情，使人获得

① 钱中文：《文学理论现代性问题》，《文学评论》，1999年第2期，第5页。

自身全面发展的生存条件——这是针对20世纪不断毁灭人的各种极端反理性的社会灾祸、科技进步带来的消极面等问题而提出的。其三，为了达到这一目的，必须改变根深蒂固、非此即彼的思维方式和你死我活的斗争方式，需要清除存在于社会思想原则中的丛林原则，提倡一种建立在平等对话基础上的交往对话精神——这种交往对话把人与人看成一种相互平等、各有价值、各自独立的对方，并在交往对话中相互切磋而获得双赢：这是一种互相依附，具有一定价值判断、亦此亦彼的思维方式。其四，感性和理性，这主要涉及具体的文学创作问题，暂不展开。总的说来，"新理性精神"试图在大视野的历史唯物主义的观照下，弘扬人文精神，以新的人文精神充实人的精神；它意在探讨人的生存与文化艺术的意义，在物的挤压中，在反文化、反艺术的氛围中，重建文化艺术的价值与精神，寻找人的精神家园。

吴子林：波普尔在写于1952年的《猜想与反驳——科学知识的增长》中说："真正的哲学问题总是植根于哲学以外的那些迫切问题，这些根烂了，哲学也随之死亡了。"[①]文学也是这样。作为一个文艺学研究者，必然要关注到文学所面对的"迫切问题"——人的现实生存境况。自20世纪90年代以降，世界经济全球化趋势日益发展，跨国资本胜利凯旋，信息科技飞速进步，工具理性横行无阻。一部分文学艺术在西方文化思潮，特别是后现代主义文化思潮的消极影响下，不断地颠覆、消解其所负载的人文价值与精神；学术研究上则追"新"逐"后"，学术论争中的"二元对立"思维仍然存在……正是这些现实问题与现象引发了您深深的忧患感，显而易见，人文精神构成了"新理性精神"的核心。"新理性精神"的提出，有着极强的现实针对性和生活依据，它是您面对当今目迷五色的社会文化潮流时，寻找自己的立足点，以透视人的现实生存状态与文化、文学艺术的一种文学研究或人文科学研究的方法论。您以高度的社会责任感提出

① 波普尔：《猜想与反驳——科学知识的增长》，傅季重等译，上海译文出版社2000年版，第99页。

的“新理性精神”,概括了一个时代的最高理念,而显示出宏大叙事的特征;它是属于中国的,属于我们这个时代的观点和理论,对于它的前景,您是怎么看待的呢?

钱中文:“新理性精神”提出后,就被介绍到了国外,五六年后,在国内也有学者作出了肯定性的回应。不过,“新理性精神”能否成为不少同行的共同理念,促进文学理论的建设与创新,我不会过分乐观,要让它在实践中去接受检验,而且它自身在理论上还要不断深化与完善。理论一旦认为自身如何如何,就往往会给自己套上枷锁。没有必要把尚未兑现的设想说在前面,或是说得太早了。我倒宁愿新理性精神只是少数有着共同理念的同行的学术立场与行动。这样,我们的心态可以放松一些,探讨可以自由一些,话语可以个性化一些;或者遭到学术与非学术的挞伐而消失,也可以做到悄无声息,心情平和一些。学术一旦被注入外力,学理必然会被削弱或遭到剪裁;或是说得过头了,或是被炒作了,在当今文化氛围尚不十分健全的语境中,就必然会遭到风必摧之的命运!

吴子林:您这种开放的胸襟、深厚的学养和非凡的远见,非常让人佩服!在我看来,只有像您这样思想厚实的理论家才能真正做到这点。1999年,您在《文学理论:走向交往对话的时代》一书中提出了“交往对话”理论。这是一种理论立场、思想态度,更是一种精神境界。“交往对话”是您继往开来的理论支点与动力,它与“新理性精神”和“中国古代文论的现代转换”等命题,比较全面地呈示了文学理论的现代性。请您概括性地谈谈文学理论的现代性问题。

钱中文:文学理论的现代性的精神实质就在于不断反思、开放、多元、交往和对话。在我看来,现代性是一种被赋予历史具体性的现代意识,一种历史取向,它是未竟的事业。学术上的分歧和冲突,在我看来应是一种常态——没有分歧和论争意味着停滞,但是只能通过对话解决。一些学术思想在彼时彼地看似违背现代性的要求,在此时此地却可能是应和了现代性的要求。当今现代性所要求的,应是一种排斥绝对对立、否定绝对斗争的非此即彼的思维,更应是一种走向宽容、对话、综合、创新,同时包含了必要的非此即彼、具有价值判断的亦此亦彼的思维。历史的经验告诉我们,单一的、统一的文学理论往往用自己一套观念排斥不同见解,以为自己说的都是真理,别人都是学术上的谬误。它表现的是理论的独白,而不是真理的对话,一张口就是你错我正确,立即给你判决,一种往往是嘲弄与压制的声音。它把学术当成宣传,不断重复同一观点,以为不断宣传就会成为真理!

当今文学理论的现代性要求,主要表现在文学理论自身的科学化,使文学理论走向自身,走向自律,获得自主性;表现在文学理论走向开放、多元与对话;表现在促进文学人文精神化,使文学理论适度地走向文化理论批评,获得新的改造。《文学理论:走向交往对话的时代》是一本"在新时期20年来对文学理论发展的追踪与探索"的论文集,我想强调的是交往、对话的主体性以及理论批评话语的共同性,倡导对不同国家之间的文学批评理论进行交往与对话,以达到双方的各自理解。1993年,我在《面向新世纪:八九十年代中外文学理论新变》一文中,提出"在中西文论的研究中,综合研究方法的运用,在于使中西文论产生新的交融。从整个理论形势来看,一种在科学、人文精神思想指导下具有当代性的中西文论交融研究,将会在下一阶段、新世纪得到极大的进展与兴盛。双方交流的研究是一种最具生命的研究,是一种走向创造新理论的研究,是文学理论走向建设的大趋势,中西文论会以各自的优势比肩而立"①。当今的文学理论面临着三种文论传统,即古代文论传统、西方文论传统和近百年形成的现代文论传统。我们只能在现代文学理论的基础上,充分地研究古代文论,把其中的有用成分,包括它的体系与各种术语,最大限度地分离出来,不是表面地使用一些古代文论的术语,而是丰富其原有的含义,赋予其新义,与现代文学理论、西方文学理论融合起来,使其成为当代文学理论的血肉,形成当代文学理论的新形态。这将是具有中国特色的文学理论的

---

① 钱中文:《文学理论:走向交往对话的时代》,北京大学出版社1999年版,第278页。

新形态，一种在长远时间里不断生成、不断丰富、体现现代性的文学理论的新形态。

吴子林：您在 90 年代后期这种不断走向开放对话的理论姿态，显然与您对巴赫金的研究有着极为密切的关系。1983 年，您写了我国第一篇正面评论巴赫金文论的论文；1998 年，您主持翻译出版了《巴赫金全集》六卷本，引发了学术界的"巴赫金热"；此外，您还由叙述学界面切入"复调"理论，由文艺学界面切入"对话"理论，由文化学界面切入"外位性"理论。这些研究与巴赫金本人学术探索的内在理路是相吻合的，基本还原了由"小说学""文艺学"而"哲学人类学"的思想家巴赫金的心路历程。因此，有学者指出，您之于中国学界于汉语世界的巴赫金学，一如迈克尔·霍奎斯特之于美国学界于英语世界的巴赫金学；或者，一如茨维坦·托多洛夫之于法国学界于法语世界的巴赫金学，我以为这是相当精辟的概括！

四

吴子林：自 20 世纪 90 年代以来，传统的文学研究大有全面转向文化研究之势，一直以"先锋"姿态出现在学术前沿的文艺学更是首当其冲。请您谈谈自己的思考。

钱中文：在全球化潮流、科技信息技术高速发展、商品经济的影响下，西方的后现代主义文化思潮，如文学终结论、日常生活审美化论以及身体理论等，涌入了我国，使得一些学者不断地追新逐后，争相介绍。这一方面固然反映了我国现实、文化的一点需要，但另一方面把西方的这类理论奉为圭臬，以为这就是我国文化、文论发展的方向，这使我们感到，这些曾经不断张扬各种理论身份的学者，这时似乎有点忘却自己的身份了。

如今是资本、媒体、批评共谋制造文学时尚、理论时尚的时代,是浮躁的时代,功利、实用的时代。一些人在文学理论界大造声势,认为现今的文学理论教学严重脱离实际,无人再予理会,声称“文学死了”“理论死了”,只留下无处不在的“文学性”了。正如有的学者所说,他们在文学理论界进行内部暴动,自己打倒自己,自己否定自己,走向自身消解,然后宣布文学是什么,至今未有定论,接着用生活中的各种文化现象,如售房广告、汽车博览、健身房、商场购物、身体线条、城市广场、酒吧媒体、服装展览、模特表演、身体时尚、女人写真、技术产业,来扩展文艺学的内容,准备把它们作为文学理论课堂教学内容,重新确定文学理论的对象,这就把文学理论的扩界、重新界定搞得不伦不类、不着边际了。其实,我完全赞成文化研究,文化研究也许是建构未来社会的一条重要途径。在今后争取科学、理性、正义、公正、民主、自由、法制、平等、权利的社会运动中,暴力对抗已经日渐减弱,需要建立强有力的协调机制,而文化研究与文化批判可能是最重要的途径之一,这是非常宽阔的领域。但这不是去做以审美名义掩盖金权勾结、掠夺暴发中的那种日常生活审美化的附庸,不是去歌颂那种资产阶级与暴富阶层极度平庸、平面化了的、极端世俗化了的、娱乐至死的日常生活审美化,自然日常生活审美并非都是如此。要去批判这些现象,使文化研究成为一种促进社会进步、发展,具有高度人文精神的批判理论,建立健康的审美文化的研究与批判。

文学理论的研究、课程的开设需要改进,是十分迫切的工作,在扩充它的内容、边界上也没有多大分歧,把上述现象作为日常文化现象进行研究,也是十分需要的。问题在于,文学理论及其学科,各有自己的对象与课程设置,它担当不了文化研究的任务。比如广告,不少大学早就开设了广告设计、商品广告的美学课;服装设计有服装学院的诸多大师;家居装修有这类图文并茂的设计指南,书摊报亭大量供应;模特表演有模特训练机构,女人裸体写真有摄影人员在专门包装,超市装潢自有橱窗设计,对它们的解释有时使用了某些文学语言,但从整体来说,它们是文学吗?硬要把它们作为文学，实际上把文学课堂教学扯成各种支离破碎的东西，重蹈美国一些大学里文化批评课程的覆辙，即掏空文学内涵，把文学课程泛文化化，以泛文化现象的解释代替文学研究，取消文学课程，最终消解文化、文学的价值与精神，这是后现代文化解构主义的策略。至于这一潮流今后如何发展，当然是要由时间来检验的。

我早在《文学原理——发展论》一书的第三编，就提出了文学是文化的组成部分，并论证了民族文化与文学发展的关系："民族文化在其长期的发展中，形成了它自身的结构，它的思维特征，它的价值系统，最后，在这些因素的综合作用下，形成一种民族文化精神。正是民族文化精神，它的潜在形态的强弱兴衰，有形无形地制约着民族文学的发展。"在我看来，文学既要探讨自身的特点，即自律，同时也应探讨它与其他文化部门的关系，即他律，两者结合起来，才能组成文学自身。对于文学来说，这些因素是天然地结合在一起的。"文学发展论"这一编还广泛讨论了文学与审美文化与非审美文化，以及与介乎两者之间的独特的文化形态的关系，文学研究必须在这种宽阔的文化背景上进行，这就是文学的文化研究。这不同于上面讲的后现代主义的"文化研究"，实际上，它就是后来有的学者所倡导的"文化诗学"。

我在韩国出版的四卷集的"后记"里写道："一个伟大的民族自然要拥有丰富的物质财富，但是，最终昭示于世人、传之久远的则是其充溢着民族文化精神的文化创造。生产这种精神财富，应该在文化、学术中，从发出自己的声音做起，进行原创性的创造。要坚持自己的声音，坚持那种具有学理精神的原创性声音，因为学术认同的只是创造。学术回应时代：学理的深化、完善与丰富。但是这种回应，应是绝对的个性化的，而不是重复与雷同的。"

吴子林：我非常赞同您的观点！最后，我想请您谈谈数十年来研究文学理论的宝贵经验。

钱中文：我从事文学理论工作的时间不算短了，写过一些东西，而令人满意的不多，更谈不上什么心得体会之类。我就简单说说自己的感受吧。

首先，要有兴趣，浓烈的兴趣。文学理论研究涉及文学的各个领域，要求研究人员有较丰富的文学知识，对于中外古今的文艺现象有一定的了解。从取得成就的角度来说，较之搞作家研究相对要困难些，不容易很快见效。如果对理论问题缺乏热情，没有寻根究底的决心，常常会使人苦恼万状，不知从何下手，最后半途而废。相反，如果你对自己的工作满怀兴趣，那就能以苦为乐，会把旁人视为苦恼的劳动，当作自己生活愉快的源泉，从中获得精神上的享受。

在50年代，像我这样喜爱文学的青年，曾经想搞创作，苦恼过几年而终不可得。后来，一个偶然的机会要我改学文学，把我分配到文学所工作，这真使我喜出望外。我想，这也是文学工作，在许多有才华的同学失去正常生活条件的情况下，自己能从事离我最感兴趣的文学甚近的工作，那真是时代的幸运儿了。我先搞了一阵作家研究，待接触到一些文学理论著作后，觉得文学理论中问题不少，而且文学理论活动场地也大，于是又把兴趣转向了理论。时间久了，就摸出了一条适合于自己能力、知识结构的路子来，觉得有不少问题需要研究，可以写作。因此，当我听到有的同志说文艺理论难搞时，我一面深有同感，其中难处确实不少；一面又不以为然，觉得一旦深入了这个领域，就会不断出现“山穷水尽疑无路，柳暗花明又一村”的境界，可以不断开拓研究的领域。

其次，要有理想的知识结构。从事文学理论研究，要有丰富的文学理论知识，同时，也要把握文学发展中的各种倾向和文学批评成果，还要有广博的文学史知识。刚刚从事文学理论工作的新手对于后两个方面不一定能够体会得到。文学理论研究人员要熟悉当前的各种文艺情况，对不断重复出现的现象和独特的现象进行分析、研究，找出它的规律性。文学批评是对当前文艺现状的积极反应，它往往最先发现文艺现象中的一些重大问题，而有待理论研究的进一步丰富。记得何其芳同志说过，搞文艺理论研究的同志最好先搞几年文学批评工作,以积累感性的文学印象和知识;一开始就搞理论问题研究,常常会使经验不多的研究人员无所适从。这是很有见识的。

至于文学史现象,这是一个极其重要的领域。今天文学中的一些规律性现象,需要使用大量的文学史知识加以阐明,否则理论将是干瘪的。一个文学理论工作者最起码的知识结构是,他必须了解我国或外国的某个重要作家,对他做过较为深入的研究,进而能比较深入地了解一个作家群,以至不同作家群,熟悉一段文学史;再进一步,最好能掌握一个国家的文学史。这样,就能对理论上的一些问题触类旁通,使自己的理论分析左右逢源。最理想的情况是,能够了解一些主要国家的文学史现象,这可大大加强理论研究的广度和深度,增强理论本身的说服力,在较大范围内做出理论概括。

在我看来,一个理论工作者除了精通文学基本理论外,他最好对中国古代文论与西方文论,以及现代的文学理论都有极好的修养。在我国,这样的人才慢慢多了。大学中文系出来的青年同志,在理论上有一定的底子,对理论研究也有一定兴趣,但底子稍差一些,阅读外国文学理论著作数量有限,这使他们视野不够开阔;有些从事文学理论研究的同志,原来是学外文的,对文学理论缺乏系统学习,理论修养较差,一般喜欢搞作家研究,对外国文学理论偏于介绍,缺乏应有的分析评价。若能把双方各自的长处结合起来,有较深的中外文学理论的基础,一个文学理论工作者就有了比较理想的知识结构了。

再次,理论研究要有新意,但不要耸人听闻。所谓“新意”,一是在文章中有无个人独创的观点;对文学实践中发生的问题,能否及时做出新的科学的解释;二是有无新的材料来说明问题;三是在某一问题上对前人的观点是否有所发挥,或有所辨正,等等。在文学理论研究中,进行体系的创造是极为困难的,但是在正确的文学观的指导下,在掌握丰富的史实和现状资料的基础上,有所创新,有所阐发,也不是不可能的。强调理论研究要有创新,并不是要人们去搞耸人听闻的东西,搞实用主义。可惜,在这几年的文学理论研究中不乏这样的现象。搞实用主义表现为趋时附势,今天这样说,明天那样唱,反复无常,鹦鹉学舌,没有自己的观点立场。这种华而不实的风气,在一个时期内相当流行,有时好像是抢新闻一般,以至往往弄到是非不分的地步。有的杂志甚至以此来自我标榜,有的人则借此哗众取宠,以求快速猎取名声。殊不知,这类文章由于缺乏历史观点,不讲科学性,它们往往是没有生命力的。

最后,敢于伐皮削肉,是写作成熟的标志。写作论文需要修改,反复推敲。在这个问题上有无自觉性,非常重要。60 年代初,在文学研究所,大家写的稿子经常互相传看,互相提意见。何其芳同志经常说,稿子写好后,自己要反复看,请人看;文章内容要充实,论点要清楚,文字上要讲究,要字斟句酌。他对自己写的稿子就是这么办的,稿子打印出来后,就发给一些同志征求意见。大家都说何其芳同志的文章,文采风流,自成一格,有理论深度,是散文家的笔法、诗人的沉思、学者的严谨学风的高度结合。他尚且如此,我们更应该这样去做。直到今天,我写完一篇稿子,一般总要放一阵,做冷处理,接着就干别的事,或写另外一篇稿子。过了一段时间再把原稿拿出来细看,这时就像看别人的稿子一样,比较容易发现其中的毛病和不足,然后一直要修改到送出去为止。总之,应当把自己当成编辑,对自己的稿子伐皮削肉,使它们真正完美起来。

吴子林:现在,我终于深深地认识到,您正是以健康的人文立场和强劲的批判精神,努力协调中西文学理论的融合重铸进程,而在我国的文艺学界导乎先路与执旗领军,身心俱进地进入了学术创造的殿堂!最后,请允许我代表诸多文学理论工作者对您的学术成就表示衷心的敬意!并祝您身体健康,永葆学术的青春!

原刊于《学问有道》,方志出版社,2007 年

第一章　文学艺术价值、精神的重建：新理性精神

第一节　寻找新的立足点

今天，一些人文知识分子正在寻找一个新的立足点，重新理解与阐释人的生存与文学艺术意义、价值的立足点，新的人文精神的立足点，这就是新理性精神。

20 世纪是文学艺术不断花样翻新的时代。现实主义文学艺术时时更新自己的手法，拓展生活的广度，深入开掘人生，而 19 世纪的批判精神至今一脉相承，余韵犹存。现代主义文学中不同派别的一些优秀之作，倾情于 20 世纪初的人的生存的艰辛与伤痛，恰如悲怆的交响曲一般，令人回味无穷。

随后，现代主义又受到指责。那些在语言哲学与语言论哲学思潮流行中出现的诸种形式主义并受其影响而产生的作品，在发现与运用语言自身逻辑、能指方面，发展到了极致。一方面，语言能指功能的自由运

用,可以使作者自如地组织话语,随心所欲地结构句型、叙事形式,从而使艺术形式不断出新。如“新小说”“新新小说”、活页小说(类似于扑克牌式的小说,页码可以自由穿插,故事可以任意连接);此外还有“不可解的”小说等。另一方面,由于这些文学新品种将文字自身逻辑的变化视为艺术目的,在理论、写作原则上的极端化,使得其创作目的趋向于游戏,文化意义受到排斥,艺术的终极追问遭到放逐而陷于解体。这类作品的出新,是作者任意书写的任意形式,和艺术价值的淡化与消解是共生一体的。

美国学者丹尼尔·贝尔说,一些作家(指外国的)由于拒绝对生活的美学证明,结果便走向对本能的完全依赖。“它以解放、色情、冲动自由以及诸如此类的东西,猛烈打击着‘正常’行为的价值观和动机模式”[①]。人在自我失落中自我娱乐,而鉴赏趣味则无需挑剔。于是在20世纪的不少作品中,被压抑的性本能、原始欲望,有如挤破了潘多拉的魔盒,争相释放出来,演绎了许多离奇古怪的乱伦、性倒错、性疯狂的故事来,特别在大众文艺中尤其如此,显示了文学艺术贬值、堕落的一面。

20世纪80年代上半期,我国文学艺术的探索,是摆脱旧有的束缚、标举着一种人文精神,恢复自身的价值,走向创新之路的运动。随后这一

① [美]丹尼尔·贝尔著:《资本主义文化矛盾》,赵一凡等译,生活·读书·新知三联书店1989年版,第99页。

探索,深受西方各种社会哲学、文化艺术思潮的影响。令人眼花缭乱的是,当这些思潮如潮水般涌来之时,也正是我国市场经济举步入轨之日。80 年代中期,不少人文知识分子突然发觉,自己已被抛入了物的世界,现今一切都围绕着物与权在飞速地旋转,一切都为实利目的所侵袭。现实生活的冲击是最基本的,人们长期为生活中的假大空的连篇谎话所困扰而被弄得晕头转向。昨天看来分明是光华四射的神圣之物,今天却发现不过是一堆俗不可耐的腐朽与霉烂。现实中的深沉卑污,使信仰黯然失色,它无情地嘲弄了自己。理想的解体是现实自身的解体,它使不少人也使不少作家四顾彷徨。一些作家走向世俗,面向底层,描绘普通人的生存的尴尬与卑琐的生活状态,拓宽了创作的领域。有的作家则躲开崇高,在嘲弄虚妄的崇高的同时,调侃任何崇高,甚至羞耻与良心,这就走向了虚无。有的投入"叙事策略"的追寻。他们以语言能指的自由挥写、叙事形式的多样变幻为创新目的,写得认真,玩得投入,一时有如在文坛上吹过一阵新风。但是意义的消解和形式构成的自由性,削弱了审美的生成,给阅读带来了困难。80 年代中后期,中国文坛上不少作家表现了对人的自然本能的崇拜与激赏。在这方面,一些原本写作严肃的作家竟也未能免俗。穿插于小说中的大量性事描写,一时使京城纸贵,显示了严肃文艺中的颓唐一面。有的评论家今天以优美的辞藻赞扬那种灵肉随时随地获得满足的粗俗快感,明天又在报刊上大唱作家的社会责任感应如何如何的高调,表现了文艺批评两面性的实用主义姿态。至于在大众文艺中,以颓废情绪为基调制作出来的书籍,更是比比皆是,表现了文学艺术反文化的一面。

文学艺术意义、价值的下滑,人文精神的淡化与贬抑,是一种相当普遍性的现象,虽然它并不代表文学艺术的全部精神。看来,20 世纪文学艺术意义的日益失落,与人的生存质量、处境密切相关。今天,一些人文知识分子正在寻找一个新的立足点,重新理解与阐释人的生存与文学艺术意义、价值的立足点,新的人文精神的立足点,这就是新理性精神。

第二节　信仰完全失去了吗

上帝、国王、父亲、理性、历史、人文主义，已经匆匆过去，虽然在一些信仰园地中余烬犹存。我们已杀死了我们的诸神。

新理性精神将从大视野的历史唯物主义出发，首先来审视人的生存意义。一百多年来，人在生存中所遭受的挫折感不断弥漫，从东方到西方，由西方而东方。一种是有形的人的生存的挫折感。例如列强的侵略压迫、掠夺屠杀，使被压迫者的生存处于水深火热之中，它给人们留下的伤痛连绵不绝，至今犹存。由于东方侵略者失败后未受应有的惩罚，所以他们的后裔至今未有公开的认罪感。一种是无形的人的生存的挫折感，它是由社会环境促成，人身上深层的精神生存的挫折感。它几乎无处不在，显得持久而震动人心。

西方学者说，西方人经历了上帝之死、父亲之死、知识分子之死、作者之死，一直到人的主体性之死的灾祸。"上帝、国王、父亲、理性、历史、人文主义，已经匆匆过去，虽然在一些信仰园地中余烬犹存。我们已杀死了我们的诸神"①。随后又出现了后现代主义。法国学者利奥塔德在1979年发表的《后现代状况：关于知识的报告》一书中指出：后现代就是"对元叙事的怀疑态度②。何谓元叙事？即西方启蒙运动后形成的崇尚"同一性""整体观"的思辨哲学，那些倡导自由、平等、博爱、科学求真的基本话语。后现代主义者还认为，叙事与科学范式不可通约。这无异是说，过去

---

① ［美］伊哈布·哈桑著：《后现代的转向》，刘象愚译，台湾时报文化出版企业有限公司1993年版，第279—280页。

② ［法］利奥塔德著：《后现代状况：关于知识的报告》，见王岳川等编：《后现代主义文化与美学》，北京大学出版社1992年版，第26页。

的思想、理论全都受到怀疑。“现在我们一无所有,没有一样东西不是暂时的、自我创造的、不完整的,在虚无之上我们建立我们的话语”。上帝死了,信仰崩溃了,人嘲弄了自己。那 18 世纪曾被宣扬一时的理性与理性王国,原来不过是乌托邦的幻影,理性、崇高变成了欺骗。人突然觉得无所依附,而至于一无所有;无不都是过眼云烟,茫茫虚无。精神的失落,给人带来了巨大的痛苦,这就是他精神性的生存的挫折感。卡夫卡在 1910 年 12 月 15 日的日记中写到他所体验过的那种生存的绝望:“我就像是一块石头,一座自己的墓碑,那碑上既没有怀疑也没有信仰,既没有爱情也没有憎恨,既没有勇气也没有怯懦,只有一个模模糊糊的希望。然而,就是这希望也不过是碑上的铭文而已。”12 年后他又写道:“……我的内心只有绝望的幻象,尤其我在那里(希望之地迦南)是芸芸众生中最痛苦的人间。”①这种没有希望、没有出路的情绪的人,就像一个步入死胡同的落魄者,欲前无门,突围无力,所谓走投无路即是,使人不胜凄惶。在 20 世纪西方的哲学中,特别是存在主义的哲学中,人的焦虑被作为人的一种生存状态而成为一个热门话题。生存的焦虑源于人所处现实社会的分裂、破碎与它的不确定性。这种不确定性,使人在其生存选择中难以预测自己的命运,他不明白何时会被什么灾祸所吞没。布洛赫说:“当焦虑超出生物学的范围,只是作为一种人的存在方式,尤其作为焦虑之梦呈现出来时,它在本质上就是以自我生存本能受到社会障碍为基础的。事实上,这是唯一毁灭性的,甚至把愿望转向其反面的内容,它最终使焦虑变成绝望。”②焦虑大面积地弥漫与不断深化,演化而为绝望,使人成为空虚的人、扁型的人。

其次,当哲学家、文学家写到因上帝死去而留下难以弥补的空缺时,物的挤压则如排山倒海之势随之而来,而且这种挤压愈演愈烈。诚然,人

① [奥]弗·卡夫卡著:《日记》,转引自[德]古斯塔夫·勒纳·豪克著:《绝望与信心》,李永平译,中国社会科学出版社 1992 年版,第 20 页。

② [奥]弗·卡夫卡著:《日记》,转引自[德]古斯塔夫·勒纳·豪克著:《绝望与信心》,李永平译,中国社会科学出版社 1992 年版,第 14 页。

要生存,需要衣食住行,需要不断提高、改善它们的质量。人在对物的需求中,形成一种物欲,它一面激发人的热情,使财富不断被创造出来,使人不断获得物的满足与享受,这是不容争辩的。然而对物的无尽的追求的内在规律造成了对人的挤压,物的阴影遮蔽了人。物欲的发展不断转化为对金钱权力的追逐,使自身成为一种异化力量,使人变为物的奴隶。首先,这力量是物质的,当它与权结合,一夜之间就可造就成千上万的暴发户与亿万富翁,在物质上掠夺另一些人,人被物挤兑。于是我们见到在尤内斯库的满舞台的"椅子"中,不见了人。其次,这力量又是精神的,它使社会时弊丛生,贪污盗窃、损公肥私层出不穷,甚至利用公众的失语与无言,变本加厉地进行,使社会普遍需要的公德、伦理蒙上血腥的污秽。人间的羞耻、良心、血性、同情、怜悯、诚实、公正、正义等,进入了新的衡量秩序,即要以斤两来计算它们。人们可以围观人的死亡过程,可以容忍光天化日下的污辱,可以逼良为娼,把不从者当众扑打致死。物的挤压使不少人的人性泯灭,使人的兽性膨胀;而对于那些洁身自好、无所依傍的人来说,物的挤压使他们陷于清贫,给他们造成巨大的精神伤痛。不少人由此失语,失去批判和反抗的能力,从而滋生了各种各样的宿命思想与悲观主义。在这物化的时代,历史、现实都可以用谎言替代,一切都可以进行机械复制,动用美容手术,从物质到精神;一切都可以假冒,一切都被弄得真假不分,一切都优劣难辨。物的挤压,制造了大量在精神上污秽的人,失去灵魂的人。这在文学作品中已描写得很多,莫里亚克式的人物,卡夫卡式小说中的人物,荒诞派文学中的人物,比比皆是。他们或是毒如蛇蝎,或是形同枯槁,或是状如幽灵,徒具人形。

属于这一类型的还有平庸的人。高级消费、电视广告,时时提醒人什么是"美满生活"的象征,它们刺激人的需要,教导人如何模仿电影明星,它们劝导人关心享乐,打破旧禁,放纵情欲,及时行乐。它们影响社会舆论,改造文化。上述情况不仅外国有,在我国也是如此,在文艺中也属常见现象。在电视中,天天有人开导你如何吃喝,购买皇家气派,装出贵族风度；要不，就是一批批教授、学者、经理、演员、明星，被节目主持人哄得满台乱转，猜猜普通常识，猜不出就做出怪相，逗人一笑，玩玩大人排排坐、吃果果、过家家式的游戏。

再次，科技进步的复杂影响，造成人文精神的下滑，制造了无数渺小的人。科技的发展，无疑是人的认识、创造能力无限可能性的体现。科学家对自然、宇宙奥秘的深入探索，理应使人的认识与理论具有更高的敞亮的品格。但是对于不少人来说，甚至不少科学家来说，却并未在精神上摆脱神秘主义的束缚，而陷入哲学上的怀疑论与极端的相对主义。对事物认识的相对性是必要的，但把相对观点极端化，必然会在对待万事万物上形成一种亦此亦彼、什么都行的思维方式，导致对价值、真理的怀疑，最后放弃终极追问。在后现代工业社会，科技高速发展，信息媒介已进入千家万户。科技带来物质繁荣的同时，却不断建立起了自己的霸权地位，几乎形成了对人的绝对统治。在知识激增的时代，人们“听见被人说过的东西是如此之多，并发现关于万事万物的看法可以自圆其说，因而他们感到对一切都毫无把握”①，没有一种解释可以独霸称雄。加之，人们的教学方式也发生了变化，即在接受知识的过程中，人文因素急剧减弱，因为如今人们只需坐在终端机前就可获得必要的信息和知识。于是传统的人文科学受到强烈的挑战，这使人感到人文科学日渐失灵。同时在一些技术官僚看来，人文科学简直不屑一顾，因为它们不能创造物质财富，无法带来经济实惠。这样人文科学也就被逼放弃自己的合法化地位，而被悬置起来。但是人文科学的悬置与失灵，正是人文精神淡化的表现，正是使人何以为人的人文精神的下滑与堕落。于是我们在不少作品里看到，一切都动摇了，好像人人都是百万富翁，但觉得所有人却一无所有，住所陈设豪华闪光，而个人的精神愈益匮乏、贫困，似乎谁都没有忘记自己的突然贬值，因为它太令人痛心疾首。于是“自然的趋势是去寻找比自身价值更少

① ［美］查尔斯·纽曼著：《后现代氛围》，见王岳川等编：《后现代主义文化与美学》，北京大学出版社1992年版，第151页。

的东西”。

20世纪，由于社会的频繁动乱，使不少人在失去信仰、理想之后，而变得内心惶惶，成为扁型的人，由于物的极大丰富，普遍地追求物欲，而使不少人道德沦丧，成为精神上丑陋的人、平庸的人；由于科技霸权的建立，使不少人失去理智的澄明，而成为不能正视自己力量的渺小的人。人的价值的低落，贬值，促成了他的精神生产的自虐性的堕落。那么希望何在？古斯塔夫·勒纳·豪克在其《绝望与信心》一书中谈到人的悲观绝望的处境，只是他的一个方面。人还有另一方面，即信心的一面。他认为这信心的一面，恰恰来自人的自身：“希望之所以转化为信心，是因为他们看到了褊狭的先定的意识形态（无论是种族的、阶级的、国家主义的还是民族主义的）的普遍消除……各民族之间尽管还存在着对立，但是他们在精神上和经济上却在相互接近。艺术具备了世界主义的特质。”①他认为，无论是焦虑与绝望，还是希望和信心，都根源于生物生命的自身。“在今天的文学和艺术中，如果我们只表现焦虑之梦和绝望的歇斯底里，而不去表现希望和信心，乃至……确信的情绪，那么毫无疑问，这是表现了‘自然’生命的一半。”②豪克对人、世界表现了乐观主义的态度，值得赞赏，但其具体观点看来不能完全同意。例如说到意识形态的普遍消除，这并非现实的事。例如，各国人民在精神、经济上有所接近，但文化隔膜至今很深；不少人在宣扬世界主义艺术，但是他们心目中的世界主义艺术不过是科技发达国家的某种艺术标本而已。又如他寄希望、信心于人这个“生物”与“自然”生命本能的另一面。但是毫无疑问，人只有作为“社会”生物时，他的理想与信心才能成为他的本质面的。

---

① ［德］古斯塔夫·勒纳·豪克著：《绝望与信心》，李永平译，中国社会科学出版社1992年版，第4页。

② ［德］古斯塔夫·勒纳·豪克著：《绝望与信心》，李永平译，中国社会科学出版社1992年版，第63页。

第三节　高扬文学的人文精神

人文精神就是对民族、对人的关怀，对人的生存意义、价值的追求与确认。表现为人文知识分子修身自立的品格，坚持人格尊严，个人对社会的责任感，历久不衰的忧患意识。

新理性精神难以力挽狂澜于既倒，但它绝不会去推波助澜。它要在大视野的历史唯物主义的观照下，弘扬人文精神，以新的人文精神充实人的精神。

新理性精神坚信人要生存与发展。人理解自己的存在，人的生命活动不仅是为了维系其自身的生命。人通过其自身的实践活动，总是指向什么而被赋予目的性，形成其活动的意义与价值，改造自己的生存，实现自我，超越自我。人有肉体生存的需要，要有安居的住所，因此他不断设法利用自然与科技，创造财富，改善与满足自己的物质条件。而同时他有精神的需要，还要在其物质家园中营造精神安居的家园，还要有精神文化的建构与提高。人与社会大概只能在这两种需要同时获得丰富的情况下，才能和谐与发展。在这人的精神家园里，支撑着这无形大厦的就是人文精神，就是使人何以成为人，要成为什么样的人，确立哪种生存方式更符合人的需求的那种理想、关系和准则。人文精神就是对民族、对人的关怀，对人的生存意义、价值的追求与确认。人文精神作为精神文明底蕴，首先具有普遍的人类意义。各个国家、民族的成员，告别原始森林而步入社会群体，必须找到共同的相互人际关系的契约式的准则，如从动物脱胎出来最先形成的羞耻感，随后在共同生活中形成的相互同情、怜悯、血性、良知、诚实、公正、正义感，等等。各个国家民族进入到今天现代化的阶段，上述使人何以成为人的精神，仍然是共同应予遵守的契约式的准则，这是人文精神的最基本方面。

其次，人文精神是一种历史性现象。例如爱国主义精神，历来都是指对自己的国家、文化遗产的爱，不同时期指向相同，但其内涵是不断变化的，特别在多民族国家里。又如每个社会的统治阶级，都会将上述具有普遍意义的人文精神，纳入自己的阐释，赋予其阶级、集团本身利益的色彩与意义。当统治阶级处于进步的阶段，它对人文精神的阐释，往往有利于促成社会精神的建设，甚至还可能以本阶级、本集团的理想品格，来丰富与扩展人文精神，形成新的人文风尚，甚至时代精神。当这个统治阶级走向没落，念念不忘于一己之私利与权力，就会使社会颓风流行，使反人文精神、反文化现象迅速抬头。就西方社会来说，这个世界早就物化，金钱权力支配一切，理想幻灭，灾祸不断，那些使人成为人的最基本的准则，受到蹂躏，无数学人都深感在绚丽多彩的物质之后精神的贫乏。至于我国近期，由于把阶级斗争看成社会发展的唯一动力，一味斗争，以达私利，从而严重地造成了人文精神的畸形发展而至毁灭。有时，文艺中那种失去了历史感，张扬不分正义、非正义的同情、怜悯、良心的现象，也是存在的。但是几十年来的批判，造成了良心、同情的泯灭。上述那种艺术描写，可能正是一种迷惘的反弹。80 年代中期以后，商潮勃兴，人文精神无疑会形成一些新的积极因素，并在今后逐渐显露出来。但是商潮的消极面与腐败面，正裹挟着整个社会生活，从而使刚刚苏醒过来的人文精神，在社会生活的许多方面，再度失衡与沦丧。

再次，人文精神具有强烈的理想风格，在不同国家、民族的人文精神共同性的基础上，又各具自己的传统的理想色彩。有着几千年文化传统的我国，人文精神表现为对人际关系的重视。“观乎人文，以化成天下”；表现为中国历史上人文知识分子修身自立的品格，坚持人格尊严，个人对社会的责任感，历久不衰的忧患意识。“先天下之忧而忧，后天下之乐而乐”（范仲淹），“为天地立心，为生民立命，为往圣继绝学，为万世开太平”

(张载)。在近代西方思潮的影响下,我国现代知识分子又提出"赛先生""德先生",甚至近时又呼唤"莫先生"(道德);提出知识分子的价值是"与天壤而同久,共三光而永光"的"独立之精神,自由之思想"说。自然,这是一种理想与追求。如果说,中国知识分子的人文精神传统,重在个人修身自立,与人际、社会关系的相互协调,那么在西方,就近代来说,人文精神的着眼点则是以个人为本的,如自由、人权、平等、求知求真等。特别是自由与人权,它们关乎人的方方面面。这种人文思想,发生过积极作用,作为理想,仍然有其光辉。但作为现实的人文精神,几百年来并不那么美妙。人权、自由本来是人生存的精神需要。但是,极端化了的人权、自由,却把对他人的侵扰与伤害,都当成天经地义的事。

新的人文精神的建立,看来必须发扬我国原有的人文精神的优秀传统,在此基础上,适度地汲取西方人文精神中的合理因素,融合成既有利于过去不被允许的个人自由进取,又使人际关系获得融洽发展的、两者相辅相成互为依存的新的精神。

面对人的扁型化、空虚感,人的大范围的丑陋化、平庸化,与自我感觉的渺小化,文学艺术应该挥起人文精神的这面旗帜,制止文学艺术自身意义、价值、精神的下滑。

文学艺术是营造人的精神家园的一个重要部门。历史、现实中流传的文学艺术,毫无疑问有语言形式方面的因素,同时语言、文体的变革造成了与读者的新关系,这是文学人文因素的一个方面,但是还有内涵更为宽厚、深刻的人文因素的方面,而且是主要的方面,即对人的价值、命运的关注,为生民立命的热诚的一面。

西方学者说这也死了那也死了,但仔细想想,这些警世之言,有的说对了,有的说对了一半,有的说错了。在 20 世纪,一切都被否定了,一切都无望了。我知道,不少作家并不如此对待问题。例如,在 50 年代前的充满灾祸的西方社会里,海明威、雷马克小说中的人物,被东追西逐,飘零迷惘,挣扎死亡。这种失落的情绪在《永别了,武器》《生死存亡的时代》

《凯旋门》里，让人感到最为揪心的了。50年代初，海明威在《老人与海》中进一步宣告：“……一个人并不是生来要给打败的”，“你可以把他消灭掉，可就是打不败他”。这种铮铮鸣响的语言，充满了对人的同情与崇高的景仰。而几乎就在同时，当人们为战争的阴云所困扰，福克纳大声宣告：“我不想接受人类末日的说法……人是不朽的”，作家的“特殊光荣就是振奋人心，提醒人们记住勇气、荣誉、希望、同情、怜悯之心和牺牲精神，这就是人类昔日的荣耀”①。人的生存的挫折感是真实的存在。在人遭受苦难、陷入迷惘的时刻，看来只有那些具有海明威、福克纳精神力量的作家，会给人们以鼓舞，勇敢地生存下去。

当西方哲学家宣布这也死亡、那也死亡，无疑相应地在文学艺术中也掀起了一股非理性主义乃至反理性主义思潮。理性主义受到了非难。过去人们崇尚理性，排斥非理性。但是从人类心理、认识史的演变来看，非理性比理性更为古老。在欧洲，那隐潜的非理性在18世纪哲学中突变而为非理性主义，从此一发不可收拾；19世纪，通过叔本华、尼采等人的学说，形成了非理性主义思潮。非理性主义哲学抓住了理性主义避而不谈和难以阐明的隐蔽的现实现象，开拓了人类心理、思维、认识的新领域。但当它排斥理性，企图用非理性主义的种种学说来从整体上阐述世界时，这不仅突出了非理性主义的谬误，而且转向了反理性主义。非理性主义在过去的文学艺术中作为潜流而存在，如今深入各种艺术的形式，它们一面拓展艺术创造的机遇，更新人们的艺术思想，另一面又往往走向极端，无所顾忌地否定一切，特别是悲观地来阐释人的发展。它们见到了人的困境，描绘了人生的尴尬，以为这就是人的唯一存在形式。于是整个世界似乎都被焦虑、荒诞所充塞了，人的生存进取的意向被阉割了，使人沦为扁型的人。在我看来，诉诸人们感悟、心灵的文学艺术，不仅要描绘人的生存艰辛、他的不妙处境，同时也应像福克纳、海明威传达出人的自豪的声音。尽管反理性主义的白日梦尚未结束，但是新理性精神将把人的心

---

① 李文俊编译：《福克纳评论集》，中国社会科学出版社1980年版，第255页。

理、认识的重要一面——非理性，与非理性主义、反理性主义区别开来。它将充分重视偶然性在历史、精神乃至文艺创造中的特殊作用。偶然性是新的人物创造基础。但是新理性精神不认可把非理性绝对化，使其走向反理性主义，反对用反理性主义阐释人生，解释世界。同时，反理性主义也可以从理性主义衍化而来。本世纪以来，理性主义的发展，一再因其极端而走向反面。理性与非理性一样是人的心理、认识的特有能力，它规范知识、自然、道德、社会。理性的阳光给人类的发展带来发展与繁荣。在漫长的发展过程中，理性演化为成套学说，并渐渐变为规律自身，致使人变成了它的工具。理性主义的绝对化，不仅主使人主宰自然，而且掠夺自然，制造形形色色绝对化的准则与规律，使之异化为“绝对观念”“绝对意志”，企图导致对社会的绝对统治。被唯理性主义化的绝对意志，曾给一百多年来的近代社会带来无数混乱与灾难。它同样使人陷于失去理想和信仰崩溃的痛苦之中。结果唯理性主义竟是走向了极端的反理性主义。

第四节　走向新理性精神

新理性精神是一种以现代性为指导，以新人文精神为内涵与核心，以交往对话精神确立人与人的相互关系，建立新的思维方式，包容了感性的理性精神。这是以我为主导的、一种对人类一切有价值的东西实行兼容并包的、开放的实践理性，是一种文化、文学艺术的价值观。

新理性精神主张以新的人文精神来对抗人的精神堕落与平庸。当今一些文艺作品的写作，已使人严重地失去了羞耻感，失去了良知与同情，已丢失了血性与公正。一些误入文学“歧途”的人掉头而去,更有一些人大肆制作污秽的东西;当然也不乏作家高扬文学艺术的信仰与理想,虽然目前势孤力单,但会获得广泛的同情。上述情况在西方国家的文艺中也同样存在。因此我以为,当今的文学艺术,要高扬人文精神。要使人所以为人的羞耻感,同情与怜悯,血性与良知,诚实与公正,不仅成为伦理学讨论的课题,同时也应成为文学艺术严重关注的方面。以审美的方式关心人的生存状态、人的发展,使人成为人,拯救人的灵魂,这也许是那些有着宽阔胸怀的作家和艺术家忧虑的焦点与立足点。人文精神在当今社会还有别的要求。但是如果不能唤起使人所以为人的羞耻感,不能激起他的血性与良知,诚实与公正,在精神上使人成为人,其他要求再高、再好,也是枉然。自然,最基础的与更高形态的人文精神,两者并不矛盾,相辅而相成。文学艺术无力拯救世界,但它可以在一定程度上调整现实生活的失衡。

同时,文学艺术也要强化人文精神的批判精神。近几十年出现的一些文学艺术流派,特别是受语言哲学、语言论哲学影响的流派,在文学回到自身的嘈杂声中,纷纷把注意力投到语言形式方面去了。语言表达的形式变化了,艺术形式更新了,文学好像回到了“自身”。但是它内涵单薄,审美因素不是丰富而是削弱。至于公众关注的问题,他们的焦虑与忧愁,不少人把它们当作社会学的对象而高傲地抛开了。这样的文学艺术,被圈入了狭小的同人范围,只好相互欣赏各自的“叙事策略”,而对公众无所言说。这点后面将专门论及。文学艺术给人愉悦,同时以其强烈的人文精神的批判力而招引读者。在当今我国经济转型期间,现实中的腐朽与反人文精神的一面,较之人们在中外古典小说中所看到的图景,只有过之而无不及。不少作家在社会邪恶面前不求承担诺言,以减少写作的挫折,即生存的挫折,这也是环境使然。但是人文精神的委顿,怎能使自己深入时代的深层?怎能使创作走向博大、精深?刘鹗在《〈老残游记〉自序》中说:“《离骚》为屈大夫之哭泣,《庄子》为蒙叟之哭泣,《史记》为太史公之哭泣，草堂诗集为杜工部之哭泣，李后主以词哭，八大山人以画哭，王实甫寄哭泣于《西厢》，曹雪芹寄哭泣于《红楼梦》。”如果作家不能全身心地投入使人何以成为人的关注，对人的良知、血性的关注，如果不玩玩深沉，何来这种渗入灵魂的忧患感和人文精神？同时，如今不少作家加强了民主意识，十分谦恭，愿和读者站在同一水平之上，不愿别人说作家是社会良知。的确在这知识普泛化的时代，不会再有先知，而且良知与平等对待读者也不是一回事。但是就像从事科学研究的人中间，会产生有杰出贡献的科学家一样，在文艺创作中，也有那种关怀人的生存、说出别人深有感觉而又说不出来的那种人生感悟的震动人心的人。不可能个个作家都能成为社会良知，但成为社会良知的作家还是存在的。

20 世纪的科技霸权主义以及其他形式的霸权主义，使无数人成为渺小的人。要使渺小的人成为真正的人，借助于文学艺术精神家园的营造，也是一条途径。这里必然要涉及创作的主体性问题。作者的主体性体现着他本人的人文精神的品格，他对人文精神有多高的理解与体验，这决定他在创作中站得多高。主体性曾是现代主义所竭力争取的，以致使得他们把写作当成了自我表现，或专注于作者自我的内心活动，或以变形的艺术形式来体现这些活动。现代主义创作倾心于揭示社会剧变中的灾难感，人的焦虑与压抑，悲惨的世界图景与精神的荒凉，人的无能为力与悲剧命运，失去拯救、命中注定与万劫不复。它的格调，在对人的关怀中，充满伤痛与悲怆的味道。作家的主体性在创作中表现强烈，但调子无望而低沉。它的人物的主体性，则呈现破碎，失去完整、和谐，表现了迷惘、不安、焦虑、无力，被不可知的力量任意摆布，无法抗拒，最后走向悲剧的死亡。后现代主义作家竭力贬抑作家的主体性。他们在作品中描绘的，多半是不具主体性特征的客体，所以这类小说也被称作“客体小说”。这类小说叙事角度确很客观，小说文本表现了一种叙事的多视角特征。这时作者在作品中有如物化的机械一般，以所谓零度感情去描绘静物和人物，起到了一架多镜头照相机的作用。他甚至会以零度感情去描绘那些令人发指的罪恶暴行。于是在字里行间透露出来的那种客观,实际上正好显示了他缺乏人性的一面。我们看到,小说形式似乎更新了,但人物被淡化乃至替代了;他的主体性特征扭曲了,而最终人文精神被抹去了。由此人的渺小化,不仅为科技霸权主义压抑所致,同时也是一些作家有意使文学艺术人文精神自身贬值的结果。要使人摆脱渺小的感觉,在文学艺术中改造作家与人物的主体性,弘扬人文精神看来也是十分重要的一面。

新理性精神将站在美学的、历史社会的观点上,着重借助与运用语言科学,融合其他理论与方法,重新探讨审美的内涵,阐释文学艺术的意义、价值。因为审美曾被庸俗社会学消解过,也被所谓使文学回到自身的语言科学和诸种形式主义理论弄得相当混乱。语言科学的运用,曾把文学理论引向新的境地。各种形式主义理论与主张,原本在各自的片面中,程度不同地说明着文学作品中某一方面的课题。但是它们的全面僭越与操作,却使它们声称,艺术作品本身并没有什么价值,如果有价值的话,那只存在于它的操作方式与过程之中。于是我们看到,小说便成了无说之说,叙事成了无事之叙。而当语言变为自为体时,那种能指无节制的扩张,则使文学批评趋向于智力游戏。

语言来源于人的表达的意图,来源于人对世界的思考,而意图与思考就是语言的内容与指向。没有无意图、无指向的语言。语言的意图和指向的表达,形成话语的意义和价值。人的语言指涉人的自我,然而本质上更涉及对象,指向现实生活。如果语言失去表达人的感情思想的功能,人就将失去语言而退入原始森林。很难设想存在着一种纯粹是为了进行自我表现的语言。语言一旦成为社会性的语言,集团性的语言,它诚然对人具有制约性,甚至出现语言说人的现象。但只是一种假象,因为实际上这不过是隐蔽了的社会、集团的规则、关系的显现而已。

现代主义的兴起,引起了文学语言的变化。作家们看重语言的多变、奇异化、变异感,以引起艺术感觉的更新。语言的更新,促进了艺术形式的更新,也促进了艺术本身的更新。但是这一更新,并未完全使文学失去自身的目的性，中心思想，体裁界限，深层含义，可读性，确定性，甚至是模糊的确定性，虽然这种种因素已开始发生变化。“现代主义最初是出于对社会、秩序的愤恨，最后出于对天启的信仰，这一思想轨迹，使现代主义运动具有永不减退的魅力和持续不衰的激进倾向”，“但是回到艺术本身来看……这种寻找自我根源的努力，使现代主义的追求脱离了艺术，走向心理：不是为了作品而是为了作者，放弃了客体而注重心态”。[①]后现代主义一反现代主义的艺术目的，它借助“话语膨胀”，把现代主义的逻辑推向极端。所谓“话语膨胀”即对语言能指的崇拜，对语言能指功能的无限扩大。语言能指的分离与运用，原是有助于语言形式的更新。但是看来有一个度，即以有利于艺术的更新为限，即要使艺术成为艺术。语言能指功能的过度扩张，会导致言语的失控，造成组合词组、句子、叙述形式的随意性。在这里，变异、多样，成了变幻不定，最后反客为主，由表述的角色变为无所不能的新的造物主。语言成了一切之源，它所产生的文本就是一切，文本之外一无所有。这种把语言能指功能极端化的结果是，使文本出现了众多的新特征。如哈桑所指出的那样，有文本的不确定性，分裂性，非神圣化，无我性，无深度性，不可呈现性，不可表现性，反讽，杂交（即不同体裁混用），混成模仿以及内在性，即“心灵通过符号概括自身的能力”[②]以“重建宇宙”。哈桑把不确定性与内在性作为其两大主要特征，这是很有概括性的。

语言能指无节制的膨胀，形成文本的自恋与语言的自我运动。这种语言运动，到底是语言的自身运动，还是以人为主导，是人与语言的共同的运动，这是不言自明的。后现代理论家、作家宣布了作者的死亡。“谁在说话，又有什么关系”，“谁在说话，有何差别？”福柯说，“这种无所谓的冷漠表现了当今写作的基本伦理原则之一”。这样当代写作就从表达的

---

① [美]丹尼尔·贝尔著：《资本主义文化矛盾》，赵一凡等译，生活·读书·新知三联书店 1989 年版，第 98 页。

② [美]伊哈布·哈桑著：《后现代的转向》，刘象愚译，台湾时报文化出版企业有限公司 1993 年版，第 265 页。

范围中解放了出来,“写作只指涉自身”,“这就意味着符号的相互作用,与其说是按其所指的旨意,还不如说是按其能指的特质建构而成”。于是写作就像一场游戏,“不断超越自己的规则又违反它的界限并展示自身”,“从而创造一个可供书写主体永远消失的空间”。于是写作者的个人特征消隐,“书写主体消除了他独特个人化的符号,作家的标志降低到不过是他独一无二性的不在场(或非在、隐在),他必须在书写的游戏中充当一个死去的角色”①。这样,后现代主义理论家就宣布了作者的彻底的死亡。不过在这里,作者之死只是在纯粹的写作的意义上说的,完全是一种策略,其目的不在于彻底清除作者,而在于强化语言能指和叙述的自由度。但是,又要说作者死了,叙述可以自由活动,这种策略不过是为了消解写作中的一系列其他成分而说的,我们还会在下面看到。作者提供的只是语言的自身运动的方式,即他的文字码字方式。作者完全存在于这种方式之中,同时存身于这种文字游戏的背后,只是策略性地宣告他的不在而已。

后现代主义消解了现代主义同现实的关系,甚至还有现代主义自我表现的原则。由于迷信写作的纯语言性质,由于只重视语言的自我指涉性,以致只能使现实与历史置身于语言之中,现实、历史倒成了语言的产物。于是这就切断了文学与外界的多种联系。这是现代主义所倡导的文学自律性的极端发展。文学的自律性运动是文学自身发展的一种自觉过程,问题全在于人们把握这种自律运动的分寸。在谈及这种文学自律性运动的无节制的发展时,甚至连纽曼都认为太过分了。“我坚持认为,这种摆脱任何相互关系倾向的自律观的当代时尚,是一种欺骗”②。在这种情况下,讨论文学的真实性问题就纯属多余。如果认为真实性还存在的话,那不过是由作家完全虚构出来的一种自我感觉。

---

① [法]米歇尔·福柯著:《什么是作者?》,见王岳川等编:《后现代主义文化与美学》,北京大学出版社 1992 年版,第 287 页、第 289 页。

② [美]查尔斯·纽曼著:《后现代氛围》,见王岳川等编:《后现代主义文化与美学》,北京大学出版社 1992 年版,第 155 页。

外国学者指出，有种被称作“生成性小说”，“本质上是非联系性的”，从相互关联方面来看，“生成者与外部社会的、地域的、心理的或其他方面的观点没有联系，它是从自身逐渐发展起来的”。又有一种被称作“未来的文学”，这是“一种与外部现实相隔绝的文学”[①]。这些小说纷纷割断了与现实的联系，同时在那些描写历史的作品里，所谓历史自然不过是作者随手拈来的语言衍生物，所谓历史的真实性，自然不过是作者虚构的自我感觉的真实性，无需多作讲究。虚构与事实的混同，发生了“历史被种种媒介剥夺了真实而变成了偶然事件”。这种语言的自身展现，似乎脱离了创作的主体意识，离开现实、历史的真实，那么它想说明什么呢？它什么也不想说明，它只想满足语言能指的自我扩张。因为在它背后的作者，认为一切出于偶然，无可求索，世界万物都处于无序之中，不可理解，难以沟通。于是意义、价值，或意义的生成、价值的生成，全都成了解构的对象。意义是主体对客体的把握中不断生成的认识，价值则是在人对满足他需要的外界事物的关系中产生的，没有主体的需要就无所谓价值。既然主体已消亡，客体已幻化，于是去追求意义本身就变得毫无意义，价值本身也无所谓价值。后现代主义作品拒绝对人的生存意义价值的终极追问，因为在它看来人的生存本身本来就是一种幻觉，而幻觉之后仍是渺茫。那些终极追求，不过是故作深沉，自寻烦恼。今天已沉沦于万劫，何能再相聚于明天？

意义、价值的解构，导致叙事的不确定性。这种文本的不确定性，表现为含混、不连续性、异端、变态、变形。而变形又表现为反创造、分裂、解构、离心、位移、差异、分离、消失、分解、解定义、解秘、解总体性、解合法化，等等。“上述符号凝聚着一种要解体的强大意志，影响着政体、认知体、爱欲体和个人心理，影响着西方论述的全部领域。在文学中，关于作

① [美]厄勒·缪萨拉著：《重复与增殖》，见王岳川等编：《走向后现代主义》，北京大学出版社1991年版，第160页、第161页。

者、听众、阅读、书籍、体裁、批评理论甚至文学观念都突然变得靠不住了[①]”。

新理性精神极端重视审美，但不是所谓“纯粹的审美”。纯粹的审美是可能的，但其意义、价值有限，甚至可能是一种语言游戏。新理性主义重视“语言论转折”的重大成就，语言论引入文学理论，使文学理论流派不断发生更迭，不断出新。但是不难看出，文学理论中的语言论的渗透与演变，到后来也自成牢笼，成了消解意义、价值的手段。问题在于发挥语言能指功能可能性的同时，要找到一个适量的度，使其结束自戕的游戏，又能使理论真正丰满起来。

新理性精神自然要审视传统，因为传统是文化艺术之链，是精神之续。在中国几十年间，传统曾被贬得一钱不值，最后导致人性的泯灭，道德的沦丧，促成了今天人心的裂变。这种后遗症不知还要延续多少时候，80 年代，它又遭全面否定。但是人们刚从历史的灾祸中脱身而出，明白利害，所以未受多大影响。90 年代，传统又在恢复，恢复什么，如何恢复，是原封不动地保存传统，还是在现代精神下更新？在欧美文化中，传统常常遭到革新者的激烈否定。每个学派几乎都声称自己是对传统的决裂。诚然，它们抓住了传统文化、知识的弱点，力图改变人的思维方式，都有不同程度的创新而有所突破和丰富。甚至包括解构主义在内。但是这种决裂感的渲染，往往使人失去对传统的良莠之分、渊源之别，使人脱离了自己文化的土壤、文化之根，使人感到脱离了根的枝枝叶叶很快萎枯，使人产生文化的无所依托感，从而使人走向精神的虚无与飘零。确实西方的精神危机，相当程度上是与对传统持虚无态度有关的。传统既然被切断了，于是与过去切断联系而产生的“最终空虚感”随之而来，失去信仰后的“在劫难逃感”“世纪末感”、天下大乱感，油然而生。精神家园到处是断垣颓壁，一片残败景象。人作为短命的历史化身，有如沙滩上的足迹，

---

① [美]伊哈布·哈桑著：《后现代的转向》，刘象愚译，台湾时报文化出版企业有限公司 1993 年版，第 155—156 页。

经海浪一冲便荡然无存的转瞬消逝感，也到处弥漫。20世纪下半期来，各种思潮，似乎都面临解体，意义、价值、中心全面消解，世界从此进入无序，一切任其自然，一切失去准则，一切只见差异而不具同一，一切只有平面而不具深度，一切都不可确定，一切似乎都面临世界末日的审判。一部分人徘徊无依，零落彷徨；一部分人颓唐下去，信仰本能。对传统采取全面颠覆的态度，一脚把它踢开，那实在是一种反理性主义。文化传统是人类几千年间积累起来的精神成果。传统就是过去，然而不是纯粹属于过去的东西，它是通向未来、构成未来的过去。它包括许多旧的东西，然而生根于民族文化深层的东西，即使是旧的东西，也是最具持久力和最具生命力的东西，因此否定它们就是铲除自己的历史立足点。文化传统具有极强的惰性，但完全可以给予改造，使之参与新理论的建设。自然科学的发展会对人文科学起到促进的作用，但并非任何科学方法都适用于人文科学。在科学霸权主义的威慑下，用激进的手段不分青红皂白地颠覆以往的一切哲学、知识积累，在一片荒原之上进行过家家式的语言游戏，把人逐出自己的精神家园，使人踯躅于茫茫的虚无。这种学说虽说启人思索，但最终不免彻底地消解自己。

新理性精神在文化交流中力图贯彻对话精神，文化交流应在文化的对话中进行。文化交流是一种文化比较，它会显示不同民族文化各自的异质性与共同性，它们的长处与短处，从而在一定程度上形成文化的冲突。文化冲突实际上是不同文化异质性成分的冲突，它的积极一面是，可以促成人们在比较中产生取长补短的心理，努力汲取新东西，利用他民族文化中有用的异质性成分，以补续、充实自己；或是用其激活本民族文化，使之产生新的转机、更新与重建。在中西文化的交流中，中国“输出”的“逆差”极大。相对来说，在思维方式上，中国学者较之西方学者更具开放性。西方少数学者深感有与东方学者进行文化交流的必要，而大多数人仍处在欧洲中心主义的阴影下。异质性文化成分中是存在绝然对立、相互排斥的东西的，求同存异的方法是必要的。没有大范围的文化冲突，就不能产生文化的震惊,就不能激起本土文化的取长补短的愿望,就没有汲取与融合,就没有推陈与创新,就没有大范围的文化的重建。文化冲突中也存在各种对抗性的冲突。文化中的异质性成分,一方面是不同文化传统中长期形成的东西,不具对抗性质;另一方面则是不同社会制度、意识形态的文化积淀。发达国家的后殖民主义及其策略,在国际交往中必然引起文化冲突。它们通过经济、文化手段,输出它们的制度文化、意识形态,干预别国事务,这时对话就是唯一的途径。但是,正如我们在生活中所看到的那样,这样的对话可能会随时中断。纯粹的文化冲突不可能是导致战争的冲突,不应是亨廷顿所说的那种文化冲突。因为就文化性质而论,中国文化是一种以中和为本的平和的理性的文化,是一种和而不同、求同存异、兼容并包的文化。如果东西方都只以文化交流为目的,持有互通有无、促进各自文化更新的愿望,那何来战争之说?如果由文化交流、冲突而果真导致战争,那只能是西方十字军东征式的或鸦片战争式的"文化冲突"。

新理性精神就其文化精神来说,将是一种更高形态的综合。在未来的文化艺术中,各民族的文化艺术将以其民族独创性而自立于世界,但是又会不断走向综合,吸取他民族文化中的新东西而走向融合。由综合而至融合,并非使所有文化走向一体化。科技文化也许容易接近,趋向一致,而文化艺术只有局部或某些方面,在科技飞速发展的时代,会融合成真正一致的东西。真正使人仰慕不已的、流传不朽的文化艺术,将是具有民族独创性的文化艺术。它将会在综合与融合中获得新质,形成新的文化艺术形态。在理论形态上也是如此。在首先承认各民族文化艺术的独创性获得充分发展的前提下,综合与融合将成为新世纪的一股潮流。

总之,新理性精神意在探讨人的生存与文化艺术的意义,在物的挤压中,在反文化、反艺术的氛围中,重建文化艺术的价值与精神,寻找人的精神家园。因为人一旦丧失精神家园,就会彻底变成物的奴隶。他就会与孤独、焦虑、无聊、失望、绝望、荒诞为伴,就会在"无意义"中踯躅于精神荒原，浪迹天涯，失去创造的活力。人生来就是为了生存与创造，生存的创造与精神的创造。在科技如此发展的时代，不少人仍在生存的艰辛中挣扎，精神上感到孤独与失望。可一些人却说生存本身就是虚无，这一切岂非都是荒诞！文化艺术果真失去了“是什么”“为什么”的追问，它们本身还有什么意义？人的生存本身还有什么意义？他还能寄希望于明天么？

第二章　文学理论现代性问题

第一节　现代性及其演变

新理性精神以现代性为导向，因此，需要探讨一下文学理论现代性的基本方面。

现代性问题受到文化界的关注，已有十多年了。在我看来，所谓现代性，就是促进社会进入现代发展阶段，使社会不断走向科学、进步的一种理性精神、启蒙精神，就是高度发展的科学精神与人文精神，就是一种现代意识精神，表现为科学、人道、理性、民主、自由、平等、权利、法制的普遍原则。欧美学术界围绕现代性问题已谈了几百年，在其演变过程中，大致形成了各种马克思主义学派的、韦伯式的自由主义思想学派的以及保守主义思想学派的现代性观念，发展到近期又有哈贝马斯的交往理性的现代性理论派别。欧美等国家在不断追求现代意识、现代性的情况下，建立了高度发展的物质文明与精神文明。但是由于现代性自身固有的内在矛盾性，在理性精神不断实现的过程中，也造成了种种失衡，使理性精神变为只讲实用的工具理性。科技的飞速进步与物质生产的高度丰富，显示了人的无限潜能，但又形成了人的物欲的急剧膨胀，造成了物对人的挤压与人的精神的日益贫困，并使人在精神上时时陷入生存的困境之中。而近百年来具有锻铸、弘扬人文精神的社会科学，在提供多种知识、扩大人对社会的认识、加深人对自身了解的同时，在不同的人群、集团手里，又使理性变为反理性，并且走向反动，酿成了种种危机与动乱，给社会与广大群众制造了一场又一场的几近毁灭的灾难，从而不仅使自己的权威丧失殆尽，而且不断加深了人的精神危机。

20 世纪的不少欧美哲学家、诗人、作家，按照自己对现代性的理解，对上述现象或进行解释与批判，或进行诗意的反抗，揭示资本主义、科技发展和即将到来的信息社会下的种种矛盾。他们对技术至上、工具理性的全面胜利发出惊呼与警告，对人文精神的日益衰落深感忧虑，他们的呼声充溢了人类的悲剧意识。小说家们使用荒诞的手法，显示人的生存中的荒诞现象甚至生存本身的荒诞，艺术地展现人的价值，在物的阴影的覆盖下，不断地被消解与毁灭。现代性的发展，逻辑地从自身酝酿了反现代性的方方面面，并且愈演愈烈，形成了反现代性的思潮，同时这种反现代性方面又遭到现代性自身的批判，特别是人文的、哲学、美学方面来的批判。自然，这并非反对现代性自身，而是批判由于现代性的“僭越”而带来的消极的东西,即批判工具理性、伪科学所产生的反现代性所表现出来的方方面面。这种批判表明了现代性本身所具有的科学、理性精神的强大潜力。这种批判性也正是现代性自身所有的特征。

西方学者把20世纪最后几十年前的社会精神、学术思潮的现代性,定位于现代主义,把现代主义看成现代性的最后形式,把现代主义的危机当成现代性的危机,持这类观点的西方人士还真不乏其人。如美国学者弗·杰姆逊,在其《后现代主义与文化理论》一书中,将现实主义、现代主义、后现代主义解释为"分别反映了一种新的心理结构,标志着人的性质的一次改变,或者说革命",并把三者与资本主义发展三个阶段市场资本主义、垄断资本主义、多国化的资本主义对应起来。而本文作者认为,恐怕不宜将现代性与现代主义完全对应起来,它们是有联系又有区别的观念。标举现代性原则,批判现代性自身无节制的扩张,批判现代性因自身的反向异化而走向堕落,确实是近百年来的现代文化思潮的主导倾向,特别是本世纪的批判哲学,其针砭尤为激烈。不过,关于现代化的弊端,现代主义以前的非现代主义哲学、美学、文艺流派,都早就有所发现,并进行了一定的批判,所以也不好说,只有现代主义才体现了现代性。我们总不能把20世纪批判现代性消极面的多种哲学、美学、文学,都归入现代主义,纳入现代主义的轨道。当语言论哲学、特别是解构主义和与其密切相关的后现代主义思潮兴起之后,现代主义成了批判的对象,人们原有的思维与叙事模式普遍地遭到解构,人的价值与精神遭到进一步解体。当后现代主义宣布替代了现代主义,于是现代性也就被宣布为过时了。然而,我们知道,针对那些反现代性现象所进行的多方面的文化批判并未停止。要是完全把现代性定位于现代主义,那么对于反现代性的多方面的批判,还能存在下去吗?如果存在什么批判,那是否又一定就是后现代主义的批判了?恐怕未必如此。例如,我们事实上也在对现代性的消极面进行着批判,但这是一种现代文化的批判。

自然,可以说后现代主义就是一种批判。不过,从后现代主义观点出发的文化批判与现代性的文化批判,是并不一致的。现代性的文化批判仍在探索积极的因素,维护人的存在所需要的普遍价值原则与普遍精神,以便使价值与精神在被破坏中获得重建,这里的批判是为了丰富与更新。后现代性的批判,则是在颠覆了旧有的价值之后,说要重新塑造人的"自我形象",它往往是很聪明、机智地数落了现代性的种种不是,并且把它们视为现代性的全部内容,进而把现代性加以否定。"我们可以,而且应该抛弃现代性,事实上我们必须这样做,否则,我们及地球上的大多数生命都将难以逃脱毁灭的命运。"[①]这就说得言过其实了,简直是耸人听闻了。其实,即使在欧美,如果要使社会获得正常发展,那么现代性以及现代性建立的意识、话语权威,即使一部分过时了,而其基本原则、精神还是常新的,是人们的生存须臾不能离开的。在这方面,也许德国哲学家哈贝马斯认为现代性是个未竟事业的观点,似乎更有道理些[②]。而反对现代性的后现代哲学,确是看到了人们旧有思维的局限,提出了一些调节人的关系的新观念,它们可以用以说明后现代社会的某些现象以及诸多消极现象产生的原因。在我看来,可以将这些积极因素作为现代意识因素,融会到现代性中去,丰富现代性,但难以排挤掉仍在起到支配社会生活的现代性。把现代性从现实生活中驱逐出去,无疑会使现实生活的进展失去指向,即使进入资本主义全球化时代,也无疑会遭到社会正常发展需要的极大的反抗,受到人文、哲学、美学的批判。现今的所谓全球化,就是按照几个发达国家制定的规则,企图通过国际金融资本、信息技术的联合与组织,在全球国与国之间形成一种紧密联系、相互制约的政治、经济、文化的关系,它使得全球各国在政治、经济、文化上走向形式上的同一化与一体化。但是对于政治、经济、文化不发达的国家来说,全球化只是一种参与意识,在积极的参与中发展自己。因此,它们心目中的现代性与发达国家

---

① 转引自王治河著:《后现代主义与建设性》(代序),见[美]大卫·格里芬著:《后现代精神》,中央编译出版社 1992 年版,第 19 页。

② [德]哈贝马斯著:《论现代性》,见王岳川等编:《后现代主义文化与美学》,严平译,北京大学出版社 1992 年版,第 20 页。

所主张的现代性并不是一致的。至于在未来,现代性的内涵可能会有所变化或变得复杂起来,但其原则与精神,无疑还会长期存在下去。

对于我们来说,我想体现了现代意识精神的现代性,是不会过时的。一百多年来,我国社会的现代化的道路十分曲折。我国社会发生过多次巨变,我们可以加速现代化的进程,但是社会的现代发展阶段看来是路途漫漫,难被超越。我们过去早就想超这超那,一蹴而就,结果这些盲目的跃进,却给人们造成了无数物质的与精神的伤痛。我们痛感于一部写于20世纪20年代初的俄罗斯的反乌托邦小说《我们》,竟有如此巨大的预言力,而不能不引起我们的深思。现代性的原则与精神看来也是如此。

现代性遭到多次歪曲,现今需要新的整合。就目前来说,广大的人群在物质上尚未呼吸到充分现代化的生活气息,在精神上也是如此。为了使社会进入现代,国家走上现代化的道路,我们过去有过不少人、现在又有多少人都在塑造各自的现代性。在20世纪里,有的学者把西方社会的现代性,当成我国的现代性加以弘扬,即寄希望于全盘西化。但是早在19世纪下半期,西方的现代性就已暴露了它的另一方面的种种矛盾,至今更是危机重重。"五四"后一些人照搬照抄,但是这种学风一直受到人们的非议。另一些人把马克思主义理论加以传播与变通,并与中国的实际结合起来,使社会得到了革命的改造。但是到了20世纪50年代,又预设苏联的今天就是我们的明天,并且制造了一系列群众运动,一有不同意见,就进行政治消除,这实际上也是一种典型的照搬。由于现代性被盲目的主观性所替代,由于根深蒂固的东方习尚并未寿终正寝,致使科学沦为现代迷信,理想被扭曲为早就被批判过的乌托邦,人祸连连,从而使现代性走向"文革"的封建法西斯性,走向了反动,使社会发展遭到了极大破坏而濒临崩溃的边缘,人的精神家园败落为一片废墟,并且至今未能使人们在精神上完全走出其阴影。这已经成了几代人铭心刻骨的时代感受,无疑,这必定会受到思想史的长期清理。

20世纪80年代改革开放的时代,一些人痛感于自己的落后,目光紧盯现代的西方，以为西方的今天就是我们的明天，以为这就是现代精神，于是再度掀起了西化的浪潮，这在我们思想界、学术界都有广泛的表现。就以文学研究来说，不久前读到钱理群的短文[1]，谈及20世纪80年代他与同行提出的“20世纪中国文学”的观念。这一观念不在于文字表达本身，而在于对其所作的阐述。倡导者对这一观念的解释，在后来文学史的编写中发生了众所周知的影响，但是在学界是存有不同意见的。20世纪八九十年代的现实生活逼人反思。短文作者认为，这一概念本身无需改变，但是根据20世纪文学发展的实际情况，现今必须对其含义做出新的阐述了；同时承认这一观念的提出，正是受到当时“西方中心论”影响的结果。对于一个学者来说，修正自己观点是常有的事，有的公开申明，有的暗中进行，有的暗中修正了还得表现自己是一贯正确的。短文作者要修正自己的观点，这已是实事求是的表现，但还和盘托出了思想来源，特别是承认受到西化的影响，却是要有勇气的。说实在，我读完这篇短文后，深为作者坦诚的学风所感动。西方中心论，在我看来，就是这位学者在20世纪80年代所理解的现代性，而今对现代性的认识站到了更高的层次之上。西方一些学者说，当代西方社会已进入后现代社会，现代性已经过时，20世纪80年代中期，此说传到了我国。到了20世纪90年代，我国一些年轻学者把西方学者的理论搬过来就用，高唱在我国的文化、文学中，已走向“现代性终结”。其实，这又是一种西化论的搬弄了，或是一种真正的“抄袭”“模仿”了！警惕、批判与避免现代化带来的破坏性后果，跨越它的陷阱，我以为这并不会导致现代性的终结。我们要分析西方学者对于现代性的不同的解释与批判，但又不能局限于他们对现代性所做的阐述。同时，我们也不能重蹈现代迷信所制造的现代乌托邦，来构筑我们所需要的现代性。

从现代性的历史进程来看，现代性是一种被赋予历史具体性的现代意识精神，一种历史性的指向。在各个发展阶段，现代性的内涵有着共同

---

① 钱理群撰：《矛盾与困惑中的写作》，载《文学评论》1999年第1期。

之处,但又很不相同。一些学术思想问题,在彼时彼地提出,看来有违那时现代性的要求,而不被重视,甚至还要遭到批判;而在此时此地,则不仅与现时现代性的要求相通,而且可能成为现代性的基本组成部分。例如,对于“五四”后的多次学术思想的争论评价,我们从现时的现代性要求出发,可以说与“五四”时期的要求在总体上是一致的,但又是不完全相同的。“五四”新文化运动,是辛亥革命的一次深入,文化上的真正革命。这场运动,意在进一步摧毁封建制度,击溃旧的文化传统,走向更为彻底的现代化。其批判的准则,则是民主主义、科学主义思想,部分则是刚刚传入中国的马克思主义思想。这些思想形成了“五四”时期的现代意识精神,其指向表现为这一时期的现代性。这时期的任何文化现象,在新文化运动面前,在“五四”时期的现代性面前,都将陈述自身存在的理由,而受到检验与被取舍。提倡白话文,是我国文学叙述的一个转折;而当时的国学研究的趋向,与其时倡导的科学精神、人文精神相悖,妨碍了新文化运动的推进。稍后的“学衡”派、“甲寅”派,继续反对文学话语的改革,他们保卫旧文化,批判新文化,声称白话文学不算文学,对改革派极尽嘲弄之能事。毫无疑义,他们自然是时代的落伍者了。

“五四”运动的功绩在历史上彪炳千秋,当时对旧文化所采取的激进态度,从促进历史进步来说,实属必要,这是 19 世纪末、20 世纪初我国文化不断演变的结果。但是也正是由于其后来的激进性、绝对性,使得新文化与传统文化之间横亘一条裂痕,这也是事实。一些学者不承认有什么断裂,认为继承得很好,这也是一种意见。我们一面要赶上时代的发展,摆脱落后愚昧的局面,似乎觉得只有从外国人那里寻找榜样与药方,否则就难以自立。另一方面,特别是在“五四”运动几十年之后,由于我们中断了与传统的联系,总是使我们觉得在文化传统上飘零无依。说是我们有几千年的优秀文化传统,但又不断挞伐古代文化以致焚烧古籍,让人看不见、摸不到的优秀文化传统不知究竟在哪里,从而造成了广大人群文化、精神的贫困。这就是我们近百年来特别是近 50 年来的文化心态,虽然近20年来的情况有所改善。

在20世纪即将告终之际,百年来发生的种种事件,今天以历史的整体面貌出现在我们面前,这无疑可以使我们获得一种历史的整体感。对于现在的我们来说,历史的评价已可以不囿于一时一事,可以在历史的联系中了解它们,而成为一种整体性的评价。现代性也即现代意识精神,具有了更为宽阔的视角、宽容的气度。对于过去革命的文化思想的方方面面,将在历史的整体中受到重新的评价与审视,即使在过去被认为是保守的文化思想也是如此。一切有利于当今文化发展的因素、成分,都将被我们采纳、吸收;一切不利于当今文化发展的因素、成分,将被搁置起来。有些进步的现象,可能在与多种其他现象的联系中,由于消除了一时一事的孤立性,产生历史整体面貌的敞亮而发现其中的消极因素,甚至可能见到其走向反面的原因。原有一直被认作是消极的历史现象,同样可能由于消除了一时一事的孤立性,在整体的相互的联系中,因历史面貌的敞亮而可以发现其积极因素。这种现象,我想可以叫作历史整体的去蔽作用。《学衡》派对新文化运动的历史攻击固然不足为训,但今天看来,其研究学术的宗旨,却具有新意。它主张“论究学术,阐求真理,昌明国粹,融化新知”。对于国学研究,其态度是“明其源流,著其旨要,以见吾国文化,有可与日月争光之价值;而后来学者,得有研究之津梁,探索之正轨,不至望洋兴叹,劳而无功;或盲肆攻击,专图毁弃,而自以为得也”。又说“本杂志于西学则主博极群书,深窥底奥;然后明白辨析,审慎取择……兼收并览,不至道听途说,呼号标榜,陷于一偏而昧于大体也”①。自然,这些宗旨,提倡者其实并未能真正实行,也难以实现,况且走到岔路上去了。但是就这等主张而言,现今抹去其灰暗的历史尘埃,则显出了其现代意识的精神;我们经过几近一个世纪的曲曲折折,今天求索的无疑也包含这种精神与主张,它们可以成为当今现代性的一个组成部分。历史中存在大量的“盲肆攻击”,大量的“专图毁弃”,这也是事实。盲目的滥肆攻击与

① 《〈学衡〉杂志简章》,载《学衡》1922年1月第1期。

随之而来的种种反理性的毁弃，都被历史发展的现实需要所毁弃了。

历史的整体性评价，是我们所主张的现代性的思维方式，它承认历史发展中的激变时期的一分为二的斗争的必要性、革命的必要性，否则，新的思想、文化以及制度无以自立，难以发展壮大；同时主张新的文化、思想一旦产生与形成，就应在批判、鉴别的基础上，充分吸收旧有文化传统的精华，铸成自身的血肉；一味斗争、只主张二元对立的思维，导致了社会的灾难。当今现代性所要求的，应是一种排斥绝对对立、否定绝对斗争的非此即彼的思维，更应是一种走向宽容、对话、综合、创新，同时包含了必要的非此即彼、具有价值判断的亦此亦彼的思维。

第二节　文学理论的自主性问题与现代性

我国新时期的文学理论 20 年，是受到现代性的策动，力求新变、不断体现现代意识、精神的 20 年，也是在文学理论上初步更新了文学观念、发生重大变化的 20 年。

在文学理论中，探讨现代性问题，自然不能把它与科学、人道、民主、自由、平等、权利等观念及其历史精神、整体指向等同起来，但是又不能与之分离开来。文学理论要求的现代性，只能根据现代性的普遍精神，与文学理论自身呈现的现实状态，从合乎发展趋势的要求出发，给以确定。我以为当今文学理论的现代性的要求，主要表现在文学理论自身的科学化，使文学理论走向自身，走向自律，获得自主性；表现在文学理论走向开放、多元与对话；表现在促进文学人文精神化，使文学理论适度地走向文化理论批评，获得新的改造。

20 世纪 50 年代初到 20 世纪 70 年代末，我国文艺界流行的是“文艺为政治服务”“文艺从属于政治”的口号。十分明显，这里的主体是政治，文艺完全处于从属地位，文艺自身的主体性完全被否定掉了。结果是，当“文革”政治日益走向封建法西斯化，文艺、文艺理论、批评也就堕落不堪了，一场又一场的政治杀伐，总是从文艺批评开始。20 世纪 70 年代末，从“文革”的教训出发，在“解放思想，实事求是”的方针指导下，提出以后不再提“文艺为政治服务”“文艺从属于政治”，而改提“文艺为人民服务”“文艺为社会主义服务”。这是一个及时的重大的变化，也是改弦更张的一个有力的举措。我们在这里主要分析这两个“不提”，因为文艺要成为文艺，首先要从其学理上进行阐明，使文艺真正成为文艺自身，即还其固有的自主性，文学理论同然。

文学与政治的关系，就现代文学理论来说，早在 20 世纪初，在梁启超的一些论著中已提了出来[①]，这纯属一种理论性的探讨；20 世纪 20 年代有关这方面的讨论，也是属于这种性质。后来这一理论就发展到“文艺从属于政治”“文艺为政治服务”的结论，这在历史非常时期也是必要的，而且也起过良好的社会作用。从 20 世纪 50 年代起，这一理论逐渐成了一种政治规定，成了一种体现一定政治要求的政策。于是理论被简化成了政策，并要求政治、文化部门、文艺家们都去贯彻。

照我们现在的理解，所谓政策，多半是在某种理论指导下，保证某种政治、社会主张得到实施而制订的一定的措施与手段，这是社会权力、财富分配、再分配的各种规定与限制。政策总是具有集团性，在其实施过程中具有强制性。审时度势，因时因地的应时性、灵活性、强制性，正是政策的特点。政策是一种权力行为，把文学理论与政策搅混一起，政策就可能替代文学理论，遏制文学理论自身的不断探讨与前进，消除理论自身的学理与自律性。20 世纪 50 年代初以后的几十年里，事实上只有文艺政策而无文学理论，虽然文艺界有的负责人以文学、文学理论的名义常常发表讲话、进行种种总结，但实际上不是在探索文学理论自身，而是独霸了这

① 梁启超著：《论小说与群治之关系》，见夏晓虹编：《梁启超文选》下册，中国广播电视出版社 1992 年版，第 3 页。

一理论话语的解释权，严酷地、一批又一批地处理文艺思想上的异己分子，文学理论被推入了“风刀霜剑严相逼”的绝境，学理探索实际上被封死了。一切与这一政策的规定有出入的、不相呼应的理论观点、看法，都受到权力的干预而备受摧残。政策与理论是不应混同的，事实上也无法相混，但是权力可以使之一体化。20 世纪 70 年代末、80 年代初，提出了在文艺中不再提文艺从属于政治，不再提文艺为政治服务的口号，而代之以文艺为人民服务，为社会主义服务，这说明过去几十年里，确实把文学理论与文艺政策相混了，因为政策是可以替代的，而理论的学理可以修正，但似乎没有替代一说。

理论不同于政策是明显的。理论，特别是成了一种科学的理论，总是出于现实生活的需要、适应人们实践活动的需求而产生，所以理论具有鲜明的实践性特征。理论用来阐明某种自然界的现象，或社会现象，或多种人类精神现象，揭示它的产生，构成它的演变，导出它的结果，预示它的未来，所以具有自律性。理论依靠自身的学理而存在，学理具有自身的逻辑性、严密的推理性，从而构成这一学科自身的科学理论、知识体系。学理就是讲道理，探讨并说出事物真相，尽量去说明事物的普遍性特征及其独特性，所以总是追求真理，以理服人，而不靠虚妄，不靠外力的强制，不靠吓人。人们相信一种理论，是信服其道理，即学理；不相信它，是因为它谬误百出，有悖常理，即没有道理。历史经验证明，依靠权势、震慑性地强制推行的所谓理论，都是靠不住的。强行灌注，可能得手于一时，一旦出现谬误与失败，其后果将是灾难性的。学理具有自身的原则性、适应性、应时性，但原则性是主要的，并且从来不具强制性。理论具有时代性、历史性的特性，它可以在历史的探讨中不断完善自己、完成自己，在认识的不断深化中形成，在形而上的不断升华中定形，但不致朝令夕改、被随意替代。任何理论的进步与发展，在于它的学理的增值，从而形成理论的增值与创新。可政策是一种手段，它适应需要，可以推动现实关系的协调与发展，体现它的“英明”，无所谓价值的增值。一个有价值的理论体系，只是在某些方面表现得较为合理一些，完整一些，但不可能总是放之四海而皆准，世界上并不存在这样的万应理论。实际上，一种理论往往在这里可行，在别处就未必可行。一定要把某种理论说成万应灵丹，这就是理论的僭越与理论的迷信，这正是工具理性与企图制造愚昧的表现。在这个世纪，工具理性与迷信运动给人们造成的灾难实在太多太多了。同时，一个理论体系，由于自己学理的体系过于严密而不能吸收别的理论中的长处，即另一些学理的成分，拒绝丰富与充实自己，这必然导致其排外与自我封闭，使自身的学理发生僵化。那么，这种理论自身的局限就显露出来了，被它说明事物的普遍性特征的力量就日益缩小了。每当时过境迁，一种理论的学理可能就会失去其魅力，而当新的情况发生和新的社会实践产生需要，新的理论及其学理又会应时而生，并去影响实践。

文学理论的进展，是要靠学理的不断积累的。但如今，其学理被扭曲，积累被中断，而且一中断就是几十年，这理论自然就要停滞不前，甚至被破坏殆尽了。文学理论的命运是如此，其他学科也是如此。20 世纪的第二个 50 年与第一个 50 年相比，特别是 20 世纪 50 年代初之后的近 30 年间，文学理论园地极为衰败与荒芜，这也就是为什么这一时期没有出现文学理论大家的原因所在，这在哲学界、历史学界同然如此。在这几十年里，在权力意志的统制下，现代性逐渐被反现代性的封建性所替代，并能在这样长的时间里畅行无阻，确是令人深长思之。如果这不是权力意志的横行，又是什么在作祟呢！

西方文论真正走向现代，大体始于 20 世纪第二个 10 年间 ①，当然，其开始可能要推前到波德莱尔时代。19 世纪，西方学者包括俄国学者就提出艺术的独立性问题。20 世纪初，外国文论自主性的提出，同样是要求文学理论回到自身，但其内容与 20 世纪 80 年代的我国文论回到自身的要求不同。不同之处在于，我国文论所要求的自主性，是要从政治的束缚下解脱出来，获得自身的独立性，使文学理论成为文学理论，明白自身

① 钱中文撰：《会当凌绝顶——回眸 20 世纪文学理论》，载《文学评论》1996 年第 1 期。

的学理。西方文论所谓的独立性、自主性,则是要研究文学自身,摆脱文学批评、研究中的所谓外部研究方法,即摆脱所谓心理学式的研究、历史研究、社会研究、印象研究、作家传记研究等,使文学研究去研究文学作品自身的问题,如作品构成因素、节奏、格律、文体、叙事、文学类型、评价等,即使文学研究走向所谓内部研究。由于这一片面性的研究导向,西方文论在后来70年的历史过程中,内部研究占有了主导地位,并在文学作品的研究方面曲尽其妙,多有发明。但是由于这一导向具有极大的片面性,自然并未使文学理论真正回到自身,因为它把属于文学自身的另外一些组成部分否定掉了,使文学理论仍然残缺不全。但是不同于我国的是,西方文论自身的学理研究,虽然历经各种社会动荡,频受战祸的影响,但并未因强力压制而发生中断,而且派别一个接着一个,各自标榜,赓续不断。直到70年代末,不少学者包括结构主义理论家在内,认为内部研究的局限性已很明显,这类研究已经不能阐明文学现象诸多方面的问题。20世纪80年代,许多学者已不能容忍内在研究方式,纷纷摆脱这一研究方式的框架,而转向了外部研究,或标举多种理论旗号和所谓文化批评,或促成了内外结合的文学研究,使文学理论获得了较为完整的自主性,从而也体现了文学自身、文学研究的学理上的现代性。

20世纪70年代末,我们在前面所说的两个"不提",使我国文学理论从失去自我的极端落后的从属状态,开始走向自身,恢复了世纪初曾经有过的学理的探索和文学自律的科学探索。文学理论可以走向自身,走向自律的科学探讨,这是文学理论现代性的起码条件,因此可以说这是文学理论科学理性、现代意识精神、现代性的初步体现。

自然,上述两个"不提",不是说文学与政治无关,而是说两者不是从属关系,这是积极的一面。但由于不能全面理解两者关系,因此在创作与理论中,又产生了一些新的情况。一些作家与论者,痛感于几十年来政治的不协调的关系,纷纷要求文学与政治脱钩,论证文学与政治各自独立,文学审美创作凭作家天性行事,文学、政治互不相关,希望政治少干预文学，要求文学与政治离婚，等等，这些情绪都是可以理解的。目前，关于文学与政治关系的上述观点，大致表现为两种倾向：一、通过文化批评的形式，一些人实际上在直接探讨政治问题，你可以说，我也可以说，只是要求政治不予干预。确实，这是自由，虽然对于这种自由意见不一，对此我们不予置评。二、在文艺创作思想上，这实际上可以分为两个方面。第一，舆论上虽说文学与政治要分家，要离婚，但一些作家分明在自己的作品里，调侃、嘲讽政治；或是消解、解构政治，以致走到否定任何价值标准的地步，可又要求评论只能就其高超的文字、风格进行评说，否则就是政治批评，而政治批评就是棍子批评。第二，在批判政治强力干预文学时，形成了一种纯艺术倾向，即力图远离政治，甚至社会生活，把文学孤立于其他社会关系之外。一些写作者，一度热衷于话语游戏，进行语言猜谜式活动。当这种写作难以为继时（还会存在下去），又转入形而下的写作，凑合纯粹偶然性的东西，或化解历史，或从"新状态"转向"性状态"的书写。其实，文学作品可以不写政治，与政治分开，但是文学既然与生活密不可分，而政治又是生活的组成部分，因此文学创作也是难以避开政治的。

拉丁美洲的"爆炸文学"举世闻名，这是一种社会性、政治性很强的文学，不少著名的小说就是描绘一些社会、政治事件的。但是社会性、政治性强并未影响它们的艺术的独创，反倒使它们在世界文学中异军突起、独树一帜。当然，要充分估计到我国作家的社会、政治条件方面，有自己的难度，和他们的环境是很不一样的。新时期以来，我国不少年轻作家，曾把拉丁美洲的一些著名作家视为自己写作的榜样，刻意模仿。但是他们害怕社会、政治问题，所以也只是学习皮相，缺少了拉美作家宽大的胸襟、民族与人类的生存意识和透入人性的警策力。他们的作品竭力离开社会性而渴望提高自己的审美层次，但提供的画面，往往在思想上显得十分单薄、干瘪，艺术上缺少光华，不具强大的审美批判力、人性深度的表现力，这是需要有洞透力的思想才能的。据报刊披露，深受我国青年作家崇敬的拉美作家加西亚·马尔克斯与巴尔加斯·略萨曾分别来过我国，但他们不是来接受我国青年作家的褒奖,甚至传授写作经验的,而是来了解中国社会主义前途的。加西亚·马尔克斯"想了解的是90年代的中国的社会现状,所提出的全是有关社会主义前途和命运问题",据闻,他长期关注的就是这些问题;巴尔加斯·略萨则以为,"文学首先是社会的发言,其次才是文学本身"[①]。在我们看来,这真是自投罗网,或者简直是庸俗社会学了!大概由于处境、心态不同,思想、魄力各异,所以他们虽然来到我国,竟未能和我国著名作家有过晤见,就纯文学问题进行探讨,没有留下那种像30年代泰戈尔来中国时,会见我国文艺界头面人物的佳话。

第三节　审美意识的激变与形成中的现代审美意识

当文学从从属于政治的口号下解放出来之前,其实文学审美意识已在发生变化。文学的现代性可以受抑于一时,甚至一个历史时期,但是文学走向现代,走向更为现代意义上的文学,已是"青山遮不住,毕竟东流去",难以阻挡。不再提文学从属政治、为政治服务,而提文艺为人民服务,为社会主义服务,则使文学活动的范围宽泛得多了,这无疑进一步促进了文学审美意识的新变,即走向现代审美意识。

20年来,文学创作、文学理论求索现代意识精神,向现代审美意识的转变与移位,是不断求新、冲突、论争、更新思维方式、更新审美观念的一个过程。这是现实生活本身的复苏、文学特性讨论、西方文学、文论以及多种哲学思潮影响的结果。形成中的现代审美意识以及文学审美意识的新变,既初步改变了文学创作的面貌,也初步促进了文学理论的改造。首先这是文学创作的政治群体意识逐渐解体,不断生成个体的、个性化的审美意识的过程。

---

① 见1998年10月29日《文论报》记者报道。

文学从属于政治、文学为政治服务，是出于政治斗争的历史需要而提出的口号。政治面对的是广大人群的事情，不管如何，它思考的是社会千百万人的关系，国家与国家的关系，反映的是集团与集团、阶级与阶级之间的权力、财富分配再分配状况。不是这一集团获得权力，就是另一些人当家作主；不是一些人受到限制，就是帮另一些人先富起来。政治把人分等划类，一个时候，少有家财、尚可糊口的人被认为是资产阶级，对其进行剥夺，那些寄人篱下、贫困度日的知识分子遭到同样待遇；另一个时候，因国情需要，资产者可以得到扶持，官僚可以经商，亿万富翁则成了社会明星与栋梁。政治十分注意的是各个集团的政治要求与权力分配的方式与程度，共同恪守的政治思想原则；关心的是社会按其愿望建构的历史变革，以便从根本上改变、改善人们的生活方式。政治家看待人物，对其与之共处的同伴，主要着眼于其政治方向、政治主张，赞成还是反对，界限分明。他对于个人的经历与命运、私人的性格特点、操行品德甚至个人糜烂的私生活等，都称作个人生活琐事，可以暂置一旁，或一概置之不顾，对于自己同样如此，即所谓看人要看他的本质，要看大节，而不应纠缠于其非本质的东西。他要求于人们的是对于他所提出的思想的认同，是对他提出的主张、理想最一般的本质的把握，是对其有关社会、历史发展学说的预设的本质与必然的赞扬，是对其进行的全国性的、大规模的社会试验的肯定与歌颂。一般说来，他的思考方式，偏重于剧烈变革中政治主张的前途、群体的命运、阶级关系的变化，而无法也无精力顾及或不大思考个人的遭遇，虽然他的主张与理想，往往会与历史的现实的发展紧相吻合或南辕北辙。这是一般政治家所具有的政治的群体思维方式。

不少作家在这种政治氛围中，在不断地改造自己原罪的思想运动中，也就接受了这种政治的群体思维方式，即对预设的社会发展规律的单一本质感、必然感，学会了对人的分等划类、二元对立的、非此即彼的鲜明区别的方法，对社会和人形成了一种固定的认识，并构建成了一种本质理解。当他进行创作，那朝他涌来的无限生动的生活的新鲜印象，先被政治群体意识之网加以本质地、必然地过滤，然后再将它们分门别类安置于现成的本质、必然的框架之内。“文革”前的文学创作大体就是如此，即使其中一些尚称优秀的小说创作，自然也难以摆脱时代的群体思维的框架。而一些杰出的作家，他们原有的独创与灵感，则在本质化、必然化的过程中被消解殆尽，但创作不是直奔本质。

文学创作是一种审美感觉、感受、体验以及审美认识，是一种个人的、极具个体性的感情活动，而感情活动在人身上时时发生，时时会对生活现象产生瞬间感受与体验，因此审美是人的一种自由的感受、体验活动，所以也可以说，审美的本性是自由的。由于审美活动的特征是个人的、个体性的、自由的，也是独创的，一种独特的审美发现，所以即使作家关心人类、社会，但进入创作，他瞄准的总是个人，他感兴趣的只是个人的命运与遭遇，而且只是个人的独特的命运与遭遇。更为重要的是，在人物描写中，他要求的、感兴趣的正是政治家忽视的个人特征、个人活动、个人品德，他注意的是个人在家庭、私人场合的种种活动与表现，甚至是非理性的行为与行动。作家力图传递一种时代的氛围、意味、风尚，但只能在自己作品里通过众多个人的、具体复杂的相互制约的关系而得以表现。这主要是，历史、现实生活是以纷繁的、偶然的现象表现出来的；而现象总是具体的，甚至是非理性的；具体的、非理性的东西往往寓于偶然，而偶然又不断生成；人对于偶然、具体的体验、认知，是一个相互作用的复杂过程，具有强烈的主观性特征，两者相互交流与相互渗透，进而生成新的现实；所以可以说，“最具体的和最主观的是最丰富的”。文学创作的不断出新，某种意义上就是偶然性的不断更迭与艺术对它的不断发现。个人的、独特的命运往往总是以偶然的、非理性的形式出现，并得以艺术地体现。只强调本质与必然，要求创作都要表现出本质与必然，创作者的感受与体验，就会落到群体式的、本质化的、必然化的、平均数式的水平上去。这样看来，作家的思维方式，实际上与政治所要求的群体式思维方式是不同的。作家自然可以去了解政治社会学说、社会设计，进行歌颂，但不是为这种思想设计进行图解与填充。其实，政治社会学说与社会设计，它们规定的本质与必然，正确错误与否，也要经过社会实践的检验，而且这种本质与必然，往往又包含了人们不愿承认、忌讳讨论的合法性危机。政治家要求歌功颂德，可是当“文革”期间灾祸连年、民不聊生、冤狱丛生、经济濒临崩溃，那所谓的金光大道、耀眼光环又在哪里？

作家进行审美创造，不仅在于表达个人感受、传递自己体验，创造独特的艺术形式，也在创造一种审美价值。这是具有语言美感的、愉悦的、具有强烈感受性的、思想认识色彩的审美评价。审美评价也包含了审美判断、审美批判。现今有的文艺理论学派，把审美批判提到社会批判的意义上去了。有价值的艺术创造，也是一种个体性的精神意识的发现。审美评价包含审美批判，审美要求批判，但目前来说，审美批判还难以发挥其功能，条件暂时还未具备。

20 世纪 70 年代末、80 年代初，在清理创作中的政治群体意识的同时，创作中的审美意识的激变终于发生了。

诗歌是审美创作中最敏感的部门，一些青年诗人一反几十年来的假大空诗风，创作新诗，重新把个人自我、独特体验、瞬间感觉，把象征甚至总体象征、暗示、无意识、意识断裂、深度含蓄的朦胧意象，引入诗作，并称作“朦胧诗”，一些诗作还显示了审美批判的活力。新诗的出现，使诗歌的语言为之一新。这种倾向一下就在诗界与诗评界引起了激烈的争论。争论的问题是，朦胧诗的诗意古怪，读不懂，不反映时代精神，不写英雄主义，不歌颂战斗精神，不抒发人民之情，只面向个人心灵小我，咀嚼个人悲欢。这些反题就是，诗歌要明白畅晓，要写出时代精神，要有战斗精神，要抒人民之情，要写大我，个人悲欢算不了什么。这从过去的文学理论来说，都是 30 年来耳提面命、翻来覆去、大写特写的辉煌命题。一些年长的诗人已经习惯于政治群体意识，一见个人抒情、内心悲欢、象征、寓意、怪诞、意象重叠、暗示、多义、瞬间感觉、非理性感受（确实有一些诗作写得十分极端），甚至少量隐晦的批判，深感这无异是对辉煌时代、辉煌命题的反叛。他们对于诗歌的真正精蕴已经淡薄,习惯于放声高唱,以致回到诗歌自身,竟反而不知所措。就像长期处于地下室的人,不断在歌颂阳光的辉煌,可是一旦走进真正的阳光地带,反而对真正的阳光的辉煌感到陌生,责怪阳光的刺眼了。他们的驳论,正是以往的政治群体意识的余韵,这种意识对不少人产生过影响(本文作者亦然)。不少诗人、论者实际上在相当长的时间里停止了个人思索,把思索看成一件危险的事,或把思索当成强者的专有品;在艺术表现上,都把诗的象征、暗喻、寓意与政治影射等同起来,把艺术上的标新立异,看成一种反常现象。其实,20 世纪六七十年代是几乎濒临崩溃的时代,是腐朽与霉烂掩盖着生活的时代,那么,这时代的时代精神在哪里?所谓英雄主义与战斗精神,也只是一片狂热的乌托邦政治的鼓噪;再说个人悲欢,诗歌已经多年与它断了缘分,什么时候,诗歌吟唱了积郁在人们心里多年的悲痛?它不总是在“放声歌唱”,歌唱那种被愚弄了的愚昧的感情,乌托邦式的、金光大道的浪漫热情?真正的诗情已经麻木多年了。自然,20 世纪 80 年代初持不同意见的一些诗人与诗评家,后来也都明白过来了。确实,那时,提出诗歌不屑于歌唱战斗精神、不必充当时代号角,也是要有一些理论勇气的。现在看来,这是诗歌最早的反叛,反叛艺术创作中的政治群体意识,回到个人的、个体性的审美意识。简言之,就是回到审美意识自身,并逐渐走向现代审美意识的生成。

小说创作的审美意识同样发生了激变。先是伤痕文学,一度引起了轰动效应,随后是反思文学、改革文学,酝酿了创作中的群体意识的淡化。特别是反思文学,其中审美意识的个体化特征已很明显,表现在作家开始了对人的命运的关注,人的个体价值意识开始觉醒,同时在审美批判方面出现了生机。阅读这些承受生活煎熬之苦的人的命运的抒写,使人惊心动魄而感同身受。从整体上说,这些作品,显示了文学的现实主义的倾向。这是一种从政治群体意识转向个体审美意识的现实主义,是告别那种倾心于假大空、乌托邦,培植人的愚昧感情的现实主义,是开始探索人的命运的现实主义。接着就出现了所谓寻根小说，它们有的张扬原始生命力，希冀超越现代，寻找民族性格的病根；有的以荒诞的形象与荒诞的手段，批判传统道德的愚昧与败落。但其总的意向，是针对过去创作中强烈的政治化倾向而发的；同时在艺术表现上，确也显示了形成中的现代审美意识，与“五四”后的新文学的审美意识是相呼应的。

20世纪八九十年代西方的各种文学理论思潮、文学流派的作品，不断被介绍到我国，激活了我国的艺术思维，自然会被或模仿、学习，或理解、吸收。特别是法国“新小说”派的叙事策略、“零度写作”，被一些青年作家移植过来，津津乐道。80年代中期我国出现的实验小说，就是这种时尚的产物，它们显示了现代审美意识的一个方面。这里有现代派式的某种审美主体性的张扬，但更多的是在满足文字游戏中出现的后现代主义式的对主体性的消解。它们思考过人，但据说一无所获；确实，如果在这些作品里出现了人的形象，那往往是它们作者的一些文字、智力游戏的符号。这类作品显示了语言能指的膨胀的可能性，它们扩大了艺术形式的探索，文学作品的形式空前受到重视；作品叙事形式似乎趋向精致。但这类文本，由于作者个人文字游戏爱好，醉心于作者、人物身份随意置换的叙事策略，以及因此在阅读中不断造成的审美中断，却令读者趣味索然。相应地说，在这类作品里，价值、意义开始弱化，并且不断受到嘲弄与消解。随后，在创作与批评里，不仅躲避虚伪的崇高，而且对真正的崇高也出言不逊，进行调侃、讥讽与亵渎。出现了还原生活本色的“新写实”、与接近传统的“新现实主义”等流派的创作。此外，还有沉迷于物欲、性欲、金钱欲望、精神虚无描写的自称最得文学精义的小说。与此同时，那些遵循现实主义原则写作的作家，却是扩大了自己的艺术视野，广采博取，吸收了多种新的手法，丰富了自己的写作方式，大大地改变了原有的现实主义的面貌，使现实主义得到了丰富与充实，使现实主义文学流派在20世纪八九十年代推出了不少力作，成为新时期文学的主潮。近20年来，审美意识的个体化的多样发展，渗入到了文学创作的各个方面，并把这一特征发挥到前所未有、淋漓尽致的地步。

现代文学审美意识的再一个生成点是，当政治群体意识不断解体，却极为快速地形成了另一种带有群体性特征的意识，不过这是一种审美的群体意识，也就是大众文学审美意识。

在历史上，大众文学一般也称通俗文学，包括反映知书识字的市民趣味的言情小说、社会小说、武侠小说、说唱作品，以至民间文学。后来提倡文学大众化，要求文学为普通的人民大众服务，主要是认为严肃、高雅的文学作品的阅读圈子狭窄，不利于思想的传播，要求高雅文学向通俗文学靠拢，于是遂有大众化与化大众之争。20 世纪 50 年代前的大众文学或通俗文学，相对地说，是当时不发达的市场经济的产物，它们在审美上标榜消遣、找乐；对披露隐私较为热衷，对社会黑暗有所揭露；它们具有娱乐性、趣味性，接近读者，也投其所好，但上乘之作较少。20 世纪 50 年代后，文学在政治群体意识的影响下，一部分创作做了大众化、通俗化的努力，同时，此时民间文学得到大力提倡；而通俗的言情小说、武侠小说，则屡遭贬斥，所以五六十年代，这类作品也就销声匿迹了。

20 世纪 80 年代伊始，当严肃、高雅文学得到复苏，获得发展之时，一种似曾相识、带有当代市民趣味与很快富有起来的中上层阶级情调的大众文化，日益蔓延开来，其中自然也包括大众文学。大众文学的特点，很大程度上取决于大众文化的特征。大众文化是随着市场经济而同步到来的。由于市场经济日渐全球化，西方的大众文化通过高科技手段，作为商品，开始了向我国的倾销，加上当时港台文化的影响，我国的大众文化也急剧发展起来。

大众文化的重要特征是它的商品性，它完全进入了市场的运转。市场的需求是，我喜欢的、投我趣味的就是好的，我就买；我不喜欢的，别人就难以强逼我买；阅读鉴赏，纯属私事，现今的官员、企业主爱读颂扬其德政的作品，而白领阶层爱读《白领指南》，都是个人趣味使然。这里完全是一种交换、买卖关系。大众文化的另一特征，即它的实用的消费性。报刊书籍，影视节目，要有绝对的轻松性、趣味性。个人趣味，请勿过问，而且这种趣味主要是满足个人的生理上的需要，用以调节劳累，消除疲倦，以利于第二天以饱满的精力去增值手里的货币或资本。所以，于我有利，提供轻松，就是价值，其他则一钱不值。消费性特征使文化产品大量地变成一次性处理的东西。大众文化的又一个特征是它的世俗性，充分的享乐主义。它的原则是，过得舒适、闲适、快活，尽情享受并且更多的是声色官能的享受。大众文化的再一个特征是它的通俗性，通俗性的特点是省力，反对思考，杜绝思索，否则就是玩深沉；通俗性就是大家都能领会，都能参与，不用气力就能接受，因此，它钟情形而下，拒斥形而上。最后是它的复制性，大众文化作为商品，利用当今发达的科技，快速地成批制造、复制影像、光盘，使之迅速传播，并把其中大部分产品变成千篇一律、不具个性的大宗文化产品。大众文化因其广泛传播，极快地改造着社会的风气，左右着社会的行为习俗。可以这样说，现代生产技术、大众传播媒介，制造了大众文化。影视公司、出版商看准了各个阶层中的大多数观众、读者这块广大的消费市场，组织生产，标举通俗，迎合世俗趣味，通过电台、影视、报刊、图书的炒作，地摊的展览，使之流行开来。丹尼尔·贝尔描写过美国现代社会改造与大众文化、大众消费的关系，是很有意思的。他说，美国的大众消费始于20世纪20年代，汽车则是大众消费和富有的象征。汽车成为中产阶级的私室，放纵情欲的地方。电影的飞快发展，“起到了改造文化的作用”①。如今的影视艺术，讯息手段，更是如此。它们诱导人们迷恋色情，放浪形骸，及时行乐。至于广告，则具有一种普遍的渗透力，它刺激需要，劝导人们要穿着考究，追逐名牌，鼓励讲排场、比阔气、饮名酒等，微妙地改变人们的习俗、行为方式、鉴赏习惯。我国的大众文化实际上也具备了上述条件，流行歌曲、通俗的豪华演唱、演不完的电视肥皂剧、教授知识猜谜表演、歌星逃税与明星婚变故事、节目主持人自传、名

---

① ［美］丹尼尔·贝尔著：《资本主义文化矛盾》，赵一凡等译，生活·读书·新知三联书店1989年版，第115页。

人内幕、黑幕曝光与情杀报道，描绘打家劫舍、侦缉追杀、隐私窥视的快餐式小报，通俗小说、武侠小说等，正是在这一背景上不断被制作、推行开来的。它确实在影响着人们，改造着当今的文化，改变着人们的行为，培养着人们的文化素质。

大众文化的上述特征如商品性、消费性、世俗性、通俗性、复制性与广泛的流行性，也就是大众文学的特征。在市场经济机制发挥作用的生活中，读者的阅读成了一种自由的选择，即商品的选择；别人的赏析、理论话语，可能发生影响，但已无法越俎代庖。这样，就造成了读者审美趣味的严重分化，从单一而走向多样。在80年代初，热衷于大众文学的是青少年、追星族一类人，原有的严肃文学、高雅文学的热心拥护者，则显得忧心忡忡，担心因大众文学趣味有失高尚而产生的消极影响。但是时隔不久，这些人在市场经济的影响下，也来欣赏通俗文学，享受它的情趣了。到了80年代中期，大众文学即使不被认为是主流文学，实际上也成了民间的主流文学，即它是受到千百万读者青睐的文学，没有一种文学像大众文学拥有如此广泛的读者。过去费了不少气力，提倡文学要大众化，要接近读者，应者寥寥，看来在于违反市场规律。现今在商品经济的推动下，一部分文学自动大众化了，而且大众化得十分彻底。工人、农民、士兵、军官、学生、教授、政府官员、机关职员、总裁经理、老板大亨、外企买办、白领阶层、司机、销售人员、外来打工者、小贩、售货员、离退休人员、家庭妇女、运动员等等，凭着各自的爱好，都可以在星罗棋布的地摊、商亭，选择自己爱读的东西。就这点而论，大众文学表现了审美趣味的广泛的民主性，它满足了人们广泛的审美需求，显示了审美意识极大的自由度和审美意识激变所能达到的广度。

在大众文学中，应该出现在内容、艺术上都有上乘表现的东西，这也是一件很有希望的事。我国四大古典小说，都是当时的通俗小说，后来进入了我国文学的主流。读者的阅读需求，自然是一种审美的需求、精神的需求，而审美的需求、精神的需求，是一种极富自由与个性色彩的需求，这不可能是集团行为的需求。作为读者的审美趣味,应该是千差万别的。但是当代的大众文学,由于尚处在初级发展阶段,商品性、消费性、复制性的特征十分明显,所以一般都很粗糙,表现健康趣味已是不错的了。由于当今强烈的世俗性影响,特别是其浓重的低俗趣味,人的精神的缺席是其最大的特征。放弃了对美的生活追求,就只能依赖人的本能了。精神的缺失、才华的平平,必然使作家专注于物欲的追逐与玩弄性的本能。因此有意去迎合低级趣味,描绘官能刺激,成了一种十分普遍的现象。在这类作品里,充斥了色情描写;人在这类写者的笔下,两性关系发展到除了双方赤裸裸的、一拍即合的性事游戏之外,已全无任何人性、人情的联系。人在精神上既然无所希冀,于是人在性的追逐的欲望中,就日渐沉沦,一些评论家还要故作高深,声称在多种多样的展览式的性事描写中,有深意在焉!但对这深意始终未说清楚是什么东西。说生活使人绝望,无所作为,于是迫使人物只好进行性的发泄,这能算作什么深意呢!如今以大量展现隐私为标榜的通俗读物也是不少,那些所谓隐私的吐露,在所谓展示真实的名义下,出卖的也多半是两性关系的隐秘,否则就引不起已经世俗化了的人们的趣味了。除了性欲的追逐,还有就是物欲与金钱的渴求。这几方面的趣味,竟形成了一种广泛的群体性的审美意识,追求粗俗、平庸、平面、生活游戏、戏谈历史、解构历史,反对深度,热衷官能刺激与色情描写。这种群体性的审美意识,成了一种平均数式的审美需求,它失去了个体性的特征和对精神的向往,变得十分粗俗,走向物化;在选择上虽保持了自由,但是其审美色彩已大为减弱,并且这种趣味时时在渗入严肃文学。严肃文学一面在努力使自己通俗化,力图使自己获得更多的读者,吸取大众文学中的讲故事的长处;一面往往经不住通俗文学粗俗化的侵袭,向粗俗化靠拢,因为商品化的后果总是诱人的。人要过得舒适、闲适、快活,去尽情享受,于是在文学是人学的名义下,倾向绝对的感性,大写两性交接、床上把戏、父子同嫖,甚至连作者自己的父母如何有声有色地做爱过程也未能幸免,以此来说明他来到人世,不过是其父母如此这般制造出来的一个“偶然”。这类作品，实际上已是大众文学中的末流，它们不能提升人的品性，而是贬抑人的精神。只是得力于大众媒介的炒作，才使得这类作品获得呵护与声誉。

审美意识的激变，是现代性的，是符合现代意识、现代艺术发展的需要的。大众审美意识冲破了种种藩篱与限制，体现了人的审美意识的自由；它是真正群众性的，所以显示了它的广泛的民主性一面。但是它又带着与生俱来的弱点，即粗俗性与庸俗化，这使它自身的提升显得甚为困难。

形成中的现代审美意识的意义是多方面的。它带来审美意识的更新，获得自主与自由，使审美意识走向自身，变得丰富与多样，从而成为体现了现代性的现代审美意识。但是我们还应见到，在形成中的审美意识，还带有现代性的负面因素，这就是在大众审美意识的影响下，把文学审美意识世俗化乃至粗俗化了。生存虚无，躲避崇高，亵渎任何崇高，贬斥意义、淡化价值。这种无意义写作表现为，“当写作成了功能性需要，不再指向任何意义之后，就等于否认了写作是一种精神活动，同时等于否认了写作的精神品质。一种不指向任何意义的写作是虚无的写作，它给这个无意义之痛苦日趋严重的世界出示的是消解一切意义的话语证据，尽管这种证据是虚拟的”①。世界是无意义的痛苦，写作不指向任何意义，它消解一切意义；它是身体感官功能的需要，本能的自动动作，它本身不过是一种虚无的写作，而非精神活动。

但是，我觉得，写作不可能不是一种精神活动，不可能像人的胆汁一样，胃里有了食物就会流淌出来；写作是审美的思维的活动，受到某种精神的支持，它本身就是一种精神活动。问题在于写作不是用提高人的精神为支撑，就是被那种把人物化、使人醉生梦死的精神所支配。对于文学的价值与精神，人们的认识可能是不尽一致的。不过，当说到写作不再是一种精神活动，写作表现的只是人的器官的某种功能活动，这实际上是

① 刘继明撰：《相对主义时代的写作》，载《长江文艺》1998 年第 5 期。

说，一些人的写作不过是一种没有了精神的精神活动。这种写作思想的确是虚无的，这是西方那种反现代性的后现代性的移植，这也就是现代性在现代审美意识形成中表现出来的悖论。在这个到处充溢着市场意识的世界上，如果诗人、小说家果真能用不具精神、毫无意义、全无价值、不少人不屑一顾的东西，交换到有价值的人民币，这就近于当代神话了。其实，他们也制作了一种精神与价值的，这就是贬抑人的精神的精神，物化人、在精神上使人成为扁平的人、行尸走肉的负价值，这种负价值当今确能投一部分人所好。

第四节　哲学理论基础与文学观念的多元化

文学现代性的策动，促进了文学中的政治群体意识的解体、审美意识的激变，使文学与文学理论初步获得了自主性与独立性，开始回到自身。这一过程正是文学观念走向开放、对话、多元，初步走向现代意识的过程。

文学理论初步回到自身，意味着回到文学理论的学理自身。文学是什么，对文学如何理解，持什么文学观念，这自然引起了文学理论工作者的广泛探讨的兴趣。20 世纪 80 年代前几十年流行的是阶级斗争的文学观念。这种文学观念，从马克思主义的哲学出发，把文学界定为一定阶级的意识形态，是阶级斗争的工具，这在特定的社会历史阶段也是需要的。但是这样的理论概括并不科学，所以，最后这一文学观念发展到了变为一些人手里的政治迫害的理论工具；并且由于它为政治所制约，因此这也是一种大一统的文学观念，是从事文学工作的人所必须遵循的文学观念。但是 20 世纪 70 年代末开始，和那时的诗歌中的反叛一样，文艺界提出了对文艺是阶级斗争的工具说的批判《为文艺正名——驳“文艺是阶级斗争的工具”说》[①]。此说一起，文学是意识形态、文学是工具论的文艺观念马上发生移位。文学既然不是阶级斗争的工具，那么文学又是什么呢？文学与政治又是什么关系呢？并没有令人满意的现成的答案，于是大一统的文学观念受到了质疑。20世纪80年代初，人们开始了对文学理论的学理探讨，被封闭的文学理论打开了大门，揭开了体现现代精神的理论求索的序幕。

批判与反思，促进了理论思维的空前活跃，在人道主义、人性论思想的探讨中，出现了多种文学观念，如文学是人性的表现，文学是感情的物化，或是感情学，文学是审美，文学是人学的观念再度被提出并得到阐述。同时批判与反思，交织着各种外国哲学、文学理论思潮的引进，精神分析思想、心理学说、存在主义、本体论思想的引入，使得文学观念发生了激变而更趋多样。出现了种种争执，在相当自由的探讨中，如今可以各说各的，谁也不必服从谁的文学观念的说法。同时由于广泛的争论难以找到一个共同认可的结论，也使得一些论者认为，不如探讨一些具体问题为好，如文学语言学、作品分析等。自然，这些问题探讨都是文学研究的应有之义。也有论者认为，文学创造已进入语言论哲学阶段，认识论、体验论这类说法都已古老、过时。

这样，文学观念很快出现了多样化或多元化的趋势，而这正是文学理论演变中的现代性的体现。人们对文学的了解，不仅因集团而异，也因人而异。从文学的总体看，有多种多样的文学观念，它们各有不同价值；同时就文学本身来说，文学是可以分成不同层次的，显示多种本质的，这样又可形成对文学的不同侧重的理解[②]。把文学理论观念的多元趋势，看作体现现代性的一个方面，在于承认人们关于文学所作的思考，都是一种独立的意识与观念；各种有关文学的意识与观念，相互联系，又各自独立，自成权威，在人们认识的长河中都自有价值，并在相互之间形成一种对话

① 《为文艺正名——驳“文艺是阶级斗争的工具”说》，载《上海文学》1979年第4期。

② 钱中文著：《文学原理—发展论》，社会科学文献出版社1989年版，第94页、第95页。

的关系；自然这里也会发生理论的谬误，但是即使确是谬误，那也是在相互比较、对话中发现的。

文学观念的多元化，必然涉及哲学思想，文艺学的哲学基础有无多元化的问题？有关文学是意识形态、阶级斗争工具说的探讨与争论，很快涉及认识论问题。认识论一直被认为是马克思主义社会学说的哲学基础，并把它引入了文学理论，成为马克思主义文学理论的出发点。于是多年来就成了文学理论的唯一的哲学基础，形成了认识论文艺学、认识论美学。这样，在文学观念面向多样化的发展中，必然要使认识论受到质疑。

哲学认识论多种多样，在我国文学艺术生活中的阐述，是相当复杂的。一般认为，最科学的认识论就是唯物主义反映论，反映是分主客体的，主体反映客体并改造客体；因为马克思主义的哲学不仅在于解释世界，而且在于改造世界。我们确实知道，当认识论被正确使用，符合生活发展，它所指导的社会科学理论，可以为此而创造出一个新的世界；当它失去理性，走向非理性、反理性，在它指导下的社会科学，也几乎毁掉了一个新建的社会。50年代以后，认识论被普遍地移植于文学理论，而且是直接的移植。这种直接的移植，由于排斥审美的中介因素，于是把文艺径直界定为生活的反映，是一种意识形态，把文艺的功能，主要地看作认识与思想教育，进而把文艺宣布为阶级斗争的工具，其次才是审美作用。但是，超越审美而大谈认识，这只是一般的认识、理论的认识。结果，文学被当成一种认识，以一般的认识、哲学的认识代替了文学审美的认识，审美对于文学来说，反倒是一种附加，于是形成了文学理论中的机械论；同时文学的阶级性被夸大，文学的功能被歪曲，这样就形成了文学理论中的庸俗社会学。十多年来，这些问题不断被反复讨论着。

一种共识是，文学不是认识，退一步说，文学不仅是认识，文学创作与理论认识的对象显然不同，把文学当成认识，无疑漠视或取消了文学的审美特征。认识论无疑是需要的，但是首先，把认识论当成文学创作的哲学基础，只是在解释文学与生活关系这一点上是正确的，即文学的源泉是生活，不过这是哲学层面的问题。如果进入文学创作，仍然沿用文学是生活的反映这一说法，显然是难以解释清楚文学创作的其他问题的。如果一定要如此来讨论问题，那么它就会把诸如创作心理这类问题，宣布为唯心主义，就像50年代我国的一些唯物主义者总是与心理学说显得格格不入，排斥创作的心理探讨；此种现象，在一些人那里，直到20世纪八九十年代都还如此。其实，创作心理现象、审美意识虽然来源于生活，但一旦进入创作过程，就已脱离了具体的物象，主体改造了物的外形，甚至消灭了物的自身，这时心物一体，已是浑然不分的新现实，这里不再有唯物、唯心的界限。其次，文学确是具有认识作用的，这是一种客观的存在，不承认这点也是一叶障目，偏激矫情。这几年来，从认识论角度探讨文学问题大为减少，但不久前《文学评论》有关《白鹿原》的一篇评论，正是从认识论文艺学的角度来研究小说的①。文章对小说中的人物之间相互复杂关系的探讨，重社会因素，条分缕析，缜密深入，这种分析，是其他学派所提供不了的。从社会学的角度看文学，文学的审美本质虽然重要，但其着眼点则主要是认识。从认识的角度看文学，以认识的方法研究文学，是文学研究的一个重要方面。其实，就文学总体来看，不仅古代文学提供了大量具有认识意义的材料，当代文学也是如此。据闻，一些外国学者阅读我国当代小说，主要从小说的认识意义出发，以了解我国当代社会生活、风尚习俗的变化，甚至社会改革的进展。一方面，他们可能认为，我国当代小说的审美水平不高；另一方面，这些小说确有认识意义。对此，我们从没听说我国哪位著名作家、批评家提出过抗议，或是认为，这是不折不扣的庸俗社会学。

文学观念的多样化，必然有赖于文学认识观念即哲学观念的多样化。20世纪80年代，当认识论哲学在文学研究中受到各种非议，正是西方各种哲学思想、文艺思想长驱直入我国思想界的时候。十多年来文学观念上的突破，正是接受了多种外国哲学思想、文艺思想，首先是超越了认识

① 陈涌撰：《关于陈忠实的创作》，《文学评论》1998年第3期。

论文艺学而获得的。对于文学认识问题的检讨，很快过渡到文学主体论、创作是审美或审美体验，即一种人生体验的讨论。于是文学创作不关认识，认识论已经过时，或已被取代、已被颠覆的说法，大为流行，而且由于对认识论实在反感，有的论者非要把认识论包括反映论在内，清除出文学理论而后快，走到非理性的极端去了。这样，认识论文艺学受到了一定的冷落，而人类本体论文艺学包括主体论文艺思想、审美反映论文学理论、语言论文学理论与解构主义文学理论以及文化批评，相继活跃起来，在相当程度上体现了当今我国文艺思想的多样性与现代性的进展。

文学主体性的提出，是20世纪80年代文艺学中现代性体现的一个重要方面。20世纪80年代初，人性、人道主义的讨论，哲学中主体性的张扬，无疑把人们的注意力引向了人。西方哲学早在19世纪就转向了人，人的主体是人本主义哲学研究的中心。各种人本主义哲学派别对人的主体进行了种种解释，如生命哲学、弗洛伊德主义哲学、存在主义哲学、阐释学哲学、西方马克思主义哲学等，相应地也形成了各自不同的重视主体性特征的文学理论，给我国刚刚苏醒的哲学界、文艺界以很大影响。西方现代主义文学中的意识流流派与弗洛伊德精神分析学说，同样开启了中国文学界对人的重新认识。人们发现，过去作家不敢触及的人的内心生活，那里意识之流变化多端、瞬息万变，是一个无限丰富的精神世界。人的意识与无意识、潜意识的区分，对非理性的认识，扩大了对人自身的了解。以往文学描写的外在的大千世界固然千变万化、多姿多彩，但现今发现的人的内心世界，同样魅力无限、仪态万方。这都为我国20世纪80年代文学主体性的提出准备了条件。

文学主体性针对认识论而发，它高扬人性与人的主体精神，倡导人的自我独立，要求无限地释放人的精神主体的主观能动性。它指责认识论是僵死的反映，是机械论、庸俗社会学，它使人的主体创造性受到了极大的压制。文学主体性的提出，对于当代认识论文学理论来说，相当程度上切中弊端。它表明了一种与认识论文艺学对立的主体性文艺思想观点的出现，文学理论的哲学基础由过去的客体转向主体，并且由此大大激发了创作主体的想象力与独创性，改变了过去的单纯描写现实的写作方式，为再次把现代主义的文学写作原则，引入我国的文学创作，做了舆论准备。主体性的张扬，不仅使作家的创作想象力大大解放，在一个时期内使实验小说在一些杂志上大行其道，虽然这类小说的读者并不太多，而且鼓励了奉行现实主义原则写作的那些作家，扩大了自己创作的自由度，丰富了自己的艺术思想与手法，使作家加深了对自己与人的认识，从而在整体上促进了我国文学面貌发生积极的变化，深化了人们对文学本质的认识。但是，文学主体性的倡导者在理论上的疏漏极多。这种理论所说的人的主体，实际上不是社会的、实践的人的主体，而是一种精神现象；所说的主体性，是一种与社会历史脱离的、天然自足的、具有无限能动性的自我心灵的主体性，是一种自在的普遍之爱的精神。把文学主体性，看成一种脱离了实践的能动性，这把问题弄成纯粹的精神现象了。同时这一理论对主、客体之间的相互关系所作的解释，也不顾已有的哲学的、心理学的甚至发生认识论的成果，不见创作中在主体主导下主客体的相互影响、互为顺应的双向交流过程，客体在它那里，被全能的精神主体掩盖掉了。对认识论的评价，也是凭着一股否定的热情，把认识论的原意与认识论文艺学中简单化、庸俗化倾向，不加辨析，采取捆绑一起、等量齐观的办法，随意贬抑。结果，在认识上，以新的线性思维，代替了被其批判的旧的线性思维，即在方法论上，以新的非此即彼代替了被其批判的非此即彼，从而在文学理论中引起了一阵新的庸俗社会学（社会学式的简单否定）的流行。

文学的主体性思想，引发了拥护者们的“主体性文艺学”的构思。在我看来，探讨文艺思想中的主体性问题，不仅可能，而且必要，但是否存在“主体性文艺学”，就难说了，因为文学理论里的各种问题并不是全由主体性来阐明的。张扬主体性的“主体性文艺学”，就其总体来看，它的真正的哲学基础是人类学本体论思想。这种人类学本体论文艺思想的拥护者认为，文学是一种自由活动，主体、活动、自由，揭示了文学对生存的根本意义;认为文学处于人类自由的最高位置上,是人类达到自由的活动,是自由地达到自由的活动,是自由地表现自由的活动。只有文学以自由为需要,以自由为对象、目的,因此,自由是文学的最高主题与唯一内容。又如认为文学研究可以跳过认识论、审美意识层次,通过人类学本体论就可解决,等等。上述思想是否就是文学理论中的人类学本体论文艺观念的内涵,是颇使人怀疑的,在这方面,不同论者的认识可能不尽一致。但是用人类学本体论思想来纠正认识论文学理论的偏颇,是十分必要的。主张文学显示人类的生存意义,这符合当今人类的精神的生存状态,也是一种现代意识的表现,人类生存意义实际上就是现代人的生存意义,在理论上与存在主义有着相通之处。100 多年来,当人发现自己不断陷入自己制造的灾难,科技发展又不断使他缩小生存的空间时,这方面的种种困扰,确实使他孳生了惶恐与焦虑,感到生的孤独无依与死的惶惑与疑虑。为了对抗工具理性、科技万能给人带来的消极影响,哲人提出,人是诗意地栖居于大地之上,在本质上,人与自然万物同在。但是这仅是一种理想,真要做到这点,实在不易。提出这种说法、曾与德国法西斯站在一起过的哲人,是生存还是栖居于大地之上?如果是栖居,是否就是诗意地栖居了?

接近于人类学本体论的生命本体论的文学理论思想,其出发点自然是人,它似乎比前者具体化了一步。论者认为,具有自由意识的人,总是觉得生活的需求永远不能满足,而感到束缚与痛苦,所以痛苦无所不在,痛苦成了具有生命本体意义的痛苦,即生命就是痛苦。为了解脱这一痛苦,人们寻找到了诗歌,诗歌可以自由地使人进入想象与幻想,超越现实,而暂时忘掉尘世烦恼,抚平伤痛,完成对现实的改造,实现精神自由的实践。这意图自然很好,但这种补偿作用仅是文学的部分功能,文学还有其他功能,它可以鼓动读者,激励读者,加深读者的伤痛,甚至激起读者更为激烈、愤怒、痛苦的情绪。作者在情绪的宣泄中精神固然自由了,在想象中获得超越了,可如何使读者的情绪平静下来,实现生命的超越呢?组成生命本体的并不仅是痛苦,还有其他因素,如文学作品也有描绘欢乐的感情的,描绘人们具有哲理色彩的沉思冥想的,其中也不乏佳作,它们不写痛苦,我们还得称它们为文学作品。又如人的忧患意识也是一种生命的痛苦,但称之为生命的痛苦似乎还不足以涵盖它,它是处于更高的层次之上的。可见,把文学的诗情完全定位于生命的痛苦,这是弗洛伊德、厨川白村生命痛苦说的局限所在。如果说生命本体的意义就是痛苦,那要获得生命的解脱,就只好进入涅槃了。

新时期以来,由于人类学本体论、生命本体论哲学思想的流行,使得感兴说的审美观盛行一时,从而恢复了20世纪以来美学思想中的一条美学路线,甚至可以说是古代文论中的重要路线。由于这条路线被埋没、冷落了多年,因此一加发扬,那有关审美人生的感受的种种论述,无不使人感到亲切、新鲜。一些论者把文学的本质定位于审美,形成了文学理论、美学中的审美学派的气势。毫无疑问,在文学理论中以审美代替认识乃至政治趋向,可以说表现了文学本质自身的回归,开始了文学本质研究的新阶段,体现了文学理论现代性的进展。但是在实际的探讨中,有关审美的理解,可说人殊人异,见解各别,所以使审美变得多义,并使其内涵变得丰富起来。有主张审美的自然天性说的,有主张审美反映说的,等等。

比如,联系到文学与政治的关系,文学曾被政治所制约,被外加了政治目的,于是就有了审美创造是人的自然天性表现说,创作是无目的,作品也不是手段;按照青年马克思的说法,诗一旦成了诗人的手段,诗人就不成其为诗人了;诗人有时为了维护自己作品的生存,甚至可以牺牲自己个人的生存;谈及诗人弥尔顿创作,说就像春蚕吐丝一样,凭其天性行事,审美与政治各自独立。自然,审美意识是人的一种自然本性的积淀,一些动物其实也有低级的审美感觉,但是作为人的审美意识,却是不断被其生存的、社会的因素所充实的。诗人创作进入入迷的审美状态时,为了艺术的完美,他把创作本身看成目的,而不及其余;或是他创作时并无明显的目的性,是无意识的,得之偶然,却佳构迭现,这种情况也是很多。但是同样存在的是，诗人创作又往往是有目的的，而且有着明显的目的的。就以弥尔顿来说，马克思十分熟悉这位诗人，这是一位政治诗人，一位革命诗人，不像是单凭自己自然天性创作的诗人。弥尔顿在 17 世纪英国革命期间，积极参与政治活动；他维护英国人民处死国王查理一世的行动，随后与欧洲大陆反动势力进行笔战，因操劳过度以致双目失明。英国王政复辟时期受到迫害，后闭门家居，“一腔孤愤，泄之于诗”，遂有力作《失乐园》《复乐园》和《力士参孙》的问世。弥尔顿歌颂自由，他激愤地说，一个民族赢得了自由，却不知怎样运用自由，愚蠢地又把他们的脖子套进了被他们打碎的枷锁，就只配永世为奴。他为“君权民予”辩护，声称“即使不是暴君——人民也有权留用或推翻他”。诗人主要写时事、朋友和他自己，而抒发的是争取自由的斗志与清教主义的宗教感。“在声韵上他是黄钟大吕之音，在情调上他激越、雄迈”①。如果说，诗人在写诗时追求诗的尽善尽美而不把诗视为手段，那么他写作前、写作后分明是把写诗当成战斗的，而战斗正是目的。他凭其天性写诗，就像春蚕吐丝一样。但就其所受教养、经历来说，他的这种天性正是公民的天性，政治的激情，而并非他的自然本能的天性。弥尔顿正像春蚕吐丝一样，具有那种非把他的政治积郁、忧愤的意识诗意地表达出来不可的天性。看来，创作、天性、政治并不矛盾，矛盾恐怕是在创作与错误的政治、权力的横加干预之间发生的。

诗人历来牺牲自己生命的有不少人，但他们结束生命原因多样，或是因诗作倾向得祸而被杀，或是因为愤世嫉俗，自己的政治观、哲学观、人生观以致艺术观，与现实社会格格不入而轻生。自然，为艺术而艺术的写作，或是倾向性并不很强的写作，受到政治迫害，也是存在的。20 世纪 80 年代兴起的带有为艺术而艺术的纯审美倾向，固然是由于文艺与政治的不协调的原因，但进一步说，也是作家创作与社会环境的不协调的表现。普列汉诺夫说：“凡是在艺术家和他们周围的社会环境之间存在着不协调

---

① 王佐良等著：《英国文艺复兴时期文学史》，外语教学与研究出版社 1995 年版，第 500 页、第 503 页。

的地方,就会产生为艺术而艺术的倾向。”①这一说法很有道理。我国创作中出现为艺术而艺术的时尚,是艺术长期受到政治压抑的必然产物,时代使然。作家与社会环境之间不协调性的产生,其中社会环境起到主导作用,因此社会环境的改善是必要的。不提文艺为政治服务,是改善社会环境的一个方面,文艺创作中的政治群体意识的逐渐消解,也是改善社会环境的一个方面。要艺术成为艺术,否则艺术将丧失自身。我在这里想说明的是,人类学本体论的纯粹的审美写作是存在的,也是可能的、必要的,而且这一思想还可以进一步探讨;但是具有社会因素而内涵丰富的审美写作,同样是存在的,更是可能的、必要的。因而后来当一些论者一味强调为艺术而艺术与纯粹的审美论时,这一理论的局限与不足,也就日益显露出来了。

当认识论、反映论受到多方指责的时候,审美反映论文艺思想却在悄然兴起。首先,论者认为,认识论与反映论是有联系的,认识论往往是通过反映论来展开自己的理论的,这使一些批评者毫不费力地将两者一视同仁,但是实际上不能将它们等量齐观。两者不同之处在于反映比认识宽泛得多,反映不仅在于认识。审美反映,其目的不在于认识,而在于创造审美价值,审美的认识是审美价值的派生物,所以审美反映就其本质来说就是审美创造。审美反映关注的是人及其命运,他的生存状态,“审美反映是以个体和个体命运的形式来表现人类”②。人在这里既是对象,又是主体。审美反映借助于感情与思想的认识、心理学、语言学、符号学而构筑审美心理结构,形成审美心理定势与创作的动力源。审美反映将文学看作审美意识形态,审美与意识形态性,熔铸成了文学的本质特性。文学必然是审美的,不过单一的审美不成文学,因为大量的生活现象也有审美色彩,文学审美总是通过语言所显示的形象、意象、意蕴、情调表现出来

① [俄]普列汉诺夫著:《没有地址的信——艺术与社会生活》,曹葆华译,人民文学出版社 1962 年版,第 205 页。

② [匈]卢卡奇著:《审美特性》第 1 卷,徐恒醇译,中国社会科学出版社 1986 年版,第 199 页。

的，即使其社会思想十分淡薄。单一的意识形态性更不是文学的特征。审美意识形态通过语言结构成的作品、创作主体对现实的改造与审美价值的创造、审美接受与审美价值的再创造，构成文学本体，并建立文学本体论。自然，这一理论也只是认识文学本质特性的一条途径而已。

现在关于意识形态的理论，被各方面的人士搅得很乱。在“意识形态”一词的使用上，存在着几种情形。一些人明明主要抓政治思想、政治制度之间思想对立，却说要抓意识形态，以减少与淡化政治色彩，避免直白说出政治，避开政治、政治制度的锋芒。但意识形态既包括政治，还包括其他各个方面，政治思想只是意识形态的一个方面，所以不能用笼而统之的意识形态一词，来代替政治。这样做，结果是意识形态一词，成了淡化政治思想、掩盖政治制度对立的替代词，这就把意识形态一词的内涵模糊起来了，显然是不科学的。另一种情况是，西方的不少政客、学者大谈意识形态，明明白白地说东西方的对立，是意识形态问题的分歧与对立。但是，他们所说的意识形态指的主要就是政治，指的是不同的政治制度之间的矛盾、对立思想。因为意识形态多种多样，在伦理、道德、文学、艺术、法理、宗教等意识形态中，当然存在着差异乃至对立的东西，但也确实还有众多共同的东西。他们说你在某个问题上意识形态化了，但是实际上是针对不同政治思想、不同的政治制度思想而说的。这里使用意识形态一词，主要指的是不同政治思想、不同社会的政治制度原则。明明是政治问题，却说是意识形态问题。这样结果双方都把意识形态一词明里暗里当成政治概念使用，把意识形态复杂的内涵搞得混乱不堪。还有，不少西方的舆论指责别人意识形态化，好像他们表达的观念不是意识形态，也与政治无关。其实他们的观念政治性很强，他们的语言往往是些冷战的语言。把意识形态等同政治的几种混用的做法，我国的报刊也是这样参与其中的，久而久之，把意识形态的本意给遮盖了。在这里，我主张在词源的意义上使用意识形态一词，意识形态就是意识形态，包括政治思想与其他意识形态。由于人们把意识形态在相当多的场合指为了政治，于是使得一些避谈政治的人,把意识形态与政治等量齐观,对意识形态一词刻意避而远之。比如说,文学与政治无关,与意识形态无关。自己明明在制造意识形态,表述某种思想观念,甚至是政治性的观念,却还说自己与意识形态无关。

依据一定哲学思想而建立起来的文学理论思想,还有在多种语言、哲学基础之上形成的不同文艺思想与不同文化哲学基础之上的种种文化批评。20 世纪西方的各派文艺学,大都受到多种语言哲学的影响。索绪尔、维特根斯坦、海德格尔、列维—斯特劳斯、拉康、德里达的语言思想此伏彼起,推动了西方文学理论的不断更替。这些文艺学派不再执着于文学本质、内容的探索,而钟情于语言自身的能力变化与"语言说人"的论证、形式创造的多种可能,造成了文学理论中的形式主义学派漫长的统治,最后赋予语言以一种魔幻般的力量,消解了文学艺术的意义与价值,使得形式获得不断的更新,从 20 世纪 20 年代直至 80 年代,在文学艺术中引起一阵又一阵的人文危机,最终彻底地消解了人的主体。大概比较特殊的是巴赫金与哈贝马斯的语言哲学思想,他们力图通过超语言学与普通语言学,突出交往、对话思想,来改造人文科学,为文学理论的发展提供了新思路。各种语言学派的学术思想在 20 世纪八九十年代介绍到了我国后,使不少人趋之若鹜。特别是叙事学的研究,已有多种著述,但大多是综合西方学者观点写成,尚处在介绍阶段,使用的不少例子也是从西方学者那里搬过来的。倒是杨义先生的《中国叙事学》,富有中国特色与独创性。同时,解构主义文论介绍到我国后也是盛行一时。一些论者热衷于消解旧有的理论权威,力图确立新的思维原则,有其积极的一面。但如前所说,由于模仿太多,因此连我国文化建设中的现代性的诉求,都被"终结"掉了。他们努力为边缘辩护,但又不甘心身处边缘,时时显露了想置身于中心的心态;而在创作中,则开始了语言的游戏与消解文学艺术价值与精神的过程,趋向平庸。

在我国,近 10 年来兴起了文化批评。20 世纪 80 年代,当认识论文学理论备受诟病，大量引进西方文论时，内在研究，形式、语言研究、文艺心理研究成了时尚。这种学术风气一直延至20世纪80年代中期以后，即美国学者杰姆逊在北京大学讲述后现代主义与文化理论之后。这时不少中国年轻学者才相信文学研究除了内在研究，还可以有文化研究；加上比较文学研究是一种跨学科的研究，文学的外在研究还是可以成立的，虽然文学的外在研究与文学的比较研究并不完全相同。西方的文化研究，范围十分广泛，新历史主义研究、后殖民主义研究、女权主义研究、西方马克思主义文化批评、大众文化研究，一时使人目不暇接。解构主义兴起以后，一些人文科学的界限也开始被解构掉了。比如，文学理论的专门性已大为减弱，在欧美学校里，讨论尼采、弗洛伊德、拉康、海德格尔，就算是上了文学理论课程。像我们从苏联学过来的专门性的文学理论课程，在西方很少看见，或并不存在；而像美国人韦勒克的《文学理论》这样的著作，已不多见。这一倾向的出现，使人们相信，探讨文学问题，不能仅限于文学自身，还要把文学置于文化背景之上，才能较为深入地弄清文学现象的复杂内涵。像后现代主义文学不仅是文学问题，它与后工业社会其他文化现象，从物质生活到精神文化的方方面面紧紧相连，如果只从过去的文学理论角度去理解，是难以把握其面貌与本质的。于是就出现了艺术文化学、文化诗学这类问题的探讨。像俄国巴赫金的不少重要的文学理论问题的探讨，不仅仅限于文学现象，他的对话理论、狂欢化理论，都是建立在对欧洲文化本源发展的深刻理解之上的，它们既是文学问题，也是哲学、文化问题。当今文化批评正方兴未艾。

在哲学与文学理论的多样化中，马克思主义文艺理论的地位在哪里？近20年，人们对马克思主义的理解发生了深刻的变化。最主要的变化表现在，对待马克思主义采取了较为科学的态度。人们冲破了两个“凡是”，将马克思主义与新的现实问题结合起来，定位于“解放思想，实事求是”，如果不是如此，便将寸步难行。正是由于这一指导方针，开创了我国新时期的新局面。在哲学与文学理论中，过去运用的一些马克思主义原则,由于在实践中被简单化、庸俗化而受到质疑,甚至被人否定。但是它的基本原理,如经济基础与上层建筑理论、反映论、存在与意识的理论、历史主义原则、辩证分析精神等问题,很难逾越,自然其中一些问题,也有待新的阐明;又如文学与社会生活的关系、文学与群众的关系、有关艺术价值创造的理论、艺术生产与消费等问题,也都具有普遍意义。问题在于如何使用这些原则与方法,如果不去结合发展变化的现实生活与多样的文学创作来谈文学问题,不能发现原则与对象之间的真实联系,那么除了申张一下众所周知的原则,可能就会把对象本身的具体性、丰富性全都阉割掉,从而使原则庸俗化,造成本本主义、教条主义批评。如果使用马克思主义精神,去具体分析对象,那么不仅对象的具体性、丰富性能够被揭示,而且原则本身也能表现出其无限的生命。在文学艺术总体特征的探讨中,马克思主义文学理论占有明显的优势,这是其他学派的文论难以替代的;而其他文论的特点与作用,马克思主义的文学理论也难以包容。理论自身的原则应是被发展的,唯一的途径就是不断吸收其他理论的合理因素以丰富自己,使自己常新,这也是这一理论的生命力所在。如果它故步自封,以为什么问题都能阐明,那么它将无力面对文学中诸多独特的问题,运用它来解释众多的文学现象,必然就会力不从心,捉襟见肘,任何理论都是如此。

在现今的文学理论中,完全使用认识论来探讨文学问题的现象已不多见,其中文艺社会学与认识论可能最为接近。马克思主义文论原理在不少学者那里,实际上都有不同程度的新变,有的变革极大。例如关于反映论,如前所说,有的学者在探讨文艺问题时,并不把反映论直接移入文论,而是吸取其精神,通过审美中介,使其与其论述的对象相结合,使用审美反映一说,并且引进了其他学派的有用成分,加以综合,以适合文学理论自身的需要,这与以往的马克思主义文论已大不一样。有的论者将生产论移入文学理论,演化为艺术生产论。甚至探讨主体论文学思想,也要征引马克思的论点。自然,文学研究的途径很多,不少方法与马克思主义原则并无直接关系，原有的叙事学理论与原马克思主义文论就没有多少联系，虽然可以去建立马克思主义叙事学。西方学者往往将马克思主义文学理论与似乎毫不相关的其他文学理论学派连结一起，形成新学。此外，还有与各种哲学思想有联系的多种文学研究，如文艺心理学、文学阐述学、比较文学研究、神话研究等，这里难以一一评述。

今天，文学理论哲学思想的多样化与文学理论本身的多样化的格局，大体已基本形成，这种情景在20年前是难以想象的。这说明，科学认识的途径是多种多样的，一旦解放思想，实事求是，科学就会显示自身的千姿百态的本相。它们之中，有的真理成分多些，有的合理成分少些，但都是现代意识的追求与创造，是现代性的体现。各种文学理论交织一起，相辅相成，互为衬托，争奇斗艳，显示了整个理论的丰富多彩，从而使我国文学理论处于前所未有的"狂欢化"的情状之中。

第五节　传统的定位与选择

我国文学理论现代性的生成中，面对着强大的传统问题。似乎没有哪个国家的文论像我国那样，在传统问题上总是纠缠不清，要进行那么多、那么久的争论，以致今天仍在争论之中。这里的复杂性在于，近百年来，由于现代性的不断演变，使得我国文学理论走过的道路太曲折了，每个阶段的文论，总是处在现代文论、古代文论与西方文论冲突的张力之中而决定取舍。在今天建设新的文学理论的时候，我们实际上面临三种文论传统，这就是古代文论传统、西方文论传统和近百年来形成的现代文论传统，我们就处在这三种文论的相互的张力之中。

20世纪之初，梁启超与王国维的文论，追求着当时的现代性，都在吸收外国文论经验的基础上，或把文学仍然看成"经国之大业"，与当时社会改造任务相连;或与传统的感兴文论相结合,藉外国文论思想之助,更新了传统文论,这就是现今为人乐道的在《人间词话》中发挥的境界论思想与论述《红楼梦》时引进的文学悲剧思想。“五四”前后,由于这场“五四”文化革命而使传统文化成了批判对象,锋芒所及,古代文论受到巨大的冲击,由原来的中心而退居到了边缘。古代文论的式微,在于它多半是古代诗歌的理论总结,是一种感悟式的、直觉式的、评点式的模糊体验性的文论,由于它缺乏现代要求的强大的、理性的、清晰的理论框架,不能很快向现代转换,经受住现代性的检验,难以用来解释“五四”新文学现象,于是受到冷落与批判,也是势所必然。其时一些人士出来捍卫传统文论,竭力为旧学辩护,反对革新,但也是难以阻挡新潮势头,显得力不从心,以失势告终;今天看来,他们在学术上取得一定成就,但他们那时被笑称为遗老遗少,也是合情合理。20 世纪 20 年代,马宗霍曾出版《文学概论》(1925)一书,该书体系采自西方同类著作,而术语则尽量使用古代文论中的概念,力图中西合璧。写于 20 世纪 30 年代初,出版于 1942 年的朱光潜的《诗论》,在其《抗战版序》中,又提及古代文论与西方文论的问题:“当前有两大问题须特别研究,一是固有的传统究竟有几分可以沿袭,一是外来的影响究竟有几分可以接收。”①今天看来,这正好说到了问题所在。但由于当时形势关系,看来提得不合时宜,所以无有应者。40 年代下半期,古代文论的研究才在一些高校有所展开。这 10 多年间,除了朱光潜的《诗论》,还有宗白华的一系列论文(后收入《美学散步》《美学与意境》)、钱锺书的《谈艺录》、方孝岳的《中国文学批评》、罗根泽的《中国文学批评史》、郭绍虞的《中国文学批评史》等,算是古代文论研究的主要成绩了。50 年代后几十年,古代文论被当作了封建文化,除了少数人进行资料整理外,研究实际上已经停止。当时有的人认为,古代文论只具参考价值,决不能指导今天运动,古代文论引入当代文论,只能作为民族化的一种手段,即为当代文论增添一分民族色彩而已。直到 20 世纪 80 年代,

---

① 朱光潜著:《朱光潜美学文集》第 2 卷,上海文艺出版社 1982 年版,第 3 页。

古代文论研究才算真正受到重视。20 世纪 80 年代初，我国研究古代文论的学者建议，可以用古代文论的框架来撰写文学概论，但未有实际的尝试。20 世纪八九十年代，我国古代文论的研究取得了空前的进展，王运熙、顾易生主编的 7 卷 8 册《中国文学批评通史》、敏泽的三卷本《中国美学思想史》和罗宗强的多卷本《文学思想史》的出版，应是古代文论研究界的盛事了；此外如黄保真、成复旺与蔡钟翔等人的《中国文学理论史》、袁行霈等人的《中国诗学通论》、陈良运的《中国诗学批评史》和张少康等人的《中国文学理论批评发展史》，都是这一时期的力作。自然，这些著作还只是现阶段所达到的初步成就。史与论的关系是相辅相成的。史的工作在于披露理论历史的原貌，尽量恢复其原有的形态与本意；理论的工作则在于吸收以往批评史的成就，尽可能地进行科学的概括，总结出带有规律性的文学观念，深化已有的认识。我们不能等待史料发掘完了，批评史写完了再来进行理论总结，批评史是不可能写完的，古代文论体系的探讨也不可能完成于一旦。

面对新的文论建设，古代文论的地位与作用被提了出来，20 世纪 80 年代末、90 年代初，古代文论向现代转换的呼声四起，到 90 年代中期，召开了古代文论的现代转换的专门研讨会，《文学评论》组织了持续两年之久的专栏讨论。大家的共识是，我国古代文论必将成为新的文论建设的不容忽视的组成部分，因此应该充分继承古代文论优秀传统，不应再重蹈过去的覆辙。同时对于古代文论如何转换，分歧不仅存在，而且十分深刻。比如所谓当今文论的“失语症”问题，成了引发讨论的话题。有的学者认为，我国当代文化基本上是借用西方的一整套话语，长期处于文化表达、沟通和解读的“失语”状态。当今文艺理论研究，最为严峻的问题就是“文化失语症”。论者建议在清理传统话语的同时，使传统话语得到改造与更新，在“杂语共生态”中，在广取博收之中，逐步建立文论新话语。有的学者认为，产生“失语症”的不应是我国文论，而是外国文论，我国古代文论话语方面，不是赤贫，而是满怀珠玑，自有一套与西方迥异的思维方式与文论话语。只要我们自己做好清理古代文论的工作,改弦更张,主动介绍出去,实行“送去主义”,必能将世界文论水平大大向前推进一步。有的学者认为,应以我国古代文论为母体和本根,认识与研究中西文论的异同,明白我国古代文论的主要精神与当代价值,吸取西方文论的有益营养,来建设有中国特色的当代文论。也有学者认为,古代文论作为一种宝贵的理论资源,一要开发,二要利用。古代文论的现代转换,不是满足于把个别古代文论范畴吸纳到当代文艺学中作为点缀,而要对古代文论具体的理论范畴进行逐步清理,先从局部开始;同时不能照搬古代文论的范畴体系,而要在整体上了解古代文论的根本精神、总体特征,加以改造,完成传统与现代的接轨①。这是问题的一个方面。

另一个方面,是西方文学理论的问题。近百年来,西方文学理论一直影响着我国现代文论。我国现代文论各个历史时期的发生与演变,无不受到那个阶段被某些人所尊重的西方文学理论的影响。世纪之初,王国维与梁启超的文论,各自受到德国、日本文学思想、文论的影响,自不待言。二三十年代,欧美文学理论的影响在一些学者中间是存在的,如梁实秋、梁宗岱、朱光潜等人的著作,但在文艺界似乎从未成为主流意识。逐渐占有主导地位的,先是俄国的文学思想,而后来是直接或间接介绍过来的苏联的文学思想、马克思主义文学思想。从 50 年代之后,对我国文学理论发生影响的,则主要是苏联的文学理论,不管名家末流,一律拿来,供作我们学习的范本。那时在学习苏联经验、理论上,如有不同意见,不管有理无理,都是先打三扁担再说,可见其决心之大。

80 年代的改革开放,对文化专制主义进行了清算,同时大量引进了西方文艺、学术著作,使得不少对现实感到惶惑的人,自然地把目光移向西方。与自己的境况相比,觉得西方什么都好,哪个理论都是闻未所闻,

① 曹顺庆撰:《重建中国文论话语》,载《中外文化与文论》1996 年第 1 期;季羡林撰:《门外中外文论絮语》,载《文学评论》1996 年第 6 期;张少康撰:《走历史发展必由之路》,载《文学评论》1997 年第 2 期;蔡钟翔撰:《古代文论与当代文艺学建设》,载《文学评论》1997 年第 5 期。

并且多种多样，当然包括文学理论，这确也有部分真理在内。隔绝既久，对什么都感到新鲜，因此面向西方的理想主义相当流行。一个时期里，在知识界与文论界，西化思想相当普遍，旧有的传统与文化思想被贬得一钱不值，西学为体的思想再度被炒热起来。在“走向世界”的口号下，实际上搀杂着两种思想，一是极力想改变落后状态，赶上西方，否则要永远落后下去；一是西方什么都好，极力要向西方靠拢。在文学理论中，这时既有认真、艰苦的理论探讨，也有大搬外国新术语的现象，虽然文化转型期术语转换是不可避免的，但是新名词的狂轰滥炸，显示了不少人的浮躁心态，各种西方理论，不管理解与否，价值如何，轮流登场，表演一番，显出一派众声喧哗。似乎一种新说的出场本身，就意味了它的存在，而存在就是价值与胜利。有些人对这种情况显得惶惑；有的人则忧心忡忡，只觉得天旋地转、上下颠倒、中心不彰，甚至被挤兑到一旁，失去了旧有权威的中心感觉。但由于自身知识结构的局限，无法对话沟通，在各种新理论的“狂欢”中只好徒呼奈何。如前所说，这种情况直到 20 世纪 80 年代末、90 年代初以后有所变化。主要是我国学者在理论探讨上有所深入，西方文学理论本身挣脱了大半个世纪的内在研究，而大规模地转向外在研究，它对自身的理论并非绝对完美的认识与检讨，清醒了不少人的头脑。当然更为重要的是，人们发觉西化道路在我国再度受阻，西化实际上是行不通的。西化实际上也是一种教条主义，在各个时期都是存在的，因此人们不能不考虑现实的实际情况。

那么，当代文论建设到底如何进行？在我看来，我们还得在原有的文化、文学理论传统的基础上进行。我们得面对传统，有关文论传统的看法我在前面已有所表述。长期以来，各种文论传统之间的张力，一再成为那个时期文学理论建设中发生争论的重要原因。“五四”文化革命以激进的态度，否定了旧有的文论传统，于是形成了与原有文论的中断。确实旧有的文化传统在 20 世纪初已腐朽不堪，但是任何一种旧有的文化又总有它的民主性的精华所在，依靠它们，使得一个民族得以绵延与发展，对这些因素进行必要的科学的改造,就可使之成为新文化的组成部分。如果把一个民族长期创造的精神文化全部否定掉了,这个民族在精神文化上靠什么维系而获得发展呢?

那么我们能够将当代文学理论建立在古代文论的基础上吗？这显然是不可能的事。一是古代文论是古代文学创作的理论总结,如前所说,古代文学创作主要是诗歌创作,大多数诗学著作,主要针对诗歌而发,它们自有一套范式用语,由于这些术语多半属于审美的心理体验,因此各种术语具有审美的朦胧、模糊、含混特征,而无明确的界定,可以意会,但难以言传。同时一个概念,各家有各家的阐述与用法,并不统一,而且这些概念,文、哲、伦理、宗教不分,并非为文论所专用,文论术语多半借自哲学、伦理等诸领域。自然,朦胧、模糊的审美评价,又有它的优越性,即可以用来描述那些不可言说的现象,而这在文艺审美的现象中很多。但总体上说,它们已不适合用来阐述在现代性启蒙下发生的新文学现象,新文学在思想趣味、形式上与古典文学大异其趣,并且逐渐形成了一套借自欧美文艺理论进行阐述的新的术语规范。二是古代文论自身的体系与作为资源的问题。关于古代文论有无自己的体系,一个时候颇有争论,持否定意见的主要是些研究西方某个文论家、对本国文论则十分隔膜的人士。前面提到的一批有关古代文论的论著,从各自的认识角度,初步总结了古代文论庞杂而丰富的经验,这一工作完全必要。但它们只是古代文论思想的总结与概括,只是当代文学理论建设的一部分,难以成为当代文学理论自身。古代文论要在当代文学理论建设中发挥作用,成为当代文学理论建设的一部分,关键在于做好现代转换,使古代文论的一部分探讨面向现代。古代文论的现代转换是个十分艰巨的工作,现代转换并非使古代文论现代化,而是将古代文论作为资源,把其中那些具有普遍意义的、与当代文学理论在内涵方面有着共通之处的概念,即有着普遍规律性的成分,清理出来,赋予其新的思想、意义,使之汇入当代文学理论之中,与当代文论衔接,成为具有当代意义的文学理论的血肉。也就是说,现代转换就是一种理性的分析，目的在于激活那些具有生命力的古代文论部分，获得现代的阐述，成为当代文学理论的组成部分。古代文论话语极为丰富，可以构成自己的话语系统与理论体系。把古代文论送出去自然很好，可以促进在古代文论方面的文化交流，让外国人了解我国古代的文化成就，促进他们研究我国古代文化典籍，从而使外国文论有所吸收，有所获益，但是这仅是问题的一个方面，古代文论毕竟难以替代我国的新文学理论。

古代文论难以替代当代文学理论，西方文学理论更不能越俎代庖，那么作为当代文学理论的基础选择即文化选择，我以为也只有现代文学理论了，就是说，当代文学理论的建设，只能以现代文学理论为基点。原因之一，现代文学理论虽然问题很多，但近百年来，它的发展，总是与西方当代文学理论思潮结合在一起，它不断地在西方文学思潮的影响下使自己逐步地走向科学化、人文化，这也是客观的事实，从而体现了我国文学理论现代性的不断生成。我们今后在总体上阐述文学现象时，在前面已提及的现代文学理论中初步确立的一些重大原则，即使被修整，恐怕也是难以逾越的。不少观念固然借自西方文学理论，但一旦融入我国文学过程，也就成了我国现代文学理论的组成部分。当今各国文化进入更大范围的世界性交流的潮流，它们之间既有差异，又有同一，这差异性与同一性，使得不同文化相互接近，在现代性的追求中，不断相互吸收与进步并形成各自的特色。原因之二，现代文学理论大体上是与我国现代文学的发展相适应的，现代文学理论对古代文论传统的疏远，与现代文学的发展是同步的。在现代文学的生成过程中，也生成了现代文学理论，用以阐述现代文学。现代文学理论或提出旗帜与口号，对现代文学起到催生作用，或移植一系列外国文学理论的术语，用以解释现代文学的特征与品格。这套术语具有当代的科学性特征，这中间也出现过不少错误与问题，但至今仍在使用，虽然今天增加了不少新的观念与术语，但暂时还没有一套新的、完整的术语替代它们，经过适当的调整与改造，恐怕它们还要使用下去。原因之三，我们所以认为要以现代文学理论为基础，还在于复杂的传统问题。现代文学理论由于“五四”的激进主义的一面而丢掉了古代文论传统,在今天,总使我们觉得现代文学理论缺少了母体的营养与根底,缺乏一种底气。我们一度从西方他山之石攻玉,但对自己的宝山弃置不顾。由于我们对古代文论中许多有价值的东西、有生命力的东西研究不够,未曾有过现代转化的过程,与现代文学理论未有沟通,所以总使人感到现代文学理论与强大的古代文论传统之间缺乏血肉的联系,而变得有如飘零的浮萍。但是这一传统又不能用以替代现代传统,因为如果我们这样做,那又会中断一个传统即现代文学理论传统,又会人为地造成一个新的隔阂。现代文学理论近百年来的经营,构成了现代文学理论传统,我们所使用的理论话语,正是现代文学理论所使用的话语。我们不可能再来使用古语说话。如果直接转向古代文论,那么很可能我们一时连话都不会说了。因为,古代文论中不少话语,我们已对它们十分隔膜,在语义上,与当代文学理论已不相通用,我们不可能用古代文论的话语来阐述当代文学现象。虽然有个别学者使用古代话语撰写著作,但也只是针对古籍,而难以对现代文学进行评论。我们只能在现代文学理论的基础上,充分地研究古代文论,把其中的有用成分,包括它的体系与各种术语,最大限度地分离出来,不是表面地使用一些古代文论的术语,而是丰富其原有的含义,赋予其新义,与现代文学理论、西方文学理论融合起来,使其成为当代文学理论的血肉,形成当代文学理论的新形态。这将是具有中国特色的文学理论的新形态,一种在长远时间里不断生成、不断丰富、体现现代性的文学理论的新形态。

过去,从事古代文论与从事当代文论的学者,基本上各搞各的,古代文论研究者缺乏对现代文学理论的把握,局限于对古代文论本身的解释,甚至以为古代文论与现代文学理论无关。对古代文论进行解释,恢复其原貌,即对其形态与历史进行还原,这一工作是完全有必要的,这也是一种不可或缺的专门学问,自然应该继续下去。而从事现代、当代文学理论的学者,又十分缺乏对古代文论的深入的、全面的理解,不能把两种文论有机地相互沟通，融而为一。最近这一情况已有所改变，正在出现一种融会贯通的趋向。

第六节　现代性与人文精神

文艺学是一门十足的新兴的学问，是尚未成熟的、处在不断变化中的学科。这是一门既是科学的，也应是充分的人文精神的学科。

我们在前面说到，现代性应是一种排斥绝对对立、否定绝对斗争的非此即彼的思维，更应是一种走向宽容、对话、综合、创造同时又包含了必要的非此即彼、具有价值判断的亦此亦彼的思维，这是从近百年来文学理论痛苦演变中凸现出来的一个思考。

在历史上，马克思主义文学理论在一个时期里，曾被当作终极真理，特别是马克思等人在这方面说过的话就是绝对真理，其他的文学理论流派都一一遭到批判、废除。这与社会激变的环境有关，不如此，它自身就难以存在下去，而且它受到的非难极多。这种思维方式大概是在这种环境下形成的。但是时间长了，一旦成了一种定型的思维方式，它就会向教条式的非此即彼的思想方式转化。马克思主义文学理论有关文艺的一些重大方面的论说，具有无可辩驳的科学性、指导性，有它的体系性，有的人极力反对，进行消解，也是枉然。但是也要看到，马克思主义作家也只是就文学的一些重大方面，当时出现的一些理论问题以及有关过去的不少作家，作出了阐述与评价，它们难以替代全部文学理论。文学理论中还有许许多多问题，被古人与今人探讨着，而且后来文学发展中层出不穷的新问题，由于时代的限制，他们也难以涉足。我们发现，20 世纪 80 年代传入我国的许多外国的文学理论学派所标榜的主张与独特见解，是马克思主义文学理论中所看不到的。就是在我国常常受到诟病的西方马克思主义文艺理论，在不少问题上，如艺术生产、艺术与政治、艺术与意识形态的种种关系、大众文化、后现代主义批判等，与西方的艺术生产联系密切，针对性强，不少阐述也富有真知灼见。反观我国一些正统的马克思主义文艺家，20年来，似乎未曾结合文艺发展的实际情况，提出过什么新的、有价值的理论问题来，这是颇值得深思的。马克思主义文学理论要获得进展，就应合理地吸收其他学说，用以丰富自己，使自己的理论与新的文艺实践结合起来，讨论、阐述新问题，从而使自己永葆青春。

文学理论的现代性，要求排除对一种思维、观念的终极真理性、绝对权威性。绝对权威、终极真理、说一不二、不准思索的思维方式，已经不合时宜，表现为逆现代潮流而动。人的思维、意识是多样的，它们各有价值。一种思维所提供的真理，只是真理长河中的一个浪花，它代表不了长河自身，更无法具体显示真理长河未来的曲折流荡。真理的长河，是由千条万条细流汇合而成的，它们的相互关系应是一种相互包容、相辅相成的对话关系，表现为多声合唱，而非同声齐唱，同声齐唱不适合于文学理论的创造，是没有创造力的表现。历史、现实告诉人们，把一种意识视为永恒的真理，并要强制他人接受，顶礼膜拜，这实际上必然导致漠视他人意识，排斥他人的独立意识与思想的存在，而把自己的意识当成一种超人思想，转而把世界变为独白、单语的世界。事实上，我需要他人才能存在，他人存在也要以我为依托。“我离不开他人，离开他人我不能成其为我；我应先在自己身上找到他人，再在他人身上发现自己”；“证明不可能是自我证明，承认不可能是自我承认。我的名字得之于他人，它是为他人才存在的”，“人实际存在于我和他人两种形式之中”，存在意味着为他人而存在，通过他人而确证自己的存在。意识作为他人的和我的意识，相互联系又是各自独立。“单个意识不能自足、不能存在。我要想意识到自己并成为我自己，必须把自己揭示给他人，必须通过他人并借助于他人。”①这

① 钱中文主编：《巴赫金全集》第5卷，白春仁、顾亚铃译，河北教育出版社1998年版，第377页、第378页、第379页。

样，意识实际上是多数的，它们相互交织，各自独立，又具充分权利，自有价值，相互平等，在交往与对话中互为存在。自然，在意识之间，存有差异，在品格上有高低之分，价值上也有大小之别，但无法相互取代，而只能在交往、对话的关系中，互相启发，互为补充，否则就会把另一意识视为没有声音之物。实际上，他人也是能思考的，也能产生思想成果的，思考并不是几个人的专有权利。单一化的意识的理论，必然把他人视为没有思维能力的东西，藐视他人，鄙视人群，不能与之平等地对话，从而把他人视为非人，把人物化。因为实际上生活本身就是对话的，你无法离开他人而存在。这就是新的人文精神的表现。因此，现今如果还要鼓吹我的思想永世的绝对真理性，那实际上是在文学理论中传播愚昧，力图恢复独白、单语的世界了。

不过，这一恢复独白、单语世界的非此即彼的传统思维方式，相当根深蒂固。在20世纪80年代的文学理论的各种争论中，双方每每表示出都是绝对真理的化身，甚至连对方参与论争的资格都会受到质疑与嘲弄，以致在价值判断中随意性的、情绪化的成分极多。至于说到尊重对方、进行对话，承认在对方的阐述中存在某种真理，这种情况更如凤毛麟角。这种你错我对、你输我赢、非此即彼的思维方式，都是长期以来形而上学猖獗的结果。人们一面批判这种思维方式，一面自己又重复这种思维方式，没有相互丰富的愿望，缺乏共同建设的气氛，更无双赢的气度。这里可能主要是标举"解释"，而忽视"理解"。自然科学的思维，是单一主体的思维，它的对象就是客体，而非另一个客体的主体，意识的工作主要在于解释客体，其方式偏重于独语，而达于认识。人文思维则具有"双主体性"，它探讨的文本，是主体的一种表述，它进入交流，面向另一个主体，另一个主体也面向作为主体的它，进入对话的语境，它需要的是"理解"。巴赫金指出："在解释的时候，只存在一个意识、一个主体；在理解的时候，则有两个意识、两个主体。对客体不可能有对话关系，所以解释不含有对话因素……而理解在某种程度上总是对话性的。"他引用的德国学者的一段话也是很有意思的:“人文科学对自然科学方法的责难……概括如下:自然科学不知道‘你’。这里指的是:对精神现象需要的不是解释其因果,而是理解。当我作为一个语文学家试图理解作者贯注于文本中的含义时,当我作为一个历史学家试图理解人类活动的目的时,我作为‘我’要同某个‘你’进入对话之中。物理学不知道与自己对象会有这样的交锋,因为它的对象不是作为主体出现在它面前的。”①人文科学重在理解,理解是人与人的对话,主体与主体的交流,意识与意识的交锋,“我”与“你”的相互讨论与了解。在对话与交锋中,两个主体,互揭短长,去芜存精,共同发现,揭示与充实真理因素。在共同的探讨中,可能主体双方的真理因素多寡有别,但都自有价值,即使一方意识全是谬误,亦应在对话、批判中被揭示,而不是在另一方居高临下的肆意贬抑中被否定与消灭。即使是谬误本身,亦有其认识的价值的。同时,在我看来,在一定时候,解释有时也是难以避免的。理解要求一定的价值判断,其中包含了一定的解释。

自然,我也认为,又不能把亦此亦彼的思维方式绝对化。亦此亦彼假设双方各有真理成分,并且不排斥一方或双方的谬误,但不排斥价值判断,即一定的非此即彼。绝对的亦此亦彼,绝对的相对主义,必然排斥价值判断,变成你对我对,消解了正确与谬误之别。更成问题的是,这种绝对的亦此亦彼,有时对于对方并不理解,就匆忙做出否定,或匆忙做出肯定,以示大度,这之间其实并未存在真正的对话。对话是无尽的(有时虽然对话本身便是目的),但是又要承认,对话又是有一定目的的,对话的目的在于认识真理,辨别谬误,即使真理是无尽的,每一对话实际是为了增加对无限真理的有限的认识。文学理论中的独语状态已延续得很久很久,人们深受其苦,一旦进入了对话语境,出现了对话状态,获得了对话的可能,反倒不习惯起来,不能平等待人。但是进行平等的对话,表现应有的对话风度,这不就是论者自身的一种人文精神的表现吗!用这种人文

---

① 钱中文主编:《巴赫金全集》第4卷,白春仁、晓河等译,河北教育出版社1998年版,第314页。

精神来改造文学理论的学风，不是十分需要的吗！当然如何形成这种方式（包括作者自身在内）来探讨问题，还是有待于共同的努力，这种风尚的形成看来不会一蹴而就的。

文学理论自身的学理探讨既是科学的，也应当是充满人文精神的。近百年来，文学理论倾向于文学自身的内在、本体的研究，自然十分需要，并且取得了重大的成就。但是各种形式主义学派的内在研究，在语言论哲学的影响下主要研究了文学作品本体，它的种种构成，对作品的认识不断科学化了，但也削弱了文学的人文精神。在形式主义普遍忽视内容基础上发展起来的解构主义，把文学作品的分析与文学作品的创造，当成了文字的任意组装与嬉戏，人文精神被逐渐地消解了。如前所说，20 世纪 80 年代后在西方兴起的文化批评，正是对形式主义的一种反拨。解构主义被解构了，新历史主义、女权主义、后殖民主义等新学派的风行，标志压抑已久的人文精神的抬头。不管这些学派对我们适合到什么程度，有一点是肯定的，那就是文学理论需要标榜人文精神。在我们充分注意并研究文学的种种形式因素的同时，需要张扬文学的人文精神，呼吁人的血性与良知、怜悯与同情。在今天的文学批评中，具有人文精神的论说，已被消解掉了。

西方文学理论的泛文化性是十分明显的，文学理论从未像现在这样，被理论家们移入各种文化领域，或者说，各个人文科学的领域深深地渗入了文学理论，这使我们刚刚表现出了一些自主性的文学理论一下就面对极为复杂的情况。文学理论跨学科的探讨是必然的，但把与文学多少有些联系的学科称作文学理论，说文学理论影响并改造了其他学科，说文学理论是一种历史的理论、历史意识的理论，说人们将通过文学理论来规划人文科学①，在我们这里暂时还未出现这类迹象，就我们目前的知识结构，还不大好做想象。文化诗学、文化批评是必然的，并且将会更加活跃

---

① ［美］拉尔夫·科恩主编：《文学理论的未来》“序言”，程锡麟等译，中国社会科学出版社 1993 年版。

起来,但是像西方的文化诗学那样,建构得太泛,文学的特征也就模糊不清了。文化诗学、文化批评的建构,不仅在于打通文学与其他文化领域,在更加广阔的文化背景上去理解并创造文学,也是为了赓续、弘扬新的人文精神。当然也难以逆料,目前泛文化的批评相当时髦,文学批评也已渗入社会、政治、经济领域,所以新学科的出现是必然的。随着文学与其他人文科学的联系而产生的新学科,如伊塞尔提出的"文学人类学"等,这都是可能的,也是可以预期的。

这样,我们面临着对文学理论现代性的选择,同时我们也将被现代性所选择。

第三章　文学审美意识形态的逻辑起点及其历史生成

第一节　发生认识论与审美意识的发生

我们力图说明在马克思关于社会结构的学说中文学是意识形态这一观念。但是文学作为一种意识形态，只是说到了它在社会结构中的地位，即与其他社会学说的共同方面，是文学的一般，而并没有把文学作为具体的对象加以探讨。

“考论者”说马克思从未直接或间接地说过文学是意识形态、文学不是意识形态，肢解了唯物主义历史观之后，接着对文学审美意识形态进行了驳斥。一、审美意识形态不过是审美加意识形态，是两个概念的“组合”与“硬拼凑”，“只会产生混乱”。文章的副标题就是“以‘审美’与‘意识形态’关系为中心”而“硬拼凑”出来的；二、审美意识形态是一个“偏正结构”，“从它的产生过程看，显然它是强调前者”；“‘审美意识形态’是在纠正传统的反映论和意识形态论，‘去政治化’，主张对文学的生活的‘审美反映’时才提出来的。不过，不管它是哪种情况，用来说明文学和定义文学，都有过滤掉构成文学本质的其他成分之嫌，且与多样化的文学存在状况不相符合”①。“如果以‘审美意识形态作为文学本质的界定，那势必一方面以‘审美’消解了意识形态，一方面又会把所有文艺作品都看成意识形态，这是违背文艺作品的存在实际的”②。所以这一观点造成了我国最近十多年来文学艺术创作的下滑与堕落。三、那么文学本质如何界定？“考论者”引述说：“当我们说文学具有一定的意识形态性时，其审美因素已经内在地包含其中了。”如丹尼尔·贝尔说：“意识形态最重要的、潜在的作用就在于诱发感情。这说明用‘审美’规定‘意识形态’是不必要的。”③照“考论者”的说法，文学的特性早已包含在“意识形态”之中，它的本质特征就是“意识形态本性论”，文学就是“社会意识形式”。

一些人一谈审美意识形态，就把它当成审美加意识形态进行批判，这是几十年来机械论的思维惯性使然了。

本文开头就说，文学审美意识形态的逻辑起点是审美意识，而非意识形态。

黑格尔在《小逻辑》中讲道：“在我的《精神现象学》一书里，我是采取

① 董学文撰：《文学本质界说考论》，载《北京大学学报》2005年第5期。
② 北文撰：《文艺本质如何界定引发学术争鸣》，载2006年4月13日《文艺报》。
③ 董学文撰：《文艺本质界说考论》，载《北京大学学报》2005年第5期。

这样的进程，从最初、最简单的精神现象，直接意识开始，进而从直接意识的辩证进展（Dialektik）逐步发展以达到哲学的观点，完全从意识辩证的进展的过程去指出达到哲学观点的必然性……因为哲学知识的观点的本身同时就是内容最丰富和最具体的观点，是许多过程所达到的结果。所以哲学知识须以意识的许多具体的形态，如道德、伦理、艺术、宗教等为前提。"①精神现象学就是"关于意识的经验的科学"。精神在其历史发展中展开自身的每一个环节，"意识本身就是出现于它自己与这些环节的关系中的；因为这个缘故，全体的各个环节就是意识的各个形态"②。马克思对这种建立在抽象精神基础之上的意识指出，在黑格尔那里，"意识的对象无非就是自我意识；或者说，对象不过是对象化的自我意识、作为对象的自我意识（把人和自我意识等同起来）"，"正像本质、对象表现为思想的本质一样，主体也始终是意识或自我意识，或者更正确些说，对象仅仅表现为抽象的意识，而人仅仅表现为自我意识"。所以黑格尔的学说是以纯粹的思辨的思想开始，又是以绝对的抽象精神结束的。同时马克思充分肯定黑格尔的现象学的最后成果，即"作为推动原则和创造原则的否定性的辩证法"的"伟大之处"，在于它把"人的自我产生看作一个过程，把对象化看作失去对象，看作外化和这种外化的扬弃；因而，他抓住了劳动的本质，把对象性的人、现实的因而是真正的人理解为他自己的劳动的结果"③，从而使其辩证法具有了"伟大的历史感"。马克思、恩格斯在《德意志意识形态》中开始营建他们的思想理论时，正是通过人类社会实践的基础，从批判"意识"这一最根本的范畴开始的。

就发生认识学的角度，从人类的意识、语言、思维的生成来说，这些现象都是长期劳动实践过程的产物，是在现实基础之上发生的，审美意识与意识是同步发生的。自然，最初级的原始思维尚不具备意识的所有形式，语言意义的范畴与生物本能无意识的范畴，处于共存状态，自觉意识极为

---

① ［德］黑格尔著：《小逻辑》，贺麟译，商务印书馆 1981 年版，第 93—94 页。

② ［德］黑格尔著：《精神现象学》上卷，贺麟等译，商务印书馆 1979 年版，第 62 页。

③ 《马克思恩格斯全集》第 42 卷，人民出版社 1979 年版，第 164 页、第 162 页、第 163 页。

模糊，被意识到的东西极为有限。当人类还没有真正意义上的语言时，他就只能依靠体态、手势、表情、叫喊等符号手段来交流感情。这时的意识融合了主体与客体，各种粗糙的感觉、感情、想象，它们相互渗透，共处一体。意识起初不过“是对自然界的一种意识，自然界起初是作为一种完全异己的、有无限威力的不可制服的力量与人们对立的，人们同它的关系完全像动物同它的关系一样，人们就像牲畜一样服从它的权力，因而，这是对自然界的一种纯粹动物式的意识（自然宗教）”[①]。意大利学者维科讲到，原始初民的本性还类似于动物本性，他们尚不具备推理能力，但浑身充满了旺盛的感觉力和生气勃勃的想象力，“各种感官是他们认识事物的唯一渠道……他们还按照自己的观念，使自己感到惊奇的事物各有一种实体存在”。维柯把初民的这种思维称做“诗性智慧”[②]。意识的起源，实际也就是思维的起源。由于初民这种充沛的感觉力与想象力的不断进化，由于知觉的不断形成，由于记忆的不断积累，由于形成了具有协调性的、初级概括力的思维能力，他们就慢慢地感到外在于自己的世界，同自己一样是有生命的东西，以此来认识周围环境。意识的进一步发展，是实践活动发展的结果，它使人把“自己的生命活动本身变成自己的意志和意识的对象”。人的有意识的生命活动把自己同动物的生命活动区别开来，而成为类存在物。“正因为人是类存在物，他才是有意识的存在物，也就是说，他自己的生活是他的对象。仅仅由于这一点，他的活动才是自由的活动”[③]。人与人的交往、人与其他对象的关系不断扩大开来，形成了相互的关系即社会关系物。“人们参与这种社会关系，而这种社会关系只有通过人们的大脑感官以及行为器官才能够实现。在由这种关系所产生的过程中，还把客体以及主观影像的形式以意识的形式纳入人脑中”[④]，成为人类共同的初级知识。同时，意识又是通过语言来获得表现的一种心

---

① 《马克思恩格斯全集》第 3 卷，人民出版社 1960 年版，第 35 页。
② ［意］维柯著：《新科学》，朱光潜译，商务印书馆 1986 年版，第 161 页、第 162 页、第 155 页。
③ 《马克思恩格斯全集》第 42 卷，人民出版社 1979 年版，第 96 页。
④ ［苏］列昂捷夫著：《活动 意识 个性》，李沂等译，上海译文出版社 1982 年版，第 12 页。

理形式，意识无法脱离开语言。意识、思想、观念的发生，“最初是直接与人们的物质活动，与人们的物质交往，与现实生活的语言交织在一起的”。“语言和意识具有同样长久的历史；语言是一种实践的、既为别人存在并仅仅因此也为我自己存在的现实的意识”①。在人们共同劳动、相互交往的过程中，语言不断获得发展。这样，意识成了人的感觉、知觉、记忆、想象等心理活动的表现，是人的头脑对于客观物质世界相互关系的反映。“意识的存在方式，以及对意识说来某个东西的存在方式，这就是知识。知识是意识的唯一的行动。因此，只要意识知道某个东西，那么这个东西就成为意识的对象了”②。在意识的活动中，思维起着主要的作用，思维是以感知觉的发生为前提的，有了思维，就有了意识。“思维是要把一定的事物内部不同部分相互之间某种客观联系和区别探索清楚，取得这些事物或这些事物的不同部分，如何一定地相互联系又相互区分着的如实图景……取得一个尽可能的确切的‘映像’”③。思维是在感性的表象、初步形成的概念的基础上，进行分析、综合、判断、推理等认识活动的过程，使意识连成完整的图景，成了人类特有的反映的高级形式。

第二节　原始思维、神话思维与审美意识功能

作为原始初民通过意识活动而认识世界的原始思维，实际上是一种因语言而获得表现的混合型的思维，它既是“诗性智慧”，又是神话思维，虽然关于原始思维、神话思维、巫术、宗教，人类学家有着不同的说法。实际上诗性智慧、神话思维都包含了审美意识在内，而审美则是人的本性的表现。普列汉诺夫曾经说道：“人的本性使他能够有审美的趣味和概念。

① 《马克思恩格斯全集》第3卷，人民出版社1960年版，第34页。
② 《马克思恩格斯全集》第42卷，人民出版社1979年版，第170页。
③ 潘菽主编：《意识——心理学的研究》，商务印书馆1998年版，第30页。

他周围的条件决定着这个可能性怎样转变为现实。”[①]这“周围的条件”就是原始社会、劳动实践中的各种活动，如劳动、劳动工具的制作、模仿游乐、巫术活动等。神话思维崇尚相似性，“对于神话思维来说，每一项领悟的相似性都是本质之同一性的直接表现。这种相似性绝非纯粹的关系概念和反思概念，而是一种现实力量——它是绝对现实的，因为它绝对有效。一切所谓类推式巫术都显露出这种基本的神话意识”[②]。“巫术”是原始初民的生存信仰，是原始社会的主要文化现象。初民用以沟通神秘的不可知的自然力，以改变自己的生存状态。“巫术是一套动作，具有实用的价值，是达到目的的工具。现代宗教中有许多仪式，甚至伦理，其实都该归入巫术一类中的”[③]。巫术操作中的模仿性、拟人化原则，表现为通过“互渗律”“接触律”“相似律”，[④]把各种对象与事物，想象为有生命的东西，以此来认识自己所处的世界。普列汉诺夫说：在巫术的操作中，“每一次都能表现出在巫术与审美模仿的统一中的偶然性”[⑤]。神话思维通过虚幻的但把虚幻当作真实的巫术的操作过程，相当集中地显示了具有审美特性的模仿性、拟人化原则，使得审美意识得以自然的形态，显现于这种思维的过程与巫术活动之中，促使人的审美的可能性转为现实性。这样，神话思维一方面具有感性的特征，是一个想象充沛的感性系统，并在操作中激发审美感情，从而构成审美意识与审美反映的最初形态。另一方面，它又具有认知的特征，是一个初级认识的概念系统，具有认识与理论的原初萌芽。这两个方面组成了神话思维的统一结构：既具审美的和非审美的，又具有认识的功利性特征。卡西尔说：“神话兼有理论的要素和一个艺术创造的要素。”[⑥]当然，由于初民的这种对世界的认识往往

---

① ［俄］普列汉诺夫著：《没有地址的信——艺术与社会生活》，曹葆华译，人民文学出版社 1962 年版，第 17 页。

② ［德］卡西尔著：《神话思维》，黄龙保等译，中国社会科学出版社 1992 年版，第 76 页。

③ ［美］马林诺夫斯基著：《文化论》，费孝通等译，中国民间文艺出版社 1987 年版，第 51 页。

④ ［法］列维·布留尔著：《原始思维》，丁由译，商务印书馆 1985 年版。

⑤ ［匈］卢卡契著：《审美特性》第 1 卷，徐恒醇译，中国社会科学出版社 1986 年版，第 387 页。

⑥ ［德］卡西尔著：《人论》，甘阳译，上海译文出版社 1985 年版，第 96 页。

缺乏科学性，所以他们的认识总是充满了臆想与虚假的。

随着长期生活实践的进一步发展，神话思维的统一结构，不断走向瓦解与重构。一方面，因人的劳动分工，生存经验的积累，认识能力的加深，而不断增强了理性因素，从而使神话思维的拟人化原则不断减弱，独立出了以认识为主的理论思维，并进而不断清除拟人化原则。另一方面，拟人化原则张扬非理性因素的同时，吸收了进一步增强理性的人的想象性，发展成为宗教思维与艺术思维。这两种思维都包容着充满了感性特征的审美意识，从而使审美意识发展到了一个新的水平。从人类社会发展来说，这一时期大体上是母系氏族社会走向父系氏族社会的过渡阶段，在我国即将进入夏商周三代的阶段。

巫术和在巫术文化基础之上形成起来的原始宗教的拟人化，崇尚自然神灵，继续着包含有审美意识特性的巫术与原始神话的精神，把对超验世界的、彼岸世界的神秘的想象，神主宰的世界，当作人的理想的现实，并把它作为认识世界的手段，激发宗教的神性，获得信仰的满足。同时，在传说、故事、巫卜、游乐、吟唱之中，拟人化原则又逐渐被纯化而走向了世俗化，进一步开掘了人身上的虚构、想象的潜能，拓展了人的不断发展的自由、自觉的审美创造力，丰富着审美意识的含义，从而使人面向自己，面向人性，面向此岸世界，创造了他心灵向往的虚构的真实，并从他的想象创造物即人的身上，来审美地观照自己，审美地激发自己，获得精神的愉悦。当然，原始时代的宗教意识与艺术意识，在很长的时期内相互渗透，是难分难解的，即使在进入文明时期之后的很长阶段内也是如此。

从审美意识与人通过本性的改造而为人化的自然界来说，人类的长期劳动实践、社会分工进一步的发展和生存的适应与改变，加上天赋、体力、偶然性等因素的影响，不断改造着人的本性，最终使自然界的产物——人，渐渐变成了人化的自然界。人因适应与改造环境而同时促进了自身本性的重大变化，而人的本性的演变，进一步构成了审美的心理的内在化，这必然地导致审美意识的演变。其中最具影响力的因素是人的想象力的飞速进步。想象力固然是人的本身的特性,但它的突飞猛进,反过来又促使人的本性的演变,并形成了思维和生存状况的全面的重大转折。摩尔根在《古代社会》一书中,具体说到在人类的低级的野蛮时期,人类的高级属性已经开始出现时,特别推重这时期人的想象力的发展。他说:"个人的尊严、语言的流利、宗教的感情以及正直、刚毅和勇敢已开始成为其性格的共同特点;但是,残忍、诡诈和狂热也同样是共同的特性。"在这一阶段,产生了偶婚制家族,氏族、胞族组成的部落联盟等。"在宗教方面对自然力的崇拜,对于人格化的神和伟大的神灵的模糊概念、原始的诗歌创作、公共的住宅、由玉米做成的面包,也都属于这个阶段"。"野蛮时期"发展了人类蒙昧时期原始初民的语言、政治、宗教、建筑技巧等。"对于人类进步贡献极大的想象力这一伟大的才能此时已经创造出神话、故事和传说等口头文学,这种文学已经对人类产生了强大的刺激作用"①。人类通过以日益发展的想象力所形成的审美意识,创造了可以审美地观照自身、激发自身、欣赏自身的审美对象。"从这时候起意识才能真实地这样想象:它是同对现存实践的意识不同的某种其他的东西;它不想象某种真实的东西而能够真实地想象某种东西。从这时候起,意识才能摆脱世界去构造'纯粹的'理论、神学、哲学、道德等等"②。

不去想象某种真实的东西,而能真实地想象某种东西,这一不断积累、富于开创意义的人的意识的变化,其实质标志着人类"自我意识"形成的过程。"自我意识"是社会交往的产物,是人在交往中把自我与对象区别开来,使后者成为感觉与认识对象,并又通过对象认识自己。因此在感觉、思维等方面,人的五官成了"人化的"五官,可以通过对象的人化,来复现自己的心灵,审美地观照自己,促成了人对自己本质的全面占有。马克思说:五官成了"人化的"五官,"人以一种全面的方式,也就是说,作为一个完整的人,占有自己全面的本质。人同世界的任何一种人的关

① [美]摩尔根著:《古代社会》下册,杨东莼等译,商务印书馆 1983 年版,第 539 页。
② 《马克思恩格斯全集》第 3 卷,人民出版社 1960 年版,第 35—36 页。

系——视觉、听觉、嗅觉、味觉、触觉、思维、直观、感觉、愿望、活动、爱——总之,他的个体的一切器官,正像在形式上直接是社会的器官的那些器官一样……通过自己的对象性关系,即通过自己同对象的关系而占有对象。……只是由于人的本质的客观地展开的丰富性,主体的、人的感性的丰富性,如有音乐感的耳朵、能感受形式美的眼睛,总之,那些能成为人的享受的感觉,即确证自己是人的本质力量的感觉,才一部分发展起来,一部分产生出来。……人的感觉,感觉的人性,都只是由于它的对象的存在,由于人化的自然界,才产生出来的。五官感觉的形成是以往全部世界历史的产物"①。要是我们把黑格尔所说的意识与现实的关系颠倒过来了解,那么黑格尔的话说得确是十分深刻的:"人是一种能思考的意识,这就是说,他由自己而且为自己造成他自己是什么,和一切是什么。自然界的事物只是直接的、一次的,而人作为心灵却复现他自己,因为他首先作为自然物而存在,其次他还为自己而存在,观照自己,认识自己,思考自己,只有通过这种自为的存在,人才是心灵。""人通过改变外在事物来达到这个目的,在这些外在事物上面刻下他自己内心生活的烙印。而且发现他自己的性格在这些外在事物中复现了。人这样做,目的在于要以自由人的身份,去消除外在世界的那种顽强的疏远性,在事物的形状中他欣赏的只是他自己的外在的现实。"②人在自己造就自己是什么样的人以及在观照自己、欣赏自己的过程中,自然也就显示了其感情的趋向,反映了其意图与评价。这就是审美活动、审美意识的自身展现,初级的审美反映。只有审美活动、审美意识的展现,最能消除世界对他的疏远性,而与之发生心灵的交织与亲近。

---

① 《马克思恩格斯全集》第42卷,人民出版社1979年版,第123页、第124页、第126页。

② [德]黑格尔著:《美学》第1卷,朱光潜译,商务印书馆1979年版,第38页、第39页。

第三节　审美意识在社会实践中的丰富与提升

多种美感具体样式的生成，促进了审美意识的不断丰富，同时由于社会制度的进步，伦理关系的确立，促成了审美意识文化因素的不断提升。生存环境的递变、社会关系的剧烈变动、命运的激烈变迁，如前所说，使得人们自身的器官渐渐演化而为“社会的器官”，人的所有的感觉演化成了“人的感觉”。人的感觉、感情，通过与自然、社会、人与人之间相互联系和作用，变得复杂起来，他以全部感觉，在对象世界中肯定自己，而显示着他的本质力量；同时通过各种感觉器官的综合功能，使审美意识日益丰富起来。比如，从社会关系、现象来说，形成了多种美感样式的具体性，有对于氏族图腾的崇敬的感情；有对于先祖开创世界为子孙后代造福而献身的景仰之情，由此而激发的神圣、庄严的感受与感恩之情；或因战争杀戮、掠夺奴隶而引起的生离死别的感受；由于集体狩猎的成功，获得食物的欢庆与喜悦，祭祀的神秘与庄重，娱神的戏谑与自娱的欢乐，人生哲理的感悟和悬想等。从人和自然的关系来说，例如有面对宇宙的无穷，日月星辰的循环往复，对于崇山峻岭、滔滔江河，产生神秘的敬畏之感；遭遇人力难以抗拒的自然灾变所引发的惊惧心理，或因狂风暴雨、漫漫水患灾难所带来的恐怖之感，或是对于自然死亡引起的悲伤，等等，都在自己心里，逐渐积淀成为复杂的美感形态，进而演化为集体无意识，积累成为多种美感的原型，如悲剧、喜剧、叙事、游乐的美感，逐渐形成了心理上的审美意识的内形式。它们是人的感觉与感觉了的人性，是有音乐感的耳朵、有形式美的眼睛和其他感觉的联结物，是人在自己心灵中的再现，是人能够在对象上留下自己内心生活烙印的创造力的体现。与此同时，人们由于在劳动实践、生存斗争、氏族征战中经验教训的不断积累、认识能力的不断加强，加上原初性的国家体制力量的催化，于是出现了功利、追求价值、评价的活动，进而促成了功利、价值、评价观念的形成。关于这点，我们后面还要谈到。这样，渗入了各种美感和评价，从而被不断丰富、不断提高了文明程度的审美意识，它们既是充分感性的、审美的，又是具有不同的意义和价值的。

特别是低级野蛮时期而后过渡到文明时期的初期，父系氏族社会逐渐确立，私有制在孳生，阶级也在萌芽状态中发展，国家的雏形正在形成，文明的程度大大提高。社会组织日渐严密起来，政治、军事、宗教、艺术在功能上仍然浑然一体，它们在整体上为氏族、部落联盟、国家所拥有，渐渐成为群体意识的生存原则。祭祀、巫术是这一时期的文化生活的主要现象。“国之大事，在祀在戎”。原始宗教流行时期，人神共通，崇拜自然，崇拜祖先。尔后传说尧将人神分开，“乃命重黎，绝地天通，罔有降格”，即尧“命羲和世掌天地四时之官，使人神不扰，各得其序，是谓绝地天通①”。这种社会大分工，即专业、职业的大分工②，就把与神沟通的权力赋予了极少数人——巫史。因此夏商周三代，巫史盛行，地位显赫，“王前巫而后史，卜筮瞽侑皆在左右。王中心无为也，以守至正”③。巫史既管政治，又掌祭祀、宗教、文化，订制礼仪、制度，使社会的统治秩序进一步的制度化。这样，文化的创造，包括艺术、文学的创造，就落入有了自由时间的少数特殊人物之手。巫史聚政权、神权、军权于一身，他们既是当时的文化精英，又是专制式的领袖人物。商周青铜器上以精湛技巧雕刻出来的饕餮纹、龙纹、凤纹，眼珠突视，巨口怒张，准备随时吞噬什么的造型，表

① 《尚书正义》，《十三经注疏》，北京大学出版社 1999 年版，第 539 页。

② 按照马克思、恩格斯的说法，精神生产劳动分工的结果，是在剩余劳动创造剩余产品的基础形成的，剩余产品把一部分劳动时间游离出来，成为“自由时间”，去创造“享受”与“发展”的资料（见《马克思恩格斯全集》第 47 卷，人民出版社 1979 年版，第 287 页）。到了文明时代，“生产力的提高、交换的扩大、国家和法律的发展、艺术和科学的创立，都只有通过更大的分工才有可能，这种分工的基础是，从事纯体力劳动的群众同管理劳动、经营商业和掌管国事以及后来从事艺术和科学的少数特权分子之间的大分工”（见《马克思恩格斯全集》第 20 卷，人民出版社 1971 年版，第 197 页）。

③ 《礼记正义》，《十三经注疏》，北京大学出版社 1999 年版，第 705 页。

现了凶狠、恐怖、残忍的特点，看来它们都是巫史的设计，以显示权力、神力的绝对威严，同时它们又是巫史“通天的工具之一的艺术”，而青铜器本身，则成了“政治权力的工具”①与象征 。西周封建的建立，也随之建立起来的各种复杂的礼仪制度与伦理关系，规范着统治者与被统治者的各自地位，人与人之间的行为举止。“何谓人义？父慈、子孝、兄良、弟悌、夫义、妇听、长惠、幼顺、君仁、臣忠，十者谓之人义。讲信修睦，谓之人利，争夺相杀，谓之人患。故圣人之所以治人七情，修十义，讲信修睦，尚辞让，去争夺，舍礼何以治之?”至于最为讲究的祭祀，人物列队贵贱等级有分，供品酒浆陈列有序，“陈其牺牲，备其鼎俎，列其琴、瑟、管、磬、钟、鼓，修其祝、嘏，以降上神与其先祖，以正君臣，以笃父子，以睦兄弟，以齐上下，夫妇有所，是谓承天之祜”②。这十义、信睦、辞让、人利、人患等，无不显示了政治、宗教的森然秩序，人际关系中应具的伦理的意义与价值的追求，并以这些政治、宗教、伦理秩序的意义、价值、功利等观念，施教于贵族子弟，灌施于奴隶百姓，逐渐出现了初始状态的社会意识形态，如政治、宗教、伦理、艺术、文学的雏形，虽然它们在形式上还难分难解。同时在各种节庆与日常生活中，在不同场合通过图腾、图像制作，以及在听觉性、视觉性的语言符号系统的运作中，进行着或是庄严的或是戏谑的在场性的相互交流。

就文学艺术而论，它们同然存身于有声性的、听觉性的语言符号系统之中。就后世出现的多种文学艺术形式发生而论，在它们形成之前，从神话总源的分化并过渡到文学艺术形式的过程中，在渗入了各种美感的审美意识的不断演化中，可以设想，其中必然存在着众多的中介环节，必然存在着与之融合一体的形式因素，例如节奏、音韵、歌唱、叙事、戏剧演出等，而它们的萌芽无不显示于有声的巫唱、神话传说之中，存身于有关先祖、英雄、创世故事、祭祀、巫卜、舞蹈游乐视听并举的叙事、演唱的审美活

① 张光直著:《中国青铜时代》第二集，生活·读书·新知三联书店 1990 年版，第 113 页、第 123 页。

② 《礼记正义》,《十三经注疏》，北京大学出版社 1999 年版，第 689 页、第 670 页。

动与审美反映之中。在这一漫长的过程中,人的审美意识原型的生成、演变与积淀,在心理层次上构成了审美意识的内形式,在多种方式、具体场合的审美活动中通过语言的表述,外化而为原初的有声性的审美意识形式——前文学形式。那些具有多种美感样式的演唱、表述、传说、记事、带有某些哲理感悟的思考等审美活动,大体都使用了口头的、有声语言的乃至赋以多样的人的形体舞蹈动作的形式。但是由于这种传说演唱只能即兴表演,只能口头代代相传,或私相传授,因此这种口头审美意识形式,必然会有大量流失,比如当这些氏族或部落遭到自然灾难或战争灾祸而覆灭,这些口头传说与演唱性的审美意识形式,即审美意识形态的初始性形式,也就会随之湮没无闻,使得今人难以见到它们的实在形态。现今我国边远地区的有语言而无文字的少数民族的史诗演唱,由原来祭祀、娱神仪式转变而为今天的地方性的戏曲表现,可能渗入了不少现代因素,但其原生态风貌依稀可见。

第四节　审美意识中的语言与文字的融合

审美意识发展中的重大转折,表现为不断演变的审美意识与日趋精致的语言的融合,表现为审美意识与逐步出现、完善的文字的融合,表现为审美活动中的心理意识时时生成的审美表现的偶然性,逐渐走向有序化的表现形式——赋、比、兴,就使得在原始审美活动中所产生的审美意识形式,获得了质的飞跃,体现了象征符号的自由创造和美的规律的生动的实现。

生活实践、口头传唱、记事、故事的拟人化原则的不断更新,促使语言发生了重大的变化,即语言不仅发展了自身的陈述功能,而且增强了语言的表述功能,想象与虚构的功能。语言的表述功能由语意的游离现象即

“语义游离”与“语义抑制”现象所组成。所谓“语义游离”，即语言可分为属类名称和专有名称，属类名称的词汇组织，形成含义的结构系统，这种含义结构具有广泛、普适的特点，即与它所指的对象形成脱节，造成一种不确定性。这不是为了认识，却是为感情所把握的语义游离，广泛地造成了描述中的“空洞幻想的自由”。这类描写，形似写实，但无实指。另一类情况是，“人们可能有意无意地使含义结构失去根基，切断了它与所指对象之间的指称关系”①。于是符号与对象之间的正确无误的关系不复存在，形成所谓“语义抑制”。例如历史人物、地名都可能是实在的，但进入语义游离的语境中，其语义本身受到了抑制，发生了变异。语义游离、语义抑制情况的形成，使得语言可以不同程度地脱离其所指对象，而引向语义的模糊与多义，为走向新的虚构创造提供了可能，从而使其成为艺术的语言、文学的语言。“文学的语言通过词、句的组合，构成最基本的审美单位，进而形成与单个词义截然不同的语言的审美结构，造成种种审美意象”②。同时，语言与音乐韵律的关系有了进一步的发展。仪式、舞蹈中的呼喊、应和逐渐形成节奏，对文学的发生无疑起着促进作用。节奏确实与劳动有关，开始的节奏就是劳动的节奏，但是日趋复杂的诗歌的节奏只是在超越了劳动，与劳动相分离之后，才能成为具有更高形态审美意义的节奏。节奏引起了人们的审美趣味，也培养了人的审美的形式感，即把对生活的各种感受通过一定的节奏表现出来，因而节奏可能是最早的审美形式，如游乐、仪式上的呼喊、重复等。节奏形成音顿，促使诗歌用韵，形成诗歌的韵律，出现了叠字、叠句、双声叠韵、重章叠唱，造成了诗歌的节律感与音乐感，使诗歌随舞能颂能唱，抑扬起伏，回环往复，韵味无穷。

文字的出现使人类改变了其生存的方式，传说面貌奇特的仓颉造字，“天为雨粟，鬼为夜哭，龙乃潜藏”。传说中的这些惊天动地的天象的发生，大约是由于文字的创造与使用，使得先人认为具有魔力般的文字咒

---

① ［英］贝克英著：《艺术中的意义判断》，见［美］李普曼编：《当代美学》，光明日报出版社1986年版，第183页、第184页。

② 钱中文著：《文学原理—发展论》，社会科学文献出版社1989年版，第40页。

语，可以制约、制裁鬼神，在很大程度上解蔽了生存的盲目与神秘，可以使人类在把握自己命运方面增加了自由度。他的历史的存在、生活情状、感情状态从此可以通过文字而相互交流，或被记载下来为后人所了解，而不必再受制于神鬼。文字创始于商代，它的出现自然不是个人的发明，而是集体的创造。当思维依附于语言的时候，思维就是语言，作为言说或表述，这时主客体渐渐开始分离。但当文字发明之后，文字以象征的符号记录了语言所说而被物化，这样人们就可以对语言进行思考与分析，从而使“自我意识”获得了生动的体现。语言学家认为，当人类能通过文字来思考语言的时候，也就意味着人类能够思考自我，思考自己的思维状况，反思自己的精神世界。“语言在文字那里发现了自己，思维在文字中获得了存在，人类在文字中实现了自己的理性和主体性”。主客体在文字里真正分离了开来，思维通过文字而投向对象。我国的文字主要是汉字，象形汉字可以取自图画类符号、造型类符号、记号类符号以及综合类符号等，这使得象形汉字这种符号的模仿力大于对象临摹的性质，而具有明显的写意性。写意性强的象形符号构成了汉字的意象性原则，即“符号形体与临摹的原型制件存在既像又不像的言此意彼的关系”。“汉字的象揭示了在汉字形体与汉语中间存在着一个意义世界，这个意义世界是建立在作为能指的汉字与作为所指的汉语之间的相似性即‘象’的基础上的，这种‘象’的意指方式更强调造字者在记录汉语时的动机选择性，以能指系统的‘象’造成汉语意义仿佛在场的效果，但实际在场的是汉字自身的意义系统。……汉语书写者借助于声音的不在场，使书写者的自我意识成为语言意义的在场形式”。这样，“文字作为一种集体文化的记忆、储存、交流代码系统，在文化的整合和交流中发挥着重大的作用”①。汉字本身就是具象而像又不像、言此而意彼、极富象征意义的符号，而其语义就是汉字符号及其组合的形象的自身。因此如果我们丢弃了汉字，那就等于丢

① 孟华著：《汉字：汉语和华夏文明的内在形式》，中国社会科学出版社 2004 年版，第 48 页、第 59 页、第 72 页、第 73 页、第 74 页。

失了我国几千年来的文化创造与典籍，失去了我国独创的文化传承的基础。至此，长期发展中不断积累下来的审美意识，蕴含着人的生存感受与感悟，包含着认识、意义、哲理等因素，及其原来口头的表现的、多种极富感性色彩的形式因素，现在融入了作为承载着人的生存意义与体验而成为象征符号的文字，融入了具有独特的节奏、韵律的诗性语言的文字结构，这就使其自身获得了书写、物化的形式。这种审美意识的物化的实在形式，并非一种只具纯粹线条、色彩的“有意味的形式”，而是一种在诗性语言的文字结构中凸显着意义之流的“有意味的形式”。初始阶段通过文字记载而流传下来的民歌、巫唱、巫卜、叙事、历史记述等，不仅供人娱乐游唱，发泄感情，而且承载了对原初的自然现象与生活现象的描述与认识，记载了部落的变迁。

赋、比、兴的生成、积淀与形成，则是审美心理意识表现中不断出现的偶然性，逐步走向有序化的表现。这当然不是说审美意识活动中的偶然性被减弱了，而是说不断生成的偶然性，在表现方式上被纳入了开始有序化的赋、比、兴的规范，使审美意识的内形式，找到了外化的范式。其实，赋、比、兴不仅是审美意识的表现方式，而且是创作主体审美能力的质的飞跃，是文学初始形态诗歌的审美特性的组成与显现，是文学审美特性有序的形成，是由前文学走向文学的审美中介的确立，是美的规律的进一步生成与完美的实现。上古歌谣，言简意赅，重在记事，作为一种生命律动的自由创造表现，应该说大体上也是通过赋、比、兴来获得其表现形式的，但比、兴在《周易》前的古歌中成分还不很发达与丰富。《周易》的卦爻辞中，比兴成分已大大增加，它们本身成了从前文学走向文学的过渡的“活化石”。“赋、比、兴的融合，是人对自然与社会审美观照的不断深入与把握的结果，是从对自然、社会的无意识的人化，走向自然、社会的有意识的人化的标志，是人由无意识的生命本能的创造，走向自由、自觉的审美创造”①的表现。由于这种审美能力的发展，人自觉地沟通了自然与社会，

① 钱中文著：《文学原理—发展论》，社会科学文献出版社1989年版，第48页。

在心理感受中使之交融，找到契合，而后形成多种意象的排比与广泛的叙事与抒情构成因素。赋、比、兴的相互融合，促成了审美意识的心理内形式，转向全新的审美结构，转向美的规律的生成与实现，即流传下来的最早的抒情诗与叙事诗的出现。就抒情诗来说，赋、比、兴的融合，扩大了创作者的主体因素，使人的审美感受力逐渐走向精细化，特别是人的感情、情绪与思想，在语言、节奏、文字的丰富中，具有了个性化的感情的血肉，并使主体原始野性的呼喊，变成了音韵多变、有唱有演的感情抒发。就叙事诗来说，赋、比、兴的融合，由于创作主体性的强化，改变了叙事与表达的单一方式，形成了具有个性特征的多种叙述角度，如有描写、对话、设问性的层次递进的叙述，等等。

过去把《诗经》视为文学的源头，实际上在它之前的编纂而成的《周易》中的作品，和散见于其他典籍中的同时期的古歌、民谣，在数量上十分可观，已经具备后世观念上的相当严整的初期诗歌形式了。《周易》历来被认为是占卜之书或哲学著作，它的复杂的内容通过巫卜化、神学化被记录下来。郭沫若抹去了《周易》的神秘性，几乎是把它当作《周易》时代社会生活的反映进行考证的。在谈及《周易》与时代的社会生活《生活的基础》一节中，他列举不少卦爻辞描述了先人“渔猎”“牧畜”“商旅”“农耕”“工艺”等活动情状。在《社会的结构》一节中，认为不少作品涉及了先人的“家族关系”“政治组织”“行政事项”（其中有分享祀、战争、赏罚等）、“阶级”划分、活动的。在《精神生产》一节里，指出了先人的“宗教”“艺术”活动与“思想”观念的表现等；并对《易传》中的辩证观念进行了分析与批判[①]。这一考古与文学社会学相结合的分析，真是振聋发聩。综合《周易》所表述的这些思想，已俨然是建立在当时阶级社会现实基础之上的各种初始形式的意识形态的汇集，成为上至统治者商议国是、征战、狩猎、祭祀的守规，下至黎民百姓盖房、出门、行走、婚嫁、劳作的各种行动的

---

① 郭沫若著:《中国古代社会研究》第一篇《〈周易〉时代的社会生活》，河北教育出版社 2004 年版，第 25—69 页。

指南。其后我国学者不断对《周易》的卦爻辞以新的角度进行解秘、还原,又获得了令人耳目一新的发现。一旦揭去其巫卜、宗教的神秘外衣,原来这些卦爻辞皆为古代的谚语、俗语、成语、完整的古歌或古歌的断章与断句的引用,先民的日常生活、婚丧喜庆、农耕狩猎、征战离散、天象洪水、占卜宗教等内容,在这些简朴、古奥的诗语文字中清晰可见①。《周易》历来被推为群经之首,其最早提出的人文精神、忧患意识,以及表现了东方特色的世界观,至今影响着我们的民族文化精神的发展。而后来的《诗经》,各个方面更趋成熟,较之《周易》在感情表现方面已经极大的精细化,语言文字虽然古朴,但用语数量已大大增加,韵律开始多变、复杂,内涵则显得更为丰富多采、博大深厚。风、雅、颂三大类诗作,作为风土之音、朝廷之音与宗庙之音,其中所出现的大量语词,至今在我们日常生活中仍然广为使用②,令人叹赏。“诗三百”大体以诗歌形式,记录、反映了西周初年至春秋末期前后五百多年间这一漫长阶段的生活情状,如历史、政治、伦理、征战、祭祀、宗教、劳作、爱情、离愁、商旅、各类民风民俗,而且还成了传授知识、授人经验,甚至成为部落与国家之间“不学诗,无以言”的相互交往的外交工具。它们是从奴隶制转向封建制时代不同社会关系之上的观念上层建筑,即诸种意识形态,从各个方面指导、影响着社会以及人们的思想。但是它们又被冠以“诗经”,是一种融入了诗性语言文字构形,而以“兴、观、群、怨”的作用透入了人们各种感情生活中。《诗经》同《周易》一样,经过千百年传唱的审美意识形式,借助于语言节奏的复杂生成,由二言、三言发展而为四言的诗式,通过有序化的赋、比、兴表现形式,自然地、历史地生成的审美意识形态。作为诗性智慧、诗性文化的

① 著名学者高亨的《周易杂论》(齐鲁出版社 1987 年版)和李镜池的《周易探源》(中华书局 1991 年版)等著作,都指出了《周易》中部分卦爻辞,具有古诗歌形式特征,给人以启迪。今人王振复的《周易的美学智慧》(湖南出版社 1991 年版)、傅道彬的《〈诗〉外诗论笺》(黑龙江教育出版社 1993 年版)、黄玉顺的《易经古歌考释》(巴蜀书社 1995 年版)、陈良运的《周易与中国文学》(百花洲文艺出版社 1999 年版)等著作,进一步扩大了我国古诗源的探索,从文学的角度打开了《周易》的宝库,确认它们多为古代谚语、成语、俗语、民谣、完整的古歌或古歌的断章断句,极有特色。

② 夏传才著:《诗经语言艺术新编,语文出版社 1998 年版,《〈诗经〉的语言》。

高度发展，这种审美意识形态具备了审美意识及其形式所具有的与生俱来的、最为根本的复式构成的特性。一是它的审美诗意特性，人的五官感觉已经不断提升而为人的“享受的感觉”，而且已将人的感情、感受、体悟，融入了被掌握了的有序化的审美表现形式与具有象征符号意义的语言文字的诗性结构；二是这种人的享受的感觉，人的感性、感受，又是与人的初始阶段的生存意识、对世界认识、人的感性与伦理关系、哲理意识、哲学观念，即他所意识到的生存的意义和价值，在汉字的构形之中融为一体的。这两个方面的融合，体现了人对美的规律的深入把握与自由自觉的审美创造。

这样，审美意识随着社会生活的演进，社会结构的日渐成熟与发展，人文意识的进步与强化，特别是文字的出现与完善和审美特性的丰富与表现形式的有序化，美的规律的进一步的生成与掌握，文学审美反映方式不断完善，于是由口头的审美意识形式，自然地、历史地生成而为审美意识形态。文学从自己的原生态，经历了不断的演变而走向自觉的创造，成为文学自身而接近了现代意义上的文学形式，为后世文学的生成提供了一个基本的样式。

两千多年来，不少卓有声誉的中外作家与学者有关文学的说明多种多样，他们相当普遍地认识到了文学与生活、社会制度的关系，或多或少地触及了文学的本质方面。就外国学者来说，比如斯达尔夫人出版于1800年的《论文学》一书，它的全称为《从社会制度与文学的关系论文学》，这里所说的社会制度包括了政治、经济、文化等方面。《论文学》一书，从不同的社会制度的视角，论述了欧洲古代文学以及当代欧洲主要国家文学的各自特征。19世纪中叶，艺术理论家丹纳深受当时自然科学、进化论思想的影响，出版了《艺术哲学》一书，从唯物主义的观点研究了艺术发展的线索，提出种族、环境、时代三要素说，认为这是决定物质文明与精神文明的决定因素。又如巴尔扎克说：“法国社会将写它的历史，我只能当他的书记。”文学在他们那里就是“社会意识形式”的表现。又如

20 世纪初的俄国学者佩平的《俄国文学史》把文学史视为社会的组成部分,以为通过文学可以“考察社会的自我意识的增长”[①],同样也是把文学视为一种社会意识形式的。他们的理论与创作具有重要的时代意义,但是在整体思想上,他们都未能达到唯物史观的高度来理解文学艺术在整个社会生活中的地位及其作用。把文学视为“社会意识形式”,一些外国的理论家早在 19 世纪中叶前后就已做到了。

马克思、恩格斯的唯物史观和文学艺术意识形态论的思想,阐明了文学艺术在整个社会结构中的地位,以及与其他意识形态的共同特性。这样,19 世纪末开始,探讨文学的本质的时候,如果你要谈论马克思主义,那就不可能回避意识形态之维,但这并不是说,意识形态就是文学的唯一定义。也是从这一时期开始,文学审美特性的探讨,因美学研究的日益发展而凸显出来。当然,人们也完全可以从别的学说去讨论文学,如前所说,文学可以是感情的表现,忧伤情绪的记录,苦闷心理的象征等。20 世纪无产阶级革命运动高涨的时期,意识形态理论是被普遍使用的观念,用来阐明各种社会现象。在讨论文学艺术的本质特征时,苏联和中国等国家的政治家、理论家,由于政治斗争的需要,常常强调文学是社会意识形态,以意识形态的普遍的共性特征和文学在阶级斗争中的地位,来突出、规范文学艺术的本质,特别从 20 世纪 50 年代初开始的各种文艺批判运动中,是根本不提文学的审美特性的,这是事实。但是当文学被认作意识形态,并以意识形态的共性,即意识形态性,来替代文学的本质特性时,文学本身就被架空了,进而造成了后来对文学庸俗化、简单化的理解,遮蔽了文学的本性,这也是事实。当然,讨论文学本质特性,如果又忽视其意识形态的社会功利特性的要求,又会在理论上走向唯美主义的偏颇。

① 钱中文著:《文学发展论》,高等教育出版社 2005 年版,第 300 页。

第五节　审美意识形态的历史生成

新时期初期,在对文学中的庸俗社会学的批判声中,一些学者强调文学的根本特性在于审美,文学必须回归自身,这是完全必要的。但是那种认为文学的特性唯有审美,并用审美来排除、嘲弄、挞伐、否定文学的其他本质特性、功能,也未免矫枉过正而失之偏颇,这样做,并不符合文学的真实情况,不过这种说法在那时并不少见,并在文学评论中,社会学研究、历史研究都曾受到贬抑与嘲弄。在现实生活里,审美的现象极多,但是它们并非只为文学所特有,而且审美、审美现象也并不就是文学。我在写于1982年9月的《论人性共同形态描写及其评价问题》(发表于《文学评论》第6期)一文中提出,“文艺是一种具有审美特征的意识形态”。认为讨论文学应该是探讨具体的文学样式及文学作品,而非抽象的文学一般,以为文学是通过对语言的审美结构的,通过创作主体的感受、体验而灌注了感情思想的鲜活的艺术形式。评价文学作品,需要美学分析,那些不具审美因素的作品,不是文学作品,就谈不上对它进行美学的分析。但是“加强美学分析,并不是要否定与美学分析密切相关的历史、社会分析”。1984年,我在评述苏联的文学理论与关于文学研究方法论更新的几篇文章里,继续提出文学是“审美意识形态”,文学创作是“审美反映”说,并对文学“意识形态本性论”专文进行介绍与评析,指出“意识形态本性论”这一观念,强调的是“文学艺术是认识生活的一种形式”,而忽视了文学艺术的审美特性。文学作为意识形态,重视的是它的意识形态性,即意识形态的共性,而将审美置于次要地位,以致将其看成了意识形态性的从属品格。当时看到我国原有的文学观念,明显已不符文学自身的特性,而外国几种著作所张扬的文学观念也未能使我满意,如韦勒克的“虚构性”“内在研究”说,波斯彼洛夫的“意识形态本性论”等。还有稍后不断涌入的外国学者和我国学者自己提出的如结构主义文学观,解构主义文论,文学符号论,文学语言学,文学心理学,精神分析论,文学感情论,文学表现论,文学生产论,文学接受论,读者反应论,文学现象学,文学是人学,文学心学论,主体性文学论,文学象征论,文学数学化论,信息论控制论系统论的文学论,它们只是接触了文学本质特征的某一方面,在文学本质的不同层次上都自有意义,但总觉得缺乏总体的涵盖力;或是它们只是一种研究文学的方法与切入点,而非文学理论本身。这样,我于1986、1987、1988年发表了几篇长文,较为详细地阐释了审美反映与审美意识形态这两个概念。而与此同时,童庆炳教授在其1984年出版的《文学概论》中也已提出了“审美反映”说,并对文学的本质作出了与文学审美意识形态论的相同的阐释。下面先谈审美反映。

20年来,认识论、反映论在文艺理论中一直受到诟病,人们把两者等同起来,批评认识论、反映论几乎成了一种时髦、条件反射。但是十分有趣的是,人们批判的东西实际上是把被过去歪曲了的东西再度歪曲,我说过这是新的庸俗社会学。一些人提出的新东西也不过是在照搬西学,并未新到哪里去,所以我一直以为这类批评与我的论述是对不上号的。后来得知,一些同行认为,审美反映与审美意识形态论是建立在认识论、反映论的基础之上的,反映论就是认识论,而认识论较之其他什么论,不仅庸俗,而且在实践上也是明显地落后了!我自己反省,在提出审美反映和审美意识形态之前和之后,我重视文学的认识作用,但从未强调文学就是认识,认为文学创作要以认识作用为先。我倒是一再强调,那种可以称做文学艺术的东西,如果不具审美特性,那么它的其他特性、功能也是无从谈起的,后来也不断在阐释文学的审美特性与文学其他特性的有机联系。反映不是认识,但含有认识,反映论中虽有主体客体之分,但从来是承认主体的能动作用的,只有机械唯物论的反映论,才是僵死的反映。论辩要恢复对方观点的原意再进行批驳,否则岂不是堂吉诃德式的大战风车,有什么意义呢！至于审美反映与一般的反映不同之处在于，审美反映是审美主体的创造过程，除了承认生活作为创作的源泉这一前提之外，整个创作过程起着主导作用的是审美的主体，是对于对象的改造与创新。我的《最具体的和最主观的是最丰富的》一文，讨论的正是创作主体在审美反映过程中的创造性作用，即审美反映的创造性本质。

我使用“审美反映”一词，颇费踌躇，当时有多种概念、范畴可供选择与改造，如心理说、感情说、表现论、创造说、象征论、原型说、主体论、性本能、无意识、集体无意识、生产论、信息论、控制论、系统论、数学哲理等，以为它们都有道理，但觉得使用审美反映来阐释以语言文字诗性结构为其形式特征的审美创造，可能更符合创作的实际一些。当然，比喻往往是蹩脚的，概括也往往不能面面俱到地概述事物的全貌。在《最具体的和最主观的是最丰富的》一文的正文之前有一“提要”，简要地概述了我对“审美反映”的了解，现抄录于后：

> 本文认为，应把文艺批评中的简单反映论和能动的反映论区别开来，不作区别，很可能导致新的庸俗社会学。从反映论观察文学，文学的某些本质方面可以得到阐明，也可以使用其他方法研究文学，但不能把反映论直接移植于文学创作，在创作中要以审美反映代替反映论。审美反映有其自身结构，它是由心理层面、感性认识层面、语言形式层面、实践功能层面组成的统一体。审美反映中主观性的创造力表现为对现实的改造，现实呈现为三种形态：现实生活、心理现实，审美心理现实。心理现实中的主客观时时产生双向转化，客观因素的主观化，主观因素的对象化。侧向主观的审美倾斜，可以形成创新，也可能失去沟通。审美反映的动力源，来自主体的审美心理定势，审美心理定势的动态结构（格局）形成一触即发的内驱力，不断要求主体去获得实践的满足。审美心理定势的不断更新，促使主体不断走向审美反映的新岸。不存在没有表现的审美反映，自我在表

现中得到归宿。审美反映无限多样,一是现实的无限性,二是主观性是一种不断更新的动力。凡是主观性不强的审美反映可能是失败的审美反映。创作个性是主观性的最高要求,是创造的极致。最丰富的是最具体的和最主观的。①

因此,这里所说的“审美反映”,就难以套用“认识”“反映”来规范它,实际上它与审美表现或是审美创造都是相通的。我的这一观点提出后,得到了一些同行的认同,有的学者认为,审美反映实际上已经超越了一般所说的反映论。1987 年初,我读到了卢卡契的《审美特性》第 1 卷中译本,原来该书主要是探讨“审美反映”的,我曾在一篇文章中说到,要是我早读到这部著作,那我对“审美反映论”的探讨文章,可能会写成另外一个样子了。后来“审美反映”不胫而走,无疑也与卢卡契、童庆炳教授著作的流传有关。现在不仅审美意识形态论受到“考论”而被否定,而且也祸及“审美反映”。先是被人把“审美反映” 列为“参加了对反映论的“批判大合唱”②,最近又被人蔑视为“所谓审美反映”! 但是这些人和过去的审美反映的批判者一样,批判别人的观点,是从不阅读被批判者对论点所进行的阐释的。其实,如果要批判、驳倒“审美反映”,那么就应阅读一下上面所引的那段话,然后有时间的话,不妨看看这整篇文章究竟说了些什么,再来对审美反映这一术语进行批驳不迟,这应该是批判的最起码的原则了! 这样可以完整地抓住论敌,如果批判得真有道理,就可以致论敌于死命! 但是可惜的是,迄今为止,没有任何一位“审美反映”的批判者这样做过。

“文学审美意识形态”的命运也是如此。1987 年至 1988 年间,我发表了《论文学形式的发生》与《论文学观念的系统性特征》③两篇长文。就

---

① 钱中文撰:《最具体的和最主观的是最丰富的》,载《文艺理论研究》1986 年第 4 期。

② 见陆梅林、盛同主编:《新时期文艺论争辑要》上册,重庆出版社 1991 年版,第 999 页。

③ 钱中文撰:《论文学形式的发生》,载《文艺研究》1988 年第 4 期;《论文学观念的系统性特征》,载《文艺研究》1987 年第 6 期。

文学作为审美意识形态而论，我的认识较之以前已有深入，主要是探索了文学审美意识形态的逻辑起点。《论文学形式的发生》一文将“审美意识”确立为文学审美意识形态的逻辑起点，从逻辑起点及其历史生成加以探讨，试图恢复文学本质特性探讨和文学观念形成中的自身的历史感。文学的发展是从“前文学”到文学，从中导出审美意识形态的结论性的观念，这在上文已做了说明和简要的补充。而意识形态这一观念，是后来才出现的现象，讨论文学本质问题一开始就把意识形态作为中心范畴加以探讨，自然也是可行的，但往往缺失了历史的生成与发展的过程性，即历史性。后一论文讨论了文学本质特性的多层次性，和作为文学最根本特性的审美与意识形态性的不可分离性。出版于1989年的《文学原理—发展论》(2、3版改为《文学发展论》)讨论文学观念的第一编共四章，整合了这些想法，其中用了两章的篇幅，专门阐释了“审美意识”的演变。书出版后，正值展开对文化领域里的“资产阶级自由化”批判。几位马克思主义文学理论家和注释家把审美反映与审美意识形态论，当作文艺学中的资产阶级自由化现象趋势进行不点名的、喊话式的批判，说这些说法已滑到资产阶级自由化的边缘，再往前去是万丈深渊，然后加以训斥：反映论就是反映论，还有什么审美加反映的！马克思的意识形态论就是意识形态论，还有什么审美加意识形态的！我知道学术界中的庸俗社会学、机械论已经批判了十来年，但这类思想、学风确实顽固得很。于是我在20世纪90年代的一篇文章中回答：看看这类批判，我们还要到哪里去寻找庸俗社会学与机械论呢！现在又遭遇到“硬拼凑”这类批判，这与十多年前的批判相比，大概可以看作一种时过境迁的回声与巧合吧！或者说，它正是20世纪90年代初那场夭折了的批判的继续吧！那几年，文论界的气氛是相当肃杀的。

提出审美与意识形态的融合，正在于使文学回归自身，回到文学自身的逻辑起点、它的与生俱来的复合性特性、它的历史的生成形态——审美意识形态。审美意识形态不是单纯的审美，也不是单纯的意识形态，而是审美意识的自然的历史生成。它把文学作为相对的独立形态，讨论的是这种独立形态自身的本质特性。一、如前所说，多年来以意识形态定性文学，这一提法重视了文学与其他意识形态的共同特性，而往往忽视文学另一方面的本身特性，即审美特性。把政治、法律、宗教、哲学、艺术、文学称为意识形态，强调的是它们作为不同形式的意识形态，对于产生它们的社会经济基础发生不同作用的共同性一面，和它们在社会结构中的地位。因此当文学被称作意识形态时，要求说明的不是它的审美特性，而强调的正是它与政治、哲学、法律所共有的意识形态性质、价值与功能。被抽象出来的意识形态性即意识形态的共同性本身，并不含有什么审美特性，而且正是排除了审美特性的结果，否则它就不是意识形态性了。二、多年来由于强调意识形态性而忽视文学本身固有的审美本性，以致在阐释文学本质的时候，不能一开始就把审美特性看作文学本质特性的有机组成部分，而总要把审美特性当作第二位的东西、附属性的东西，致使文学本身变成依附于政治的部门，最终使文学丧失了自身的独立性与自主性。十分遗憾的是，一些人一如过去，对审美是如此恐惧，以为审美消解了意识形态，而大量地重复使用着 20 世纪 80 年代前的话语表述着那时的观点，这就把这场讨论拉回到 20 世纪 80 年代初的大讨论去了。三、审美与审美现象普遍存在于现实生活之中，如前所说，它们并非文学，极具主体性特征的文学的审美，必须与多种多样的生活形式的话语描写和表现融合一起才能存身下来，并成为文学这种形态的不可分割的组成部分。

审美与意识形态的融合，强调的正是文学本质复合特性的有机融合与统一，并在融合与统一的关系中使得各自的特性和功能有所改变，形成文学本质的新的系统质。一、文学的审美描写，确实反映了一定人群、集团乃至阶级的感情思想和一定时代的精神特征，显示了审美意识形态的一种具有较强倾向性的形式。二、与此同时，文学的审美描写，又可以揭示人类共同人性的要求，重现人们的普遍的感情和愿望，从而超越一定人群、集团乃至阶级的感情思想倾向，在这里审美意识具有共同人性的品格，而成为审美意识形态的另一种表现形式。三、在文学中，有很大部分作品，它们描写自然景物，寄情山水之间，有的固然明显地寓有作者的情愫，有的却不甚分明；同时由于描写对象的特殊性，审美描写方面的特殊处理，不少作品只以优美的状物写景见长而吸引各个时代的读者，在接受上具有极大的普适性而流传千古，而具有全人类性，成为又一种形式的审美意识形态。审美意识形态由于客观地存在着内涵的差异与不同，而呈现了形式的多层次性和含义的丰富性。

综合审美意识形态的系统质，实际也就是我们在上面论及的以审美意识为逻辑起点、历史地生成的审美意识形态所显示的最基本的复合特性：在话语与文字多种结构的样式中，文学的诗意审美与社会意义、价值、功能两者的融合，与这两个方面保持高度的张力与平衡。文学蕴含着人的生存意义的积淀，显示了对被意识到的历史深度、意义的探求，具有多种多样的不同维度的价值与功能。但是在诗意的审美和价值、意义与功能之间的张力，并不总是平衡的，对于不同时期、不同作者与具体的创作来说，有的可能侧向前者，有的可能侧向后者，有的深沉、厚重，有的只是淡淡的几笔生活情趣，其间佳作同样不少。当然也有相当多的作品，虽具一定审美因素，却沉醉于生活的卑微与恶俗之中，这可能就是文学中的低级文学部分了，虽然也是存在着的东西。至于那些不具审美意味品性的文字，那就无所谓是不是文学。因此，从总体上说，“文学作为审美的意识形态，以感情为中心，但它是感情和思想认识的结合；它是一种虚构，但又具有特殊形态的真实性；它是有目的的，但又具有不以实利为目的的无目的性；它具有阶级性，但又是一种具有广泛的社会性以及全人类性的审美意识形态”①。审美意识形态不是单纯的审美，也不是单纯的意识形态，而是审美意识的自然的历史生成。意识形态理论讨论的是文学与其他意识形态在社会结构中的地位和作用，在实现方式上不同而又具有共同的意识形态性，而审美意识形态则是把文学作为相对的独立形态，讨论的是

---

① 钱中文著：《文学原理—发展论》，社会科学文献出版社 1989 年版，第 110 页。

这种独立形态自身的本质特性。

这样,驳斥审美意识形态是审美加意识形态的硬拼凑也好,偏正结构也好,看来还真有一些“硬拼凑”的味道。至于说到近十多年来由于我们提出了“审美意识形态”,“考论者”一会儿指责我们在理论上标榜的是一种“纯审美主义”“去政治化”,消解了文学的意识形态与意识形态性,进而促成了当今文学创作的下滑与堕落的趋势,从而落实20世纪90年代初一些老马克思主义者把“审美意识形态”当作“资产阶级自由化”思想的批判(自然,不同意见的探讨与批判都属正常现象),一会儿又指责我们扩大了意识形态的范围,竟把偶成的儿童诗等都当成了意识形态,把意识形态泛化了。这种指责听起来很有道理,但是实际上这是“考论者”们把具体的审美意识形态当作意识形态的一般加以抽象了,把文学整体与含义不同的作品混同了,把文学本体与作品本体等量齐观了。我探讨的是文学本体的根本特性,他却拿出与文学整体属于不同层次的具体作品拿来比较。文论界关于文学与作品的区别,论述不少,竟未能使“考论者”有半点触动,这实在是很遗憾的事。所以,他的那种文不对题、离谱得出奇的批判,实在令我们感到尴尬!扔过来的全是和“审美意识形态论”不搭界的帽子!他对当代文学中的某些消极现象的成因,实在是太隔膜了!与当今的金钱至上的现实生活离得实在太远了!

对于文学理论问题,重要的是要把马克思主义作为指导思想与中国文学理论实际结合起来研究,要有科学发展观的气魄与洞透力,提出切合实际的新的见解,实行理论创新,这样才能使理论获得发展。因此,一、要坚决摆脱那种一开始就把马克思“说过”的或被改造过了的马克思“没有说过”的,当作我们讨论问题的出发点的学风。这种30多年前的学风,使其信奉者严重脱离现实,还自以为一贯正宗。这是早已在20世纪80年代初就被击溃的教条主义与本本主义。二、对于马克思主义的观点,对马恩的著作不能抱着为我所用的实用主义态度,有利于我观点的就大加“考论”,对不利于自己说法的理论就故意视而不见,却准备随时抛弃马克思主义的基本观点，用一般唯物主义观点代替历史唯物主义，还自称科学派。或是注释了多年马列文论，马列文论讲解被僵化了、刻板化了，课堂教学又不受欢迎，于是干脆否定文学与意识形态的关系，扬言“现在要淡化意识形态”，这当然可以。但对于几位多年研究马克思主义文论的专家来说，这岂不是把马克思主义理论原则当成了策略手段？这岂不是迎合时尚的表现？或是弄些语言游戏？对于审美意识形态这一观念，从所谓句式的“偏正结构”出发给以批判，且不说这种说法与作者的历史发展中的论述南辕北辙，是一种强加行为。一会儿他们认定在这个“偏正结构”中的“正”是“审美”，“审美意识形态”意在“审美”，其中“偏”是“意识形态”，于是审美把意识形态解构掉了，所以审美意识形态论在他们看来就是“纯审美主义”。一会儿他们又说，在“审美意识形态”这个“偏正结构”中的“正”是意识形态，是政治，“偏”是审美，审美不过是个幌子，可见审美意识形态就是意识形态，同时宣称文学与政治毫无关系，从一个极端跳到另一个极端。如果说审美意识形态真是个“偏正结构”，那也应该只有一个。可是他们居然能够把这个“偏正结构”翻过来倒过去，得出相反的结论，而且左右逢源，怎么说都说得通，那只能说这类批判都是另类意义上的“独具只眼”的批判，玩起句式结构的游戏了！三、不能再像过去的那种“文艺哨兵”，以马列传人自居。这些人总是紧盯别人，看看是否出现了与他们对马克思主义片面了解的不相同的说法，或者总是指责别人这也不对，那也错误，随意宣判，而对自己思想意识的极端偏执与陷入毫无历史感的误区，却罔无所知。几十年来的消防队、灭火器给文艺理论的正常发展造成了极大的危害，这个时代已经过去了。要想想自己在文学理论的建设中，提出过什么新鲜问题，推动了理论的发展，这才是人间正道。四、还要宽容一些与自己不同的观点，其实，学术探索即使有所失误，那也是应当被容许的，因为理论上的失误本身，也是人类认识过程中积累起来的一种财富，因此还是需要以友好的对话方式来探讨、解决。这总比那种几十年来在经典著作中往来穿梭，皓首穷经，却容不得不同观点的学风要有价值得多！要在历史现实、文化遗产的评价中，提倡一种可以去蔽的、历史的整体性观念，一种走向宽容、对话、综合、创新包含了必要的一定的价值判断、总体上亦此亦彼的思维方式。

最后，文学的本质问题，也可以从其他方面进行探讨，方式很多，未可定于一说。一个观念实在难于穷尽它的方方面面，而且任何理论观点，都有自身的特点，有的说明问题多一些，有的就少一些，只是程度不同罢了！

第四章　最具体的和最主观的是最丰富的

第一节　文艺评论中的简单反映论和反映论

反映论是一个哲学原理，它适用于文学创作吗？据闻有的诗人按照反映论原理进行写作，结果路子越走越窄，写出的尽是大白话。激情的贫乏，想象的迟钝，语言的口号化，诗变为非诗。在小说创作中，不少人提出要反映现实生活。可是小说描写的生活那么单调，故事那么乏味，手段那么平庸。真的，生活本来就是那个样子，还用得着你去如此这般地再现么！

这几年来，不少文章批评了简单的反映论，机械的反映论，指出了它的危害，这是完全正确的。但是真正的反映论，即辩证的反映论，又是怎样的呢？

反映论是一个哲学原理，所以不适用于文学创作，这似乎有点道理。但是正因为它是一个哲学原则，而不是一个具体方法，因此文学创作现象又和它不可分离。人以意识的产生而区别于动物，他意识到自身的存在而从动物界分化出来。他通过实践活动与周围世界发生联系。他在反复的实践过程中,感受、感知外在世界,不断认识自然界和社会,改造它们,也不断改造自己。这种感知、认识、改造活动就是反映,就是实践。人的感觉、意识有低级、高级之分,不过,即使是近于本能的低级感觉,它也不可能从某种纯粹的自我意识中引出,而只能在主体对客体的反应中,在思维的加工改造中获得。所以反映是人的思维的根本特征和功能。文学艺术的创作是意识的一种形态,从根本上说是一种反映。即使是研究人的心理的学问,固然有其自身的对象,但仍然摆脱不了反映论的原理。反映论作为一种哲学观念,首先在于说明思维和存在的同一,物质的第一性,思维的第二性,但反映并不等于这些内容。这里涉及反映论的第二个问题,反映论是否等于机械的反映论,僵死的反映论,即排斥主体、剥夺主体创造性的反映论。一些外国的现代主义作家,从当代非理性主义哲学思潮出发,一说反映,就指责反映扼杀了他们的创造性,这自然是一种深刻的偏见。但是我们有些文章也这么说,一说反映论好像只存在机械的、模仿的反映论,这恐怕并不符合事实,同时,我也以为这不是科学的论证方法。

当然应该看到,在过去不少论著中,对反映论的论述,的确是存在简单化的倾向,而且历时很长。比如,为了提倡文学要紧跟现实,往往把反映论直接搬过来宣传,只说文学是生活的反映,这是对文学创作哲学化的理解。那些对于生活有真知灼见的、有艺术修养的作家，固然从来未对这个式子作简单化的认识，但对那些并未进入文学大门的人，却成了他们文学创作尝试的障碍，以为文学创作就是生活的直接反映，这也是事实。在恢复现实主义传统的时候，不少文章要求揭露现实生活中的阴暗面，有的说，生活是什么样子作家就写成什么样子；在强调文学真实性的时候，提出要如实地反映生活，否则与生活真实不符。这些说法，在一个时期的作品评论中相当多。文学反映现实生活是对的，但是这一过程相当复杂。这种说法忽略了这一过程中的不少中间环节，对其中的主客观关系，主体在融化客体中的创造性转化与新的构建作用，往往视而不见，或以为是次要的东西。有时也谈论主观方面的因素，但往往只涉及主体的世界观、作者思想问题，对于主体的其他因素，研究甚少。至于说现实生活是什么样子就写成什么样子，这一观点针对凭空臆造、向壁虚构、不重视生活积累、强调反映生活真实是对的，但是认为一定要如实地反映生活真实，否则就不真实，这就绝对化了。因为在文学创作中，不如实地反映同样可以创造艺术真实，例如可以有变形的艺术真实，非生活形态的艺术真实，感受的真实等等。当然，在涉及这些观点时，应当考虑到它们当时的针对性。此外还应看到，把反映论力图应用于文学创作领域，并不是所有的人都犯有同样简单化的毛病，所以不能不作区别地一概而论。

把反映论匆忙地说成简单的反映论，机械的反映论，其实这方法也是一种简单化的表现。首先，反映论并不是被宣布的那种简单的反映论。简单的反映论、机械的反映论是一种旧的唯物主义反映论，它和 17、18 世纪的科学思维方式密切相关。19 世纪中叶出现了辩证唯物主义的反映论，这种思维方法的科学性，至今为世人所公认。不过，辩证唯物主义的反映论应用得不好，也会成为机械的反映论，也会走向庸俗化。这种现象的确是存在的，也是十分清楚的。不过同样清楚的是，简单的反映论不是科学的反映论本身，而一些文章，却并未作出区别。但是，如果要把两种反映论相提并论，那么至少得扫除实践和理论上的障碍，要驳倒对反映论的本义的阐述,这样才会使自己的立论具备科学性。

例如,第一,人对外界事物、对人与人的关系的反应从来不是消极的。就以人观察事物的心理活动来说,他的视线从这一物转到另一物,从这一人转到另一人,这时哪怕是一种最简单的直观,实际上也是一种视觉接受的比较,而比较正是思维积极活动的表现。就主体的感觉活动来说,一是感觉主体根据外在的各种条件,能够很快采取顺应措施,及时调节主体感觉器官的活动,进行最佳效应的选择。二是这时主体能够很快地进行分析综合,抽象与概括,比较与分类,辨别出事物的各自特征,如形体大小、色泽浓淡、作用有别,等等。又如,人对现象、事物所形成的概念,也是思维的一种积极活动的过程。概括再现现实,但是它并不是纯粹的原来的现实组成的。狄慈根说:"幻想概念取自现实,而关于现实的最最正确的概念,必须呼吸着幻想才能活跃起来。"可见,即使是作为反映手段的概念,既与客体又与主体联系着,既不离开现实,也不离开幻想。由于概念联系着活生生的生活,为此反映中所使用的概念,也是常常运动、流动的。所以列宁指出:"要研究概念的运动、它们的联系、它们的相互转化。"认识活动中思维的运动与转化,构成了反映的积极性,而幻想、理想、评价,既是反映的积极性表现,也是反映的创造性特征。

第二,只讲反映论是机械反映论、简单反映论,好像不存在别的反映论,那么应超越或跳过前人对反映论本义的阐明。例如马克思在《关于费尔巴哈的提纲》中的第一条就说:"从前的一切唯物主义——包括费尔巴哈的唯物主义——主要缺点是:对事物、现实、感性,只是从客体的或者直观的形式去理解,而不是把它们当作人的感性活动,当作实践去理解,不是从主观方面去理解。所以,结果竟是这样,和唯物主义相反,唯心主义却发展了能动的方面,但只是抽象地发展了,因为唯心主义当然是不知道真正现实的、感性的活动本身的。"[1]在这个提纲的最后,马克思明确说到,过去的一切哲学在于解释世界,而新的哲学在于改造世界。又如列宁

① 《马克思恩格斯选集》第1卷,人民出版社1972年版,第16页。

也说道："智慧（人们）对待个别事物，对个别事物的摹写（经验），不是简单的、直接的、照镜子那样死板的动作，而是复杂的、二重化的、曲折的、有可能使幻想脱离生活的活动；不仅如此，它还有可能使抽象的概念、观念向幻想……转变（而且是不知不觉的、人们意识不到的转变）。"又说："世界不会满足人，人决心以自己的行动来改造世界。"①我之所以引用这些论述，着眼点是对于被批判的东西，必须把其原意摘引出来，不能任意曲解它们，不能把批判者的思想任意强加给它们，用批判者的庸俗化的思想把被批判的东西再庸俗化一番。上面几段话大致说明了，一、辩证唯物反映论承认事物是一种客观存在，但是，一旦进入实践，它们也就进入了主体的把握之中，就不再成为纯客观的东西，纯客观的现实。二、在把握现象、事物的过程中，人决不是一面僵死的镜子，他对事物的描述与认识，并不是僵死的反映，而是注入了主观因素的，会成为曲折的、二重化的反映。三、当主观因素进入反映过程时，主观因素中的十分突出的幻想，发生着积极的作用。这时主体使用的概念，会向幻想转变。四、反映是一种创造活动，创造新的现实的活动。

从反映论的本义来看，那么这种反映论是简单的、僵死的、机械的反映论呢，还是能动的反映论呢？我们能否对前人积累的科学的思想资料当作空白，视而不见，还以为自己已实现超越了呢？当然，反映论与人们对它的认识与运用，可能会出现脱节现象，在阐述和应用中发生简单化倾向；在创作中，也有人会受到这种阐述的错误影响，或是在自己的创作中照搬哲学原理而出现偏差。但是如果据此把简单化了的反映理论与能动的反映论捆在一起加以嘲弄，这本身很可能是又一次对反映论的曲解，一种新的庸俗社会学的表现。

20世纪初以来，各种学科之间加强了相互协作的过程。反映论的理论不断得到丰富，从而加深了人们的认识。例如皮亚杰的发生认识论，从生物学，从儿童智力的各个年龄阶段的个体发展，从认识的起源一直追溯

---

① 见《列宁全集》第38卷，人民出版社1963年版，第421页、第228页。

到科学思维的发展。我以为它从一个方面,深入了对反映论的探讨。皮亚杰在《发生认识论原理》的《引言》中说:“这种认识论是自然主义的,但又不是实证主义的;这种认识论引起我们对主体活动的注意,但不流于唯心论;这种认识论同样地以客体作为自己的依据,把客体看作一个极限……这种认识论首先是把认识看作一种继续不断的建构:正是发生认识论的后一个方面引起了最多的问题……”①由此看到,发生认识论首先承认客体,并以它为依据,但对认识活动中的主体活动给予了充分的注意。

皮亚杰认为:“认识既不是起因于一个自我意识的主体,也不是起因于业已形成的(从主体的角度来看)、会把自己烙印在主体之上的客体;认识起因于主客体之间的相互作用,这种作用发生在主体和客体之间的中途。因而同时既包含着主体又包含着客体”;“认识既不能看作是在主体内部结构中预先决定了的——它们起因于有效的和不断的建构;也不能看作是在客体的预先存在着的特性中预先决定了的,因为客体只是通过这些内部结构的中介作用才被认识的。”②对于皮亚杰关于主体作用的评价,有必要简要地介绍一下他的关于认识结构的基本概念。

皮亚杰提出,认识不是天生的,它来源于主体与客体之间的相互作用,来源于人们的活动。而人最初活动的形态是本能的。这种本能活动逐渐协调而构成格局或称图式,即习惯性动作。这种格局或图式一旦形成,就会去改造周围环境。先是接受外来刺激,吸收外来影响,并加以同化,对刺激作出相应的反应。同化尚不能使格局改变或创新,只有通过自我调节才能起到这种作用。调节即顺应:“是指个体受到刺激或环境的作用和原有格局(即图式的)变化和创新以适应外界环境的过程”。适应包括同化与顺应两种作用和机能,通过这种作用,认识结构不断发展,以适应新的环境。皮亚杰认为适应是智力的本质,通过同化与顺应,而达到相

① [瑞士]皮亚杰著:《发生认识论原理》,王宪钿等译,商务印书馆1981年版,第19—20页。

② [瑞士]皮亚杰著:《发生认识论原理》,王宪钿等译,商务印书馆1981年版,第21页,第16页。

对平衡，平衡不是静止不动，而是一种状态，一种过程，通过机体与环境的相互作用，而达到新的平衡。平衡的不断发展，就是整个心理智能的发展过程。

但是皮亚杰并不使用反映概念，并把辩证唯物主义反映论与机械唯物主义反映论等量齐观，从而使得他的认识论不能很好地解决知识与客体何以能相一致的问题。皮亚杰的发生认识论有一定的缺陷，但从认识的根本方面，即认识论中的主客体关系方面，主体的能动性以及它的具体功能方面，作了深入、有益的探索。我们完全可以利用它的合理成分来丰富反映论。对于其他学派的理论，也应如此。

第二节　哲学反映论和文学的审美反映，审美反映结构

我们在上面同时使用了反映论和认识论的概念，一般认为，两者是一回事。但是我以为反映论要广泛得多，比如，文学的本质不能完全归结为认识，因此恐怕也不能完全从认识的角度加以阐明，但是反映论由于其广泛的内涵而适用于任何思维科学。当然，这并不是说由此可将反映论直接移植于文学创作。

从反映论观察文学，在社会结构的学说中文学是一种意识形态，它的某些本质方面可以得到阐明。但是反映论到底是一种哲学原理，作为意识形态本身在反映现实生活时，只是在总体上符合这种原理，而其本身不是一种原理式的运动，哲学式的反映。文学的反映是一种特殊的反映——审美反映，由于其自身的特殊性，较之反映论原理的内涵，丰富得不可比拟。反映论所说的反映，是一种二重的、曲折的反映，是一种可以使幻想脱离现实的反映，是一种有关主体能动性原则的说明。审美反映则涉及具体的人的精神心理的各个方面，他的潜在的动力，隐蔽意识的种

种形态，能动的主体在这里复杂多样，而且充满着种种创造活力，这是一个无所不能的精灵。歌德说："精灵只显现于完全积极的行动中。"①作为审美反映的理论基础，反映论是必须深入研究的、不断充实的。但是作为文学艺术的本质特征，如果只限于对反映论的研究，就容易出现使文学艺术的反映哲学原理化，产生简单化的误解，以为文学就是生活的直接反映。与此相应，我们平常说的文学是生活的反映，就显得过于笼统，缺乏对象特征。照这种说法推论，可以说道德是生活的反映，哲学是生活的反映，它们之间就没有区别。因此，我以为在文学理论中，要以审美反映代替反映论，反映论原理在这里不是被贬低了，不是消失了，而是具体化了，审美化了，从而也就对象化了。审美反映是一种灌满生气、千殊万类的生命体的艺术反映，它具有实在的容量、巨大的自由，它不仅曲折多变，而且可以使脱离现实的幻想反映，具有多样的具象形态，可使主客观发生双向变化。因此，我以为如果把文学是生活的反映，改称为文学是现实生活的审美反映，文学和现实生活的关系由此被纳入了审美体验的轨道，比较更符合创作实践。自然，文学研究还可以使用其他层次的多种方法，相互联系，相互渗透，但不能替代，因为对象各不相同。

文学作为一种审美的意识形态，其重要的特性就在于它的审美性和意识形态性。在审美反映过程中，生活现象、事物特征引起了作家的注意，在对它们感受、感知的基础上，引起创作主体对于对象的感情的体验，思想的评价，并通过感性的、具象的审美形式，予以物化。在这个过程中，既有感知和认识，也有感情和思想，既有想象和意志，也有愉悦和评价。这种种精神现象，一旦以综合的形式出现，便全都渗透着感情的因素，连思想、认识也不例外，从而构成审美的反映。审美反映具有强烈的感情色彩。思想是抽象的观念，而在审美反映中，它却成了一种具象的、充满生活血肉的"艺术的思想"，即对现实生活的、事物特征感性总体把握、认识而出现。与此同时，这些因素又都被赋予了理性的品格，即使在具体过程

① ［德］爱克曼辑录：《歌德谈话录》，朱光潜译，人民文学出版社1978年版，第230页。

中出现某种无意识、非理性现象，它们也总与意识和理性处于既矛盾又协调的形态之中。审美反映中，这些因素相互联系、交织、融合一起，连结成几个主要层面：心理层面，感性的认识层面，语言、符号、形式层面，和实践功能层面，它们形成了主体的审美反映结构。

首先，审美反映是一种心理层面的反映。从某种意义上说，文艺心理学就是文学创作、文学接受的反映论，即把反映置于心理形态范畴来加以研究，其中创作的心理层面的分析研究，对于阐明艺术反映的审美特征，具有重要意义。我们大体上可以把感受、感知、感情、想象，看作心理层面的主要成分。感知是一种初级的生理现象，审美的感知不同于一般的感知，我们与其说它是一种肌体的触觉、味觉、嗅觉，毋宁说它是一种带有某种情绪、感情、联想特征的视觉、听觉的心理反应；一种受到审美观念影响的视觉对象的变形的心理形态；一种听觉对象的弱化或是强化多变的音像形态；一种引起情绪低落、高涨以至激奋的心态，一种由于上述各种原因引起的心灵状态的变化。审美感情则是对事物、现象特征所持有的复杂态度的体验，或是同情，或是反感，或是高兴、愉悦、狂喜，或是烦愁、悲伤，或是为审美观念所激发的多种感情的复合的体验。审美感情具有一定的定向性、爆发性、持久性，同时它又为理性的光芒所照耀。审美想象可以是一种带有强烈感情色彩的随意性想象，随物象而产生的类似的联想，一种再现现实的，或是再现记忆中的现实的再现性想象，一种创造性的想象，能够在事物的变形中走向幻想。感知、感受、感情、想象构成了反映的审美过滤层，创作中的任何因素，需要通过这一过滤层，才能成为审美反映的范畴。心理层面是审美反映的最基本的层面。

其次，审美反映通过感性的认识层面而获得深层意义。一个时期以来，一些人对文学的认识意义的研究颇不以为然。想把它从文学创作、评论中排挤出去，或贬低它的意义。但是从审美角度来说，认识层面恰恰是审美反映构成的基本成分之一，所以你把它从窗口赶了出去，它从大门里又回来。你讨厌，可又无可奈何它。在这一层面中，既有社会的、政治的因素,又包括伦理、哲学成分。问题在于这些成分并不是纯粹的认识,而是与感情结合在一起的、感情化了的认识因素。在一些文学形式中认识因素可能不那么清晰,例如一些篇什短小的诗作就是如此。但也不尽然,短小的哲理诗作同样可以包容丰富的内容,而推动读者走向认识的升华。在长篇巨制中,由于认识层面与心理层面总是交织在一起的,因此在心理层面弱化以至遭到破坏的情况下,认识层面将成为赤裸裸的社会学、政治学、哲学、伦理学的自我展现,并转为一种蹩脚的说教。但是如果弱化以至去掉认识层面,心理层面会变得玲珑、空灵;同时,也不排除另一种可能,即心理层面徒具架子,以致过分空虚而走向虚无。其时审美活动及其意义,都将被大大缩小,很可能转化为对纯形式的追求。人们过去把文学对象与科学对象一视同仁,以为文学与科学只在反映的手段、方式上有所不同,这自然是错误的,因为文学的本质不单是认识,但是文学确实有与科学类似的、又为科学所未曾提供过的认识作用。

再次,审美反映是通过语言、符号、形式的体现而得以实现的。一般谈论审美,很少涉及这一方面。但是没有这些因素,就很难使上述几个层面相互交织,往返渗透而形成动态的审美结构。审美反映是一种心灵化的实践、功能反映,这种反映贯穿着理想、意志和评价因素。这些因素作为主观性成分,在其他种类的反映中也是存在的。但是在审美反映中,它们总是为感情因素所渗透,为认识因素所充实,穿越理想、意志,而融化为一种感情思想的评价,一种贯穿着意志的审美实践力量。当上述几个层面有机地结合在一起时,审美反映的基本特征大体得到了体现。

审美反映是一种感性活动,又是一种理性活动,是一种感性的具象活动,也渗透着理性的思考;是一种感情活动,感情的愉悦活动,也是显示着哲学、政治、道德观念生动形态的认识活动、意志活动、实践的功能性活动。这是一种上述各种活动的综合。当然,在以具象的、显形的感情形态为存在语言形式的构架中,隐形的艺术思想,始终是它的血肉。可不可以这样说,审美反映既类似于对世界的一种精神把握,又是一种接近于对世界的实践把握,即马克思说的是对世界的实践—精神的把握。它之所以不是一种纯粹的精神把握,即不同于理论对世界的把握,在于它贯穿着感情与意志的评价,具有了一定的实践性;它之所以不是一种纯粹的实践把握,在于它并不要求把艺术当作现实,使自己产品完全变为实用性的东西,所以带有无目的性的色彩。总之,这种实践—精神把握世界的方式,决定了艺术反映中感情和思想的融合,感性和理性的相互渗透,认识和评价的感受形式与语言、形式统一的审美本质特征。

第三节　审美反映中的主体创造力,现实的三种形态,客观性和主观性,侧向主观的审美倾斜及其特征

审美反映的本质特征,决定于实践—精神把握世界的方式,而这些特殊的方式,自然取决于这种方式中的主客体的独特关系。在其他的对世界把握的方式中,同样存在着主体与客体的相互关系,但在审美反映中两者之间的关系有其特殊性。不同把握世界的方式中的主客观关系差异,在于理论把握中的主体,一方面它是分析、归纳、概括事物真相的主体,另一方面它不是参与被创造的组成部分,它的目的在于从事物本身和相互联系中抽取出客体最具本质的方面,以显示其客观性特征。在审美反映中,主体在其自身的感受与感情的激荡之中,整体地观照现实生活,描绘生活的各个方面。这一过程的特点是,它在把握现实生活的过程中,把始终激荡中的主体的感受、感情,它的认识,融合在一起,从而赋予这一反映及其对象以浓烈的主观色彩;同时通过这一方式来显示出事物的客观性特征。

主体进入实践活动,必然以事物、现象提供的客观条件为前提,进而了解客体,把握客体,充分探知客体的特征及其规律。从这点来说,主体

是受制于客体的。但是一旦主体置于这一前提之下进行活动,它也就获得了自由,就成为一种活生生的创造力量,能够调动自己的积极性和创造性,能动地消灭客体存在和主体观念之间的区别,从而使两者趋于一致,进而形成一种新的观念。“主观性是消灭这种区别(观念和客体的区别)的趋向”。这里讲的当然是一种哲学观点,但完全适用于审美反映。

我们先来观察一下审美反映中的客体变化。现实生活一旦进入审美反映,很快会发生形态的变异。它的变化序列是现实生活—心理现实—审美心理现实。首先,审美反映从现实生活出发,现实生活是提供审美反映的材料,是反映的源泉。无论是浩渺无垠的宏观世界,广阔的社会生活,还是微观世界,人的内心生活,以至心灵的颤动等精神现象,都是客观存在。其次,主体一旦深入客观现实的关系,便会接受纷至沓来的种种信息,广泛地吸收现实的具象性和丰富性,并使现实变成被感受了的现实,被感情所渗入的现实,这时的现实,是被诸种主观因素所分解、融合了的现实。在文学理论中,我们常把文学创作的源泉与对象混同,其实两者的内涵并不一致。文学创作的源泉,应当是指客观的现实生活,它的对象,则是被主体所把握,并被融入了主观性的心理现实。我们常常说现实生活是创作的源泉,主要是强调创作主体不要脱离生活,不要与世隔绝开来,作家要从现实生活中汲取诗情,要关心社会发展中的前进与倒退,而不是只搜集古老的奇趣异闻,人身上的种种无意识现象。但是源泉却并不就是对象,如果把两者合二而一,以为这就是运用了反映论,那么这种反映论就被曲解了,这必然导致简单化,使艺术反映变为非审美反映。对于理论思维来说,其源泉和对象是同一的。科学家、哲学家自然不可能是冷漠寡情的人,但是要使自己获得科学成果,他只能使他的热情化为探索的动力,使他的感情化为理论的自信,而不能参与对象本身。创作的心理现实,与科学对象的探索不同,就在于它已包含了丰富的主观因素在内,是一种获得了主观形式的、主客体因素初步融合的统一体。再次,当审美反映进入艺术,具体体现为艺术构思的实现时,由作为审美反映对象的心理现实便转化而为文学的内容与形式的结合体，这已是一种审美的心理现实，它被赋予了作家个人所选择了的感情、思想与评价，成为主体审美把握了的新现实。

可见，审美反映中的几种现实形态，内容形式各不相同。因此，通常把文学说成是现实生活的反映，这实际上是一种十分笼统的说法，它未能触及这种反映的真正特点；它只说明了审美反映的起点，强调了与其他意识形态的共同之处，而忽视艺术反映的审美性，从而以一般的反映论代替了审美反映。

托尔斯泰主张按照生活的本来面目进行写作。但是当他进入创作的时候，他却说要“再现人的心灵的真实”，这当然是指作为对象的人的心灵而言。但也可以扩大、引申，把他所说的对象看作一种心灵化的现实。最后根据这一现实，创造了审美的心理现实，进一步把客观因素主观化了，把主观因素对象化了。屠格涅夫写作《父与子》的例子是十分有趣的。先是在火车上一位俄国青年医生的言行举止引起了他的注意；之后，在小说创作前，屠格涅夫为未来小说的主人公巴扎罗夫记日记。这种日记可以说是作家对现实人物的心理研究、分析和把握，在这个人物身上，已注入作家的种种主观因素，具有了一定的审美特征。最后，作家在对人物的心理分析的基础上，即在对现实的心灵化的基础上，创作了小说。鲁迅说他创作阿 Q，目的在于画出国民的灵魂，虽然这十分困难，甚至有点隔膜，但“也只得依了自己的观察，孤寂地姑且将这些东西写出，作为在我的眼里所经历的中国人生”。这里最后一句话是很有意思的。创作阿 Q 形象是为了表现中国的人生，但作为创作的对象，则是鲁迅“眼里所经历的中国人生”，是鲁迅把握了的心理现实。清人郑板桥关于画竹的一段话，不少人用来说明形象思维的特征。我以为用它来说明审美反映中的三种现实形态是最为形象的了。他说：“江馆清秋，晨起看竹，烟光、日影、露气，皆浮动于疏枝密叶之间。胸中勃勃遂有画意。其实胸中之竹，并不是眼中之竹也。因而磨墨展纸，落笔倏作变相，手中之竹又不是胸中之竹也。总之意在笔先者,定则也;趣在法外者,化机也。独画云乎哉。”[①]郑板桥所说的眼中之竹,就是现实之竹。当他静观默察,出现画意,意先于笔的时候,这现实之竹,就变成胸中之竹了。胸中之竹即穿越了心理结构之竹,已转化成了心理现实,是融入了主观成分的主客观合一的艺术对象。当落笔成画的时候,画家的情绪、思想继续升华,其时趣多于法。客观为主观全面渗透,而主观则走向全面对象化。这时胸中之竹,就转化而为审美心理现实,蜕化而为手中之竹而跃然纸上。也许正是在这意义上,或是只是在这意义上,可以把文学作品看作现实的影子的影子吧。

那么,在审美反映中,客体就此消失了吗? 是消失了,可以说审美反映消灭了原来的客体,因为艺术并不要求把它的作品当作现实。但是又可以说它仍然存在着,即客体的客观性特征被保留下来了。它大致采取下列几种方式:一、在感情的把握中被赋予了事物、现象的原有形式,显示了人们熟悉的事物的特征。这是一种最通常的方式。不少作家特别是现实主义作家都喜好这种方式,并且提倡这种方式。但是不少现代主义作家指责这种方式,而依据的理由又往往是自相矛盾的。比如他们认为现实主义文学强调按照生活的本来面目描写生活,以为这就是摹写生活,机械地反映生活,缺乏主观创造性。但是又是这些人指责现实主义文学主观性太强,他们说现实从来不像现实主义文学描写的那样有头有尾,作品的结构、人物故事有序性完全是作家的主观所为。照他们的主张,应当强调生活的无序性、混乱性与缺乏联系性。但是十分明显的是,现实主义创作原则从来不是他们那种庸俗化了的见解,我们从审美对象的特征已可见到。审美反映从来不限于再现现实的形貌,在这一过程中,客观性比之对事物、现象的形式特征的真实描写的理解,要丰富得多,更何况在对待事物的形态方面,还可以有夸张、变形等写法,后者照样可以显示出事物的客观性特征来,而且这也是现实主义文学经常使用的手段。

二、更为重要的是,审美反映中的客观性特征,表现为主体通过多种

① 俞剑华编著:《中国画论类编》下卷,人民美术出版社 1986 年版,第 1173 页。

艺术手段，揭示事物本身的精神和特征，它的内在的本质和灵魂。没有这种揭示，形似的反映将是一种真正的摹写式的反映，简单的、肤浅的反映。审美反映描绘事物、现象的外显形式，同时显示事物的内隐特征，它所显示的客观性特征，具有真理性的品格。在这种情况下，即使是夸张、荒诞、象征的反映与表现，也能曲折地展现主观因素经过各种折射后所显示的客观性特征来。

如果谈到现实主义作品中的客观性，我们可以看一下不少作家对托尔斯泰的评述。在世界范围里，大概除了少数作家如罗布-格里耶、克洛德·莫里亚克等人认为阅读托尔斯泰的作品于己无补之外，几乎所有有点成就的作家，都异口同声地赞赏这位俄国作家。法朗士说："在观察人方面，托尔斯泰教人们既要从决定人的本性的外部表现去观察人，也要从他的内心的隐秘活动去了解他，让读者体验到生活的无限复杂性。"①托尔斯泰的同时代人，批评家斯特拉霍夫谈到《战争与和平》时，十分精彩地揭示小说使后人叹为观止的原因之一即"客观性"。他说在小说里，你简直就像亲眼看到了所描写的一切，听到了所发出的一切声响似的。作者不以自己的口气讲述什么：他直接引人物，并促使他们去说话，去感受，去行动，而且每句话，每个行动都正确到惊人的地步，也就是说完全符合人物所固有的性格，仿佛你是在和说话的人打交道，而且你把他们看得比在现实生活中所看到的更清楚。不仅可以区别出每个人物的感情和表达方式，同时可以区别出每个人物的风度，他喜爱的手势、步态。然而伟大作家作品中的客观决不限于场面、人物言行、感情表达的真实，还有人民的不朽的伟力和精神的真实。托尔斯泰自己说："要使作品好，就必须热爱作品中主要的、基本的主旨。因此我在《安娜·卡列尼娜》中热爱家庭主旨，在《战争与和平》中热爱由于 1812 年战争而联想到的人民的主旨。"②

---

① [法]法朗士著：《列夫·托尔斯泰》，见陈燊编：《欧美作家论列夫·托尔斯泰》，中国社会科学出版社 1983 年版，第 33 页。

② 见[俄]贝奇柯夫：《托尔斯泰评传》，吴均燮译，人民文学出版社 1962 年版，第 190 页。

三、审美反映中的客观性特征，通过事物、现象的描写与内在精神的表现而得以体现。但是还有这一种情况，即主体可以把全部客观特征，加以全面主观化，把主观特征全面对象化，形成审美反映中主体侧向主观的全面倾斜。这是由于心理现实在长期积累中可以转化为心理积淀，渐渐转向主观。同时也要看到，心理现实中的主客观因素，不是按照固定的比例排列的，不是凝固不动的，而是不断流动、转化的。心理现实是一种不断改变自己特征的动态统一体。主观性既然可以消灭存在和观念之间的绝对界限，赋予客观性因素以主观形式，并不断使之获得主观的特征，那么在充满变幻的审美心理现实的实现过程中，原来的主观因素可以不断对象化，获得客观性特征，而原来已经获得了主观形式、渗入了主观因素的客观因素，可以进一步被主观化，从而形成不断进行着的双向转化过程，展现出审美主体的能动的积极性来。

这里有两种情况，一种是主体在拥抱世界中，具有较大的历史感。主体的着眼点是历史、时代、人的命运；他吞吐世界，把握着时代精神，他的审美创造物显示了巨大的主观性，而且处处为这种强大的主观性所照亮，透过这种无处不在的主观性，读者不仅可以见到主体的魂魄，而且从它身上仍然可以体验到客观性特征，显示了审美反映中的创新。另一种情况是，由于主体在复杂的世界面前感到不安、陌生、迷惘，甚至悲观失望，由此缺乏历史感，因此常常潜入自我意识的角落，或是往往沉入自我微观世界的边缘，从中寻找慰藉。如果说，一些人把审美反映当作照镜子般的反映，把诗人看成一个僵死的反映物，排斥创作的主观因素，把源泉当成对象；那么一些现代主义流派的作家，则竭力摒弃对象中的客观性因素，把主观因素而且仅仅是人身上的部分主观因素，当成了文学创作的唯一源泉，并且予以绝对化，同时把这些因素如无意识、直觉当成文学的唯一对象和内容，在理论上走向另一个极端。他们潜入了这些因素，却以为拥抱了整个宇宙，形成十分复杂的审美倾斜，或是有所创新，或是出现了审美反映中难以沟通的现象。

超现实主义者勃勒东等人，作为早期的先锋派，同情革命，并且说要使他们的创作与斗争结合起来，但是这些人的理论却明显地表现了文化上的虚无主义倾向。他们确实不满现实，然而他们理论上提倡创作诗情不是来自现实生活，而往往只是汲取自无意识心理。勃勒东说，超现实主义就是"纯粹的心理无意识化：人们凭借它，用口头、书面或其他方式来表达思想的真实过程。在不受理性的任何控制，又没有任何美学或道德的成见时，思想的自由活动"①。他们把过去文学中较少注意描写的幻觉、梦幻、无意识、直觉等现象，看成文学的唯一内容。确实，有些梦幻、幻觉是现实意识的折射，反映了意识的部分真实，而其中大部分这类现象，则是无实际内容的低级心理现象。描述前一类现象，有时可以成为变幻莫测的、绚丽多彩的篇章，但是专门去捕捉这类现象，挖空心思地寻找梦幻，这就把文学的源泉、对象绝对地主观化了。这必然会使创作变成杂乱的幻觉的堆积，缺少沟通而使人莫名其妙。弗吉尼亚·伍尔芙在《现代小说》等论文中，把现实分解为一堆飞速流动、难以捉摸、随时变动位置的零星小点，即细微的意识闪动，一圈可望而不可及的光晕。如果这里指的是一种描写手法，是认识现实生活的一个微观的补充，我以为是可取的，这可能使原来的写作方法得到充实，出现更新。但是把它作为文学全面地审美把握现实生活的主张，同样使文学的对象绝对地主观化了，于是由此在西方文学创作思潮中，出现了文学的"向内转"的主张与理论。后来的法国女作家、"新小说"派理论家之一的娜塔丽·萨洛特，提出有两种现实，一种是日常生活的现实，一种是人身上潜在的现实，她以为文学的任务在于描写"潜现实"。而所谓"潜现实"，就是"无意识""心理要素"；至于作品所写的主人公，那不过是一个无姓名的"我"，一个失去了所有特性、全部"特权"的作者本人的"反照"。至于主人公周围的人物，不过是"引起幻象，梦境，噩梦，幻想，反照，模态"，提出现代作家"不是继续不断

---

① ［法］勃勒东著：《超现实主义宣言》，见王忠琪等译，《法国作家论文学》，生活·读书·新知三联书店1984年版，第67页。

地增加文学作品的典型人物”,而是“彻底忠实地写自己”①。在创作的主、客观性问题上,我们不能不提一下罗布-格里耶的论点,他主张今天的文学不是写人,而是包围人的物。“让对象和姿态首先以它们的存在去发挥作用,让它们的存在继续为人们感觉到……”②罗布-格里耶的这种小说,在法国被称为“客体小说”“实物主义”。但是这位作家说,他的小说实际上“比巴尔扎克的小说更具主观性”。他说在巴尔扎克的小说里,作家无所不能,无所不晓,掌握着所有人物的一切变化,“这只能是上帝”。这似乎是说现实主义文学中具有主观性的一面。但真当涉及文学的主观性时,罗布-格里耶马上又认为“上帝”不是主观的,因为“只有上帝可以自认为是客观的”。至于涉及他的小说,那“新小说只追求完全的主观性”③。这是一种自相矛盾的理论,对于“新小说”派取消人物的理论,在法国持有异议的也大有人在,如埃尔韦·巴赞、彼埃尔·加斯卡。法国文学史家皮·布瓦代弗在《当代法国文学史》(1969年)普及版《序言》中说到“新小说”时指出:“‘人物’可以取消,但并没有被别的东西所取代。”④

这样,我们看到在一些现代主义作家的审美倾斜中,把自我的心理要素,如无意识、幻想、反照、模态,当成了文学对象。英国艺术理论家赫伯特·里德说:“我们现在已达到哲学相对论阶段,在这一阶段,除了创造自己的不能被看作随意作出的或者甚至是荒谬的现实之外,无疑,现实表现为个人无可选择的主观事实。”⑤西班牙哲学家奥特加·伊·加塞特说:“艺术家在外部世界面前闭上眼睛,把视线转向自己的内心的主观全景。”⑥文学的任务在于描写主观心理要素,同时不予考虑作家的主观心

① [法]罗布-格里耶著:《未来小说的道路》,见《现代文艺理论译丛》,人民文学出版社1963年版,第3期,127页。

② [法]娜塔丽·萨洛特著:《怀疑时代》,见王忠琪等译,《法国作家论文学》,生活·读书·新知三联书店1984年版,第389页。

③ [法]罗布-格里耶著:《新小说》,见王忠琪等译,《法国作家论文学》,生活·读书·新知三联书店1984年版,第398页。

④ 见《外国文学报导》1982年第6期。

⑤ [英]赫伯特·里德著:《现代艺术哲学》,法伯与法伯出版社1952年版,第21页。

⑥ 转引自《国外现代艺术研究》,莫斯科进步出版社1964年版,第32页。

理要素与现实的关系,这可以说是现代主义创作的一个典型模式。由于文学的源泉、对象被绝对主观化,于是必然会把文学创作的本质完全倾斜于"自我表现",即使像罗布-格里耶在小说中写的是物,那物也不过是作家主观的道具,"自我"的外化、外射、反照和模态。

可是,一、那些由潜意识、无意识、幻觉、梦幻组成的"自我"既然被当成创作的源泉,那无异宣布,文艺创造可以不必顾及社会生活,不参与生活的进程。因此有的人认为对于作家来说,根本不存在什么了解生活问题,而且认为即使经验多了,也未必能写出作品,此话不无一定道理,但又很片面,关于这点,我们在后面还要谈及。脱离客观的"自我"既然被视为创作源泉,创作的对象不过是幻梦的投影,那极有可能导致文学形象的消失。一部分文学作品,特别是短小的文学体裁,可以抒写个人的感受;一些类型的小说,情节可以淡化,人物不用精雕细刻,以表现情绪为主。但是整个文学不能限于这些方面,像叙事文学、史诗式的创作,就不能没有人物形象,而且它们主要是通过形象画面来描绘时代风貌的。这类宏大的艺术形式,不会像神话那样消亡。如果不少作家只对梦幻、直觉发生兴趣,并以它们去代替生活之流,那么真正的生活本身就很可能被肢解,这大概就是现代主义作家难以提供史诗性作品的原因。当然也有一些例外,例如普鲁斯特,他写作《追忆逝水年华》时,似乎是与世隔绝的。但是要看到,他实际上通过亲身经历的回忆和读书在写作。弗·莫里亚克说得好:"当普鲁斯特第一个到书本中去找出路的时候,在他的软木贴墙的房间里,跟他一起禁闭着一个整整的世界,他知道,在这四堵墙内,在他那……可怜的身躯里所能作出的回忆,比他即使活上一千年在内心所能保存下来的回忆还要多,他可以从自身汲取各个时代,各个社会阶级,一年四季、田野、道路,总之一句话,所有他知道的、热爱的、吸取的和经历的一切,都是他在这个几乎从不离开的、充满着药味的房子里得到的。"[①]从已

---

① [法]弗·莫里亚克著:《小说家及其笔下的人物》,见王忠琪等译,《法国作家论文学》,生活·读书·新知三联书店 1984 年版,第 199 页。

看到的小说中的某些部分来说，普鲁斯特只是采用了意识流的手法，而并未完全以梦幻、幻觉来代替他所描绘的生活之流。而另一些现代主义作家抓住了人的某些心理特征，却抛开了人的复杂的现实关系，钻入了人的心理结构的某些方面，摒弃了人的整体，这是丰富了人，还是使人单一化了呢？如果使人失去了整体，又怎能去写出他的完整形象呢？如果只能封闭于“自我”，那也只能如弗洛伊德说的，作家实际写的人物就是他自己的心理意识的面面观。在这种情况下，他似乎无需给自己的纯粹心理的外射、反照、模态起什么人名，而只需代之以符号。这大概是提出文学全面非人物、非情节、非典型主张的认识根源之一。

二、把脱离现实生活的主观看成万能的，它本身就是文学创作的内容和对象，可以任意发挥“创造性”而不受约束，其发展必然会导致主观的极端性和非理性主义。科学的进步，人的意识深层的探索，加深了人对微观世界的认识。人的意识与无意识相互对立而又统一共同组成人的心理结构、心理机制的整体。在人的无意识活动中，有的属于社会性的心理活动的经验积淀，有的则属于人的本能性质的活动的心理积淀。文学审美地反映社会生活、人的意识活动，必然会描写到心理活动中的无意识现象、直觉、梦幻等。但是描写这些现象，在绝大多数场合，并非目的，而是为了深入揭示人与人之间的相互联系及其思想感情的复杂变化。因此在创作中，看来只有那些具有社会性特征的无意识现象的描写才是有意义的。不分清这一界限，便会以大量低层次的无意识代替人的意识的描写，以生理本能代替人的理性活动，以生理本能代替自觉，从而使文学创作沉湎于梦幻的、专门收集人的本能反应的文学。勃勒东宣布凭借“无意识写作”，“凭冲动来写作”，“模仿精神病”，“制造出具有象征作用的客体”，“分析睡和醒的状态的互相贯穿”，探讨爱情、梦幻、疯癫和宗教等等。这种把某些主观因素绝对主观化，并把它们视为创作的源泉、对象、内容的文学主张，虽自成一派，但理论上疏漏极多，故此充满争议。这种主体的审美倾斜的主张的实践，使其滑落、减损了大量的审美意义。

当然，也要看到，有相当部分的现代主义流派的作品，还是极为曲折、深刻、审美地反映现实的。凡是这类作品，如《城堡》《鼠疫》《女仆》《秃头歌女》《蝇王》《第二十二条军规》等，就像《追忆逝水年华》一样，并不是完全按照现代主义文艺理论创作出来的。即使是伍尔芙的《海浪》《到灯塔去》，娜塔丽·萨洛特的《行星仪》等，也都是如此。这类作品固然有对事物的一定的客观性描写，但主要表现主体使用多种十分主观的艺术手段，如象征、荒诞、变形来抒写主观化了的生活流变。它们往往能够出人意外地抓住现实的某些十分重要的特征，给以主观变形，使原来的特征分外突出，而显出巨大的创新意义和审美价值。它们并不像它们的作者在理论上所宣传的那样，人物应完全被融化为某些纯粹的心理要素、反射、模态、反照等。获得读者喜爱的也正是这些作品。

第四节　审美反映的动力源，审美心理定势，审美反映与表现

19 世纪末 20 世纪初，绘画中流派纷起，它们的主导倾向是力图摆脱传统手法，主张深入人的内心。一方面，这种要求表现了一部分画家对平庸、乏味、虚假的现实生活的不满与压抑感；另一方面，又表现了他们对现实的悲观和鄙弃。后期象征派画家高更认为，“艺术家应该从他的内心去观察”，以表现他的主观感受，内心的骚动与不安。德国表现主义者“讨厌现实中的人物”，情愿以同真人大小的布人为模特儿。有的宣称：“世界存在着，再去复制它有什么意义！”年轻的毕加索说，创作“仅仅是它能喷射出热情”，“艺术不是美的法则的实际运用，而是在一切法则之外的为我们的天生本能和大脑接受的东西”。立体派画家、理论家格莱茨·梅津格在《论立体派》中说：“艺术唯一可能的迷误就是模仿。”这些观点虽

针对绘画而发,但对文学理论中的表现论影响很大。俄国象征主义诗人勃柳索夫说:“艺术从来不是再现。”后来的新托马斯主义者马利坦的艺术理论在西方现代主义文艺思想中是颇有影响的,这种理论宣称:“艺术不在于模仿,而在于创造。”①提倡无边现实主义的加罗迪认为:艺术创作的任务,与其说是再现世界,毋宁说是表现人的愿望;艺术的目的“是创造神话,表现纯粹的人类行为,以超越自然”;“做一个现实主义者,不是模仿现实的形象,而是模仿它的功能性”②等等。上述各家的观点都把反映、再现与表现截然对立起来,似乎存在没有表现的反映,再现必然就是模仿,模仿就是僵死的反映。所以文学创作的特征不能是再现和反映,而是表现和创造。这实在是一种甚至脱离他们自己创作实践的偏见和烦琐哲学。

从审美反映中现实形态的变异来看,主体具有改造客体的创造能力。但是这种主体的创造精神来自何处?它来源于主体对世界的具体感受、感知与感动,这是进入审美反映、艺术实践的真正出发点。审美反映必须以主体的表现为主导,才能构成自身。

有的诗人和作家说,他们根据反映论,投入了生活,了解了不少新鲜的事物,但是没有能够写出成功的作品,于是便埋怨、迁怒于这一理论。而一些搞批评的人出来证明:由于过去文艺理论只讲反映论,所以使得现实主义道路越走越窄。一个作家想采用多样的写作原则、方法,完全是自由的,但说反映论阻塞了现实主义道路,这恐怕就缺乏科学态度了。

其实,这问题不在于理论本身,而在于你如果是一位作家,那么你是如何理解反映论进行文学创作的?你是像一般人在生活里来往穿梭,硬套反映论于文艺创作,还是接受外界不住袭来的生活印象,以一种特殊的、审美的眼光去观察、体验,捕捉种种动态的感受?如果是前者,那么写

① [法]马利坦著:《艺术和经院哲学》,莱德编:《现代美学文选》俄译本,莫斯科外国文学出版社1957年版,第90页。

② [法]加罗迪著:《论无边的现实主义》,吴岳添译,上海文艺出版社1986年版,第29页、第168页。

不出、写不好作品没有什么可以值得大惊小怪的。满身生活经验，而又写不出东西，这说明生活印象未被主体感受，否则人人都可成为作家了。如果是后者，对生活有所感受而进行写作，那么总能写出一些作品，其成败得失自然要看你个人的眼光独特到什么程度，你个人的观察有无新的发现，你的体验有无个性化的特色，以及在艺术概括力方面有多大才能，有多大的文化传统的积淀和创新的魄力。

杜勃罗留波夫说过，哲学家的睿智与诗人的伟大诗才，有共同之外，他们都能从事物的一瞬间，从它们的偶然性的表现形式中，区别它们各自的特征，然后通过他们的意识，把它们组织起来，把握它们，以至可以随心所欲地召唤它们，把它们组成各种联合。这种能力，哲学家和诗人都有。但是有一种品格，却把两种人分了开来，这就是感动力。对于作家来说，他的非凡特征就在于对现实的这种特殊的反映能力，而对于科学家来说，不能说他没有感动力，但是相对而言，他的这种力量要弱得多。“……一个感动力比较敏锐的人，一个有艺术家‘气质’的人，当他在周围的现实世界中，看到了某一事物的最初事实时，他就会产生强烈的感动。他虽然还没能够在理论上解释这种事实的思考能力；可是他却看见了，这里有一种值得注意的特别的东西，他就热心而好奇地注视着这个事实，把它摄取到自己的心灵中来，开头把它作为一个单独的形象加以孕育，后来就使它和其他同类的事实与现象结合起来，而最后终于创造了典型，这个典型就表现着艺术家以前观察到的、关于这一类事物所有个别现象的一切根本特征”①。

可以设想，在屠格涅夫乘坐的车厢里，肯定还有其他旅伴，但青年医生这个人物，只引起了屠格涅夫一人的注意，这说明屠格涅夫的观察力的确与众不同，即使是那种尚处于萌芽、朦胧状态的事物、现象的特征，也能够为他所瞥见，拨动他的心灵，引起他的感动，为未来的主人公记起日记

---

① [俄]杜勃罗留波夫著：《黑暗的王国》，见《杜勃罗留波夫选集》第1卷，辛未艾译，上海译文出版社1962年版，第272页。

来。我以为这里既有敏锐的观察力，也有一种感情趋向，以及由此而形成的审美感受力和转化而成的艺术创造的发动。作家的感受力，有音乐感的耳朵和能够接受形式美的眼睛，是他的一种天赋本质与后天习得的结合，也是他作为作家本质力量的确证。

对于作家所具有的特殊的眼光、独特的观察力和体验，以及他的审美感受力是值得进一步分析的。客观事物、现象的特征引起他的注意，固然是一个条件，而且是必不可少的条件，那些事物、人物的特征，何以能触动主体，它们本身自应具有一定的品格。然而对于主体来说，情况是千差万别的，因为明显可以看到，一些现象引起不同作家的注意和兴趣，其内涵是各不相同的。因此，这里重要的是说明创作主体的品格，他的审美感动力的发动的内因，这就是促成审美反映结构的作家的审美心理定势；它的强度和趋向，那种日积月累一触即发的内驱力。

所谓审美心理定势，说的是主体的心理从来不是一块白板，在他创作之前，早就形成了他特有的动力源。创作主体心理实际上很像一块储放着种种感情颜料，已经调配过的调色板，那绚丽多彩的感情颜料，就是创作主体所拥有的审美趣味、个人气质、观察才能、创作经验、艺术修养以及广泛的文化素养的混合物。它们不断地流动着、发酵着，其中最为活跃的因素是主体的感情、想象和认识。这种种因素，组成了主体的一种动态的审美心理结构，或称作格局；它们凌乱地分散着，又不断得到调整和充实；有时潜伏着，有时处于一触即发状态。格局既经形成，就会不断要求创作主体按照它的预想的模式，通过创作实践而获得满足。屠格涅夫遇到青年医生事出偶然。但是青年医生的外貌特征、举止言行，由于同作家积蓄已久的审美心理定势息息相通，于是立刻为它所观照，形成一种发动，产生了实践的愿望。但是青年医生式的新的人物的面貌究竟如何，他会向何处发展而去，一时难以预料。为了从总体上把握人物，于是作家潜入了未来主人公的内心，进行心理实验，替主人公记日记。这实际上就是主体进一步调动自己的感情、想象，对人物进行审美体验与认识的特殊方式。

创作主体通过对人物的感情把握，加深了对人物的认识。这种感受和认识一经明确，就会由顺应走向新的平衡，于是新的审美心理定势大体完成，便表现为创造力的外化。

创作主体的审美心理定势不是一成不变的，各种因素的积累、文化素养的提高，各种哲学、道德、政治观念的有效汲取，都会推动它发生变异，其中社会和人这两个基本因素，起着举足轻重的作用，它们直接影响着审美心理定势的强度和趋向。我们回忆一下鲁迅弃医从文的变化，不难明白，社会和人的命运的思考，观念的变化，是他的审美心理定势中的主导力量；探索人的不幸悲剧，必然导致对人的处境的思考；至于其他种种因素，广泛、深厚的文化素养和知识经验，奠定了他审美心理定势的厚实基础，在这块充满活力的心理层面上，凝聚起一股积极的创造力，主动地寻找着对象和走向实践的可能。心理进入了这种使命感的境界，一旦接受到了客体的撞击，立刻融成喷薄而出的激情，主体这时就获得了自由。于是狂人、孔乙己、祥林嫂、闰土、阿Q，一个个被召唤到了他的笔下。

新中国成立后，一个时期内一些有识见的作家创作出了不少优秀作品。同时也要看到，由于庸俗社会学的猖獗，创作主体的审美心理定势受到压抑，不少作家的创造力受到遏制。主体审美趣味的划一化，艺术修养、文化素养被称作“资产阶级化”的东西，使得主体的审美心理定势变为一块白板、一块灰板；同时对社会和人的主导认识的教条化，使主体失去了思索的余地，探索的可能。主体成了失去创造活力的惰性十足的“客体”，被一股外在力量可以随意驱使的“客体”。“文化大革命”宣告了创作主体的死亡。社会和人在新时期复苏了过来，人成了反思的主体，人发现现实社会并不像过去宣传的那样是一个粉红色的气球，一曲十三陵水库式的狂想曲，也不是一片战场，而是混杂着理想和痛苦、诗情和冷酷的实体。人有奋斗、自强、忍受灾难、舔治创伤、战胜邪恶的伟力，但也有七情六欲，而有的人还是崇高和庸俗、伟大和卑鄙与渺小的结合。这种接近社会和人的真实的认识，给主体提供了思索、发挥主观积极性的可能。我们看到,不少作家的审美心理定势,由于社会和人的基本观念的不断改变,由于其他因素如哲学、外来思想的积极方面的影响,文化素养的广泛性得到不断丰富。而每次变化,又给主体带来了新的积极性、新的眼光、新的观察力、新的体验、新的发现,促使他走向审美反映的新岸。

在走向创造的过程中,这种时时处在动态过程中的审美心理定势中的种种因素,其中特别是主体的体验、感情、思想、认识、评价,都会渗入到作品的肌体中去。有的作家说,"每一个艺术作品只要是真正的艺术作品,就都是艺术家的真挚的感情的表达……"[①]有的认为,作家"……正确展现人物的所有品质是不够的,要坚决用他个人的眼光来照亮人物"[②]。有的作家说,一部小说"能够把它的作者和他的整个内心世界暴露出来",从一部小说、一篇政论中,我们可以"不仅毫不困难地确定作家的世界观,而且还能够确定他成熟到什么程度,浅薄到什么程度"[③]。这里所说的"个人眼光""整个内心世界""世界观",不仅都是主体因素,而且全都进入了作家的创作,不仅无法要求它们避开,而且要求它们必须介入。那些大作家的伟大作品,就是一面全面表现作家主观因素的镜子。歌德的《浮士德》写了六十余年。浮士德原是民间传说中的人物,是一位神秘、勇敢的奇特的智者。后来流传到英国,克里斯托弗·马洛利用这一素材于16世纪末写成了《浮士德博士的悲剧》。歌德采用了这一故事人物,加以改造、丰富,使之成为一位不倦探索人生真义的人。在这部诗剧里,可以说融入了歌德本人几十年的人生体验,对社会、历史、时代的不断变化的认识和评价,以致他认为:"谁要是没有全面探讨过,没有一些人生经验,他对下卷就无法了解。"[④]诗剧描述了时代,也表现了歌德的自我。现实主义作家各自以特有的方式发掘生活之真,颂扬生活之善,揭示生活

---

① [俄]托尔斯泰著:《艺术论》,丰陈宝译,人民文学出版社1958年版,第127页。

② [俄]陀思妥耶夫斯基著:《1883年,作家日记》,见《俄国作家论文学创作》,莫斯科苏联作家出版社1955年版,第3卷第148页。

③ [俄]谢德林:《街头哲学》,见《古典文艺理论译丛》,人民文学出版社1962年版,第4册第134页。

④ [德]爱克曼辑录:《歌德谈话录》,朱光潜译,人民文学出版社1978年版,第232页。

之美。他们也写假恶丑，即使是揭露并鞭笞它们，那也是为了理想的缘故。文学的审美理想和评价，反映了主体改造现实的积极性和他的审美追求。难道这样的审美反映，就是对主体创造力的扼杀？

作家的主观因素，他的创造力在作品中是怎样显示出来的呢？如果说人物的感情、思想可以通过他们各自的行为、动作而得以体现，并被赋予了外形，那么体现了作家的理想和评价的感情、思想的表现方式就不同了，它们只能渗透于对事物的客观描写之中，附丽于人物身上，通过艺术整体画面的评价而得以表现，而且往往要求它们不露痕迹。在这种场合，文学创作既是反映，审美地反映现实生活，又是表现，表现作家的自我于审美反映之中，使自我在表现中得到归宿，两者相互依存，互为表里。由此，审美反映非但不排斥表现，即作者的自我表现，而且必须与自我表现结合起来，否则审美反映将是非审美的僵死的反映，没有主体的反映。我们平常把创作的基本特征称作反映，这是一种相当笼统、模糊的说法。事实上，这时所说的艺术的反映，是包括了表现的成分在内的，所以艺术的反映是一个相对的概念，而审美反映，则明显地显示着主体的一方的。

不过，反映与表现虽然相互一致，但在不同的艺术形式的运动中，它们的表现方式又各自有所侧重。在叙事作品中，一般着重客观画面的描写，客观性特征占有优势，作者本人隐而不露；甚至在叙事长诗中，作者的主观性虽已大大加强，但是由于客观性特征形成的艺术画面，不会使整个艺术情势发生根本性的变化。至于在抒情诗、感事诗、哲理诗、散文诗中，虽然也会出现客观景物的形象，显得图情并茂，但是其主导情势则是人物、作家的感受、感情、思想的抒发的表现，主观性特征占有优势。这种创作的特征，就是我们一般所说的表现。

一些门类的艺术，如音乐、舞蹈，它们的目的不在于如实地描绘现实，不在于反映事物的现实性，它们主要使用象征、联想的手段，来表现人物、作者的感情的流动与变幻，抒发他们的主观情绪，即重表现而不重再现，所以属于表现艺术。有时在这类艺术中，也会有艺术形象出现，但它们描绘出来的场景,不是生活原有的形式,而是感情水滴中的折射,是为感情改造了的生活形式的变形,一种象征,表现也是现实主义创作的重要特征。因此,反映与表现是现实主义创作原则的两个方面,当作家以描写事物的客观性特征为主,即重在表现事物的现实性及其本质特征,这时的反映是离不开表现的,反映包含了表现,否则反映将是没有反映者的反映,反映本身也就不可思议。当作家通过作品以表现人物、作家本人的主观情绪、感情为主,此时表现必然受制于作家对生活的激发,否则表现将是失去客体引发的表现,虽然有时这种生活激发可能不那么直接。以描写事物客观特征为主的审美反映,意在通过艺术形象的塑造,生活现象的描绘,揭示出事物的本质方面;以突出人物、作者感情的主观性特征为主的表现,意在通过主体的审美抒发,直接在主体的震动、折射中,显示着事物的精神和特征。这样看来,审美反映与表现,都提供"新的现实",或是重建了客观性特征强的社会生活的"新现实",或是重建了充满浓郁的主观性特色的感情、心理的"新现实",两者都是创造,不存在孰高孰低的问题。只要具备一些艺术感受的能力,谁不为林黛玉的失落的青春而感叹呢?又有谁不为那声调明朗的普希金的爱情诗作而感到青春的无限温馨呢?但前者主要以曲折、动人的画面展现在我们面前,而后者却以青春的哨音和回响叩击着我们的心灵。

与审美反映相互联系着的是模仿说和镜子说,这里需要做些说明。现代主义作家贬低、否定现实主义原则的时候,总要把这一原则与模仿说、镜子说相提并论,认为模仿、镜子就是复制。于是我们有的文章也不用脑子、不查材料、罔顾创作实践,跟着别人说模仿、镜子就是僵死的反映等等。其实,要像无产阶级文化派那样否定一切传统,那是最容易不过的,但现实生活往往并非如此。

模仿是早期现实主义使用的一个概念,把它作为今天的现实主义的特征显然是不妥当的。但模仿并不是指一般意义上的仿作,它的内容完全不像现代主义者所丑化的那样可笑。亚里士多德在论及模仿时,提出了“可然律”与“必然律”的问题。它大致从两个方面触及了创作的特点：一是要求文学从现实生活出发；二是在创作中，诗人还应顾及可能发生的事，带有理想因素的事。这是他的模仿说的基本内容。文艺复兴时期模仿说得到了进一步的丰富。这时期的巨人们从各个领域探究世俗生活，要求文学从天国返回人间。这时期的作家、艺术家都歌颂人的本身。文学从神到人，这使人本身成了艺术模仿的对象，使人本身成了理想。这种理想符合现实要求，所以“文艺复兴的美学首先是理想的美学”①。后来别林斯基谈及主张模仿说的塞万提斯和莎士比亚时说，前者“用无与伦比的《堂吉诃德》击败了诗歌中的虚伪倾向”，后者“则使诗歌和现实永远调和、结合了起来。他那广无涯际的、包含万有的眼光，透入人类天性和真实生活的不可探究的圣殿，捉住了它们隐藏的脉息和神秘跳动”②。18 世纪的启蒙主义者给模仿说注入了新的因素，例如莱辛认为，模仿不等于如实记录，而包含“鉴别”在内。“艺术的使命，就是使我们在这种鉴别美的领域里得到提高”③。19 世纪的现实主义作家常常强调要按照生活的本来面目写作。契诃夫是这种主张的拥护者。他在给苏沃林的一封信中写道：“……最优秀的作家都是现实主义的，按照生活的本来面目描写生活，不过由于每一行都像浸透汁水似的浸透了目标感，您除了看见目前生活的本来面目以外就还感觉到生活应当是什么样子……”④可见要求按照生活的本来面目写作，并非照葫芦画瓢，并非临摹，而是贯穿着作家的目标感，要让人看到生活应当是什么样子。镜子说也是这样，这不过是要求文学真实反映现实生活的比喻。雨果说过：“戏剧是一面反映自然的镜子。不过，如果这面镜子是一面普通的镜子，一块刻板的平面镜，那么它只能映照出事物暗淡、平板、忠实、但毫无光彩的形象；大家知道，经过这样简单的映照，事物的色彩就失去了。戏剧应该是一面集聚物象的镜子，

① [苏]米・奥夫相尼柯夫著：《美学思想史》第 1 卷，莫斯科艺术出版社 1985 年版，第 67 页。
② [俄]别林斯基著：《别林斯基选集》第 1 卷，满涛译，上海译文出版社 1979 版，第 359 页。
③ [德]莱辛著：《汉堡剧评》，张黎译，上海译文出版社 1981 年版，第 359 页。
④ [俄]契诃夫著：《契诃夫论文学》，汝龙译，人民文学出版社 1959 年版，第 217 页。

非但不减弱原来的颜色和光彩,而且把它们集中起来,把微光变成光彩,把光彩变成光明。”[①]这样看来,镜子说难道就是僵死的吗?

涉及主体在创作中的主导作用时,一些现代主义作家指责现实主义作家扮演了一个全知全能的上帝的角色,说他们任意地摆布人物和读者,所以主观武断。毫无疑问,一个作家不可能穷尽生活的全部底蕴,他的认识也极为有限,他在历史上渺小无比,以至湮没无闻,但在自己的作品中就不是这样了。英国作家萨克雷说,作家知道一切。福楼拜也说过,作家不要进入作品,但又要让人们感到他无处不在。甚至雨果也认为,真正的诗人像上帝一样在他自己的作品中无时不在,无处不在。这些话无非是说,作品中所描写的一切,大体上是被作者所把握了的。人的命运,故事进展,全都出自作者的妙手安排,而非超现实主义的无意识写作。即使在创作过程中出现最初构思时未能料及的东西,作为结果,仍然是作家的审美把握。伟大作家的力量,正在于他能把握住自己的人物;当人物背叛他时,他始而困惑,继而能够凭借自己的艺术直觉,转向人物发展的、被进一步把握的艺术逻辑,从山重水复疑无路的险地,转入柳暗花明又一村的境界。而可怜的小作家,恰恰不能做到这点,他始终把握不住人物,不了解他的人物,在人物身上,他无所发现,因为他对生活无所发现,缺少独特的见解。创作主体的感知、认识,是流动、发展的,不是一劳永逸、固定不变的。在这种意义上,上帝就是一个会思索的血肉之躯,就是一个有无限智力的人自身。即便是现在某些多线索、多结构的故事,也是作家不断探索、有意为之的一种手法。他作品中的人物结局,或是没有结局的结局,都是他得自生活的暗示;即使现在在作家中颇为流行的一种还原生活本色的写法,也都是他们对生活逻辑的一种意念。作家在描写中可以自由选择对象,但他所描写的,必然是被他所把握了的,就是他虽写到纸上而仍感朦胧的东西,也是如此。在这一范围内,他必然是全知全能的,具有

---

① [法]雨果著:《〈克伦威尔〉序》,见《雨果论文学》,柳鸣九译,上海译文出版社 1980 年版,第 62 页。

主观创造力的，否则他就会在作品中扶乱般地不知所云了。

其实，一些现代主义作家同样在自己作品中扮演了一个上帝的角色，不过这是一个把社会视为一团混乱，对人的前途表示绝望，人生不过是一个悲剧的那种观念的上帝。罗布-格里耶的小说艺术探索是可以研究的。他在《橡皮》中自以为是在对抗现实主义的写作方法。他在小说中通过物的变化来表现人的关系，他这样写而不那样写，这本身不就表明他是个会翻花样的上帝么！尤奈斯库的荒诞剧作是很有特色的，也是应该加以研究的。本文作者曾观赏到几个荒诞派剧作的演出，震惊于让·日奈的《女仆》对心灵的强烈的打击力。剧中人物并未变形，而其心理的扭曲和由此形成的荒诞，竟使观者的心为之隐隐作痛。《秃头歌女》使人感到生活的荒诞处处都有，让人去思索它们。但是尤奈斯库身上也有一个上帝，他说不是任何社会使他感到荒诞，而是人的本身就是荒诞；又说，任何社会的制度都不能把人从生之恐惧、死的绝望中解救出来。这不就是一个全知全能的荒诞派上帝吗？只不过现实主义的“上帝”，采取比较现实的观点，分析、研究社会，探索生活真理，总是怀有深厚的人道主义，想把人引向积极，使他向往生活，期望现实有所改变。而现代主义的“上帝”，喜爱传播宿命的恐惧，预言人的前途除了黑暗便是毁灭，挣扎、斗争全都无补于事，世界一片虚无、悲观，并把这种教义灌输给世人，这难道不是事实吗？自然，这个上帝也是极具人道主义关怀的，而引起人们痛苦的思考，但毕竟是太消沉了。

第五节　审美反映的多样化和无限的可能性

黑格尔在《逻辑学》中谈到他的“绝对理念”时说：“最丰富的东西是最具体的和最主观的，而那把自己收回到单纯的深处的东西，是最强有力的和囊括一切的。最高、最锋锐的顶峰是纯粹的人格,它唯一地通过那成为自己的本性的绝对辩证法,既把一切都包摄在自身之内,又因为它使自身成为最自由的——仍保持着单纯性,这个单纯性是最初的直接性和普遍性。"①黑格尔在这里表述的思想是十分出色的,我想可以借用过来探讨审美反映的多样化问题。

审美反映是一个不断发展的范畴,它的方式的无限多样与主客观双方密切相关。一方面,现实生活是不断发展的,不断被改造的,因此它的内容无限宽广,形式无限繁杂。这一方面好像不言自明,但往往不时出现分歧,例如绝大部分现代主义者对此都是持否定态度的。

另一方面,审美反映的多样性主要取决于主体的主观性、能动性,它的创造性本质的发挥。主体就其本质来说是自由的,不过自由不是一个抽象的观念,不是随意性。只有当主体不断接近客体的真理的时候,它才是自由的。主体不同客体接触,不是为了把握客体,自由就会变成盲目,就会无所依附。但是在艺术的发展中,主体的主观性的不断变化,则是它的主导方面,是发展的动力。

我们在前面谈到,在反映活动中,有可能使幻想脱离生活,观念向幻想转化。在审美反映范围,这种可能和自由就更加广泛。因为审美创造活动,一方面固然要以现实生活为基础;另一方面,又必须使主体意识脱离具体的现实生活的束缚,进入想象与幻想。审美反映中心理现实的形成,为主体的想象与幻想提供了自由驰骋的可能,自由创造的可能。由于心理现实具有心理的流动性,思维的联想性、跳跃性,切割整体的灵活性,所以主体可以通过心理现实的种种特征,打破现实的时序、空间,进行新的组合,呈现出主体的无限创造力。比如可以借用现实生活的形式,使用生活型的假定性手段,对现实进行如实的描写,或是借用现实生活形式,描写纯幻想的生活形态。可以通过特定的艺术假定性手段,进行变形的审美反映,这种审美反映,我把它称作非生活型的反映,如用夸张、荒诞、

① [德]黑格尔著:《逻辑学》下卷,杨一之译,商务印书馆 1976 年版,第 549 页。

象征等手段创作的作品。还有那些表现主体情绪、意绪、某种感受的作品，它们既可使用形象，也可以不使用它们。空灵、情趣是其主要特征，等等。有时作家会对自己的想象、幻想不胜诧异，常常会因此不由自主地产生一种感同身受的境界感。

想象和幻想对于科学研究来说，同样是需要的，即使是激情和个性特征也是如此。但当结论一旦出现，它们都将被置于理论之外。至于审美反映，不仅离不开这些因素，而且要把它们融入到对象中去，成为创作动力的组成部分。更重要的是，还要在创作成果中保持主体的主观性。可以这样说，凡是主观性不强的审美反映，很可能是一种失败的审美反映。因为审美反映光有主观性特色还是不够的，还要具有最富主观性特征的东西。而所谓最主观性的东西，实际上就是真正属于作家，渗入他全部创造的巨大的主观穿透力，他的特殊的心理气质、审美感受方式、想象特征、感情强度、思想深度、激情倾向，以及对无意识、直觉的把握方式。这是保证审美反映方式多样化的最根本方面。

上述各种主观因素表现在不同主体身上各不相同。审美感受无疑受到审美心理定势所左右，特别是其中的心理气质和个性特征。在某种意义上说，作家的心理气质决定了他感受的特征。一些作家对某类事物容易产生较深的感受，而对于另一些生活现象，有一定感受却不易动心，在感情上较淡漠，所以对于同一事物、现象的感受程度也就因人而异，有的强烈，有的冷峻，即使都有较深的感受，但色彩各异，倾向不一。所以作家心理气质的差别，往往形成了他们各自的心理感受范围。有的作家因其审美心理定势比较活跃，甚至不断改变，感受的范围较宽，可感受的地带较广。有的作家的审美心理定势比较稳定，感受的范围较窄。心理气质往往也影响感受的方式，形成主体的不同选择，给予作家的艺术创作以不同的个性特色。例如一些作家很注意深入人物内心，善于探及人物心理隐秘，但气质的差别，造成了各自的个性特色，如陀思妥耶夫斯基之于托尔斯泰，罗曼·罗兰之于弗·莫里亚克，鲁迅之于巴金。一些作家即使在同一的历史过程中具有一致的世界观、政治立场，但由于气质不同，即使是对同一历史事件过程的感受也是同又不同。例如表现于创作中，有的作家长于幽默叙述来揭示旧秩序的瓦解和新生活的形成过程，如赵树理；有的作家习惯于倾向抒情来描写日常生活，如孙犁；有的作家则喜好以史诗幅度的形式去进行艺术概括，如梁斌。

审美反映中的感受的开始，正是审美感情的发动。审美主体感受中的爱和恨、伤痛和喜悦，当进入激荡的状态，常常会使与它们互为表里的思想直露于外，形成一种两者清晰可见又浑然一体的激情。主体创作激情的多种倾向往往构成作品思想倾向的底色，而各呈异彩。

我们对于审美反映中的上述主观因素的研究是不够的，至于对这一过程中出现的无意识、直觉、幻觉、梦幻等现象，更是如此。对于这些现象，心理学仍在研究之中，但是作为审美心理因素，同样也可以从审美反映的角度来加以阐明，进而反过来丰富心理学对于无意识、直觉、幻觉的理论上的自觉认识，极有可能扩大与丰富审美反映的领域和多种艺术手段的运用。

上述一切，都导向审美反映多样化的最高要求，即作家的艺术自我的创造，创作个性的创造。创作个性是主体主观性的不断求索和创造的结果，是主观性的集中表现，是主观性的最高要求，是主观性创造的极致。罗曼·罗兰说：艺术的力量在于提供“只属于他（指作家——引者）个人的自己的方面，自己的印痕，自己生活的芳香”①。高尔基则说：“摆在人面前的任务是：找到自己，找到自己对生活、对人们、对既定事实的主观态度，把这种态度体现在自己的形式中，自己的字句中。”②在某种意义上，文学的发展是靠无数的创作个性来推动的。富有创作个性的作品复杂多样、层出不穷。但是，不是那种准备束之高阁、藏之名山式的流传下去的作品，而是那些描述了最具体、最具现实与历史意义的人、事物、现象的特

① ［法］罗曼·罗兰著：《罗曼·罗兰文集》俄译本14集第2卷，莫斯科文艺出版社1959年版，第220页。

② ［苏］高尔基著：《文学书简》上卷，曹葆华等译，人民文学出版社1962年版，第426页。

征，和灌注了创作主体最主观的、极端个性化因素的作品，它们最具有艺术的生命。

第五章 新理性精神与文学理论研究

第一节 新理性精神是一种新的文化价值观

新理性精神的提出，是以当今人的生存状态、文化、文学艺术的实践与发展为基础的；也可以说是一种新的实践理性。

从整体性的角度来阐明新理性精神，是需要进行专门的研究的。这里先就其历史、现实与逻辑的角度做个简要的说明。

理性走过了漫长的道路。理性是人类不断认识自身的能力，是人类树立自身各种生存理想、调节与规范自身的欲望与行为的能力，是调控人与社会、人与人、人与自然、人与科技之间相互关系，规范社会、政治制度、道德准则的智性思维力量。这种智性思维力量，既表现为科学理性，探索宇宙自然奥秘，研究社会形态的兴衰丕变，又表现为人文理性，关注人的生存状态，人的命运，他的价值与人文品格。理性是精神的，又是实践的。它指导创造各种文化价值，形成各种理想与学说，又策动构建人们的各种行为准则、道德规范以及各种社会制度。

当今文学艺术意义、价值的下滑，人文精神的淡化与被贬抑，是一种普遍的文化现象，一种世界性的文化现象。这与19世纪下半期特别是20世纪人的生存条件、人的生存质量与处境密切相关。理性的旗帜曾经鼓舞西欧不少国家在现代化方面突飞猛进，但是由于其不断走向唯理性主义，以为理性万能，于是由科学理性逐渐变为极端化的工具理性、实用理性，理性显示了自身的独断性。人文理性在唯理性主义、实用理性的影响下，受到贬抑而变得残缺不全。理性并未实现它的美妙的千年王国的许诺而受到了质疑。一百多年来，人的生存不断遭到挫折，20世纪，这个世界多次毁灭了理性，灾难频发，致使人们普遍地失落理想；或使信仰神化，进而引发出种种深重的精神危机。

19世纪，谢林、叔本华在哲学上转向了非理性主义；尼采宣布：上帝死了。随后出现国王死了，20世纪中期，卢卡契提出了“理性的毁灭”，对种种非理性主义进行了批判。

开始于19世纪下半期、高涨于20世纪的非理性主义、反理性主义哲学流派蜂起。弗洛伊德主义、唯意志主义、生命哲学、存在主义哲学，纷纷在生命、生命创造、本能、无意识、感性、意志、孤寂、迷茫、焦虑、绝望、死亡、非理性、反理性以及主体性等基础上，筑起自己的理论。这些哲学思潮的兴起，从不同方面暴露了理性主义的独断性、单一性与片面性，人类丰富的感性、价值、主体的能动性与人的尊严，被漠视、压抑乃至被否定了。因此可以说，这类极具人本因素的非理性主义哲学思潮，极大地拓展了人类的认识，使人类加深了对自己的了解。但是它们又往往走向极端，从而导致了对理性的否定，即以非理性的人文理性贬抑了理性的人文理性与人文精神。科学主义哲学在20世纪同样获得了重大的进展，像实证主义、分析哲学、语言哲学及其引起的转向，生动地推进了人们的认识，但是人文精神却又不在它们的视野之内。出现了“新感性”“交往理性”，力图从不同方向来解释社会生活现象，构想人类的新关系。接着又出现了后现代主义文化思潮，它一方面解放了人们的思想，促进了人们思维方式的改造，另一方面又消解了以往文化遗产的价值与精神。正如有的学者所说的：“上帝、国王、父亲、理性、历史、人文主义已经匆匆过去，虽然在一些信仰园地中余烬犹存。我们已杀死了我们的诸神。”[①]随后还有人宣布知识分子之死，作者之死，人的主体性之死。人们不断暴露自身的粗俗、卑琐、无奈与虚无。

我们还要谈到科技。20世纪的科技、信息技术日新月异的进步与创造力，显示了人认识与改造世界的无限伟力，创造了物质的丰富。但是高科技在传授丰富的知识的同时，它又挤去了人的人性品格的培育与教练的时间与机会，表现了非人性的消极的一面。最为明显的是人的自然环境愈来愈遭到破坏，人如何生存下去成了问题。爱因斯坦说：“我们切莫忘记，任凭科学与技艺并不能给人类的生活带来幸福和尊严。”在经济全球化的发展趋势中，一些富国在物质上获得了极大的丰富，但在总体上并未解决大多数穷国的贫困，这些国家的大多数人，依然在饥饿、死亡线上挣扎。同时，今天崇尚财富的时尚，以及无限地追求物的欲望与享受，形成了物的普遍的挤压，使人情日益淡化，以致使不少人成为失去人性的

---

① ［美］伊哈布·哈桑著：《后现代的转向》，刘象愚译，台湾时报文化出版企业有限公司1993年版，第279页。

人，使人在精神上变成了空虚的人、平庸的人、丑陋的人。在形形色色的“钱性权”这类恶棍横行肆虐的今天，嘲弄崇高与人文精神曾成为时髦；或是把人文精神与大众文化完全对立起来，宣布前者为“最后的神话”，认为人文精神纯属子虚乌有。在恶俗横流、不少人失去生存理想的景况下，人们崇拜自然本能，激赏感性享受，人的精神趋向多元而又凸现了一片混沌状态。在文学艺术创作中，一些人追腥逐臭，对粗俗、恶俗、腐烂的东西趋之若鹜，这极大地削弱与消解了文学艺术审美的生成。

但是人类必须生存下去，尽管前途明摆着诸多凶险，他理应在精神上获得健康的发展。因此，看到千百年来特别是一百多年来旧理性走向衰落这一情况，看到各种非理性、反理性主义思潮消极面的无度的张扬，一些人文知识分子正在寻找自己的立足点，一种新的理性的立足点。“新理性精神”是一种文化价值观，它主张用大视野的历史唯物主义、哲学人类学来审视人的生存意义，重新阐释与理解人的生存、文化、文学艺术的价值。需要郑重说明的是，新理性精神不过是一些趣味类似的知识分子，在对待人的生存状态、现实状态与文化、文学艺术现象时所持的观点与立足点而已。它并非一时的心血来潮，随风起落的应景时尚，更非朝三暮四的理论游戏，而是较长时间思考的结果。半个世纪以来，就我个人来说，经历了20世纪50年代既有积极也有消极影响的种种教育，六七十年代严酷的生存拷问，八九十年代学术中的风风雨雨，各种文化思潮与文学理论时尚的洗礼，把它们综合一起而有所悟。在这意义上说，新理性精神实际上是一种生存的感悟。

“新理性精神”作为一种对于文化、文学艺术内在的精神信念，是对旧理性的扬弃。为了避免旧理性的覆辙，非理性主义、反理性主义的各种思潮的极端化与虚无主义，新理性精神需要在对它们进行现代文化批判的基础上，汲取它们的合理因素，从几个方面，确立自身的理论关系：这就是“现代性”“新人文精神”“交往对话精神”、感性与文化问题。这些提法就其单个方面来说并非独创，有的论题，已经讨论过几百年了。我这里基本上是借用,但对它们做了改造,即力图给以自己的阐释,并从历史、逻辑的角度,将它们综合成一个理论的立足点。当今是综合创新的时代[①]。实际上,综合可能是一条创新之路。

第二节　新理性精神的构成因素

一、在现代社会里,现代性实际上规范着人们对现代社会、生存处境、文化、文学艺术的看法。看法不同,形成了不同的出发点。新理性精神将以"现代性"为指针,以推动现代社会、文化、文学艺术发展的现代意识精神为其理论组成部分。有各式各样的现代性,这里说的现代性,是新理性精神的现代性。

新理性精神把现代性看作促进社会进入现代社会发展阶段,使社会不断走向科学、进步的一种理性精神、启蒙精神,一种现代意识精神,一种时代的文化精神。这种现代意识精神,时代的文化精神,作为一个尺度,是我们建设新文化、新的文学艺术需要长久地遵循的原则。现代性是引导人们进行文化建设、精神创造的思想,这是一个人类"未竟的事业"。我们不能像某些西方现代主义者那样,把现代性仅仅看作出现了反理性之后形成的东西,以为反理性才是现代性的表现,现代性只能是现代主义文化与文学艺术的特征,这是不符合实际情况的。其实,其他具有现代意识精神而并不反对理性的优秀的文化与文学艺术,不仅同样表现了现代性特征,而且丰富、维护了现代性。同时我们也不能像后现代主义者那样,声称"现代性"已经终结[②],当今是后现代性统制的时代了。其实,目前我们只是想做现代的知识分子,那些"后知识分子"并不切合实际,虽

① 见钱中文撰:《主导、多样、综合——一种趋势》,载 1986 年 3 月 8 日《文艺报》。

② 转引自王治河为大卫·格里芬编《后现代精神》中译本所作代序,中央编译出版社 1998 年版,第 19 页。

然在我们这里确实存在着不少“后现代状态”，必须进行研究。

新理性精神把现代性本身看作一个矛盾体，应当看到它的两面性，以避免走向极端。例如，忽视人的感性的需求而走向文化的唯理性主义，或是走向非理性主义与反理性主义，忽视人文的需求而走向工具理性主义，走向它的反面，从另一方面走向反理性主义。历史、现实中不乏这类情况，这种情况一旦发生，必然会给理论与生活实践带来危害，反之亦然。因此既要批判旧有的文化，也要批判现代性自身所具有的消极面。当今，极端实用性的工具理性主义横行，这是由于社会科学与人文科学在一个时期内走向反理性主义、走向反面而形成社会灾难的结果，是人们对社会科学、人文科学丧失信心使然。所以，在一个时期里，诸多复杂的种种现实关系，只能靠工具理性来处理，用简单、划一与实用的量化办法来解决了。同时，新理性精神把现代性的功能视为一种反思，一种文化批判，一种现代文化的批判力，即一种思想前进的推力。需要坚持现代性的这一功能，使其自身处于清醒的现实主义状态，使其自身具有不断清理自身矛盾的能力。要使社会科学与人文科学走到它们自己的正路上来，需要的是对于历史、现实的不断的深入的反思，拒绝批判是无济于事的。新理性精神既反对隐瞒历史事实，搅浑历史事实，随意打扮历史、现实，使用实用主义的话语霸权，也反对把历史与现实视为一种虚拟与虚构，我们不能因为一些人虚构历史，而对一切历史持虚无主义的怀疑。话语并不能任意创造历史，话语行为是需要以现实、历史事实为依据的。

新理性精神主张现代性是在传统基础上建立起来的现代性，又是使传统获得不断发展、创新的现代性。这里有两层意思。一是必须保护传统、继承传统。文化传统是过去的创造，是新文化创造的出发点与先决条件。我们无法绕开原有的文化传统，而必须继承传统。继承传统，自然必须保护传统、清理传统。二是，学者清理传统文化、总结传统文化，展示传统文化的原有风貌，十分必要而自成学问。不过我们保护传统文化、清理传统文化，不仅仅是为了维护传统、保护传统文化的原状。继承传统，并非面对往昔、迷恋过去，继承的目的在于吸收它的优秀成分。在传统文化中，实际上不仅有着过时的东西，惰性的东西，妨碍进步的东西，需要不断剔除的东西，同时在传统文化中，还存在着属于未来的东西，全人类的东西，这正是传统文化的真正价值所在。正是这些成分，在“长远时间”中能够发挥其价值与作用，并且积极参与新的文化建设，体现着我们民族文化的价值与精神。漠视传统，中断传统，否定传统，标新立异，很是痛快，但到时还会重新发生传统问题的争议，给传统以新的科学的审定和定位，现在我们就面临这一局面。这样，我们需要充分了解我们过去的传统文化的价值，不少人一谈起传统文化，至今仍然持有不屑一顾的态度，这是令人悲哀的，不少著名的外国学者却并不如此。伽达默尔说：“中国人今天不能没有数学、物理学和化学这些发端于希腊的科学而存在于世界。但是这个根源的承载力在今天已枯萎了。科学今后将从其他根源寻找养料，特别是从远东寻找养料。”“二百年内人们确实必须学习中国语言，以便全面掌握或共同享受一切。”①

继承传统，其更高的目的在于创新，清理、总结传统是需要的，但是不是停留在原有的传统文化之上。人类必须不断更新，创造自己的新文化。传统是我们创新的过去，创新是传统的未来。因此创新应是传统之续，它脱胎于传统，又走出传统。继承是为了更新传统，创造新的传统。传统与创新，实际上是一个奇妙的联结体，这个联结体在其不同的孕育方式中诞生新东西。在这一孕育过程中，过分地倚靠传统或是过度地离开传统，都会使新生的文化出现畸形现象。同时，作为联结体的传统与创新，又是一个动态的过程。我们进入自己的传统，理解自己的传统，把握自己的历史与现实；作为创造的主体，同时我们又不断选择传统、改造传统、更新传统、创造新的文化传统，自然在更新、创造中，也包含了某种必要的断裂的因素。在当今新文化的建设中，需要通过现代性，对优秀的文化传统进行定位与选择。有三种文化传统，三种文化资源，即我国古代、现代以及外

① 洪汉鼎撰：《百岁西哲寄望东方》，载 2001 年 7 月 25 日《中华读书报》。

国文化传统。当代文化建设，只能以现代文化传统为基础与出发点，以现代批判精神对现代文化进行批判与改造，明确其行之有效的部分，吸收中国古代文化与西方文化中的有用成分，使之融会贯通，建立新的文化形态。

从历史进程来看，现代性是一种被赋予历史具体性的现代意识精神，一种历史性的指向。在各个发展阶段，现代性的内涵有着共同之处，但又很不相同；因此，我国的现代性诉求与外国的现代性的趋向，也是各有不同的。完全以外国的现代性准则来代替我国的现代性诉求，这实际上是西化思想，在历史、现实中被证明是行不通的。但是现今看到不少的论者，实际上都把我国文化、文学，置于外国现代性的诉求之下进行的。我们把自身置于国际背景、世界进程，并不是我们就要“向西看齐”，并不是以外国的现代性来替代我国文化、文学的现代性，一旦发现了两者之间的差异，就对我国的文化与文学艺术嗤之以鼻。这种西化式现代性讨论，不能不导致现代性阐释的失误。可以吸取西方学者论述中的有启发性的因素与长处，但不能用他们的论说，来替代我们对我国文化自身问题的阐释。至于后现代性，我以为可以吸取它的某些合理的因素，如我国文化、艺术中难得存在的怀疑精神，它的反对绝对的权威性，反对学术上的大一统、单一化，主张多元化，接受中的多义性等。但是应当拒绝它的虚无主义，即由于对语言能指的崇拜由此而产生的极端的解构主义倾向。因此，我以为要以现代性导向，来推动我们文化、文论建设的这一未竟事业。

在当今全球化的氛围中，发生着全球化与本土化的文化冲突与融合。现代性应在文化建设中确立自己的独立自主精神与进取精神，即独立、进取的文化身份。独立自主就是确立自主的主体意识；进取就是为我所用的主导意识，识别并吸取他人的长处，不断用以激活并更新传统。文化冲突与融合，是一种客观的存在，要努力消弭冲突，积极地走向融合，具有我国特色的新文化，只能在融合中复苏并获得发展。

二、新理性精神将把“新的人文精神”视为自身的内涵与血肉。近百年来，由于科技的发展，物质的不断丰富，人受到排山倒海而来的物欲挤压，物欲使人不断转向对金钱与权力的追逐，使人变为物的奴隶，人失去难以弥补的精神需求而变得精神空缺，并使自身成为一种异化力量。在现代主义的文化、文学中，人的精神家园已成为一片废墟。现代主义的文化与文学暴露了人的触目惊心的精神伤残感，它们为人的价值、人的精神的摧残而深为伤痛。后现代主义则宣布，“原叙事”被怀疑，崇高的“同一性”被否定，叙事与科学的范式不可通约，“我们现在一无所有，没有一样东西不是暂时的、自我创造的、不完整的，在虚无之上我们建立了我们的话语”①，这无疑陷入了万劫不复的茫茫虚无与绝望了。20世纪90年代上半期我国学者关于“人文精神”的讨论，本来是个切中时弊的题目，但是讨论很快就情绪化了。一些论者以为提倡文学需要“人文精神”，是旧思潮的东山再起，于是认定人文精神是欧洲文艺复兴的产物，中国从未有过人文精神，何来人文精神的恢复之说？有的历史学家也来进行考证，认为当今所说的“人文精神”，就是欧洲的“人文主义”，我国历代文献里，没有“人文精神”之说，可见文学的“人文精神”之说，纯属子虚乌有，这真有些像黑色幽默了。有的论者认为，一些人提出文学的“人文精神”，是为了企图获取话语的垄断权。实际上，这是害怕人们妨害他们的自由心态，以及惟恐人文精神的话语，可能会妨害了他们对后现代话语的垄断权，因此人文精神被说成一个“最后的神话”②了。

人文精神是针对现实生活中的非人性与反人性而说的，是针对物的挤压、人的异化而说的，是针对当今现实生活中大大小小而极有威力的钱性权式的这类恶汉的暴力而说的，他们的暴力既是物质的，又是精神的，是针对文学艺术漠视人的精神伤残而说的。在社会转型、价值转换的时代，一些人在嘲弄旧的价值观念的同时，却嘲弄了人应有的价值与精神，在批判伪崇高的时候，却否认人的崇高的情操与品格，这是令人万分惋惜

① ［美］伊哈布·哈桑著：《后现代的转向》，刘象愚译，台湾时报文化企业股份有限公司1993年版，第279—280页。

② 见王晓明编：《人文精神寻思录》，文汇出版社1996年版，第106页、第131页、第137页。

的。身为人文知识分子，如果缺乏同情人、爱护人的阔大、宽厚的情怀，却在贬抑人文精神，这使人所处的非人的生存境遇的氛围，就显得更加阴沉而浓重了。

新理性精神要在大视野的历史唯物主义、人道主义的观照下，弘扬人文精神，以新的人文精神充实人的精神，以批判的精神对抗人的生存的平庸与精神的堕落。所谓人文精神，就是在人与社会、人与自然、人与人之间，一种对人的生存、命运的叩问与关怀，就是使人何以成为人，要成为什么样的人，确立哪种生存方式更符合人的需求的那种理想、关系和准则的探求，就是对民族、对人的生存意义、价值、精神的追求与确认，人文精神是人的精神家园支撑，最终追求人的全面自由与人的解放。我国旧有的文化与文学之中，是充盈着深厚的人文精神的，这不是旧有的封建性十足的伦理道德，四维八纲，这是对人的生存命运、处境的关怀，一种对家园、邦国命运的深厚的忧患意识。这类思想，不能因为在几百几千年前，没有被标上“人文精神”，就不是人文精神了。我国文化、文学中的人文精神与西方的人文精神中进步的有用成分并未过时，缺乏人文精神、糟蹋人文精神的文学艺术是存在的，低级消遣的、粗俗的文学艺术，它们经过媒体的炒作而大卖，但无益于人的精神的健康与成长。而维系着一个民族生存、发展的部分文学艺术，总是充溢着人文精神的。新的人文精神的建立，必须发扬我国原有的人文精神的优秀传统，适度地汲取西方人文精神的合理因素，协调人与人、人与社会、人与自然，人与科技之间的相互关系，融合成既有利于过去不被允许的个人自由进取，又使人际关系获得融洽发展的两者相辅相成、互为依存的新的精神，并使新的人文精神成为文学艺术的灵魂。

三、新理性精神努力奉行“交往对话精神”。需要确立人的生存是一种对话的生存，人的意识是一种独立的、自有价值的意识的思想，人与人是一种相互交往对话的关系。把人与人视为一种交往对话关系，并把它作为新理性精神的组成部分，目的在于要在人与人之间、个人的思想与思想之间,确立起一种新型的平等的交往对话关系,以促成学术界的一种普遍的追求真理之风,提倡自由的思想,独立的精神。学术界不能没有这种新型的平等的交往对话关系,不能没有这种思想与精神,否则学术的个性是很难形成的,而学术的进步总是建立在众多的、不同的学术个性上的,同时在此基础上,希望改造人们长期以来形成的、走向极端的思维方式,那种好就是绝对的好、坏就是绝对的坏的非此即彼的二分法。这种思维方式与思想方法,在评价历史文化现象时,给我们带来了许多极端情绪化的、不讲学理的和不切实际的消极影响。

要在历史现实、文化遗产的评价中,提倡一种可以去蔽的、历史的整体性观念,一种走向宽容、对话、综合、创新的包含了必要的非此即彼、一定的价值判断、总体上亦此亦彼的思维,这种思维对于振兴我国学术思想,是会有积极意义的。同时提倡走向对话的文化理论、文学理论。对话即发问、诘难、应答与比较。任何一种有价值的文化理论,都是在它的特定条件下的文化传统与反传统、不同的社会与文化思潮的不断撞击的基础上形成的。一种文化理论一旦被引入另一国家的文化进程,就必然会给以鉴别,科学地判断它的得失,确定它的价值取向。有鉴别就有真伪的判断,有分析就有偏颇与价值的识别,有取舍就有侧重与扬弃,有创新就有不同程度的改造。创新,就会有必要的“误差”与偏离。在对话中可以发现本土文化与外来文化的各自的长处与局限,并要用外来文化中的有价值的东西激活自己。对话理论旨在促进现代的理论创新。

四、感性与文化。旧理性、唯理性主义以为理性万能,它们忽视人的感性,压抑人的感性,它们通过盲目的政治迷信或是宗教的信仰主义,遏制人的感性的显现,扼杀人性的发展、个性的形成以及人的创造力。新理性精神并不是唯理性主义,它崇尚感性,因为生活本身就是感性的表现。人的感性的需求、生理需求是必须获得满足的,这是人类生存的条件。不过,即使是人的生物性的需求,它与动物的生物性需求并不完全相同,而是受到一定文化因素制约的。至于更为宽阔的人的感性生活的需求,应是人的文化的需求，即具有文化内涵的感性的需求。文学是人的感性生活的审美反映，同时显示人们的理性认识。在人的感性生活中，非理性、反理性是普遍存在的，它们是人的生命、生存的组成部分。新理性精神承认非理性乃至反理性的存在的合法性，它们具有思想的、现实的特殊的创造力，这在文学艺术中尤其如此，所以需要吸取它们的合理性方面，成为自身的组成部分。但是，新理性精神反对以反理性的态度与反理性主义来解释生活现实与历史。极端的非理性、反理性主义，蔑视对人的终极关怀、对人的命运的叩问与人文需求，无度张扬人的感性和特别是人的生理享乐的本能，解体了人的感性。现今的一些所谓文学艺术、地摊文化，迎合市场的粗俗需求，贬抑并且鄙视人的文化、精神与价值，这就必然把人的生物性的需求当成人的唯一的感性需求，当成写作与表现的主要对象，使感性的描写变为滥情的展示，或是尽情地宣泄各种性经验与性幻想，加上媒体的肆意炒作，以致流向恶俗，走到反文化、反人文精神的地步。在生活与文学艺术中，从不同角度和需求，整合感性与理性的关系，正是重振人文精神的必由途径。

新理性精神也不同于国外的“新感性”及类似新感性的说法。这些学者认为，艺术与审美具有改变旧的感受世界的方式，创造新感性与新的主体的政治功能，实现人性与其本能结构中的革命与政治实践，从而成为预示社会转折的政治因素。这无疑夸大了感性的意义和作用，走向审美乌托邦了。

综上所说，新理性精神是一种以现代性为指导，以新人文精神为内涵与核心，以交往对话精神确立人与人的相互关系，建立新的思维方式，包容了感性的理性精神。这是以我为主导的、一种对人类一切有价值的东西实行兼容并包的、开放的实践理性，是一种文化、文学艺术的价值观。

新理性精神的基本观念，在我看来，对于当今的人文科学来说，我以为也是适用的。

一百多年来，我国的人文科学在世界文化思潮的冲击下，总是左顾右盼,处在不断的动荡之中,既有犹豫、徘徊,也有自强、进取。“文革”期间,我国人文科学受到严重的破坏。原来十分诱人的现代性,逐渐走向“文革”的反动,对于人文精神人们则有一种伤残之痛,人与人应有的平等对话的关系,变为“文化大革命”的暴虐。噩梦虽然已经结束,但内心的创痛犹存。在近 20 年,不少学者在介绍西方的文化、文学艺术思想,又把西方学术思想奉为圭臬。一些学者的观念令人捉摸不定,今天这种观念时髦,就按这种观念著文,明天那种思想风行,就按那种思想立说。一些学者则经历了痛苦的反思,经历了新潮文化、文学艺术与文学理论的洗礼以及对它们的思索。如前所说,这种“立足点意识”,开始是不自觉的,继而渐渐走向自觉。这使他们既反对不分青红皂白、一味否定传统文化与文论的现象,用西方最新学说来定位我们的文化和文学,也反对那些只能在名人导师语录中专事说文解字、数黑论黄的现象。对于传统文化与文论,我们需要否定的只是那些落后的东西、不科学甚至反科学的东西,而现代文化、现代文论传统中的那些经过实践检验的有用成分,则应当给予肯定,而且要把它们看成创造新文化、新文论的出发点,转而融会中外文化、文论传统中的合理因素,在此基础上,走向求新、求变与创新。脱离传统而创新,往往是没有基点的创新,过不多久,这座创新的大厦就会颓然倒塌。正是在这种境遇中,我把新理性精神看作反思人文科学与建设人文科学的立足点。

新理性精神作为思想开放的实践理性,只是想在吸取以往的多种思想原则的长处的基础上,走向新的综合,确立一些原则,给自己一个新的立足点。它自然承认其他的思想观念,多元的文化思想与多元的文学观念。

1995 年,我提出“新理性精神”后,次年阐释新理性精神的论文介绍到了国外。2000 年,我出版了《新理性精神文学论》一书。我把在新理性精神观照下提出的文学主张,称之为“新理性精神”文学论。在开头不很自觉到后来比较自觉地寻找、确立“立足点意识”的过程中,我在 80 年代的著作中，提出了一些后来我不断进行阐释的理论范畴，这就是前文学与文学、文学是“审美意识形态”、创作过程是一种“审美反映”说、我所理解的“文学本体论”、文学发展的形式、文学的更迭与非更迭现象、以创作原则代替创作方法、民族文化精神以及对文学文化关系、把文学视为文化的组成部分的强调等。我想是否可以这样说，这仅是新理性精神文学观念的一种形态。

第三节　文学观念与文学研究

一、文学是“审美意识形态”说与作为创作过程的“审美反映”。

1982 年，作者在《人性共同形态描写及其评价》一文中提出，文学是一种“具有审美特性的意识形态”，但那时不很自觉。1984 年，在文学是什么、不是什么的讨论中，作者又提出文学是“审美意识形态”与文学创作是“审美反映”说[①]。后来得知，认为文学是一种“审美意识形态”，俄国批评家沃罗夫斯基在 1910 年的一篇论述高尔基的文章中就曾提及；苏联美学家布罗夫在 1975 年出版的小册子里曾提出艺术是“审美意识形态”说，但都无阐释。而“审美反映”，卢卡契在其《审美特性》一书中就作过专门的讨论。作者在提出这些术语方面，后来觉得与他们有一种契合感，但在阐释上是很不相同的。

关于文学是审美意识形态，作者认为审美是文学艺术的根本特征，无审美特性则无以言文学，但文学作为审美意识形态，则是在其漫长的历史发展中得以显现出来的。先民无文学，但先民在其自身的发展过程中，形成一种思维能力，即神话思维。神话思维作为人普遍地把握世界的方式，是一种混合型思维，审美本性是这种思维的根本特征，是人自身本质特征

① 见钱中文撰：《文学理论的发展与方法更新的迫切性》，载《文学评论》1984 年第 6 期。

的确证。先民的审美本性表现在审美意识的不断形成。审美意识体现在原始的歌谣、仪式巫唱、先祖的神话传说、民间故事之中,它们流传于先民口头,成为文学的萌芽与文学的前形式。随后神话思维有了分化,比如作为认识的意识从混合型的思维中分离了出来,而文学性的语言又大为发展,从劳动游戏、歌谣巫唱中逐渐生成韵律,艺术手法不断丰富,赋、比、兴成了前文学向文学过渡的审美中介,在文字、话语不断完善的基础上,诗歌呼唤着形式。在进入渐渐成熟的社会形态中,前文学通过文字、话语的审美结构而获得实在的形态,并且在其历史发展中不断完善自身,成为现代意义上的"审美意识形态",现代意义上的文学。文学作为审美意识形态,以感情为中心,但这是感情和思想的结合;它是一种自由想象的,但又具有特殊形态的多样的真实性;它是有目的的,但又具有不以实利为目的的无目的性;它具有社会性,但又是一种具有广泛的全人类性的审美意识的形态。作者把文学审美意识形态、审美意识形态性看作文学的基本特征,视为文学研究系统的最高层次的问题。

关于"审美反映"说。作者认为,应把文学创作与文学批评中的简单的反映论与能动的反映论区别开来,不做区别,很可能导致新的庸俗社会学。从反映论观察文学,文学的某些本质特征方面,可以得到阐明,也可以使用其他层次的方法研究文学,但不好把反映论直接移植于文学创作,阐释创作应以审美反映论代替反映论。审美反映论有其自身结构,它是由心理层面、感性认识层面、言语形式层面和实践功能层面组成的统一体。审美反映中主观性的创造力表现为现实改造,现实呈现为三种形态:现实生活、心理现实与审美心理现实。心理现实中主客观时时产生双向转化,客观因素的主观化,主观因素的对象化。侧向主观的审美倾斜,可以形成创新,也可能失去沟通。审美反映的动力源,来自主体的审美心理定势,审美心理定势的动态结构(格局)形成一触即发的内驱力,不断要求主体去获得实践的满足。审美心理定势的不断更新,使审美主体不断走向审美反映的新岸。不存在没有表现的审美反映,自我在表现中找到归宿。审美反映的无限多样,一是现实的无限性,二是主观性是一种不断更新的动力。凡是主观性不强的审美反映可能是失败的审美反映。创作个性是主观性的最高要求,是创造的极致。最丰富的是最主观的和最具体的,这一命题实际上已超越了审美反映。

二、文学本体论。作者把文学本体论作为探讨文学研究系统的第二层次。

文学本体探讨的是文学存在的形式,它的存在的方式。作者吸收了韦勒克以及接受美学的经验,并给以改造,提出文学的存在由三个层次构成,组成文学本体论:语言结构的审美创造系统;主体的审美创造与审美价值的创造系统;阅读接受的审美价值的再创造系统。作者认为,要把形式主义、新批评、结构主义学派所排斥的多种因素,如文学作品所描写的现实、历史、社会关系、社会意识、人的心理现象,即文学所描写的一切,归到文学本体范围。新批评派所说的文学本体论,实际上说的是作品本体论,探讨的如谐音、节奏、格律、文体、意象、隐喻、象征、神话、小说叙事模式等,只是作品的形式构成因素,作品的存在方式。

三、文学发展,是文学研究系统的第三层次,要探讨文学本体的发展。相对于文学是语言结构的审美创造系统,要研究文学体裁的历史的生成与演变,它的生成的规律性。相对于文学是审美价值的创造系统,要研究创作主体的个性、艺术风格(风格的生成结构与审美中介)与流派(它的深层结构)、思潮的关系,创作原则的选择等问题。相对于阅读接受是审美价值的再创造系统,要研究文学在不同时期的接受的历史,对不同时期读者群的影响及意义、价值的生成与再生成。文学作品的意义是由这三个层面互为影响的结果。作者不使用并不十分科学的所谓"创作方法",而代之以创作精神、原则或原型。认为文学发展并不是一般所说的是一种文学替代另一种文学,如现实主义文学替代浪漫主义文学,现代主义文学替代现实主义文学。实际上,在文学的发展中,存在着更迭与非更迭现象。文学中更迭的、替代的实际上是创作思潮、流派,而非创作精神与原则，创作精神与原则一旦形成，即创作思维形成类型，就具有相对的独立性，成为不可更迭的现象而长久存在，可以不断进行丰富，但没有什么东西可以替代。这就是为什么现实主义文学繁荣期，浪漫主义文学仍在发展，现代主义文学得势时，现实主义文学照样繁荣的缘故。而人们往往把创作原则、精神与艺术思维类型和创作流派、思潮相混了，形成了文学发展论说中的一股替代之风。

四、文学是一个国家文化的组成部分，文学的发展是在文化这个大系统运动中进行的，文学不能不受到诸多文化因素的制约与影响。民族文化在其长期发展中，形成了它自身的思维特征、心理结构和它的价值系统，在这些因素的综合作用下，形成了“民族文化精神”（一般提民族精神，但缺乏中介因素），这是民族文化心理的历史的积淀，它的潜在形态的强弱兴衰，有形无形地制约着民族文学的发展。一个国家的文化给予文学影响的，正是由这个国家千百年来历史地形成的民族文化精神。民族文化精神作为民族的深层心理结构，影响着文学观念的形成。民族文化精神进入文学艺术，将会转化为相应的文学艺术性的观念；作为创作的深层心理结构，使艺术思维方式成为一种富有民族特性的审美把握方式，并在创作者的气质中表现出来。自然，民族文化精神不是一成不变的现象，它不断受到现代意识精神即现代性的选择，以及外国文化中的优秀成分的影响。

在这里，作者将文化分为审美文化、非审美文化与介于两者之间的文化形式。审美文化即包括文学在内的其他艺术门类，如音乐、绘画、雕塑、舞蹈、书法、影视艺术等。非审美文化如政治（包括体制）、历史、科学、道德、哲学、民俗等。介于两者之间的文化形式如宗教。文学就是吸收了众多文化的潜在的精神因素、作用而表现了其民族文化精神的。文学理论对于众多的文化因素与文学的关系进行系统的研究，就是文学的文化研究或文化诗学。

文学研究系统的最后层次，是文学史的研究。作者在 1989 年出版的

《文学原理—发展论》一书中，比较了各种文学史类型，提出撰写文学史的一种优化的选择方式，即审美的、文化历史的方法，使用这一方法，可以使文学史研究达到理论形态与历史形态的高度融合与相互浸润，而走向新的高度[①]。

这是在新理性精神思考下的一种文学理论形式。不少有成就的学者大体上具有类似的思维方式、思想与方法，但其著述各有特征。其中既有与我同辈的学者，也有一些中年、青年学者。他们思路开阔，知识面宽，视角新颖，理论阐述有深度，学风良好，多有创新，成绩卓著。他们具有学术个性的著述，形成了文学理论中色彩斑斓的风景线。我想新世纪我国的文学理论研究，将会开创一个更为宽阔、富有活力的新局面。

后　记

"新理性精神文学论"提出后，在文学理论界发生了较大影响。2001年秋，于厦门召开了"新理性精神与文学研究方法论全国学术研讨会"，会议期间，新理性精神这一观念，受到过一些学者的质疑，特别是它的理论根源方面，同时也得到不少著名学者的肯定。2002年，《东南学术》设有杨春时主持的专题讨论："文学研究与新理性精神"，刊有钱中文、童庆炳、王元骧与徐岱等人阐发新理性精神的专文。2002年12月，在京召开了"多元对话时代的文艺理论建设——新理性精神与钱中文文艺理论研究"学术讨论会。在这次讨论会上，不少学者肯定了"新理性精神"的意义，认为这是中国学者对社会的关怀、审美理想和文本叙述的立场、观点、方法的综合性倾向。新理性精神的核心是新人文精神，并以这种精神改造社会和人。它在物质的维度上，容纳了感性和正当的欲望；在精神的维

① 见钱中文著：《文学原理—发展论》，社会科学文献出版社1989年版。

度上，它以新人文精神为核心；在批判的维度上，它是批判一切不符合人文的和反人文的东西为武器；同时它又具有理想的维度，是用理想来烛照现实，是对时代的恳切的回应与超越。新理性精神文论正确处理了本土化与全球化的关系，具有鲜明的立足于中国民族文化土壤的文化身份和独立自主性；又充分地吸取了西方文化，特别是西方美学和文艺学的若干精华，具有极大的理论开放性。

2003 年，《学术月刊》第 4 期在“当代中国学派建设”的标题下，设有“钱中文的文学理论”栏目，发表了钱中文、童庆炳、朱立元和祁志祥论述“新理性精神”的一组专文。同年，朱立元分别在《学术月刊》第 4 期发表《试析“新理性精神”的内在结构》与在《河北学刊》第 5 期上发表《钱中文“新理性精神”的内在结构》两文。2004 年与 2006 年，张艺声先生出版两部专著：《比较与超越》与《比较学理论》，其中都设有关于“新理性精神”的专章。其间，童庆炳、曾繁仁、朱立元、王元骧、许明、王宁、徐岱、杨春时、黄鸣奋、祁志祥、顾祖钊、李世涛、吴子林等学者纷纷发表专文或专章，初步梳理并揭示了人类思维的发展趋势、改造的可能与需要，探讨了理性、非理性、反理性多种哲学与新理性的关系，感性与文化的关系，历史地、逻辑地丰富了新理性精神。由于新理性精神是一种开放的理论的自觉，所以，即使一些同行认可了新理性精神的原则，但在文学观念的具体阐释中，也是有同有异，互为包容、互有特色、互为丰富的。

2006 年后，我国文学理论界不少著名学者出版了多种有关我国近 30 年来文艺理论发展的研究专著，其中较为重要的有朱立元主编的《新时期以来文学理论和批评发展概况的调查报告》（2006 年）、《学问有道——学部委员访谈录》（2007 年）、《学问人生——中国社会科学院名家谈》（2007 年）、曾繁仁著《转型期的中国美学》（2007 年）、王宁主编的《文学理论前沿》（2008 年）、丁帆等主编的《中国高校哲学社会科学发展报告》（1978—2008）文学卷（2008 年）、朱立元等著的《马克思主义文艺理论中国化研究》（2009 年）、李世涛《钱中文先生文学理论研究述评》（《文学评论》2009 年第 2 期)、高建平主编《当代中国文艺理论研究》(2011 年)、童庆炳主编的《20 世纪中国马克思主义文艺理论研究》(2012 年)、刘文斌主编《中国新时期文艺理论家研究》(2012 年)、王文革等主编《当代文艺理论家如是说》(2015 年)、童庆炳著《中国当代文艺理论的经验、困局与出路》(2015 年)。这些著作都就"新理性精神文学论"设立专章或专节,作出了充分的、肯定性的评价,认为"新理性精神推进了中国当代文论形态的思考和研究,是 20 世纪 90 年代文艺理论的一个重大突破和创新,是当代文艺学多元发展中最为系统、最有影响力的收获,也是马克思主义文艺理论中国化的重要实绩"。2014 年,钱中文被收入钱伟长总主编《20 世纪中国知名科学家学术成就概览·哲学卷》第三分册。

第六章　会当凌绝顶——回眸 20 世纪文学理论

第一节　苏联与俄罗斯文艺理论思潮的演变

20 世纪文学理论像文学一样，在相当程度上是争取独立自主的一个过程。难道说文学不一直就是文学吗？诚然，文学就是文学，但是在东西方特别是西方的文化思想传统中，就文学与哲学相比，哲学显然比文学要高出一头。文艺理论的地位也是如此，它一直受到哲学的指导，政治就更不用说了。

20 世纪初，俄国既是马克思主义文艺理论的发源地，又是形式主义文学理论的滥觞。我想，先来回顾一下俄国与苏联的形式主义与马克思主义文艺理论各自的历史命运，也许是探讨问题的一个切入口。

文学理论、艺术理论难以置身于社会、科学发展之外。不同文学艺术主张的出现，不仅受到社会、哲学思潮的推动，也为文学艺术自身的多种需要所制约。

19世纪社会学的、历史文化的、传记式的、心理学式的、印象主义式的文学理论、批评广为流传，这是19世纪文学理论、批评自身的进步，同时这也是19世纪科学、哲学思潮影响下产生的结果。

19世纪末，象征主义思潮酝酿了创作、理论的新的演变的开端，提出了文学的新说：唯一美的事物，就是与我们无关的事物。狄尔泰提出文学艺术重在感受、体验，文学研究应研究文学现象的内在意义。1910年，美国犹太人爵·斯宾根在一次演说中，对19世纪的各种文学理论、批评，如印象主义、历史学派、心理学派、教条主义式的批评，显出了极不耐烦的情绪，多有讥讽，同时提出了"新批评"。1913年，英国人贝尔提出艺术是一种"有意味的形式"。在谈及艺术的"再现"时，他宣称："再现并非都有害，高度的现实主义的形式也可能极有意味。然而，再现往往是艺术家低能的标志。一位非常低能的艺术家创造不出哪怕是一丁点儿能够唤起审美感情的形式，就必定会求助于生活感情。而他要唤起生活感情，就必定要使用再现手段"[①]。看来贝尔把"非常低能的艺术家"来作为对艺术"再现"的价值判断了。这些现象都显示了文学艺术理论即将发生变化的迹象。而在文学理论中掀起新的思潮的，则是俄国的文艺理论家。

俄国形式主义理论家开始深受未来主义创作、理论思潮的影响。未来派反对俄国印象主义，在诗歌用词方面力图创新，对许多无意义的音响

① ［英］贝尔著：《艺术》，周金环等译，中国文联出版公司1984年版，第18页。

效果甚为推崇。照艾亨鲍姆的说法，“未来派……掀起的反对象征主义诗歌体系的革命，形式主义者是一种支持”，即要从象征主义者手中夺回诗学，“使诗学摆脱他们的美学和主观主义理论，使诗学重新回到科学地研究事实的道路上来”①。他们也反对学院派研究，嘲笑后者“有气无力地运用美学、心理学和历史学的古老原则，对研究对象感觉迟钝”。那么如何使诗学回到“科学”的道路上来呢？什克洛夫斯基在《散文论》一书的序文中说：“在文学理论中，我从事语言内部规律的研究。”②而在1914年，他就已出版了《语词的复苏》的小册子。他在其中说：“语词是形象和形象的硬化。修饰语是革新语词的手段。修饰语的历史是诗学风格的历史。”“未来主义的任务——使物复活起来——是使人重新感受到世界。”③形式主义者推崇语词的“神秘难解性”（一译玄奥性），即语言学意义上的语言的“音响经验的物质性和具体性”④。在《艺术即手法》一文的开头，什克洛夫斯基就对19世纪末俄国文学理论家波捷勃尼亚的诗歌离不开形象的观点——“艺术即形象思维”说，提出质疑，对“艺术首先是象征的创造者”这种说法嗤之以鼻。他提出：“艺术的目的，就是要使人有如看到视像那样感觉事物，而不是像认识那样感觉事物。艺术的手段就是使事物‘奇异化’的手法，就是增加感知难度和时间长度，使形式变得复杂起来的手法。因为在艺术中，感知接受过程自成目的，并被延长。艺术是感受事物制作的方式，而艺术被制成的东西并不重要。”⑤所谓“奇异化”，就是改变对事物的感觉。什克洛夫斯基暮年回忆时说：“那时我所

① ［俄］艾亨鲍姆著：《“形式方法”理论》，《俄国形式主义文论选》，蔡鸿滨译，中国社会科学出版社1989年版，第23页、第22页。

② ［俄］什克洛夫斯基著：《散文论》，莫斯科：作家出版社1983年版，第6页、第15页。

③ ［俄］什克洛夫斯基著：《语词的复苏》，转引自［苏］巴赫金著：《文艺学中的形式主义方法》，李辉凡等译，漓江出版社1989年版，第71页。

④ ［苏］巴赫金著：《文艺学中的形式主义方法》，李辉凡等译，漓江出版社1989年版，第79页、第53—70页、第71—104页、第174—194页。

⑤ ［俄］什克洛夫斯基著：《散文论》，莫斯科：作家出版社1983年版，第6页、第15页。

说的奇异化，就是关于感觉的更新。”[①]与什克洛夫斯基相呼应，罗曼·雅柯布森当时也说：“文学科学如果想成为科学，它必须承认‘手法’是自己唯一的‘主人公’。”[②]从1916年到20世纪20年代初，形式主义者提出了不少新观念，如“诗歌是赋予自身有价值的语词，即赫列勃尼柯夫所说的‘自在的’语词以形式”。还有“感情语言与诗歌的关系，诗句的声音结构……声调作为诗句的结构原则……诗句和散文的格律、格律标准和节奏……诗歌中节奏和语义学的关系，文学研究的方法论……现实对作品的要求如何与作品本身结构的要求相互影响……神怪故事的结构……叙事形式的类型学……等等”[③]。

概括形式主义的文学观念与理论和操作，我们可以看到，首先形式主义学派确实在文学理论中标新立异，颇有创新。十分重要的一点是，他们力图从文学自身的构成因素来理解文学自身，提出了文学的自主性问题，这不能不说是文学研究的一个重大转向。其次，形式主义学派把作品视为文学研究的中心问题，提出了作品的艺术结构问题的多种构成因素，这对于文学作为语言现象来说，触及了它的本质的一个重要方面，这是过去的文学理论从来没有如此集中提出过的理论问题。再次，形式主义学派在研究作品中反对使用内容、形式的二分法，而力图使内容融入形式，强调艺术形式的包容性；力图改变过去文学史的社会学、历史方法的写作方式，建立文学史的新的写作原则，等等。但是由于形式主义理论完全抹杀了传统方法的长处，所以在与过去彻底决裂的理论亢奋中，显得过分自负，破绽极多。例如强调文学的语言的因素，而否定现实社会对文学的影响；把文学艺术仅仅当作手法或手法体系，把诗歌仅仅视为声响与语调的组合，等等。什克洛夫斯基后来回忆说：“在青年时代，我否定了艺术内容

① ［俄］什克洛夫斯基著：《什克洛夫斯基选集》第2卷，莫斯科：文艺出版社1983年版，第291页。

② ［俄］雅柯布森著：《诗学论集》，莫斯科：进步出版社1987年版，第257页。

③ ［法］托多洛夫著：《编选说明》，见《俄国形式主义文论选》，蔡鸿滨译，中国社会科学出版社1989年版，第7页、第8页。

的概念,认为艺术是纯粹的形式……那时我说过,似乎艺术是没有任何内容的,艺术是非感情性的……"[①]中国的形式主义文论者,几十年来推崇的是俄国形式主义者早期观点,对俄国形式主义者后来发现了自己早期的谬误,而由形式主义者转向形式文论的研究,罔无所知,还在那里洋洋自得!

20年代上半期,俄国马克思主义者就对形式主义理论进行了批评。托洛茨基在其《文学与革命》(1923年)一书中,设立专章批评形式主义。他认为形式主义把文学艺术规律看作"语词的拼合,是色点组合的规律"是错误的,认为"一部长诗是音响的拼合"的看法是可笑的。他对形式主义的评价是"肤浅与反动"[②]。卢纳察尔斯基在1924年撰文批评形式主义理论,认为这一流派是"旧事物的有生命力的残余"[③]的表现。但是在苏联,对形式主义学派进行真正有分析的批评,则是心理学家维戈茨基和梅德维杰夫(巴赫金)提出的。维戈茨基在1925年写就的《艺术心理学》(1965年才出版)一书的专章中作了分析,认为形式主义由于脱离艺术心理研究,"完全无力揭示和解释艺术的历史地变化着的社会心理内容,无力揭示和解释取决于这种社会心理内容的主题、内容或材料的选择"[④]。至于梅德维杰夫出版于1928年的《文艺学中的形式方法》一书,到目前为止,恐怕仍可看作是对形式主义理论的全面、系统的评论之一。该书作者那时从文学、文学理论是意识形态的观点出发,历史地阐述了马克思主义文学理论的对象与任务,形式学派的历史渊源,形式学派诗学的各个理论的支撑点,作品的艺术结构、形式学派的文学史方法等,具有较强的说服力。巴赫金后来在他草于40年代初、写定于1974年的《关于人文科学的方法论》一文中谈道:"我对形式主义的态度是:对材料鉴定的不同理解;

---

① [俄]什克洛夫斯基著:《什克洛夫斯基选集》第2卷,莫斯科:文艺出版社1983年版,第289页。

② [俄]托洛茨基著:《文学与革命》,刘文飞等译,外国文学出版社1992年版,第151页。

③ [俄]卢纳察尔斯基著:《关于艺术的对话》,郭家申译,生活·读书·新知三联书店1991年版,第155页。

④ [俄]维戈茨基著:《艺术心理学》,周新译,上海文艺出版社1985年版,第75页。

忽视内容导致‘材料美学’（在1924年的论文中对它的批评）；不是‘制作’，而是创新（从材料只能得到‘制品’）；不理解历史性与更迭（机械地理解更迭）。形式主义的积极意义（艺术的新问题和新的方面）；新事物总是在其发展的初期、最富创造性的阶段采取片面的和极端的形式。”①关于巴赫金的文学观我们在后面还将提及。

20年代初，形式主义学派内部因各人观点、兴趣各异，呈现出不同倾向。面对马克思主义的批评，一些代表人物也作了很有活力的理论阐发。如艾亨鲍姆的《“形式方法”的理论》《论诗句》等。同时其他一些人意识到自己理论的局限，也作了一些修补工作，向社会、历史方法倾斜。但是20年代末随着政治压力的加强，当什克洛夫斯基发表《学术错误志》一文后，这一学派就暂时销声匿迹了。其后形式主义与形式学派被当成一回事，与庸俗社会学一起受到多次批判，“形式主义”或形式学派成了一个恶谥。50年代中期，在苏联访问的雅柯布森与什克洛夫斯基再度会面时，仍感到“这一运动的或许是最大胆、最令人鼓舞的思想，仍然无声无息”②。在他看来，形式主义运动意在强调“诗歌的语言问题”，诗歌“语言的规律与语言的创造性”“目的性”，语言的“诗歌功能”，就是“关于诗歌的纯语言特性及其超越语言界限并属于艺术的普通符号学特点之间的关系问题”，而它的对手则把它当作资产阶级思潮给以批判、否定，以致“只要一接触到诗歌的形式问题、隐语、诗韵，或者形容语，就会立即引起反驳……一提到‘声音的图形’，或是‘语义学’，马上就会遭到无礼的对待”。又说“逐步探索诗学的内部规律，并没有把诗学与文化和社会实践其他领域的关系等复杂问题，排除在调查研究计划之外”。的确，形式主义遭到论敌的不少歪曲，受到“对科学思想的不少限制”。但它本身确又存在许多弱点，甚至到60年代中期，雅柯布森仍在重述：“文学作品的理

① ［苏］巴赫金著：《话语创作美学》第二版，莫斯科：艺术出版社1986年版，第392页、第393页、第324页。

② ［俄］雅柯布森著：《序言：诗学科学的探索》，《俄国形式主义文论选》，蔡鸿滨译，中国社会科学出版社1989年版，第3页、第1页、第2页、第4页。

解，只能根据本文的某一自足结构。本文……是一个独立结构，它的价值不取决于语言学以外的知识。”①。形式主义理论后来在结构主义、叙事学理论中获得了发展。20世纪初的俄国形式学派理论中的一些著作，对于文学理论的建设，至今仍有其意义。

在俄国，马克思主义文艺理论早在20世纪末就已获得重大发展。普列汉诺夫写于19、20世纪之交的《没有地址的信》，写于1912—1913年间的《艺术与社会生活》，在关于艺术的起源、关于文艺同社会生活的极富论辩力量的阐述中，贯穿了社会、阶级斗争的观点，使人的耳目为之一新。同时随着俄国无产阶级革命运动的发展，列宁提出了要使无产阶级的文学成为无产阶级革命机器的组成部分。文艺要从属于无产阶级革命政治，对后来的马克思主义的文艺观影响至深。俄国马克思主义的文学理论，在20世纪30年代前，通过卢纳察尔斯基、沃洛夫斯基、高尔基等人的作家评论、艺术研究，特别是通过革命政权的建立，取得了主导地位。这大概是俄国马克思主义文艺理论最为活跃、最富成果的时期。其中重要的理论观点有文学的党性、阶级性，文学从属于政治。20年代末，随着政治力量的强化，非马克思主义的文艺思想受到清除，从事非马克思主义文艺思想研究的人，则被作为阶级异己分子加以镇压。甚至连巴赫金这样的理论家也被流放边陲。30年代初，提出了社会主义现实主义作为苏联作家必须遵循的唯一创作方法，出现了一批优秀之作，但艺术趣味日趋单一。随后形成了一套观点，即社会主义现实主义、党性、人民性、典型化，并成了评价文学艺术的唯一标准，而后来典型问题都成了政治问题。40年代中，一些作家不断受到谩骂。一些明明可以容许存在甚至相当优秀的创作，被斥为反苏作品，它们的作者则被戴上“流氓”“无赖”的帽子。一些文学理论家与批评家主要是发挥政治家提出的几个观点，“征圣”“宗经”成风，这类文学理论与批评成了政治的组成部分，成了“部长夫人”。苏联政治家的上台，总是把其前任贬斥为反党集团的头目，然后自

① 转引自[比]布洛克曼著：《结构主义》，李幼蒸译，商务印书馆1981年版，第35页。

己才能取得正统传人的资格;按照正常秩序的“和平过渡”反倒成了例外。于是“反党集团头目”就成了下台者唯一的称号。这自然难煞了一些文学理论家、批评家,因为他们要在自己的著述里,照例要颂扬上台的政治家,说他们如何英明、伟大,为芸芸众生指明了方向。这样,他们的著述自然随着政治家的走马灯式的转换,而变换自己的价值。五六十年来,苏联的文艺批评给人留下的大致是这种印象:封建式的、家长式的统制,教条主义,死气沉沉,了无新意。自然,在苏联并非所有文艺理论、批评都是如此。如在马克思主义文论方面,里夫希茨的研究就较有贡献,历史诗学的继承者们的成绩也极可观;而就整体上说既非西方马克思主义,也非所谓“形式主义”与“唯美主义”的巴赫金的诗学理论,如今在俄国国内外声誉日隆。至于形式主义中的积极因素,则早被苏联结构主义所继承和发展。

由于苏联文学理论失去了自己的独立品格,所以当苏联政权被解体,它必然随之瓦解。目前,马克思主义文学理论与批评在俄国影响不大。它的再起惟有等待新的时机。文学理论如何使自己既不脱离政治,保持理论独立自主的品格,同时又不致成为政治的附属品,有崇高信仰而又不一味“征圣”“宗经”,从而使理论有所发展,这是十分值得深思的课题。

第二节　文学理论中的“语言论转向”

当我们对20世纪的各种形式主义理论做考察时,不难发现,有条线索贯穿着这些学说,这就是“语言论转向”。“语言论转向”这一观点,是60年代西方哲学家对20世纪西欧哲学发展趋向的一种概括,并非所有哲学家们都同意,但它确是抓住了哲学发展的重要特点。在文学理论中也是如此。“语言论转向”不仅涵盖形式主义文论,而且渗入那些所谓人本主义的文论思想。这一现象与19世纪末、20世纪的语言学思想、语言哲学思想是密切联系着的，语言学思想与语言哲学极大地改变了20世纪的文论面貌。

20世纪哲学中的“语言论转向”，是人类思维的一大变化。20世纪欧美众多的人文科学、社会科学流派都把语言置于自身理论的最基本之点，形成了哲学的转向。“语言论转向”分两个方面，一是由语言学本身的发展形成的，一是哲学向语言方面发展，形成语言哲学。

先说语言学的发展。20世纪初，索绪尔的语言学说，更新了西方的语言学的思想。索绪尔突破了19世纪欧洲语言研究中的历史比较研究方法。历史比较研究提供了许多语种关系、演变史料，但在理论上显得支离破碎。在格式塔心理学的启发下，索绪尔尝试在理论上进行总体把握，提出了他的方法论与理论观点。他在《普通语言学教程》第5章中就说：“我们的关于语言的定义是要把一切跟语言的组织、语言系统无关的东西，简言之，一切我们用‘外部语言学’这个术语所指的东西排除出去的。”①什么是外部语言学呢？即语言学与民族学的一切接触点，语言和政治史的关系，语言与各种社会制度，语言与方言有关的一切。自然，索绪尔并不否认这些研究都是有用的，但他真正关心的是“内部语言学”。何谓“内部语言学”？即语言自身的规律性现象研究，和从前的以实证主义方法研究为主的新语法学派、历史比较法相比，索绪尔强调语言自身是一个系统。他说：“语言是一个系统，它只知道自己固有的秩序。”②语言既然是一个系统，它由相互依附的语词组成，那么每个语词的价值，亦必须依靠其他语词才能成立。索绪尔又认为：“语言是一种表达观念的符号系统。”他设想建立一门新的科学——符号学，而“语言学不过是这门一般科学的一部分”。语言学家的任务，“就是要确定究竟是什么使得语言在全部符号事实中，成为一个特殊的系统”。其次，在这个语言系统的研

① ［瑞士］索绪尔著：《普通语言学教程》，高名凯译，商务印书馆1982年版，第43页。

② ［瑞士］索绪尔著：《普通语言学教程》，高名凯译，商务印书馆1982年版，第46页、第39页、第115页。

究里,索绪尔提出一种二元对立的理论与方法,来分析语言的结构。他指出语言与言语有别,这恰恰是过去的语言学相混的事实。言语与语言不同,前者一般存在于人们日常的交往中,而所谓语言,实际是被抽象化了的言语现象,“它只是言语活动的一个确定部分”,“它既是言语机能的社会产物,又是社会集团为了使个人有可能行使这种机能所采用的一整套必不可少的规约”,这是一个整体,一个分类原则。“语言就是言语活动减去言语。它就是一个人能够了解和被人了解的全部语言习惯”。再次,索绪尔区分了语言符号的能指与所指的功能。他把概念与音响的结合称作符号,符号表示整体,它由所指——概念和能指——音响形象、书写的语词合成,而在两者的相互关系中,能指和所指的联系是任意的,并无必然联系,因为语言符号是任意的,它们只存在文化、历史的约定性。正是这种无必然联系与任意性,使得能指既遵守原有历史、文化的约定性,又可以不断在原有基础上产生新的组合,而具有不断扩大的功能发生。

至于语言哲学,它是从西欧的哲学本体论、哲学认识论蜕变而来。古希腊哲学家关心的主要是“存在是什么”,世界的本质构造是什么?对于柏拉图来说,世界分为感觉世界和理念世界。感觉世界不是世界本身,只有理念世界即形式世界才是存在本身。哲学确定知识对象与客体,探讨世界本体,成为哲学本体论。到 17 世纪,法国哲学家笛卡尔提出,哲学探讨的问题是:“我们知道什么,我们的知识依据是什么,我们知道的究竟是什么?”哲学追求的是知识的确定性,当我们获得某种知识时,必须论证它在多大程度上是准确的。他提出世界分外部世界与内部世界,外部世界不是知识本身。“我思故我在”,内部世界才提供知识。知识由一个思维主体获得,是心智的主体的自我的思想。主体作为认识着的思维而存在,思维以明晰的概念获取知识。这样,笛卡尔使流行了一千多年的本体论哲学转向了认识论。可以说,从 17 世纪到 19 世纪西欧哲学的研究,都处于认识论研究的大潮之中,包括马克思主义在内。19 世纪后期开始,哲学的研究趋向再度变化,即把语言放到哲学的出发点上。从弗雷格到维特根斯坦，在西欧形成了一股强大的哲学思潮，即语言哲学。维特根斯坦认为，世界分现象世界与可说世界，前者不是意义本身，可说世界才具有意义，而对不可言说的世界，就应保持沉默。维特根斯坦提出“语言是世界图景”，“语言是思想库”，“语言是工具”。探讨语言意义，就只能以语言为界。于是“世界是我的世界”，“语言（我所理解的那个语言）的界限，意味着我的世界的界限”。这种“语言唯我论”，促成了哲学认识论向语言哲学的转折。于是“全部哲学就是‘语言的批判’”①。

语言哲学广泛涉及美学、语言等方面。维特根斯坦关于语词的不确定性、多义性等思想，对20世纪中期以后的西欧文学派别发生很大影响。他说：“一个词的意义是它在语言中的用法。而一个名称的意义，有时是指向它的拥有者来解释的”②，有如“游戏”这个词一般。他后期否定美有统一的本质。过去的美学家都探讨美的一些相关范畴的本质，他认为这只能导致诸多阐释的误解，所以像“‘优美’的概念也在这一方面产生许多危害”③。

我们在上面极其简单地介绍了语言学与语言哲学即分析哲学代表人物的一些基本观点与思想。实际上作为20世纪的语言学与语言哲学，它们的代表人物众多，他们的文艺、美学思想也极复杂。可以这样说，20世纪，语言学、语言哲学在相当程度上是大行其道，它们渗入各个学科领域。它们提出的问题，有的被极大地充实了，有的预言式思想，不仅被科学发展证实了，而且极大地发展了；而有的思想，则被发展到了极限，催生出了许多新的思想流派。

就文学理论来说，上面所论及的形式主义学派，其出发点酷似索绪尔，开宗明义要探讨语言的内部规律，来展开对文学理论的研究。它所提

---

① 转引自周昌忠著：《西方现代语言哲学》，上海人民出版社1992年版，第84页。

② ［英］维特根斯坦著：《哲学研究》，汤潮等译，生活·读书·新知三联书店1992年版，第31页。

③ ［英］维特根斯坦著：《文化和价值》，黄正东等译，清华大学出版社1987年版，第80页、第86页、第87页、第32页。

出的许多问题都是从文学语言的角度提出的，像雅柯布森就把诗学当作了语言学的组成部分。20年代末，巴赫金出版《陀思妥耶夫斯基创作问题》[①]，初版分为两部，第2部专门讨论小说言语。1963年，该书再版时作者就小说话语问题作了重要阐述，提出了“超语言学”。所谓“超语言学”，即反对运用一般语言的分析，而以语言学排除的“活生生的具体的语言”为研究对象，即“研究的是活的语言中超出语言学范围的那些方面（说它超出语言学范围，是完全恰当的），而这种研究尚未形成特定的科学”[②]。正是在这基础上，巴赫金提出了小说的对话理论、双声语说，并通过30年代写就的一系列长文，如《长篇小说话语》《长篇小说话语的发端》《史诗与长篇小说》等，建立了他的小说诗学。沃洛希诺夫撰写（巴赫金参与的）《马克思主义与语言哲学》，巴赫金的《话语体裁问题》《语言学、语文科学与其他人文科学中的文本问题》《答〈新世界〉编辑部问》《1970—1971年笔记》《关于人文科学的方法论》等系列论著，对语言、话语、文本、对话关系、对话话语、陈述、理解以及文学理论与文化史的关系、作品含义的不断生成、体裁的含义潜力等问题，进行了富有创新意义的原则性的阐释，并在这类学科研究中力图贯彻其“超语言学”、对话的主导思想，显得在20世纪文学理论中独树一帜。在谈及可听性作为一种对话关系时，他说：“语词想成为被听到的、被理解的、被应答的，进而重又对回答作出回答，以至于无穷。语词参与永无含义终结的对话。”他还说道：“对于语词（从而对于人）来说，没有比不作回答更为可怕的了。甚至看上去明显是虚假的语词，也不会是绝对虚假的，它总是为理解和确证所要求的。”[③]所以他的理论既具理论自身的开放、创新意义，又有理论的追求、建设品格，而受到东西方学者的普遍注意。

30年代波兰的英加登在胡塞尔的语言现象学的影响下，以《文学的

---

① 该书经修订于1963年再版时更名为《陀思妥耶夫斯基诗学问题》。

② ［苏］巴赫金著：《陀思妥耶夫斯基诗学问题》，白春仁、顾亚铃译，生活·读书·新知三联书店1988年版，第250页。

③ ［苏］巴赫金著：《话语创作美学》第二版，莫斯科，艺术出版社1986年版，第323页。

艺术作品》与《对文学的艺术作品的认识》建立了现象学文艺学。他的关于文学作品的构成说，把文学作品的观念向前推进了一步。英加登从语言现象的角度开始，切入文学作品的结构分析，指出文学作品是一种多层次的构成。它包括语词声音和语音构成，以及一个更高级现象的层次；意群层次，句子意义和全部句群意义的层次；图式化外观层次，作品描绘的各种对象通过这些外观呈现出来；在句子投射的意向事态中描绘的客体层次；通过各层次之间的相互关系的建立的整个作品形式的统一性，对句子、句群、章节间的有序联系等等。① 后来，韦勒克在《文学理论》一书中借用了这一层次说，用以阐发作品的结构。可以说，这种对作品的语言层次分析形成的结构说，至今仍有重大意义。

60 年代兴起于法国的结构主义文论和叙事学，深深地扎根于语言学的基础之上。结构主义使用语言学、修辞学、诗学的基本概念，如语音、语法、语义，演化成自己的分析概念：功能、行动与叙事，用以探讨叙事作品的结构。例如托多洛夫以"语法"的观点来分析《十日谈》，把人物、人物行为、人物的特征当作名词、动词和形容词，建立了语法分析法。罗朗·巴尔特则把文学作品看成一个严整的整体构造：在文艺作品中，各种成分的存在都是合理的，各个因素都有其作用，而不容存在废话，这种结构说合乎语言方法。文学现象虽以语言运用为基础，但实际上前者要比后者复杂得多。法国的结构主义又是叙事学的阐发者。叙事学广泛运用了语言学、语音学、语法学、语义学和修辞学等。巴尔特在《叙事作品结构分析导论》一文中说："话语可能是一个'大句子'……正如句子就某些特征来说是一个小的'话语'。"又说："叙事作品是一个大句子，正如任何语句从某种意义上说都是一个小叙事作品的雏形一样。尽管在叙事作品里动词的主要范畴具有特殊的（经常是极其复杂的）能指，我们仍然能够从中发

① ［波］英加登著：《对文学的艺术作品的认识》，陈燕谷译，中国文联出版公司 1988 年版，第 10—11 页。

现经过相应扩大的改造的动词的主要范畴：时、体、式和人称。”[1]随后，巴尔特逐渐转向后结构主义，否定不久前为之呼号的结构主义原则。他同样使用语言的手段，设定语言符号能指与所指的内部分裂，能指指向另一能指或能指群，也就是说，当能指尚未指向所指，或其在指向的半途中，就走向了另一个能指，从而使所指悬搁，使语词难以获得明确的意义。不是文本的语法规则在发生作用，导致完整意义的获得，而是能指的意指在延伸文本，于是文本成了能指的活动空间。既然能指可以自由地转移而造成文本，由这种转移造成意义的增值，于是文本也就失去了中心。至于阅读，则由“作品”阅读变成了“文本”的阅读。前者有终极目的，而被认为是真正的阅读的则是一种“文本”阅读，它不被意义规定，而是在意指的自由引导下的自由的游戏，是无尽的阅读的欢悦，于是使阅读成了写作。不难看出，在巴尔特那里，这种结构主义和后结构主义式的文论、批评，始终未离语言学半步。自然，到后来这里的语言学已不是一般的语言学了。

伊格尔顿在谈及后结构主义的时候，指出西方哲学的两个特点：一以“语音为中心的”，它集中于“活的声音”深刻地怀疑文字；二在某种广泛的意义上，它也是“逻各斯中心的”，相信有明确的意义。在他看来，从结构主义转向后结构主义，这是“从历史逃向语言”。1968 年的学生运动从巴黎的大街上消失之后，它只能转入话语的领域。后结构主义无力打破国家权力机构，但是颠覆语言结构却是高妙一招。巴尔特的《文本的欢乐》（1973 年）可说适逢其时。“写作或作为写作的阅读，在最后一片未被占领的领域，在这里知识分子可以随意嬉戏，享受能指的奢华，任性地无视爱丽舍宫……可能发生的一切。在写作中，自由的语言游戏可以暂时破坏和搅乱结构意义的专制；写作—阅读主体能够从单一的身份的结束中解脱成一个狂喜的弥散的自我。巴尔特宣布，文本‘是一个无法无天的

---

① ［法］罗兰·巴尔特著：《叙事作品分析导论》，见张寅德编选：《叙述学研究》，中国社会科学出版社 1989 年版，第 6—7 页。

人,他把屁股露给政父’”①。看来,这并非强加给后结构主义的一个注释。后结构主义创立了批评的新形式,但可能只是一种愤懑而又无奈的话语反抗。

第三节 主体性、“内部的”“外部的”研究问题

上面所论及的以语言学、语言哲学为基础的文学理论问题的研究,如修辞、话语、语音、语句、语法、节奏、格律、文体、叙事、作品类型、风格、功能、结构的研究,常被研究者称作文学内部规律的研究,形成理论中的“向内转”的趋向,为的是使文学理论“回到自身”,成为一种独立的精神现象。同时还有好些阐发人本主义思想的学派,它们张扬艺术的主体性,和文学创作中的一些流派相呼应,同样表现了一种“内部的”“向内转”倾向。

主体性的问题早就存在于哲学思想中,但是近代以来,只是由于康德的哲学的阐发,才使主体性问题突现出来。它使康德以后的不少哲学家,从客体的研究转向了主体,形成一股股哲学思潮。理论转向主体性的探讨,竟使古典哲学发生了巨大的转向。在康德那里,人永远是一个目的,人就是现世上创造的最终目的。表现在他的美学观点上,他说:“审美的规定根据,我们认为它只能是主观的,不可能是别的。”又说:“没有先行的法规,一个作品永远不能唤作艺术的,因此必须是大自然在创作者的主体里面(并且通过它的诸机能的协调)给艺术制定法规,这就是说,美的艺术只有作为天才的作品才有可能。”②主体性的哲学、美学思想联系着

① 转引自[英]伊格尔顿著:《20世纪西方文学理论》,伍晓明译,陕西师范大学出版社1986年版,第163页、第164页、第177页、第178页。

② [德]康德著:《判断力批判》上卷,宗白华译,商务印书馆1993年版,第39页、第153页。

后世多种哲学、美学和文学理论问题的研究。有反理性主义的哲学、美学，也有理性主义的哲学、美学。但无论哪一种哲学、美学和文艺思想，都自觉或不自觉地见到了以往哲学和文学艺术之间的等级关系，即哲学是人类思想中最基本的指导思想，而美学乃至文学艺术都是次等的，而这个传统早在柏拉图时代就开始了。于是我们看到，康德之后的一些哲学、美学流派，突出了对主体性的阐发。尼采在谈及“自在”之物与主体时说：“主体本身是可以证明的，因为，假设，仅仅有主体存在——客体只不过是对主体造成的影响而已……”①同时，他们又力图使美学摆脱哲学的控制，使其获得独立自主性，使文学成为独立自主的精神现象。19 世纪末、20 世纪初以来，文学理论受到多种突出主体性的社会、哲学思潮的影响，而转向对主体的各个角度的“内部的”研究，从而促成向内转的倾向、文艺的独立自主的思想。一种方式大体如尼采那样，通过他理解的主体性的阐发，力图弥合哲学、美学和诗歌之间的对立，抹去其界限，使诗、哲融为一体。尼采的美学文集，既像文学作品，也是其悲剧的哲学思想的表现。哲学、美学、美文失去了语言的规范，文学语言成了哲学思想的表达工具。《悲剧的诞生》提出了审美快感的纯粹性问题。他说：“艺术必须首先要求在自身范围内的纯洁性。为了说明悲剧神话，第一个要求便是在纯粹审美领域内寻找它特有的快感，而不可侵入怜悯、恐惧、道德崇高之类的领域。”②但是悲剧的内容如何避开传统悲剧理论所说的怜悯、恐惧、崇高呢？照尼采的说法，就是欣赏主体用审美的目光去观照生命悲剧的世界，并赋予它以审美意义。他说，我们必须勇往直前地跃入形而上学中去，“只有作为一种审美现象，人生和世界才显得是有充分理由的。在这个意义上，悲剧神话恰好要使我们相信，甚至丑和不和谐也是意志在其永远洋溢的快乐中借以自娱的一种审美游戏”③。这自然可看作一种主体论审美思想的表现，但不免带有虚幻的特色。

---

① ［德］尼采著：《权力意志》，张念东等译，商务印书馆 1994 年版，第 253 页。
② ［德］尼采著：《悲剧的诞生》，周国平译，生活·读书·新知三联书店 1986 年版，第 105 页。
③ ［德］尼采著：《悲剧的诞生》，周国平译，生活·读书·新知三联书店 1986 年版，第 105 页。

尼采的这种美学思想模式，即泯灭哲学、文学、艺术界限的思想，在20世纪的一些思想流派中竟是十分流行。当一些学派仍在实证主义思想的影响中徜徉，日益精细地划分各种学科的界限时，它们却似乎走上了新的综合的道路。如萨特、加缪的存在主义思想，竟以戏剧、小说的形式包裹了起来，而别具一格。海德格尔的美学思想，不同于显示主体性的美学学说，与康德的哲学路线也大相径庭，认为尼采也不过是一个形而上学家。它通过语言、诗、思的联结，探讨了哲学、文学问题。加达默尔在《海德格尔的后期哲学》（1960年）一文中说到，海德格尔"关于艺术的起源的演讲（1935—1936年）引起了一种哲学的轰动"①。这种艺术与哲学合流的追求，在50年代后更是连绵不断。一些哲学人类学、心理学派的学说，实际上被看成文学理论的新形态了，以致罗蒂在他的《后哲学文化》中说，文学理论一词"与'尼采、弗洛伊德、海德格尔、德里达、拉康、福柯、德·曼和利奥塔德等人的讨论'，基本上是同义词"②。而且有趣的是，在英语国家中，开设有关当代德、法哲学课程的，不是哲学系，而是英语系。由英语老师来讲哲学，大概主要以语言学、语言哲学材料为教材了，在这里可以看到泛文化的综合倾向之强烈。又如人们现在读到的一些解构主义小说，其中往往夹杂着作者的哲学议论、文艺评论，显得有些不伦不类，但也自成一格。如何发展，还得拭目以待。

另一种方式是完全置身于"主体性"的轨道中运行的。例如以心理学进展为基础的意识流、精神分析等，还有如文学阐释学、文学接受、读者反应批评、解构主义等。19世纪末和整个20世纪蓬勃发展的科学知识进入了人的领域，而且科技的发展逼迫着人，使人面临成为工具的人。科学分解了人，使人失去人以往的完整性。人被精细地肢解，分裂为多个自我。我们先是看到了心理学家詹姆逊式的人，这是一个心理、思维具有无限连续性的人。随之，在文学创作中出现了弗·吴尔芙、普鲁斯特式的

① ［德］加达默尔著：《哲学解释学》，夏镇平等译，上海译文出版社1994年版，第212页。

② ［美］理查德·罗蒂著：《后哲学文化》，黄勇编译，上海译文出版社1992年版，第98页。

人。意识流的手法一改旧时小说的写作方式，丰富了小说内涵。但也随之出现了意识流小说的自然主义。阅读有的名作，竟要在大量注释的伴读中进行，使阅读中的审美愉悦随时被打断，弄得趣味索然。几乎同时，精神分析流行起来，并且持续时间极长。精神分析方法使人分裂为本我、自我、超我。本我属于本能、无意识现象，在人的身上原本隐而不显而又处处存在，如今一经道出，竟为文学创作开拓了一个深层的写作领域。

现在文学的主体性从两个方面得到了表现。一是作家创作的主体性获得了自觉的拓展，一是被描绘的人物的主体性，同样得到了更为深广的显现。这些流派后来同后结构主义一起，在文学理论、创作中，把主体性推到了极致，主要是强调了其非理性方面。先是创作者的主体性、被描绘的人物的主体性，在现代主义的文学中得到了淋漓尽致的表现。可以这样说，文学理论中的主体性问题，主要为现代主义的文艺的勃兴作了理论准备，促成了叙事描写的“向内转”。但也无可怀疑，主体性的张扬，也推动了现实主义文学的更新。在创作的主体性继续被推崇的情况下，读者、接受者的主体性又被提了出来。它先在现象学文艺理论中被论说，随后在接受美学中流行开来。接受美学对阅读主体性的重视，使其在理论上作出了重大的贡献，即文本通过读者的接受，才能获得真正的生命，使文本演化成作品而至文学。同时文本只有在接受中才能生成意义，从而使我们得以完成文学本体的理解。但是文学接受的极度发挥，则又走向了极端。在解构主义理论中，接受主体被赋予无限制的意义，并使其在后现代主义的文学创作获得多种体现。解构主义一反结构主义的封闭性，容许作者移入创作，赋予了作者绝对的自由，使其可以任意出入文本，以作者、说故事者、叙事者、人物的各种面目出现，使本文结构随时发生危机，以致瓦解；同时也随时给以连接。这时文本的阅读，即读者的接受，自然变成了自由的、开放的阅读。文本不再设置预先定下的意义，也不作这种设想。它只是努力要使阅读变为一种对开放文本的解构，倡导文学哲学式的阅读，反之亦然，进而在阅读即写作中发现不确定性、无我性、无意义性,从而使阅读成为一种欣悦的游戏。这样,形式的完整性支离破碎了,也确是多样了,但是审美的含义单薄了,淡薄了。结果文学理论、文学究竟独立到什么程度,这倒成了一个很值得思索的问题。

在文化多元的时代,上述现象自然只是一个方面。于是原先进行着"外部的"文学研究,真是三十年河东,三十年河西,随着解构理论的解构,却日益现出其魅力来。十分有意思的是,有的结构主义者见到了自身的局限,努力脱身出来,开始关注社会、历史、人道、人性的因素。而解构主义者希利斯·米勒在《文学理论在今天的功能》(1986年)中说到,70年代末、80年代初美国文学理论研究趋势发生了重大变化,并宣布:1979年是欧美文艺理论大转折的一年。他说:

> "事实上,自1979年以来,文学研究的兴趣已发生大规模的转移:从对文学作修辞式的内部研究,转为研究文学的'外部的'联系,确定它在心理学、历史或社会学背景中的位置。换言之,文学研究的兴趣已由解读(集中注意研究语言本身及其性质的能力)转移到各种形式的阐释解释上(注意语言同上帝、自然、社会、历史等被看作语言之外的事物的关系)。"①

当然,早就从事对文学进行"外部的"研究的学者,对这种转变可能更为清楚。例如美国学者科恩就说道:"人们正处在文学理论实践的急剧变化的过程中,人们需要了解,为什么形式主义、文学史、文学语言、读者、作者以及文学标准公认的文学观点开始受到质疑,得到了修正,或被取而代之……人们认识到原有理论中哪些部分仍在持续,哪些业已废弃,就需要检验文学转变的过程本身。"②看来,一、文学理论研究趋向正在转变,

① [美]希利斯·米勒著:《文学理论在今天的功能》,见[美]拉尔夫·科恩编:《文学理论的未来》,程锡麟等译,中国社会科学出版社1993年版,第121页、第122页。

② [美]拉尔夫·科恩编:《文学理论的未来》"序言",程锡麟等译,中国社会科学出版社1993年版,第1页。

这已不是一个人的看法；二、这一转变还不是一般的变化，而是一个“急剧变化”，或者说是一个“大规模的转折”；三、开始这大规模的转移是1979年。

那么，文学研究向哪里转移呢？这就是由“内部的”研究向着“外部的”研究转移。从20世纪初开始，“外部的”研究实际上一直受到非议。现今的从内向外转移就是，转向社会学、历史学、新历史主义、马克思主义文学批评，甚至转向带有强烈政治倾向的反种族主义、女权主义的文学批评。其实，其中一些文学批评派别，在“内部的”研究盛行时，也从未中断过自己的研究，现在只是更受人注意而已。对于欧美文学理论界来说，真正形成较为完整的理论系统的确是文学的“内部的”研究，它有所创新。它以为文学理论真的成了一种独立的形态，也使得文学成了一种纯粹独立的东西了。不过近百年过去了，对文学的认识也有所深入，人们发现文学现象要比理论复杂得多。不管怎么说，文学就是文学，它是纯粹的、独立的，但它总要指向社会，并将社会、历史、政治、伦理、道德、哲学、宗教思想化为自己的血肉而成为一个有机体。而“内部的”的研究，剔去了作品的血肉，只使作品剩下一副骨架，却并未现“莲花真身”。这样做，文学好像纯洁了、独立了，回到自身了，但最终发现这与文学实践并不相符。最后解构高潮一过，“内部的”研究家们不得不回过头来看看，原来“外部的”研究废弃不得，而且成绩斐然。文学中那些所谓外部因素是文学的天然组成部分，否则赶它们赶了一百多年，何以竟没有把它们驱逐干净呢！内部研究和外部研究都是文学研究，各有长处，都有局限。双方的交叉研究，融合一起的综合研究，将是真正描绘出文学的“独立”形态来研究，文学研究应有之义的研究。

第四节　我国文学理论的特点与古代文学理论的现代转换

80 年代，正当欧美文学理论从“内部的”转向“外部的”研究时，我国文学理论正好经历了一个相反的过程，即“由外向内”的过程。看来双方采取的动作都是理论发展的必然，都有其历史的合理性。不过由此可以看到双方的文学理论，由于社会文化背景的差异而呈现出来的反差是多么强烈。关于我国近百年来文学理论的主导方面，我在《世纪之争及其更新之途》①一文中已作讨论，这里不再赘述。我想就近百年来的我国与欧美的文学理论做些简要的比较，从中了解我国文学理论的一些特点。

一、欧美文学理论具有不间断的连续传统性。这个传统就是“逻各斯中心”与语言的传统。前者从哲学本体论开始追问文学是什么，如何存在，并进而发问，文学表现什么，可以从中知道什么，讨论何谓写作，如何写作等。通过一套逻辑的话语，逐渐发展成有关文学的各种知识、观念、概念；在意义、终极目的的追问中，形成文学的种种范式。后者专注于文学形态的语言因素的分析，从语言特性的探讨中，演绎文学形态的构成，甚至最后发展到对语言特性的无限扩大，使其解构。这些研究方法，未有中断，从而使文学理论这种形态，在近百年来获得了较为系统的明晰的概念，具有一定的科学性，多种体系性。我国近百年来的文学理论，几度中断了与传统的联系，这是为我国特殊的社会条件所决定的。“五四”新文化运动在于打倒旧文化，白话文的提倡与文言文的废弃，改变了文学的整个话语，以致人们的思维方式。旧的文化传统发生急剧的中断与悬搁。“文革”期间，文化传统不仅继续处于被告地位，而且竟然走到焚书的地步，形成了与旧文化彻底的决裂。于是我们看到，在大陆，古代文学理论

---

① 钱中文著：《世纪之争及其更新之途》，载《文学评论》1993 年第 3 期。

虽有整理、研究，但蜷缩一角、奄奄一息，最后成了扫荡对象，直到 80 年代才算缓过气来。

二、近百年来欧美社会处于不断动荡之中，纷争不断，但大概由于社会并未改变其性质，所以理论学说尚有较多的自主性，可以在相对稳定的条件下进行，从传统、科学中汲取营养，而无需（不是绝对的）顾及外国、外界。我国就不然。“五四”中的各种新学说，自然是在我国的土壤上生根开花的，是我国社会自身的需要。但清理一下，它们大都来自欧美，当然，不少是经过了先贤们的改造的。从实用主义到马克思主义，从审美无功利说到平民文学、革命文学、阶级性、党性、人民性、现实主义、浪漫主义、社会主义现实主义、印象主义、典型说、形象思维、形式主义，等等。五六十年代，苏联的文学理论成了我们的文学理论的教科书。80 年代，美国人的文学理论中的种种概念，又成了我们文学理论的圭臬。这并不是说外国的理论不能用，因为它们确实具有使对象获得一定的科学说明的能力，但我们自己的在哪里？我们是否能在文学研究中形成自己的话语？我们跟了别人一百多年，不知何时有个转机？我们能否建立我们文学理论的自主性？

三、外国文艺理论虽想摆脱哲学思想的制约，但也只是少数派别，大多数不是在人本主义的轨道里运行，就是在科学主义的指导下进行。自然，这样的划分也不宜绝对化，因为有时它们是相互交叉的。人本主义以人为本，重视人的个性自由，人的主体性特征。在个性自由的驱使下，理论的创建容易获得个性特色，也容易产生片面性，甚至使片面性发挥到极致。表现在作者问题上，它考虑的是作者的自我表现，他的想象的自由，写作的自由挥洒，形象的自由建构，话语的自由选择，对语言能指的自由指挥；作者自由地出入作品，自由地建构形式，等等。它的缺陷我们在前面已经论及。表现在读者问题上，同样考虑的是个性自由度的发挥。在这种思想的指导下，发现读者是构成文学作品的最终因素，甚至有人还认为是读者创造文学作品，认为读者阅读有如解构的游戏，阅读就是写作。

即使一些学派以科学主义思想为指导,实际上提出的学说也极富个性,新见迭出。我国近百年来的文学理论,实际上是在人文主义思想的影响下展开研究的。例如在作者问题上,几十年来主要强调作家思想改造,而思想改造对于不少知识分子来说,实际上就是确认你有原罪,就是唯阶级成份论。这种理论与作法,即使它是正确的,那也只适用于人的一般情况,而并不反映创作者的思想特征,结果以社会性代替了创作个性。当然,创作者有个品德修养的问题。对于读者,则主要考虑他是接受思想教育、改造的对象,从未从文学本身的特殊性探讨,发挥其阅读的积极性,结果对读者在文本的阅读中如此重大的作用竟视而不见。而对于文学理论研究者,总是害怕他们提出新说,怕它们有违文学理论的原有教条。这里涉及一个相当复杂的问题。“五四”新文化运动打倒了封建文化,而封建文化中的“征圣”“宗经”思想,作为集体无意识却遗传了下来,而且是根深蒂固。例如一些人认为只能按教条办事,所以当胡风很有个性地提出“主观战斗精神”时,他们就不分青红皂白,利用宗派主义,把它作为反马克思主义思想予以挞伐,最后以牢狱进行批判。甚至对冯雪峰、丁玲也是如此。丁、冯不过在同一框架中思考问题,稍稍突出一下个性,但也不能见容于人。

从上面的比较中,我们看到,我国的古代文化、文论,作为传统文化,还是一块亟待开发之地。在当代文论中古代理论只有一般零星的引用,而尚未使其成为有机的组成部分。这样我们看到,当代文学理论即具有中国特色的文学理论的建设,就面对三个传统,即我国“五四”以后的文学理论传统,我国古代文学理论传统和外国文学理论传统。没有对古代文学理论的认真继承与融合,我国当代文学理论实际上很难得到发展,获得比较完整的理论形态的。目前我国当代文学理论的建设就处于这种过渡期。自然,也可以设想,以古代文论的基本概念为骨架,吸取当代中、外文论中的有用成分,进行构架,这也是一种尝试。

为了使古代文学理论作为传统而被吸收、融入,那么研究古代文学理论自身的内涵,厘清其思维特征,它的基本范畴、形态乃至体系,是完全必要的。这方面的工作一些学者正在进行,而且成绩卓著。同时还有一种研究,即古代文学理论的现代转换的研究,我在1992年的开封会议“中外文艺理论研讨会”上曾提出过;在1995年8月于山东济南召开的中国中外文学理论国际学术研讨会上又有学者提出。如何在不同理论形态中,分离出那些表现了文学创作普遍规律的理论观念,使之与当代文学理论接轨,融入当代文论,成为它的组成部分,这是一个极有意义的工作。

最后我想说明的是,这篇论文虽是对20世纪文学理论的回顾与评论,但大题小做,难免粗疏,好些重要派别、问题都未能提及。文艺理论的建树与发展,流派固然重要,因为容易见到它们的主张和在文坛上的鼓噪。但是还有不少默默耕耘的学者,同样极有建树。他们不是风云人物,不呼朋唤友,不拉帮结派,也不以学派标榜,这在不少国家都有。这里不作论列,显然是一个缺陷。同时,本文题目引了一句古诗,这不是说我们已登临文学理论的顶峰,而是说我们已爬上20世纪时间的顶峰,看到了20世纪辉煌的夕照。

面对新的世纪,应是山外青山天外天,远山更在斜阳外。

第七章　全球化语境与文学理论的前景

第一节　“文化研究”的意义及其后现代性特征

20世纪90年代，是我国文学理论日益感到全球化影响的时代。其实，早在80年代的最初几年，当外国文论不断介绍到我国，那时我们讨论问题，总要把它们放到更为宽阔的文化背景上去探讨，自觉不自觉地汇入世界文艺思想的潮流，从而使我们的意识逐渐趋向一种全球化的倾向。

90年代，是我们深深感到经济观念、生活观念、文化观念进一步发生重大变革的时代，从国内到国外，似乎到处都在发生着文化争论、爆发着冲突的时代。在我们自身周围的生活中，到处弥漫着不安与焦虑，好像一切都翻了一个身，一切都在迅速地流动与转变之中；所有事物似乎都失去了原有的规范，显得不很确定，难以定形。颠覆、解构、反中心、反权威、边缘化等体现了现代性与后现代性的种种思潮大为流行，似乎所有现象都受到它们的浸淫，这使得那些竭力要保持中心、权威的人们，一听到这些具有挑战性的名词就心惊发懵。同时，这个时代也是兴起流行文化、大众文化的时代，一些知识分子通过对它们的研究，能够表达一定的思想，有限地表述自己的意见，整理并批判各种文化思想，企图参与现实、历史的进程，期望着发生某些相互的影响。无疑，这些文化行为正使我们渐渐融入一种全球化的意识之中。

至于在文学艺术、文学理论、文学批评方面，90 年代正是它们获得自主性同时又是走向边缘化的时代。在经历了近百年的风风雨雨之后，文学艺术、文学理论与批评终于回归自身、同时也就失去了人为的轰动效应，而逐步趋向正常状态。80 年代下半期和整个 90 年代，市场经济的影响与信息技术的直接介入，使得大众文艺、影视艺术以及传媒工具，对原有的文学艺术发生了重大的冲击，这导致文学观念又一次发生了重大的变化，趋向多样与宽宏。人们的文艺思想进一步分化甚至相互对立，文艺界实际上派别林立（正常意义上的）而又相互共处。多种文学话语与理论话语，可以相对自由地喧哗，以至达到前所未有的思想、话语狂欢的地步，自然，其中既有严肃的文学的探索，也有颓唐的文字经营与媒体的无休止的营利炒作。开头我们对于这种复杂的文化现象不甚了了，随后意识到，不少人正被不依其意志为转移的经济势力，投入了商业化的操作之中。这是难以抵御的经济全球化和由此而形成的全球化语境所必然产生的现象，我们看到了一个现代性的消极因素与种种后现代性因素杂然并陈的局面。

在这种多变的、不确定的似乎是非理性的语境中，作为人文知识分子，我们还是应当采取一种新的理性精神的立场，一定的价值判断的立场，来理解90年代文化现象。我们所持的价值立场，可能会大体一致，或者有很大出入，甚至相互对立，这是完全可以理解的。但是只要不是那种故意引起“轰动效应”的、横扫一切的、“红卫兵”式的批评，或是乱打棍子的痞子式的批评，大家就完全存在着求同存异的对话的可能。

我国80年代后半期以来的文学理论，是一个解构同时也是建构的过程，解构与建构是共存一体的。解构什么？解构那些严重束缚、阻碍文学艺术发展，无法对文学艺术进行科学解释的教条规定。这在早期当然是行政力量起了作用，但是我们看到，行政方面后来再行设置任何新的条条框框、清规戒律，已无济于事，文学艺术与文学理论批评，在市场经济的影响下，已按着自身的生存方式与自身的规律办事，远离了行政的号召与指令。这一趋势的进展，在90年代中后期尤为明显。促进这一趋势的出现，现实生活的需求当然是最为根本的原因。只要是不符合现实生活发展趋势的各种号召与指令，即使看来应时顺势，也再难以发挥它的影响力。在这种情况下，我以为文学艺术、文学理论获得自己应有的独立自主性，确立了自己的主体性，正是这一时期的最为激动人心的、最为重要的成果之一。

所谓文学理论的自主性，主要是指文学理论不依附于政治，使文学理论回归自身。几十年来的沉重的政治管制，使文学理论完全成了一些政治家手里的、不断朝令夕改的某些政治行为的等价物，文学理论完全失去了自身存在的尊严与价值。如今，文学理论分清了与政治的界限，作为一门独立的学问，开始建立起自身的学理。自然，政治作为一种行政的意识与手段，仍有可能来干预文艺现象，但已不易收到实际的效果，这就是所谓解构了。解构还表现在过去不少被奉为重要的、神圣的理论原则，如今已退出文学理论,也是事实,这是一方面。

另一方面,文学理论的自主性,自然还在于理论自身的学理建设。80年代下半期和整个90年代,是我国文学理论比较全面地建立自身学理的时期,确立自身主体性的时期。在文学理论学理的探索、建构中,无疑,西方文学理论发生过重要影响;80年代初期,在西方文学理论思潮如潮水般涌入我国的时候,我国文学理论中的西化倾向十分流行。但是西方文学理论中的审美研究、作品形式、结构等因素的内在研究,和那时我国美学问题的大讨论,都对我国文学理论改造起到良好的作用。同时在讨论中,不少学者对现代文论传统进行了有批判的吸收,并且力图打通古今中外。所以到了80年代后期和90年代,我国的文学理论研究就出现了前所未有的生动景象,新说屡起,佳作迭现。文学理论中的新作,都是在解构旧说的基础上出现的,同时又是新的建构。因此,在我看来,这十多年的文学理论,不是一味的解构,不是一味地听从外国人说话,不是把外国人的文学理论进行简单的移植,而是在批判、借鉴的基础上,对文学理论既有改造,又力图有所创新,并且卓有成效地创立了一些新的文学理论范畴。在商品经济的大潮下,文学理论在不断地走向边缘化,不被人们重视,但是应当承认,文学理论是个有成绩的部门,真正的理论创新,自会留下自己的印痕。自然,我们不能把成绩估计过高,当今一切都处在过渡状态之中,但也没有理由妄自菲薄。新的理性精神的解构与建构,正是文学理论现代性的体现。

正是本着这一认识,我和童庆炳先生编辑出版了《新时期文艺学建设丛书》,广收我国在新时期文学理论方面有创建的著作,以记录学者们所作出的努力与文学理论的更新,为新世纪文学理论的进一步建设,留下一份思想资料。

在这套丛书里,有探讨文学审美特征的著作和审美价值结构与感情逻辑的著作;有研究文学艺术精神与艺术的生存意蕴的著作;有阐释艺术与人和文艺学的人文视野的著作;有文学艺术本体反思、文化批评、汉语形象和现代性与文学理论现代性问题的理论思考;有文艺学的民族特色、比较诗学、宗教文艺审美创造探索;有新意识形态批评、原型批评与原型思维主张的张扬;有诗学研究、创作心理、文化诗学、文本生产、原型的理论与实践的细致剖析和审美实践文学论;有新理性精神文学论等文学理论主张的标举等。此外还将收入一些著名学者的论著。从上面涉及的不少论题来看,它们触及了文学理论的各个方面,这是过去的文学理论所没有过的现象。这些论著阐发问题的深度可能不会令人完全满意,但重要的是其中一些著述,并非泛泛之论,它们并非食古不化,更非盲目崇洋,而是针对文学、理论的现实,提出了新的见解,或是新说;出现了一些新的核心概念,并已在理论实践中发生作用,初步形成了我们自己的文学理论的视界。上面提及的一些问题,也可以作为重要课题而继续深入,同时新的理论问题还会不断出现。丛书的出版,显示了新时期以来文学理论进展的实绩的一个侧面。自然,此外还有一些学者的重要的文艺论著,由于出版条件关系,未能列入,使我们深以为憾,这是需要说明的。

90 年代,当鸟瞰 20 世纪中外文论的发展时,我曾指出两者之间曾经发生过两次错位。

一次是 80 年代前,西方文学理论的主导研究是一种内在研究,而我们则把文学理论的外在研究发展到了极致。结果是两者都走入绝境,难以为继。另一次是 80 年代开始,当全球化语境正在逐渐形成之中,西方文学理论的主导倾向,由内在研究而走向外在研究,而且声势越来越大。而我国文学理论,则由外在研究走向内在研究,大力探讨文学理论自身的问题、规律等等。从目前的双方文学理论情况来看,说不定可能是第三次错位了。

在 70 年代末、80 年代初欧美文论研究向外转的潮流中,我觉得一些学者的取向是不尽一致的。像法国的某些结构主义者,发觉了文学内在研究的局限性之后,要求将文学研究与文学所包含的其他文化因素结合起来,努力发掘文学本身固有的文化含义,以充实文学研究,这大体是属于文化诗学的研究范围，如托多罗夫。另一些学者特别是后来的美国学者，实际上一开始就转向了所谓“文化研究”。欧美的这种文化研究，其实早在几十年前，在德国、英国就开始了，80年代初，不过是完成了一个巨大的转变而已，并且由于时代的变化，文化研究相应地改变了自身的含义与主题。关于这点，我国一些学者已有介绍。我们看到，在当今这种文化研究思潮的高涨中，欧美国家的文化研究，发挥了解构主义、后现代主义的精义，不仅把文艺研究视为文化研究的一个组成部分，而且实际上以文化研究取代了文学理论的研究，渐渐消解了文学理论研究，趋向后现代文化思想。

欧美的“文化研究”，贯穿了后现代主义文化思想，体现了后现代性的诉求，解构了以往的学说。诚如美国学者哈桑所指出的那样，后现代主义主要表现为如下特征，即它的“不确定性”与“内在性”。所谓不确定性，即含混、不连续性、异端、多元性、随意性、变态、变形、反创造、分裂、解构、离心移位、差异、分离、分解、解定义、解秘、解合法化，等等。所谓内在性，即强调人的心灵的能力，通过符号来概括他自身，通过抽象对自身产生作用，通过散布、传播、交流，来表现他的智性倾向①。于是历史与虚构可以混同，历史的真实可以被创造，而具有一定偶然性因素的真正的历史真实，则完全成了偶然事件。文化研究通过文学艺术、大众文化、城市文化、影视艺术、广告动画、音乐演唱甚至建筑这类文化现象的风格与思潮，探讨政治、种族压迫、新的殖民现象、妇女权利与文艺、文化新潮现象，以切入当今社会、政治、文化状况等，展现了后现代性的文化特征。

后现代主义文化思潮，表现了全球化语境中人的思维方式、人们的社会心理发生了重大的变化。在当今全球化的语境中，我们看到，各种社会的、文化的矛盾，正在酝酿、冲突之中，文化研究正好适应了这一情况，从而表现了这一研究的广泛的社会性、政治性特征，使社会、政治问题学术

---

① 见[美]伊哈布·哈桑著:《后现代的转向》，刘象愚译，台湾时报文化出版企业有限公司1993年版，第155—156页。

化。这种体现了多元化精神的文化研究,表现了对当前政治、社会、制度、文化霸权、经济、民族问题、种族压迫、新老殖民主义的反思与批判,显示了人文科学、社会科学的某种批判性的一面。几乎与此同时,几百年来科学分析方法受到了怀疑,学科愈分愈细的做法受到抨击,呼吁人文科学与社会科学以至自然科学之间的综合研究的呼声,时有发生;但是由于缺乏真正的理论建树,所以又立即拆散、解体了这一趋势。这种种矛盾的文化思想与心态,成了催生当今五花八门的、颇有声势的文化研究的内因,展现了后现代主义的文化景象。

80 年代中期,美国学者曾经来我国介绍欧美流行起来的文化研究。接着后现代主义、新历史主义、后殖民主义、东方主义、女权主义、种族理论等又是风靡我国文论界,并且扩大到社会科学、人文科学的各个领域。80 年代下半期,文化研究在我国还未流行开来,那时我们还把这种研究视为文学理论的一种跨学科研究。90 年代初以后,人们经过了一段时间的沉静的反思,发现了后现代主义思潮并初步了解了其妙处和特点,于是迅速在文艺界广为传播,并且形成了一股争说后现代的热潮。稍后我们看到,一些原来的文学研究者,转向了经济、政治、思想的评论研究,出现了文学理论、批评队伍跨向其他学科的现象。这一现象,与我们在 80 年代上半期见到的情况截然相反,那时讨论文学问题,指责过去忽视审美,同时对文艺与政治、伦理、历史、社会等联系,避之犹恐不及;或是对这些方面形成的干扰,与文学审美应有的文化选择捆绑一起,进行挞伐,要使文学变得纯而又纯。现在正好相反,一些原来的文学研究者,致力于译介外国那些探讨社会、思想、经济、科技的学术著作,进行经济、政治、制度、思想的评论,力图介入政治、社会、思想批判,既有指点江山式的激扬文字,又有随意套用西方术语的现象发生,又一次出现西方术语的大移植,产生了极为复杂的影响。

这自然是,一、在我们的社会生活中,作为多种思想原则诉求的现代性、前现代性与后现代性相互影响而又杂然并陈。后现代主义文化的一些特征、风尚，已经存在于我国的社会生活之中，所以一些学者的学术思想与之一拍即合。二、我国学术界向来有向西方学术前沿迅速靠拢、及时学习甚至移植的风尚，把握前沿性问题，以扩大学术探讨的领域，进而掌握这一话语赋予的话语权力。所以不久之后，媒体就册封了我国的"后现代大师"。有趣的是，一些中外学者原本竭力反对要有什么中心，倡导颠覆、解构。现在通过后现代话语权力的占有，赢得了声誉，自己就成了中心，却从来没有听说要对自己的地位与宣扬的学说，需要进行颠覆与解构的。三、我们发现，后现代研究形形色色，它们把政治、历史、社会、文学等问题搅在一起，结合起来，介入现实、社会、历史、政治生活，批判现行制度以及体制的不合理的地方，既可使学术政治化，又可把政治问题学术化，起到知识分子与社会、历史、现实相互交流、相互影响的作用，争取到了以往只为少数人把持的部分政治话语权力，力图负起知识分子的使命，这无疑是学术的也是社会的一个小小的进步。四、这种文化研究，大大推动了对大众文化、城市文化、影视文化以及后殖民主义、女权主义、女性写作、建筑艺术倾向的探讨，而这些部门，也正是文化研究的主要领域，进而形成了一种新的研究热潮。但是由于种种客观原因，这种研究与我国实际存在的重大问题还有不小的距离。五、这种文化研究对于文学研究，毫无疑问，具有方法上的借鉴意义，确实，文学研究完全可以从文化研究中引进多种方法，以充实自己。比如，重读中外文学，我们完全可以借用后殖民主义、女权主义等视角，来开掘作品的新意，扩大文学研究领域，但这不是解构主义的研究，这是借用后现代主义的某些方法，以丰富现代学术的研究。

现在，"文化研究"在我国方兴未艾，一些中外文学研究者，得风气之先，率先进入这一领域，随后不少从事政治、经济、哲学、社会学的学者，也卷了进去，显示了我国当代文化研究中对后现代性的热切诉求，期望能够争取到更多的学术权利与扩大社会科学、人文科学的学术空间。但是，我们也知道，作为当今文化研究思潮的思想导师如福柯、德里达，在今天中国虽然声誉正盛，不过在他们的祖国，他们的理论不断受到质疑与批判；而风行一时的文化研究，由于自身理论上、方法上、实践上存在着不少问题，在今天的美国研究界也颇受诟病，我们在后面还将涉及。

我在上面讲的文化研究，主要是指近几十年来流行于欧美的文化研究，这是一种相对意义上的狭义性的文化研究，新起的理论思潮的研究。其实，文化研究在各国文化活动中早就存在，有着多种文化观，实际上就有多种派别存在，只是没有像当前的“文化研究”那么炫耀而已。比如，我国有历代经济、政治、体制的大型文化课题研究，有当今经济、政治各个方面的大型课题研究，有考古、语言、哲学、伦理道德、文学、艺术以及当代文化风尚等方面的大型文化课题研究，等等，它们是我们文化研究的真正主体。在我国文化研究中，作为后现代主义思潮的文化研究，只占整个文化研究的一小部分。我国整体上的文化研究，就其主导倾向来说，当是诉诸现代性的。现代性意味着使社会不断走向进步的新理性精神，这是一种不断进行反思的、批判的、建设的科学精神与人文精神，它是不断变化创新、具有无限丰富资源的未竟事业。后现代主义文化研究提出的种种问题，丰富了文化的研究，但对于文化整体研究来说，除了吸取后现代性中的某些合理因素，则更应倾向现代性的诉求。

第二节　文学理论研究会被“文化研究”替代吗

美国解构主义学者希利斯·米勒，在我国刊物上发表了多篇文章与座谈会上的谈话，他多次谈到文学、文学研究问题，认为在当今电信时代，文学是个幸存者，文学艺术从来就是生不逢时的；而“文学研究的时代已经过去了。再也不会出现一个时代——为了文学自身的目的，撇开理论的或者政治方面的思考而单纯地去研究文学。那样做不合时宜。我非常怀疑文学研究是否还会逢时，或者还会不会有繁荣的时期”①。另一位美国学者加布里尔·施瓦布教授认为，“美国批评界有一个十分明显的转向，即转向历史的和政治的批评。具体说来，理论家们更多关注的是种族、性别、阶级、身份等问题，很多批评家的出发点正是从这类历史化和政治化问题着手从而展开他们的论述的，一些传统的文本因这些新的理论视角而得到重新阐发”②。当他们在学术交流中，发现中国学者所选择的题目单纯地倾向于“审美诉求”，探讨诗学、诗性文化、神话美学、中西文论比较等，就觉得这类问题大而无当，说在美国三四十年前就不做了。同时，他们很想了解中国一些重要理论批评家的文风，忠告中国学者的研究能够具体、细致一些，等等。

在这里，美国学者的一些意见，确实是切中肯綮的，比如我们有些会议上的个人论题，相对都比较大，较抽象，个人力有不逮，但还是要做，结果是大题小做，空有架子，缺少血肉，学术质量受到影响；而且确定某个选题，往往不管前人有没有做过研究，解决到了什么程度，却是一切由他重新开始，还自以为是创新，实际上这是重复劳动，这自然不符合学术规范。不少外国学者的著作、论文，就不是这样，一般论题小而具体，论述方式是先从某部作品引出一段文字，或一个细节，作为一个引子，然后围绕引文中的思想，旁征博引，展开阐释，以说明某个问题，这叫小题大做，做得好，十分讨好。我国一些精通英美文学的老专家，多数受过这类训练，就是这么做文章的。但有时也有这种现象，即有些外国学者这类文章有时做的过于琐碎，难以卒读。这种学风，从新近的传统来看，无疑受到新批评、作品细读方式的影响。同时这种写作方式，在我国学术研究中其实也是一种基本方式，稍远一些看，可以说是乾嘉学派的余绪，近一些说，无疑受到实证主义思想的影响。

对于米勒等学者所作的表述，如果我理解得不错的话，还有另一方面

① 见[美]希利斯·米勒撰：《全球化和新的电信时代文学研究的未来》，载2000年8月29日《文艺报》；《全球化时代文学研究还会继续存在吗?》，载《文学评论》2001年第1期。

② 见[美]施瓦布撰：《理论旅行的交流：对话录》，载2000年10月25日《中华读书报》。

的一些问题，那就是认为，一是当今文学理论不可能再去探讨文学自身的问题，这样做已不合时宜；二是不可能再形成一个文学研究的繁荣期、一个文学研究的时代；当然，文学研究还会存在。三是文学研究在美国已转向文化研究，文化研究的某些方法，可以为文学研究提供一些视角，丰富文学研究。但不管怎么说，文学研究和文学理论研究，已退居到次要地位。美国学者的上述意见，透露了一个重要的信息，这就是在全球化语境的文化氛围中，文学理论能否继续存在并获得发展。

从美国学者的意见来看，为了文学自身的目的，而不顾理论、政治方面的因素，单纯地讨论文学问题，将是不合时宜，而且看来在他们那里，已经有了一段时间。这就让我明白了过去极感疑惑、十分不解的下面这些现象：譬如美国哲学家理查德·罗蒂在《后哲学文化》中读到，在英美的文学教学课堂上，讲讲诸如弗洛伊德、德里达、萨特、伽达默尔就算是讲文学理论课了。大学英语系的哲学课，不是由哲学系的老师讲授，而是代之以英语系的老师来操作①。再譬如有关全球化文化的讨论中，有的学者认为，要把文学作品当作哲学著作来读，或是相反，要把哲学著作当成文学著作来读，并要求把文学研究的方法，引入其他学科的研究，如此等等。纯粹的文学理论研究受到“文化研究”的冲击而呈现解体现象，这可能就是我们已经好久没有读到当代欧美学者那种精深的文学理论著作的原因了。人们常说，20 世纪是批评的世纪，这对于欧美文论来说确是如此。从世纪之初到 80 年代，欧美文论经历了它的繁荣期。内在研究方式排除文学与外在因素的联系，使得在分解文学作品各个因素的探讨方面，曲尽其妙。各种学派一个接着一个，把文学作品的存在方式的探讨，发挥到了极致，以致觉得再往下去，已经难以有新的作为。这些研究自然都以“审美诉求”为其基础的。所以研究文学性、审美现象、审美之维、细读、象征、神话、修辞、叙事方式等这类诗学著作，已经出版很多很多，再探讨下去，一时也难有突破。不少被我国译者翻译过来的这类著作，如果我们留心

① 见[美]理查德·罗蒂著：《后哲学文化》，黄勇编译，上海译文出版社 1992 年版，第 98 页。

一下，确实大半是外国几十年前的东西，近期这类论著已是不很多见。像20世纪欧美文艺批评那样群星灿烂的繁荣的时代，可能在未来很难重现。后现代主义文化思潮，正在抹平原来的人文科学中的不同学科之间的界限，代之以泛文化、泛审美化趋向的研究。

可是，中国学者为什么仍然要以“审美诉求”为基础，来探讨文学理论问题呢？在我看来，在当前全球化的语境中，这种倾向正好显示了中外文论相互之间的差异所在。这就是由于社会、文学艺术发展的不同，中外学者在文学艺术研究上所持的不同观点，正好在于中国学者主要是从现代性的诉求出发，而外国学者的着眼点则是后现代性，这就是我在前面所说文学理论研究上可能发生的第三次错位的原因了。如果说外国文论确是美妙无比，即使全部翻译过来，但是也仍然替代不了我们自己的文论；我们还得建设自己的文论，这就是我国当代文论的现代性诉求。这可否说明，在当前全球化的语境中，实际上存在现代性与后现代性两种思想的不同诉求，以何者为主，则要看那个国家的文化发展的具体情况来说。

我国文论滞后，其原因在于，在一个相当长的时期里，政治阉割了文学艺术的本质特性，即最根本的审美特征，进而完全遏制了文学艺术的审美的自由想象力。摆脱了这种不幸境遇，文学艺术要成为文学艺术，自然首先要恢复其原有本性，即审美特性。于是在80年代初期，美学、文学理论中就出现了有关“审美”的大讨论，使文学艺术恢复其自身特征，以回到自身，建立自己的学理，确立自身的独立自主性。但是，我们随后又看到，由于对文学艺术的审美特性压制既久，所以反抗也烈，以致在一些学者的著述中，认为审美就是审美，审美与其他文化因素无关，排除了审美本身的文化选择与其所具有的文化内涵的现象。

这样，在我国所谓对文学艺术的“审美诉求”，至今尚在清理与探讨过程之中。我国文学艺术所经历的这种艰辛，可能外国同行是难以想象的。我们今天面临的不少文学理论问题，对于他们来说，似乎已成过去；从他们后现代性的角度来看，好像已不成问题。但是正好是他们不成问题的问题，对于我们来说，还正是些重大课题，需要深入，进行理论的重构。同时在我看来，即使在他们的文论里，也是还有一些重要课题要做的，如对文学艺术本质的探讨，恐怕也并未完成。在这方面，外国学者也只是各说各的，也并无统一定论和现成答案。而且近几十年由于反本质主义思潮与后现代主义思潮的流行，不少人宁愿多研究具体问题，而少谈或不谈主义即理论，这种思潮在我国文学理论界也有反映。

比如，如前所说，各类文化的冲突与矛盾，引发了“文化研究”的兴起，而且大有涵盖其他学科的势头。90 年代下半期之后，在感受到全球化氛围的、体现了后现代性的外国文化研究的影响下，我国一些学者，特别是不断出国考察外国文化、文学的学者，以为现在我们再来探讨文学艺术的审美特性、文艺诗学、文化诗学已经不合时宜、过时了，外国早就不这么研究了；只有通过几个文学的例子，引申开去，探讨社会、经济、政治、种族、阶级、公共空间、后殖民主义、女权主义、后现代与后后现代，才能赶上外国学术的脚步。这恐怕未必尽然。自然，外国人说得在理的地方，我们需要听取、学习，从中得到启发，获取灵感；但是，请不要用外国人这么说了、那么做了，来规范我们的行动，或是作为我们的学术规范。这种一反不久前的唯审美诉求的做法，又使我们感到困惑，文学艺术怎么了，怎么把虚拟的文学现象与经济、史实、社会调查，一视同仁、等量齐观了呢？它怎么又成了别种意识形态的附庸，文学还能成为一种独立的审美意识形态吗？

退一步说，外国人的理论的确高明，搬用外国理论，以替代我们自己的理论，在文学理论方面，这在过去就出现过，而且在 80 年代又发生过一次，但是这种搬用的办法未能奏效。对于我们来说，今天文学理论的深入探讨恐怕只是开了个头，我不相信我们的研究开头就成了终结，我倒更相信现代性是个“未竟的事业”。比如，我国古代文论并没有一种特定的形态，更不具现代意义上的文学理论形式。一些专家对极其丰富的著述清理、整合，力图理出古代文论的核心观念，进行阐释，建构它的体系，并且已经取得了重大成绩，多种论著各有千秋，但它们分歧也很大，一时难有定论。古代文论的研究，无疑还应寻求新路，进行下去。当然，更为重要的是，我们还要建立我们自己的当代文论形态。

第三节 审美的现代性诉求

现代性重在精神与价值的重建。近百年来西方文论的简单移植的倾向，或是替代，固然使我们了解到不少东西，但也留给我们不少教训。原因在于我国作为一个文化大国，在众多的国家文化中，地位确是太特殊了，它几乎在各个方面都有着自己独特的悠久的文化传统。传统悠久，内涵深厚，可能成为财富，也可能变为包袱。如果因为自己的文化制度、文化传统存在问题，企图跨越它们，弃置不顾，而把他人的文化思想、原则搬过来就用，这在现实中往往寸步难行，弊端丛生。主要原因在于移植的东西，并不完全适用于我们特定的文化环境与精神的需求。我国毕竟不同于欧美诸国，后者不仅有着共同的文化源流，而且由于地域关系，在进入商业资本时代之后，交流方便，虽然一些国家仍然保留着不同的民族的文化风尚，传统与习惯，但无疑有着几乎大体一致的文化大背景，有着更多沟通的机会，存在着文化上的更多的相似性乃至一致性。世界各国的文学与文学理论，确有它们的相通之处，否则就难以相互交往与沟通。但是一个民族，它所赖以生存的地域的特殊性、它所特有的政治文化制度以及文化传统的悠久性，在新的文化的建设中，起着极为重大的作用。所以要想更新、要想前进，就必须以现代性而不是后现代性来观照传统，既尊重传统，又批判传统，融会传统。不是简单地采用他人的文化替代自己的文化，而是吸取他人文化中的长处，融会自己文化传统中的精华，创造新的理论，指导新的文化的创造，进而更新传统，又形成新的文化传统。这就是文学理论简单的搬用总是不能成功的原因,这也就是为什么要把现代性诉求,视为我国文学理论建设的主导思想。

20世纪的我国文学理论走过了极为曲折的道路,经验与教训并存,清理与重新评价正在进行。虽然已有一些批评史、理论史著作,但不少著作由于尚缺乏自己的理论立足点,或带有方法论上的缺陷,如仍然承袭了非此即彼的思维方式,所以往往把探讨变成就事论事;或是只重视某些表面性的文艺论争,以此代替理论自身的探索,结果现代文论自身的形态不见了,这种趋势还会持续一个时期。看来需要把种种问题与论争,置于国际文化、文学思潮与国内社会、文化、文学语境中加以探讨,并应用多种方法,努力阐明我国文学理论的现代性与民族性在不同时期的自身要求、差异与内涵,揭示文学理论现代形态的不断生成与变化。以现代性、交往对话精神、人文诉求,进行学理性的探索;以真正历史主义的态度,来处理历史理论现象,对存在于一些人中间的非历史主义观点与态度,进行适当的辨析。如果不承认20世纪我国现代文论的多种形态,并把它们看成传统自身,只用后现代主义的思想进行片面地描述、解构与否定,那么,我们就很难找到新的文论建设的起点。因此我国文论的建设与创新,还有一段很长的道路要走。这又是文学理论研究自身问题的一个重要方面。

这里附带说一下文学史的研究。我们还将在适应现代性的要求、“审美诉求”的基础上,运用多种方法,对我国几千年来的文学遗产,必须进行新的整合,尽管现在古代文学遗产研究中有“危机”说,如缺少“兴奋点”,甚至可能不会出现“文学研究”的时代。但对以往经典仍然需要重新进行阐释,同时新的文学材料还会被不断发现,新的文学经典还会被不断界定,作为文化遗产的继承与发扬,还会重新进行下去。我国古代文学的研究,素有与多种文化因素结合一起进行阐发的传统,这一传统看来将会获得丰富与发扬。又如有关近百年来的中国文学史的研究,著述不少,但有新意的不多,即使是些富有探索精神的著作,也是言人人殊,纷争不休,而且出现了极端虚无的百年中国文学“新空白论”的调子,还有一些问题,如十七年文学、“文革”时期文学，都觉得是问题，但讨论起来，也是观点各异。有的称作文学史，编排有如教程，但很有新意；有的文学史称作教程，但提出的新说，学术个性太强，公认的程度不够高，仍需讨论下去。

在当今来势凶猛的主要是体现后现代性的文化研究的潮流中，作为一门独立的学科的文学理论，如上所述，恐怕还会按着自身的规律运作下去的，而不会被文化研究所吞噬。同时，文学理论不会被文化研究所吞噬的另一个重要原因，即我们还不能不考虑到今后文学存在的形式与文学艺术创造的思维方式。

把文学视作文化的组成部分，自然是不错的。几千年来，文学除了大部分以独立的艺术形式出现之外，相当部分一直混迹于其他学科之中，人们不断认识这些现象，了解它们的特征，直到近百年来，才把文学现象从其他文化形式中分离出来；同时也产生了现代意义上的较为科学的观念。在高科技带来的物质生活的巨大转折的全面影响下，人的思维方式也会随之变化，与此相应，一切意识形式自然会在其本身发生变异，文学艺术存在的形式也正在变化之中。但是文学艺术的形式无论如何多种多样，它只能是艺术思维的产物。比如小说，虚构的也好，标榜非虚构的也好，网络小说也好，影视小说也好，写实的也好，玩玩叙事策略的也好，而且即使是那些不断出现的艺术新形式，它们都只能是艺术思维的产物。艺术意识、审美思维，是人在千百年的自身形成过程中所形成的本质特征，是对人的自身本质的确证。在当今文化手段的多姿多彩的变化中，文艺创作会增加自身文化选择的可能，从而使自身变得更加丰富起来，通过科技手段，使其存在的形式发生激变，但它恐怕不会被文化阉割掉自身千百年来已经形成的特征，而被一般意义上的文化所兼并。这就是说，人的审美思维将会继续存在和得到丰富，那些引不起审美感受的文字，是难以成为文学艺术的。

文学理论也是如此，19 世纪外国的文学理论批评家提出了建立文艺科学的初步设想，但只是在 20 世纪，文学理论才形成了自己的独立形态，用以较为科学地阐释文艺现象。文艺作品自然可以被文化研究视为研究对象,但真正能够全面说明它们的特性的,恐怕还是文艺批评、文学理论。文学研究与文化研究相比较,在思维方式上是相同又不同的。两者都是综合性理论思维,但各有专职。文学研究通过审美感受和接受,探讨文艺作品自身存在的艺术思想、叙事方法、技巧使用等问题,即使涉及多种文化因素等方面,如政治、社会、伦理、哲学、殖民主义、女权主义等,仍以作品的审美特征、审美观念、审美变异、审美思潮、审美传统等方面为其主线,意在阐明作品自身的问题。审美意识中的文化的选择与阐释,丰富了诸种审美因素的阐明,所以它仍是文学的研究。这种审美的文化选择的探讨,大体属于文化诗学的研究范围。

当前流行的文化研究同样是一种混合型思维的研究,但不同于文学研究之处,在于它实际上是一种社会、经济、政治、思想的综合研究,它一开始可能从某部文艺作品出发,某个作品的细节作为例子,但其目的不在于说明文艺作品本身的问题。从目前我们见到的文化研究主要表现形式来看,它着重探讨的是全球化经济问题、社会或社会思想问题、政治或政治思想包括诸如后殖民主义、女权主义、身份、阶级等问题。这种研究大多数情况下是政治、经济、社会、文学问题相互混合一起的,文学艺术在这种研究中的地位,主要只是被用来论证、说明其他学科思想的例子或工具,审美因素实际上被排除、榨干了。我们看到一些外国文艺学家所做的这种研究及其著作,主要在于阐明,文学艺术的现状在何种明显的或隐蔽的程度上成为了反映经济、政治状况的手段,这里也涉及大众文学、艺术趣味、艺术形式如何变为一种风靡一时的时尚,时尚又如何变为群体的一种追求,但主要在说明社会、政治、经济等状况与问题,群众的文化趣味的流向。这里文学研究与文化研究往往相互交织,这一方式的确扩大了我们对文学艺术的认识,但大多数情况下,涉及的文学艺术作品,实际上往往被看成了某种意义上的政治、经济、社会思想的风向标,或是它们的附属物。

在当今的全球化语境中，思维的综合是一种趋势，以致会导致某些学科的合并。但是人类思维方式是否会急剧向混合型思维方式转向，并完全支配社会科学、人文科学，我看这可能是一个相对缓慢的过程。过去各种学科由于分工过细，妨碍了对事物的整体的理解，而今必须走向综合，一些学者包括我在内，在大力倡导综合，也赞成一些课程的综合与兼并；但相当部分的学科看来还会长期存在下去，各种专门性的探讨仍然需要，因为它们自身还有许多问题需要阐明，而且问题又在不断发展。在这方面，具有综合性的理论、主义要研究，专门的、局部的问题也要探讨；综合性的本质论要深入，单一的现象学问题也不可偏废。避谈主义而专注于现象问题，现象可能会被阐发清楚而成为一种发现，但也有可能使问题研究局陷于就事论事，陷于事实的罗列；专注于主义即理论，在充分使用史料的基础上，可能在理论阐发上有所进步，而不重视文学史实，必定会使主义抽象而空洞。所以现象问题与主义的研究是相辅相成的，倾向哪一种选择，全在于学者自身的功力的深浅，文学理论就是如此。同时文学艺术创作中的新问题又层出不穷，文学理论批评的探讨也无止境，所以这一过程可能会较长，此其一。其二，后现代主义文化思潮作为一种综合型思维形式，它的特征显然不同于文学理论思维，它确是力图发现现实中的新现象，但这是一种重在描述、报告、趋向彻底解构以至否定的思维方式。凡是新的就是好的，主要是对以往一切文化只提质疑，或进行颠覆，而不顾其历史、人文等方面的价值。经典经过几下贬抑批判，就算被解构了，就宣布它为死猫、死狗，被抛弃了，但是没有什么新的可以替代，也不想用什么替代。

自然，文化研究大大拓宽了社会科学、人文科学探讨问题的范围，它把一些学科打通了，使得不少文艺批评、理论研究者，可以两栖于文化研究与文学批评研究之间，由文艺而进入经济、政治、社会问题研究的层次，从而也拓宽了个人研究的领域，这可能正是对我们原有发展得过于精细的学科思维的一种反拨。而在这些方面，很可能正是中外学者有着更多的共同语言、可以进行对话的公共活动的领域与舞台，体现了现代性与后现代性在某种程度上的协调、交叉与结合。至于这类文化研究课题，原先都是外国人根据他们文化发展现状提出来的，是否都适合中国，适合到什么程度，在何种意义上可以发挥它的作用，也是一个值得观察的问题。其实，中外学者的文化研究的现实作用，恐怕也是不尽一致的。

文学理论批评有其自身范围的综合性研究，它可以从文化研究的方法中吸取教益。如前所说，学者可以一身兼作几种研究，或以文化研究为主导，使文学艺术种种材料为我所用；或主要探讨文学艺术问题，兼用其他学科与方法。但是以文化研究的那种综合性研究来取代文学理论、批评研究，是很困难的；抹去文化研究与文学理论研究的界限，效果未必会是积极的。

比如，在我看来，在大学文科教学中设置文学理论批评这类课程是相当重要的。因为文学理论、批评与文化研究的目标不尽一致。文学理论、批评课程，不是满足于对文化现象的描述，对时尚的追踪和报道，它探讨以及提供的是有关文学艺术的风尚、审美标准、审美的文化选择等问题的基本知识，辨明作品的艺术思想质量的高低上下，多样中的优劣良莠，乃至是非曲直，这对于形成人的健康的审美趣味、鉴赏能力至为重要。这是一门人文性的、具有一定价值判断的学科。缺少文学理论批评的基础知识，人们自然也能写作，并且生活得很好，但是也使一些人在艺术上不能分清高低上下的一个原因，以为好作品、富有思想容量的作品，与那些并无多大价值的东西，是可以一视同仁的。同时，文学理论批评的审美标准，不是一成不变的，而是趋向多样，需要不断发展的。当然，有的人即使有了一定的理论知识，但在当今一切都成了商品和消解的时代，也会对它嗤之以鼻，弃之如敝屣，因为有时理论与卖个好价钱是矛盾的。而且有的人也以无知为荣，声称对理论、批评不屑一顾，泼皮式的骂街，肤浅的断语，在媒体的哄抬、营利炒作中，也颇有听众，但也就是这么一种文化品位了。至于文化研究的注意力，文化研究的学者的真正兴趣，恐怕也不在于文学艺术自身的问题，而主要是研究经济、社会、政治、人的活动的公共空间的状况，人群、阶级、妇女权力的变化上，两种知识不好互相替代。

一般来说，在欧美国家的大学教学的课程设置中，并无文学理论一说，有的只是作品分析，现今似乎也为文化研究或文化批评所替代。前面提及，在课堂上，除了谈谈德里达、弗洛伊德等人就算是讨论文学理论了。有一则消息说到，美国一些大学课堂上的内容设置主要是大众文化、影视艺术、行为艺术、春宫画片、广告动画等。美国现代语文学会主席爱德华·萨义德说："现在，文学本身已经从课程设置中消失，取而代之的是残缺破碎、充满行话俚语的科目。"同时由于解构主义思潮的影响，过去的经典著作渐渐被否定；文学教学为了不断求得新奇，以引起听者兴趣，课程就得不断花样翻新，于是争先恐后地引进那些品位不高的、冷僻的文学文本，以替代原有的文学经典。解构主义的影响还表现在对文学意义的消解上，在语言多义、语言能指无限膨胀的思想指导下，以为人们讨论文学作品的价值是徒劳的，论者充其量不过是在"表态"而已。当文学的意义、价值、感情被消解干净，突然，相反方向的潮流，如国家、民族、阶级、等级、殖民主义、权力解构、文化冲突等问题又滚滚而来，让人应接不暇①。这实际上是一种泛文化教学了，它提供了不少知识，但缺乏了真正的人文的关怀。我以为，这些信息不一定反映了全部的情况，但我想也并非空穴来风。本文作者也曾就此问题向一些外籍学者做过了解，情况大体如此，这是很值得我们思考的。

最近在《文艺报》上见到一文，该文作者有一段时间曾经亲临美国的文化研究领域，并做了考察，用不少见闻说明美国文化研究的情况。他说到美国的文化研究，原本盛极一时，但是近十年来，已渐渐走入尴尬的处境。主要是文化理论批评脱离实际，始于词语，终于词语，看上去提的问题十分尖锐，实际上只是一些拆了引信的炸弹，并没有什么危险。同时，文化理论批评不断更新，十分时髦，但没有系统理论。一些保守的名牌大学虽然并不公开反对，但把它们视为左道旁门，在课程中不予认可，以致

① 盛宁著：《美国大学英文系的衰落和人文教育的滑坡》，《外国文学评论》2000 年第 1 期。

使得那些原本站在潮头的理论家们的理论难以进入现实。像德里达、克里斯蒂娃、萨义德等人，后来都写起小说来了。也有像斯坦利·费什这样从事理论研究的理论家，公开宣布理论与实践无关，理论与理论之间也无联系，主张"理论无用论"。倒是萨义德对文化批评理论的遭遇十分痛心，并追悔莫及，他"指责当代批评理论的泛文化趋势，痛感当今人文传统消失，人文精神淡薄，人文责任丧失，称之谓'人文的堕落'"，呼吁去掉浮躁，回归旧时细读传统，从文化回归文本①。说的很是实在，他抓住了文化研究的重要方面。至于理论家写写小说，我以为是一种好现象；不过上面这幅图景真使人有些心惊，也逼迫我们思考一些问题。

文化研究其实是门相当困难的学科，比较文学研究也是如此。从事这方面研究的学者恐怕得在学养上大下功夫。单凭懂得一些外文，搬用一些外国词汇，对问题并不内行，就拉开架势大谈文化问题，好像天下大事尽在自己掌握之中，但令人读后或是觉得整篇文章好像是篇翻译文章，或是尚缺乏可信性，有些隔靴抓痒。文化研究既然是门综合的学问，研究者恐怕得精通几门专门知识，对一些问题确是做过认真的研究，发表过些独到的见解，才有发言权。当然，由于我国情况特殊，有时这类文章不免要使用伊索式的语言，从而增加人们理解的难度，这也在情理之中。

文学理论的建设，是新的文化建设的需求。在当今全球化的氛围中，它无疑应当面向现代性的诉求，面向创新，面向人文价值的追求，面向重构，面向建设，面向新理性精神；可以适当地吸取某些后现代性因素，如反对文化霸权主义、文化的唯中心论、僵死教条等，但不是后现代式的满足于反对事态的宏伟描述与消解。

这就是我理解的文学理论在当今全球化语境中的主体性表现。

20世纪已经过去，文学理论批评留下的遗产是很丰富的，无疑，它将成为新世纪文学理论批评建设中不断议论的话题。

---

① 转述与引文均见自朱刚撰：《世纪之交的美国文学批评理论的尴尬》，载2000年11月21日《文艺报》。

第八章　文学理论:走向交往与对话

第一节　20世纪中外文学理论发展中的两次错位

20世纪初到70年代末,中外(主要指西方)文学理论都面临着确立与充分实现自身的主体性问题。一个十分有意思的现象是,这一阶段的西方文学理论批评,与这时期的中国文学理论批评相比,在理论倾向上恰恰形成了一个"错位"。所谓错位,主要指双方探讨的问题与兴趣方面,走着正好相反的方向而形成鲜明对照。我们知道,当双方在文学理论问题上认识各异,兴趣各别,缺乏必要的共同性时,是难以进行交流与对话的。

19世纪中叶开始,中国就受到东西方帝国主义的侵略与压迫。中国人需要启蒙,也要救亡。近百年的中国文学理论,就是在启蒙与救亡的双重任务下,不断寻求自身现代化,确立自身主体性的过程。

20世纪之初,王国维与梁启超开创了20世纪我国的两条文学理论路线。王国维在19世纪德国美学的思想影响下，突破了中国文学历来所奉行的“文以载道”的传统，主张文学回归自身。他认为文学、哲学应与政治分开，过去文学家常以兼做政治家为荣，所以总要使其创作依附于政治，结果使文学“忘其神圣之位置与独立之价值”[①]。文学描写人生，而人生乃欲望与痛苦，三者互通，无从超越。可以说，这是中国文学理论引入西方美学思想，与中国文学现象结合起来加以评论，实现中国古代文论最初的现代转化，体现了文学理论的现代精神。这是文学转向自身，力图确立文学理论主体性的一次尝试，并且充溢着人文精神的关怀。

和王国维几乎同时，梁启超提出了另一种文学主张。戊戌政变（1898年政治改良运动）失败后，康有为、梁启超等人都转向文学，认为小说可以移人心，改风俗，强国民，救国家，在儒家“文以载道”“经世致用”思想的基础上，把小说的地位与作用提到救国救民的高度。[②] 这虽然同样符合现代性的需要，但于小说来说，实在是一种超负荷的“光荣”，埋下了后来文学理论失去自主性、主体性的伏线；极端政治化的主张，终于到了70年代末走到了自己的终点。

---

① 王国维著：《论哲学家与美术家之天职》，见周锡山编校：《王国维文学美学论著集》，北岳出版社1987年版，第35页。

② 梁启超著：《论小说与群治之关系》，《梁启超文选》下册，中国广播电视出版社1992年版，第67页。

这样看来，原本是文学理论的人文精神的启蒙与探索，却在相当长的过程中，受到严重的歪曲，并且最后走向反人文精神的绝境；原本在中国社会现代性策动下进行的理论探求，却使其本身成为反现代性的理论酸果，从而暴露现代性本身的悖论。

西方学者曾把20世纪称作批评的世纪，其意思是文学批评繁荣，学派众多，力图使文学理论成为一门独立自主的学科。20世纪初，西方文学理论随着实证科学的飞速发展，随着对文学研究中使用的社会学的、印象主义的、心理主义的方法日益反感，在文学理论批评中出现了转向内在研究的潮流。一个又一个的形式主义学派不断更新，对文学作品本体进行了多种有益的探讨，到20年代后，形成了形式学派的主流，并同样延续到70年代末。

我在这里想要通过回忆来说明的是，如果双方都从20世纪初算起，到70年代末止，那么双方在相反方向上的探索，十分巧合地经历了同样长久的时间。在这段时间里，中外文学理论在很长的时间里互不了解，自然也谈不上相互的交往与对话。

可是有趣的是，从70年代末到80年代末，在中国与外国特别在与西方文学理论批评之间，又发生了戏剧性的第二次“错位”。

我注意到希利斯·米勒写于80年代中期的《文学理论在今天的功能》一文，他说：

> “自1979年以来，文学研究的兴趣中心已发生大规模的转移：从对文学作修辞学式的‘内部’研究，转为研究文学的‘外部’联系，确定它在心理学、历史或社会学背景中的位置。换言之，文学研究的兴趣已由解读（集中注意研究语言本身及其性质的能力）转移到各种形式的阐释学上（注意语言同上帝、自然、社会、历史等被看作语言之

外的事物的关系)随之而来的,是一次普遍的回归。”①

“普遍的回归”当然表现为以往的不少学派,方法又活跃起来了,好像是复旧了,不过,其实原来的多种方法,本来就没有被废弃,只不过失宠于一时罢了。就像结构主义80年代后虽然运用的人不多了,但作为人类积累起来的一种思维方式,依旧保留了下来。这使我想起1985年茨维坦·托多罗夫讲过的话。在谈起结构、解构主义等思潮在80年代的欧洲已不很时髦时,他说:“现在是综合使用各种方法的时代,新的方法已不占统治地位,各种旧的方法也并未被否定,原因是各种方法的好的方面,都已被普遍接受,学校课堂上都介绍它们,并被文学研究者所使用。”②但是一旦摆脱对于语言的过分依赖,新的学说如新历史主义、女权主义、后殖民主义、后现代主义、文学人类学等学派就纷纷行时起来,于是发生了文学研究向“外部”的急剧倾斜。我曾著文谈到发生变化的动因时说:一是几十年来西方社会、历史运动、现实斗争发展的结果。二是为西方文学实践发展所促成,原有的文学内在研究的理论批评,已无法满足新的文学实践了。三是文学理论自身发展的趋势与自觉使然。③ 正是这种理论的自觉,使得西方文学理论开始较为充分地体现了其自身的主体性与自主性。

在这段时间里,在中国文学理论中却发生了一个相反方向的变化,这就是文学理论批评走向由外向内的转折。从1979年开始,在改革开放的形势下,人们相当普遍地厌弃了旧有的理论与研究方法,而转向刚刚被西方文学理论批评界不断诟病的内在研究方法。这一时期的中国文学理论批评中确实存在着比较严重的西化倾向,以为西方的文学理论批评,诸般都好,可以替代我们自己的文学理论批评。紧接着,对西方传过来的现代

① [美]希利斯·米勒著:《文学理论在今天的功能》,见[美]拉尔夫·科恩编:《文学理论的未来》,程锡麟等译,中国社会科学出版社1993年版,第121页、第122页。

② 钱中文撰:《法国文学理论流派》,《文学理论:走向交往对话的时代》,北京大学出版社1999年版,第54页、第55页。

③ 钱中文撰:《面向新世纪:八九十年代中外文学理论新变》,《文学理论:走向交往对话的时代》,北京大学出版社1999年版,第256页、第257页、第258页。

主义、结构主义、叙事学还未完全弄清楚是怎么回事,可一下又出现了对后现代主义、后殖民主义的热情关注了。有些论文里面到处都是西方文学理论批评中或自然科学中的术语,作者自己并不真正懂得,读者读后自然也感到茫然。所以双方虽有交往,但难以对话却是自然的事。

这第二次的理论"错位",对于中国文学理论来说,固然满足了求新、求知的欲望,但留下的则是沉重的思考:一方面,学习西方文学理论批评中的有用成分是必要的,没有它们,就难以激活我国的文学理论批评,新的术语,也往往是表现新思想的。但是如果认为,可以把任何西方文学理论批评,或是任何新名词搬到中国,我们的文学理论批评从此就走向正路,这实际上必然要走向盲目,就会再度失去理论的自主性,影响主体性的建立。美国学者小亨利·路易斯·盖茨关于要建立黑人文学理论批评话语,以取代白人话语对黑人文化教育的鄙视与贬抑,态度不免激烈了些,但确是包含了一些真理在内的①。话语确实是一种权力的表现,对于中国文学理论批评来说何尝不是如此?所以必须建立中国自己的具有自主精神的理论话语,确立文学理论的自主性。

在两次"错位"之后,我们必须真正面对现实,进行自我反思、自我批判与自我选择,寻找学术上的整体的自我,发扬文学理论批评的原创性与独创性精神,改造并提升我们自己的文学观念。不这样,中国文学理论批评就无以自立。

第二节　交往、对话的主体性与共同性因素

80年代中期开始,特别是80年代末以后到现在,是我国文学理论批

① [美]小亨利·路易斯·盖茨著:《权威,(白人)权利与(黑人)批评家;或者,我完全不懂》,见[美]拉尔夫·科恩主编:《文学理论的未来》,程锡麟等译,中国社会科学出版社1993年版。

评界进行反思、自我批判的时代，解构旧有的不适应于文学发展的理论思维模式，建构新的文学界理论的雏形；同时这也是与外国文学界理论批评逐步进入交往、对话的时代。

我所说的文学理论批评的交往与对话，表层的意义当然在于双方互通有无、相互学习，但是其深层意义，则是为了我们自己的复苏与生存。当艾略特谈到不同国家文学的交流时就说道："……在一定时代时，它们当中每一种都依次在外来的影响下重新复苏。在文化领域里专横的法则是行不通的；如果希望使某一文化成为不朽的，那就必须促使这一文化去同其他国家的文化进行交流。"①这对于文学理论批评来说，也是适用的。80年代的西方各种文学理论批评的输入，对我们起到振聋发聩的作用，破除了滞后的思维定势，激活了我国文学理论批评的主体性，使其复苏过来。但是被输入的各种外国文学理论，即使它们再好，也难以把它们认作我们自身的文学理论。道理很简单，这只是借用与参考，而借用与参考并非自己创造。因此，在这种情况下，我国文学理论还不是思考"不朽"的问题，而是如何恢复生机和生存的问题，80年代后半期，中国文学理论同样存在复苏、生存的问题，否则会停滞不前了，而且只有在此基础上，才会获得进一步理论创新的可能。如今，不少西方学者也已意识到了这一点。

在中外文学理论批评的交往探索中，把文学理论批评视为人文科学的思想，是十分重要的。文学理论批评具有科学哲学的一面，文学作品的内在研究，使有关作品的理论系统化了，精细化了，促进了文学理论的进步。但是文学理论批评又是人文性的科学，过分倚重科学主义，文学科学的人文精神就被排斥了，其主体性成分就被忽视了，各种形式学派批评就有这种缺陷。80年代西方文学理论批评转向外在研究，即挣脱了语言研究的束缚，转向文化研究之后，不仅极大地扩大了自己的研究领域，而且使文学理论批评更加人文化起来，充分显示了文学理论批评的主体性。

---

① ［英］托马斯·艾略特著：《诗歌的社会功能》，见《美国作家论文学》，刘宝瑞等译，生活·读书·新知三联书店1984年版，第193页。

由于80年代我国的文学理论批评准则已经失衡,因此在求新的时尚中,不少中国学者实际上是跟随西方学者之后“跟着说”,缺乏理论的主体性与自主性;情况好一些的是“接着说”,即接过西方学者提出的论题,谈谈自己的意见;自然还谈不上“对着说”,即在真正的交往与对话中,理解对方与自己,创建自己的思想。90年代后期情况有所好转。女权主义,性别写作,文化批评,后现代主义,后殖民主义,大众传媒问题,不仅成为西方文化界的热门话题,而且影响了中国文学理论批评,从而使得中西双方在理解文学研究方面,获得了较为完整的认识,大体也平息了文学研究中的内外之争,结束了中西方文学理论批评中曾经出现过的两次“错位”现象。

巴赫金以为,人文科学是研究人及其特性的科学:“人带着他做人的特性,总是在表现自己(在说话)亦即创造文本(哪怕是潜在的文本)。”① 文本在人文科学领域,具体表现为“表述”,表达某个人的不可重复的思想;表述具有个人性,意向性,对话性,应答性。因此人文思想总是指向他人的思想,他人的意义,他人的含义的;在这里,总是存在两个主体,即说话人与应答者,同时又显示他们相互之间的评价,应答和反驳,两个平等的主体的交锋,“文本的生活事件,即它的真正本质,总是在两个意识,两个主体的交界线上展开”②。文本作为表述,显示了其潜在的双声性、对话性。不同国家的文学理论批评的交往,无疑是不同的独立主体之间的对话,不同美学思想的对话。

其次,不同国家之间的文学主体,理论批评主体之间进行交往与对话,以达到双方的各自理解。理解通过表述达到,理解意味着看到他人,在交往中使他人成为对话者。对话产生理解,在对话的理解中,不同的主体互为表述,各自建立自身,同时又使事物获得新意。理解在于意义的增

---

① [苏]巴赫金著:《文本问题》,钱中文主编:《巴赫金全集》第4卷,白春仁、晓河等译,河北教育出版社1998年版,第306页。

② [苏]巴赫金著:《文本问题》,钱中文主编:《巴赫金全集》第4卷,白春仁、晓河等译,河北教育出版社1998年版,第305页。

值，不断提示对象的新意，创立新说。“理解不是重复说着，理解要建立自己的想法，自己的内容”。作品的理解“能充实文本，因为理解是能动的，带有创造性质的理解者参与共同的创造”①。由于对话的普遍存在，所以意义是不断生成的。但是意义具有成为含义的潜能，而含义就其潜能来说，又是无穷的。那么含义是什么呢，巴赫金说：“我把问题的回答称作含义。不能回答任何问题的东西对我们来说就没有含义。”在意义向含义的转化与实现中，“含义每次都应与别的含义相接触，才能在自己的无尽性中提示出新的因素”②。至于解释，它只具一个主体，是一种独白，它不能构成对话。解释只是提示了已经熟悉的东西，可以重复的东西，解释者在其解释中个性已荡然无存，他的活动未有增值。人文科学如果只有解释，只有独白，很难获得发展，甚至走向绝境，这是一种独白式的思维方式，也即非此即彼的思维方式。我国80年代前的文学理论批评，就是这种独白思维的产物，到70年代末，它果然走上了绝路。在理解与解释的观念上，如果把伽达默尔与巴赫金相比较，我宁取后者，前者认为“所有的理解都是解释”③。当然，在我看来，理解是人文科学活动的主要方式，但有时也需要进行解释的，虽然这是一种重复的，但有助于原义的敞亮，因而也有助于理解，所以完全排斥解释，也有其实践上的难处。哈贝马斯就曾经讲到“合理解释的不可避免性”④。当然，我们这里不可能充分地来讨论这个话题。

再次，不同国家之间的文学理论批评进行交往与对话，利用交往、对话中的“外位性”使自己融入他者的文化，进而使用他者的目光来反观自身，可以观照自身的不足；可以从他者获取新的知识，吸收新的有用成分，

① [苏]巴赫金著：《1970—1971年笔记》，钱中文主编：《巴赫金全集》第4卷，白春仁、晓河等译，河北教育出版社1998年版，第405页。

② [苏]巴赫金著：《1970—1971年笔记》，钱中文主编：《巴赫金全集》第4卷，白春仁、晓河等译，河北教育出版社1998年版，第411页。

③ [德]伽达默尔著：《真理与方法》，转引自严平：《走向阐释学的真理》，东方出版社1998年版，第178页。

④ [德]哈贝马斯著：《交往行为理论》第1卷，洪佩郁、蔺青译，重庆出版社1994年版，第162—165页。

从而在一些问题上，修正失误，达到共同的理解。这有如哈贝马斯说的："只要我们凭借对话，即完全依靠交往行为，那么我们就具有确定无疑的前提，这样就可以产生从来未有的一致，至少可以产生内在的一致；能够摒弃错误的主张，获得正确的规范。"①自然，这个过程不会是一蹴而就的，"未有的一致""内在的一致"是要通过不断的交往与对话逐步实现的。有时。"未有的一致"很可能难以实现，在这种情况下，"求同存异"就完全必要了。

中外文学理论批评的交往与对话，有着广泛的共同基础。如前所说，文化理论研究极大地扩大了自己的领域，伸入到不少过去不熟悉的场地。无疑，文学理论批评研究，除了探讨精英文化、文学，现在面对我们的还有大众文化、影视文化、网络文化、多媒体传播，等等，虽然对这些问题在西方文学理论界早已展开，但是现在它们开始进入了我们的理论研究视野，成为许多热门话题。这里面临着挑战与机遇，即我们今天面对着各种学科，挑战着我们的知识能力，同时逼得我们去扩大自己的知识领域，改变我们的思维方式，思考新的问题。又如种族问题，民族问题，性别，地域问题，后殖民主义问题，大众文化问题，民间文化问题，全球化等文化问题的讨论与争论，在这几年也是方兴未艾，看来它们还将进一步被探讨下去，中西方学者在这些问题上有着公共的领域。现今，文学理论跨学科的研究，不仅在人文科学之间进行，而且已渗入社会科学、科学技术中去，这是一个更为广大的公共领域。在争论中有认同，在认同中有争论，把这些文化研究引向文学理论批评，极有可能结束文学理论单一的构架，进行多极化的理论建构。

我国文学理论批评转向文化研究，其实早已开始，这是借用文化研究的多种方法，扩大文学理论研究的领域，主线仍是文学理论，这自然会促使文学理论研究出现新的变化，作为一个学科还会长期保留下去，发展下

① ［德］哈贝马斯著：《论历史唯物主义的重建》，转引自《交往行为理论》第 1 卷"中译本序"，洪佩郁、蔺青译，重庆出版社 1994 年版，第 3 页。

去。例如,我国古代文学研究中,一些学者通过文学的文化研究,取得了令人耳目一新的成绩。毫无疑问,文化研究中的多样方法,又会以各种方式渗入文学理论研究领域,形成真正意义上的方法的多样化,把文学理论批评研究推向新的境界。

但是对于消弭文学理论批评与文化研究界限的做法,我持保留态度,我以为知识的不确定性的理论与教学,可能与当前的文化、文学艺术的形式发生激变、科技文化迅猛发展有关,也可能是出于教学的外在的需求有关,也可能与学生有权改变课程的设置有关。但是零碎化、残片化的过程是会带来苦果的,接受者可能只能获得一些肤浅的知识,学到一些皮毛。

在今天全球化愈益成为一种社会发展趋势的环境中,在文化、文学和人的关系之中,却愈益笼罩着一种令人不安的气氛,这就是人的生存、人的存在及其命运问题。人陷入了危机之中。后殖民主义、女权主义、民族主义、经济等问题的探讨,如果直接地描绘了人的物质的、制度的、性别的不平等令人忧虑的生存处境,那么,审美科学、大众文化、影视艺术、网络艺术、文学艺术及其理论批评,虽然也在层出不穷地制造着问题,但应当排除自身的消极面,来探讨人的真正的精神需求和如何维护人的精神家园,这是中西文学理论批评中的一个说不完的话题。

人的危机实际上就是文化的危机,这既是物质的,又是精神的。物质的大幅度增加和科技的迅猛发展,社会灾祸连连,促进了人际关系的急遽变化,伦理消解,信仰失落,人文价值贬抑,行为规范失衡,使整个文化领域出现了溃烂的趋势,而且几乎是弥漫性的,这在不同国家、不同程度上都是存在的。文学艺术及其研究无疑可以增强这一危机,也可以缓解、弱化这一危机,在我看来,我们的工作应是对之进行缓解与弱化。需要对人的存在、人的生存的个人性的、公共性的空间,进行文化研究与文化阐释。80年代以来,西方文学理论与文化理论的一个重要特色,就是十分关怀人的现实的处境,就是人文精神的强化。对于我们来说,由于处在社会文化的转型期中,人与人的关系发生迅速的变化,同样感到必须呼吁人文精神。我在第一章《文学艺术价值、精神的重建：新理性精神》中说道："人生来就是为了生存与创造，生存的创造与精神的创造。在科技如此发展的时代，不少人仍在生存的艰辛中挣扎，精神上感到孤独与失望。可一些人却说生存本身就是虚无，这一切岂非都是荒诞！文化艺术果真失去了'是什么''为什么'的追问，它们本身还有什么意义？人的生存本身还有什么意义？他还能寄希望于明天么？"我至今仍坚持这种观点。废除什么，是容易的，但在废除与解构之后，我们还要什么？文学理论的人文精神的弘扬，无疑多少会给这个非理性的世界，增加几分希望的亮色，自然，这不是粉饰，而是对人的人道精神的关怀。

第三节　文学理论批评的本土化问题

中国文学理论在中外文化的交往与对话中，摆脱了政治的束缚，批判了过去文学理论在观念、功能上的僭越与反科学，并终于使自己初步建立了自身的学理性、主体性。理论的自主性、主体性的确立，必然要求逐渐建构具有中国特色的、本土化特征的文学理论。不同国家的文学理论问题中的共同性是存在的，这有如上述。但是如果设想不同国家只有一种相同的文学理论，那也是不切实际的，要不，近百年来中国的文学理论，在追求理论自主性的过程中，就不会经历如此多的艰难了。中国的文学理论批评，一直受到西方国家的文学理论的影响，一会儿是欧美的，一会儿是苏联的，后来又是欧美的。但是全盘西化，或是全盘苏化，都是短期的，即使苏化的影响时间比较长久一些，但最终还是免不了遭到清算。

中国文学理论所以要强调理论的主体性与自主性，期望新的重建，就在于它与西方文学理论比较，确有自己的特征。中国古代文学理论是个宝库，就其丰富与独特性来说，它与西方古代文学理论相比较，可说是二美俱,两难并,各领风骚,如何最大程度地利用中国古代文学理论的丰富资源,使中外文学理论共享,这至今仍是一个值得费时费力的重大课题。就以文学理论与传统的关系来说,比如西方文学理论几千年来未曾中断过传统,从古希腊到现代,虽然屡经变迁,甚至今天被当作"宏大叙事"而遭到否定,但仍是一脉相承的,它没有中断传统的那种重负。中国文学理论就不是如此。20世纪初的新文化运动,指向社会的改革,文化的现代化,大张旗鼓地批判旧文化,其势锐不可挡。在文学理论方面,除了自觉不自觉地接受传统文学理论中的"文以载道"的思想外,其他文学观念都受到了排斥。于是几十年来,中国文学理论不时产生着一种失去自身、无所依附的飘零感。

但是,传统无疑是个十分坚硬的东西,它是我们当今的文化之根。割断传统,过了几年,甚至几十年,仍要回到传统,这正是我们今天面临的课题。中国文学理论的建设,面对着三种文化资源,或者说三种传统的定位与选择。如前所说,要以现代文学理论中经受住反思、批判的部分为基础,否则,我们抛弃现代的传统,又会让我们失去我们自身生于斯、长于斯的文化土壤,割断与我们最为密切的传统关系,以致失去交流的现代话语。要广泛吸收西方文学理论批评中的长处,它的某些科学精神、原创性与独创精神,同时还要促进中国古代文学理论的现代转化,以当代意识,最大程度地激活其中最具生命力,可与当代审美意识融为一体的精华部分,结合当代文化的巨变,沟通中外古今、严肃文学与大众文学、文学与影视和网络文学,在跨学科的多种方法的运用中,建构中国当代文学理论批评话语。

建构中国当代文学理论批评话语,也必须和创作结合起来。中西文学创作中存在许多共同性,但文学创作毕竟是在不同的文化土壤里成长起来的,即使大众文学、影视艺术,也是如此。不大可能存在一种叫作不同文学融而为一的"世界文学"的东西。我理解的"世界文学",是在积极的、频繁的相互交往中各国民族文学汇合的总称,而并非某个统一体。那些真正优秀的文学作品，既是民族的也是世界的，进而也是人类共同的精神财富。只要民族、国家还存在着，那么这些民族、国家的文化和文学也会存在下去。全球化的经济正在形成之中，物质文化的某些部分全球化了，但是精神文化中的真正的精华部分，仍然是最具民族特色的。正像我们去外国旅游，最想看的不是我在国内看到的东西，千篇一律的东西，而是那些最具有异国情调、奇风异俗的东西。文学中的"异国情调""奇风异俗"就是那种最具民族文化特色的审美风尚。由于中西文化内涵、环境的区别，文学作品的审美品格自然会多姿多彩、形态各异，因而阐释不同文学现象的中西文学理论批评，也就不可能表现为整齐划一的理论形态。

自然，要建立具有中国的民族特色的文学理论批评，与维护狭隘的民族主义文化主张是毫无共同之处的。承认文化的差异，不同特征与文化的多元主义是十分必要的，它们与文化分离主义也全然无关。几十年里，中国文学理论既受到不同形式的文化霸权主义的统治，又曾有过文化孤立主义的肆虐。我们亲身经历过这两种倾向所带给我们的痛苦，那些总是以"普遍价值"自诩的霸权主义文化，曾使我们的文学理论成为附庸；而文化孤立主义又使我们固步自封，与世隔绝，拒绝了有着真正普遍意义的东西。所以我们现在总是以严峻的批判的目光审视自己的理论，同时也以同样的目光审视着西方文化理论与文学批评。广采博取，多方吸纳，融合同化，综合创新，我想这是文化民族主义赖以生存的支撑点。文学理论的主体性，对我们来讲是弥足珍贵的。如果我们不具备理论的主体性，在国际文化来往中，我们以什么资格来进行交流呢？我们仍只能跟着说，而不能接着说，更遑论对着说的对话了。

在这里，世界性、国际性与民族性是相辅相成，和谐一致的。我注意到有的学者提出"新世界主义""世界公民"[①]等说法，对于他们所作的解释我表示理解。但这些思想恐怕也只能在知识分子中间讨论讨论，而且

---

① [荷]杜威·佛克马著：《走向新世界主义》，见王宁、薛晓源主编：《全球化与后殖民批评》，中央编译出版社 1999 年版，第 247—266 页。

即使在我们之间,那也是不一样的。就拿“世界公民”来说,不少外国学者在某种程度上可以说是“世界公民”了,比如可以较自由地出入我国。但是我们可没有那样进入他国的充分自由,即他国并不认为我们是“世界公民”,有时还会被无缘无故、不由分说地拒绝于他国国门之外!这也就是为什么会存在文化民族主义的原因之一了。

新世纪的文学理论批评,将会在未来的真正的交往与对话中,获得更新与重建。

第九章　对话的文学理论:误差、激活

第一节　一种文学何以成为不朽

在当前世界上,本土文化已不可能是一个自给自足的封闭结构。事实上,本土文化的生存与发展,总是以与外来文化的交流为其必要条件的。艾略特在谈及欧洲国家文学的相互关系时说到,没有哪一种文学能独立于其他文学而存在,"……在一定时代里,它们当中每一种都依次在外来的影响下重新复苏。在文化领域里专横的法则是行不通的;如果希望使某一文化成为不朽的,那就必须促使这一文化去同其他国家的文化进行交流"①。

近几十年来,我国文学理论在走向现代化的过程中,经历了十分曲折的道路。当欧洲国家的文学理论流派不断更迭,异彩纷呈,走向多样之时,相对来说,我

---

①　[美]托马斯·艾略特著:《诗歌的社会功能》,见《美国作家论文学》,刘宝瑞等译,生活·读书·新知三联书店1984年版,第193页。

国的文学理论形态引进较多,体系构建较少;后来主要是马克思主义文学理论占有主导地位。从20世纪50年代起至80年代初的30年内,我们对这一世纪的各种外国文学理论知之甚少,或罔无所知,而且也忘却了本国原有的文学理论形态。70年代末开始,文学理论与批评开始走出误区,当时清算六七十年代的极端错误的文学思想,其目的主要是恢复曾经有过的文学理论传统,即被称为马克思主义文学理论传统。80年代初,随着文学创作的创新局面的不断发展,中外文化交流的迅速展开,文学理论自身也提出了更新的要求;需要了解外国的文学理论成果,也要重建自己,从而开始走向理论的自觉。80年代中期,出现翻译介绍外国文论的热潮。20世纪的著名的多种外国文学理论著作,形形色色的外国文学理论流派,相继被介绍过来。如形式主义文论、新批评文论、结构主义文论、叙述学文论、精神分析文论、原型批评文论、存在主义文论、文学接受理论、读者反应批评、现象学文论、阐释学文论、西方马克思主义文论、文学社会学、符号学文论、解构主义文论、比较文学理论等。短短10来年,中国当代文学理论几乎经历了西方近百年的理论历程。众多的理论形态纷至沓来,一时使中国读者眼花缭乱,应接不暇,同时又大开眼界,形成了更新文学观念热、方法论热。如何对待这些介绍过来的文学理论形态,深入思考原有的多种文学理论传统,就成了当代中国文学理论发展中的突出问题。东西文化交流的目的,自然在于互通文化上的有无,形成文化互补，但这不是全部目的，而交流的深层意义还在于引入外国文化中的有用部分，用以激活本土文化，从而进入创新，推动整个文化的发展。中国人习惯地把世界文化称作东西文化，西方学者也常常如此对待。自然，实际上世界文化的构成要复杂得多。

东西两大文化的区别主要是由于彼此都有源远流长的不同的文化传统而形成的。中国有几千年历久不衰的文化传统，这是古文明中最具生命力的一种文化传统，它支撑着一个庞大的民族复合体的生存与精神的发展。与此同时，它还有近百年来所形成的文化传统。在近代社会发展的轨道中，它们构成了一种不同于西方文化的传统。这使东西文化的交流形成了一种相当复杂的关系。文化交流固然带来互通有无，但也带来冲突，因为外来文化也往往通过冲突而进入本土文化。文化冲突有其外部原因，即由不同的社会、制度方面的因素构成的推力。例如一方要强迫另一方接受它奉为金科玉律的意识形态观念、社会制度，这不能不使双方的文化的某些形态处于对立地位。又例如，发达国家的人以消闲的目光来欣赏如弗·詹姆逊讲的那种不具人类学意义而是落后的第三世界的文化[①]遗迹，这中间同样包含着文化对立因素。再如以单纯的不妥协的阶级斗争观点来对待对方的种种文化形态，同样会使双方文化形态导致冲突，等等。但是东西文化交流中还有一种内在的冲突，它们由不同文化的异质性构成，即不同文化本身的内涵、传统、范畴、特征所构成，这是最有意义、最具活力的冲突。在这两种冲突中，抵制敌对性的因素，同时找出办法，使非敌对性的冲突发生转化，将会化干戈为玉帛，促进本土文化走向新的创造，我想这是至为重要的。

当形态多样的外国文学理论一下涌入我国，在我国接受者之间引起意见分歧，或与我国的原有的文学观念发生冲突，实乃意料中事。学术上的纷争，应是其本身发展的常态。没有分歧与论争，是理论上贫困和文化

① 见[美]弗·詹姆逊著：《后现代主义与文化理论》，唐小兵译，陕西师范大学出版社 1987 年版。

衰老的表现,是盲目自满的表现。由于地域区别不大,文化传统大体一致,那么同一性将成为文化交流的主导。而对于我国文化与西方文化来说,同一与异质的冲突的机会几乎是均等的。

对待外国的文学理论,我们发现有几种方式。一种是简单的排斥。对于一些人来说,凡是西方的文学理论都是异端邪说。他们的想法是,30年代特别是50年代从日本、苏联传入我国的马克思主义文学理论,以及苏联学者论著中提出的一套理论规范已经够我们使用、传诸后世的了,不去宣传这些思想,却对西方的文学理论趋之若鹜,那是为何?外国文学理论是外国资产阶级意识形态的组成部分,所以在80年代,接受美学就被说成是"资产阶级玩意儿",至于"本体论""现象学",就是西方资产阶级对我们进行"和平演变"的理论工具,如何能使用?同时有的论者至今认为,在西欧盛行一时的现代主义文学,都是腐朽、没落的资产阶级文学。无疑,一些人身子已进入90年代,而思想还留在"文革"时代,这自然不足为训。另一种情况则是,一些人认为传统的文学理论、马克思主义文学理论已经过时,已被他们抛弃了,什么都是外来的好,对西方种种文学理论采取完全认同的姿态。当新批评文学思想被介绍过来时,就认为这种学说好得不得了,说这种学说真正解决了文学理论问题。其实对于新批评,外国学者早就指出其弱点,而且是严重的弱点,而对于某些中国的论者来说,弱点也成了优点。当弗洛伊德文艺思想被介绍过来时,它确实开拓了我们理论和创作的视野,同时对这种难以实证的理论,弗洛伊德也讲到"力必度"是受到"伊德"的"监督"的。而对于我国的一些论者来说,说好就全都是好,对"力必度"一说如获至宝,以为一语中的,全力颂扬"力必度"的横行与放纵,即颂扬泛性论。主体论在80年代中期被介绍过来,并引起了热烈的争论。主体论思想是现代西方多种美学思想的理论主柱,在我们过去的文学理论中不被重视,不改变这种状况,文学理论难以进展,所以纠正这种失误,也是理所当然。但是在争论中,倡导主体论者的实际意思是要用主体论文学观来清除被视为"精神牢笼"的传统文学理论,而反对者实际上又仅用哲学上的主客观关系来代替极为复杂、变化多端的文学创作的主体思想。理论上极有特点的叙述学不断被介绍过来。有的论者运用于小说研究,认为现今某些小说的旨归,已经从叙事故事的内涵表现,转向小说的结构与形式,因此,小说成了一种真正语言的艺术,真正成了一种独立的文体,只有语言及其结构方式,才是小说根本所在。那么,今后仍然会大量出现而不符合上述小说理论的小说怎么办呢?它们应为这种理论停止存在抑或自行消灭么?小说,说什么呢?说说语言、结构就够了吗?小说仅仅是叙述吗?此外,除了全面认同外国文学理论,否定近几十年的文学理论传统之外,还有对漫长的本土文学理论传统进行全面否定的情况发生。

第二节 误读与差异

无疑,在上述两种情况下,都发生了误读,一种广义的解构主义式的误读。解构主义理论有其值得注意的方面,即不承认独断、专一的阐释,而主张有多元、多变的解释。这正是受到人们注意的原因,但其理论前提并不坚实。也许,我在这里把上述两种情况与解构主义联系在一起加以观察,这本身就是一种"误读"。希利斯·米勒与哈罗德·布罗姆把一切文本包括批评在内的阅读都称作"误读"。米勒认为语言是不确定的,"一切阅读都是误读"。在阅读中破坏原有文本,同时产生附加文本。解构是"解释本身","没有明白的阅读,没有单义的阅读"。解构主义的文学批评的目的是,通过对文本重新追溯的过程,找出所研究的系统中的基本要素,认出它的矛盾本质;清理文本的线索,根据关键问题将文本全部解开;或者找到能够使整座大厦解体的松动的砖石,"解构不是拆散文本的结构,而是指出它早已自行拆除了结构"。布罗姆对诗的传统及其影响基本持否定态度。他在《影响的焦虑》中说，“诗的影响已经成了一种忧郁症或焦虑原则”，“诗的影响……我将更多地称之谓‘诗的有意误读’（misprision）”①。他认为诗歌传统是一代代诗人“误读”前人的结果。当代诗人要超越前人，就需强化前人的次要方面，贬抑前人。

这里无法详谈解构主义的理论，只是借用其理论观察文化交流中的两种情况。一种情况是对外国文学理论不加分析、区别，一律加以否定，这是唯阶级论的阅读（不是阶级分析的阅读），也是一种双重的“误读”。第一重是怀着偏见的“误读”，是根本不读，它早已将预定的观念附于待读的文本，即算下了定论。这是一种偏见的、预设的、观念先行的误读，并且已经形成了一种心理定势。这种误读在“文革”中极为流行，甚至延续到90年代。这第二重“误读”总是以第一重潜在的误读为其前提。这是简单化的、教条式的阅读，这种阅读只是为了“解释本身”，目的在于破坏原有文本，从原有文本或文本之外，找到“松动的砖石”，或是找到与批判的文本毫不相关的理由，将文本加以颠覆，以彰显自己的胜利。其实理论不是停滞不变的，不能把它教条化，不仅应该掌握它，更应不断汲取人类心智所创造的一切有用的知识，用以丰富自己的创新过程。

另一种情况是，那种否定传统、力主全面引入西方文学理论以取而代之的主张，同样是建立在双重“误读”的基础上的。一是他们对传统不甚了了，未曾用过什么功夫；二是以为文化交流就是一种简单的阅读、认同与移植，外国人的理论拿来就用，就是目的。其实不然，西方文学理论的传播，在欧洲国与国之间，要容易得多。例如像解构主义源于法国，当德里达多次赴美，亲自在美国大学传经布道，就逐渐形成了美国式的解构主义文学批评。但是就是在美国本土，解构主义文学批评的兴起，也是经历着种种冲突的。艾布拉姆斯就很尖锐地指出，解构主义者实际上用了双重标准，即认为被他们解构的文本的语言都是不确定的，阅读它们是一种

① ［美］哈罗德·布罗姆著：《影响的焦虑》，徐文博译，生活·读书·新知三联书店1989年版，第6页。

误读，而他们用以解构别人的文本的语言却是明白无误的。这怎能导致共同的认识呢？所以在与西方有着不同传统的东方文化系统中，简单的文化认同与移植就更难以奏效。在近百年来中国文化的现代化过程中，各种形态的文化冲突从未中断过。双重的误读，对西方文学理论的全面认同，往往导致对本土文学理论的全面否定。

那么，如何协调本土文学理论与外来文学理论之间的相互关系？文学理论接受的境界是什么？在前面，我讲到东西文化交流的目的在于互通有无，形成文化互补，而其深层意义，在于通过外国文化对本土文化的激活，进入创新。对于文学理论来说也是如此。茨维坦·托多洛夫根据米·巴赫金的一个理论观点——对话，提出了“对话的批评”①，显示了他在结构主义道路上的转折，从而从单一的理论的执着，趋向更为宽阔与丰富。我想我们可以根据巴赫金的对话理论②，使东西方文学理论的交流，变为东西方文学理论的对话，逐渐形成对话的文学理论批评。

文学理论作为一种文化现象，是其作者艺术思想的体现，在不同国家，由于其产生的历史、社会、文化条件、价值观念的不同，而显得形态殊异。它们都各有自己的出发点，有的企图从总体上来把握文学现象，有的可能只从一个方面如文本、结构、符号、叙述等来阐释文学问题，从而形成了各自的价值取向。各种不同方式的理论探索，其价值有高低上下之分。我们现在可以这样说，在充分估计到理论的社会倾向性的条件下，还未发现一种绝对无用的文学理论形态，虽然在10多年前，不少西方文学理论在被冠以资产阶级、唯心主义的帽子下曾经遭到全盘否定。资产阶级是存在的，唯心主义也是有的，但是这类简单的定性，并未使它们失去程度不同的价值。我们见到，非资产阶级的、非唯心主义的文学理论，实际上并未全面阐明过文学现象。意识形态论的文学观抓住了文学现象的一个

① [法]茨维坦·托多洛夫著：《批评的批评》，王东亮等译，生活·读书·新知三联书店1988年版，第169—183页。

② [苏]见巴赫金著：《陀思妥耶夫斯基诗学问题》，生活·读书·新知三联书店1988年版；《文学与美学问题》俄文本，1975年版。

重要方面,但在几十年来的文学过程中,它被推向极端,对不少文学现象作了庸俗化的解释。有多样的文学理论形态,就会出现多种的理论差异。即使是处于对立语境中的差异,它们不同的价值都应给以肯定,在理论的整体中形成互补。自然,外国文论中的价值与偏颇是互见的,这种现象我们见得很多。承认文学理论的多样,自然要看到它们之中的同一与差异。东西文论中的差异,往往表现为一种难以对应的差异,它们为一种文论所特有,而为另一种文论所不具,如一些具有特定含义的范畴、观念甚至理论系统,同时由于文化传统的不同,而表现出价值的差异来。此外还有一种差异,这就是同一中的差异。作为一种探讨文学现象的共同形态,必然因文学现象的共性而表现出同一性来,但同时这种同一都是在差异中显示出来的。差异与同一相辅相成,它们成为东西文学比较研究的广阔场所。

在谈到同一与差异时,应提到佛克马教授的"文化相对主义"。这一很有意义的观点,大致有如下内容:一、不要用一种统一的文学观去对待别国的文学现象。二、要研究具有不同文化背景的读者所阅读的文本,在阅读中复原它的价值系统。三、在了解它们后,与本土文学的价值系统进行比较,发现各自的差异与相似点,从而显示出本土文学价值系统的相对性①。这一观点相当符合东西文学理论交流的实际需要。阐读西方的文学理论文本,要理解其价值所在,不能用单一的文学观去衡量。单一的、统一的文学理论往往会用自己的一套观念排斥不同见解,以为自己说的都是真理。它不能容忍第二个声音,更不能容许别的声音的分辩。它只能让人听它一个声音,一种往往是嘲弄与压制的声音。它表现的是理论的独白,而不是探讨真理的对话。

① [荷]佛克马、蚁布思著:《20世纪文学理论》,林书武等译,生活·读书·新知三联书店1988年版,第8页。

第三节 激活的功能

在交流中，要把多种外国文论看成激活本国文学理论传统的重要手段。东西文学理论交流中的互通有无，还只是一种移入，并不能代替创造，所以还要使交流推动传统的更新。任何一种文学理论传统，都是在一定历史时期中形成的，都是与创作实践相结合、排除不适应的理论因素而逐渐丰富，形成体系的。传统一旦形成，就会获得极大的稳固性。如果人们是站在时代潮流之上来看待传统，那么自然会认识到，传统既需要保护，又需要不断更新。更新的传统保持了原有的精神，但又汲取了人类心智所创造的新知识，使自己不断丰富而永葆青春。如满足于把原有理论变为传统，满足于它的不可动摇性、固定不变，把其他理论都视为异己的思维现象，那就会使这种传统产生排他性，就会原地踏步，停滞不前，固步自封，变为文化发展中的惰力。我国古代文论有漫长的历史传统，它的某些阶段发生的重大变革，是与外来文化思想如佛家思想以及西方文论的影响密切相关的。至于二三十年代自日本、苏联引进的马克思主义文论，与我国的文艺实践结合了起来，对我国原有的文论传统以及介绍过来的欧美文论思想冲击甚大。用马克思主义文学理论观察文学现象，加深了人们对文学的认识，促使人们从总体上去把握纷繁的文学问题，从而推动了我国四五十年代的文学创作，进而形成了一种传统。但也要注意到，由于当时的社会、历史条件，以及材料的有限和介绍者认识水平，这一理论形态常常夹杂着简单化倾向。到了 50 年代，这一文学理论据以为出发点的阶级斗争观点和意识形态论，往往被推向极端，代之以“阶级斗争为纲”，意识形态被截然对立化，形成一切都是阶级斗争的庸俗化理解，使文学成为政治附庸，出现了强烈的排他性。一些握有权力的人，把自己从未见过或不同意的种种外国文论，统统说成是反动的资产阶级文学理论，不仅自身停滞不前，同时使文学理论走向专断。80 年代初，原有的文学理论观念及其传统，再现了其原有的生命力。但是如前所说，生活之树常青，在创作与理论的新的要求面前，它同样必须进行更新。我们看到，在 80 年代，外国文学理论对传统文学理论的冲击与激活，几乎是全方位的。

那么，再次，这个激活是如何发生的？要激活异国文化传统，自然应具备自己的理论品格，即它本身具有一定的真理与价值，提供有用的理论成分，或者在方法上可供借鉴，给异国文论以启迪。外国文论中有哪些成分可激活我们的理论传统呢？前面我提到东西文化中的同一与差异，在同一中是存在着有价值的成分的。两种文论对某些文学现象形成的见解，往往十分相似，两者加以比较，能使人们扩大视野，以致豁然开朗，总结出某些规律性的理论观点。这对本国文论自然是一种丰富，以致可以使传统活跃起来。但是一种理论激活另一种理论，真正起作用的是它的异质性部分。在政治、社会学的理论中，截然对立是一种普遍现象，而在文艺理论中，对立现象也时有发生，但在一般情况下，理论的异质性部分的冲突与功能，大体采取下面两种方式应变。一种情况是，异质性成分的理论前提是错误的，但在这一理论的具体运作中，其异质性部分可以被改造，转变其方向，而导致新理论的产生。如马克思主义文学理论与黑格尔、歌德等人的文艺思想的关系。又如胡塞尔的现象学，不少理论家认为是先验的唯心主义，其学说被英加登所接受。英加登“希望确立独立于意识的实在世界的存在”①，于是在对作品进行现象学的研究中，建立起了相当有影响的不再是唯心主义的文学作品构架的理论。另一种情况是，这异质性的成分是某一文化所拓展了的学术领域或新理论的建构，它为我国文论所不具或未有完整理论形态的东西，一旦被介绍过来，可以起到振聋发聩的作用；如果进一步被改造吸收，则可以对传统起到激活的作用，使其获得丰富，或者引出新的理论。如二三十年代传入我国的马克思

① ［波］英加登著：《对文学的艺术作品的认识》的“英译者前言”，中国文联出版社 1988 年版。

主义文论，如近10年来吸引了我国不少学者注意的文艺心理学、文艺符号学、叙述学、文学本体论、原型批评、文学接受理论等，它们既充实了我国传统理论，又拓宽了文学理论研究的道路。我国古代文论的研究，同样受到新观念、新方法的激活而使其深邃内涵得到多方面的发掘。比较文艺学、交叉学科研究的兴起，为传统理论的更新、酝酿新的理论而推波助澜。

激活以何种方式进行？对于对方独特的理论或研究方式视而不见，把异质性成分绝对化，不愿承认对方价值；在探讨问题时习惯于独白、独断的方式，不容他人争辩，显然，这种方式已经陈旧。自然，只满足于认同，一味颂扬，对外国文论中的异质性成分过分迁就，也难以使它生根于中国土壤。在这里，我以为采用对话方式是最适用于文化交流的。前面指出，巴赫金提出过对话复调的理论来研究陀思妥耶夫斯基的小说。把这一理论应用于文论的研究，那就是接受者站在平等的地位上，充分肯定对方的价值方面，择优而取，在诘难对方中发现不足，予以扬弃；用宏放的目光看待外国文论中的异质性部分，显示其自身价值，尊重其在理论整体中的积累，同时也不忌讳接受一方——对话者的价值判断与观点。接受者的观点，不是从固定不变的教条出发，他的价值判断不是理论宗派的判断，而是建立在对中外文学经验的感悟之上的判断，对中外文学理论有着深切理解之上的判断，建立在总体文艺学与比较文艺学知识之上的判断。自然，这与虚无主义和全面认同都是断然有别的。在中外文学理论的对话、交流中，可以揭示双方各自的理论品格的高低上下，各自在理论的总体格局中所处的层次与地位。

第四节　理论对话中的“误差”的必要性

在理论的对话中，出现“误差”是必然的，也是必要的。误差不同于误读。如前所说,误读一开始就认为要误读文本,找出文本中的次要部分,给以强化,使之成为解构主义者的主要研究对象;或是从文本中找出矛盾,一块能够松动整座大厦之砖,使之倾倒于瞬间,颠覆对方的文本。颠覆就是消解对方,解体对方,使对方理论变成无价值。语词、文本固然多义,但无论语词还是文本,在特定的语境中才有意义,并显示其核心意义。文本中的语词或文本本身,不是一部辞典中词的多义陈列、多义解释。读者无目的阅读,可以了解词的多种意义;而读者有目的的阅读,则只能根据语境择取其中之一,而不能选择任何词意。所以在我看来,误读是避开文本本意,在不甚理解文本的基础上的一种阅读操作。误读理论对传统影响焦虑提出了挑战,它的基本倾向是不信任传统并力图超越传统,自有其积极一面。但它对传统与当代创作之间的关系的解释,并不符合当代文学、当代诗人与其一脉相承的文学与作家间的相互关系,因为这一关系实在要复杂得多。

我在这里所说的"误差",则是对话中的相互探讨真理的结果,是尊重对方理论异质性部分的价值的表现,是在对话中受到异质性观念的提示、启迪而形成的新观点;或是对同一现象所作出的不同反应、不同见解;或是在对话中通过比较而了解到自己和对方的长处与短处,由此而形成的见解、理论上的差异。误差是理解的结果,是在比较研究之后形成的一种独立见解,独立的理论价值与理论判断。我在《误解要避免,"误差"却是必要的》一文中说:"任何一种有价值的理论,都是在它所处的特定范围内的文学传统与反传统(不是虚无主义的反传统)、社会与文学思潮的基础上形成的。所以适用于美国、法国的,未必就可搬到我国直接使用,何况,即使在产生它的故土,也往往是充满争论的。一种文学理论一旦被引入另一国家的文学进程,就必然会给以鉴别,科学地判断它的得失,确定它的价值取向。有鉴别,就有真伪的辨析与判断;有分析,就有偏颇与创新的识别;有取舍,就有侧重与扬弃;有创新,就要有不同程度的改造,就要有必要的'误差'。"[①]误差通过顺应与融化建立新理论。理论的误差只是一种新的认识,尚不能改变已有的理论格局。只有通过接受者——对话者的自我调节才能促使原有格局的变化。"从发生认识论的角度看,调节即顺应,是指个体受到刺激或环境的作用和原有格局(图式)的变化和创新以适应外界环境的过程"。适应包括同化与顺应这种作用与机能,通过这一过程,使整个结构发生变化。当它形成新的平衡,建立新的理论的时机也就成熟了。

20世纪,中国各种获得成就的文学理论,大体是通过对话方式而获得发展的,这就是,在发现东西文论差异之后,用外国文论中有用的异质性部分激活我国文论,然后使之融入自己进入创新。例如王国维的纯文艺思想,就是吸收了康德、席勒、叔本华等人的美学思想而形成的;他的游戏说、悲剧观、意境论,都显示了西方美学思想的影子。"五四"时期出现过各种文学主张,那时搬用欧洲文艺思想的情况很多,但是那些不切当时中国实际的文艺思想,其对话性就很薄弱,而对话性很强的主张,则在新文学中扎了根,如"文学为人生"的主张。后来发展起来的马克思主义文艺思想,无疑在被改造之后才适应了中国新文学的需要,后来不再对话了,部分观念就被发展到极端。80年代,我国文学理论学说繁多,出现了新的照搬西方文论与一边倒现象,但由于缺乏真正的对话关系,所以只是热闹一时。而那种根本不与西方文论对话的文学理论,即继续进行独白的理论,则基本停滞不前,无所进展。倒是发现本土文论与西方文论误差,并使它们对话,有所比较,用西方文论中的有用成分激活本国的文论,进而使之融为一体,进行对话探索的文论,显出了理论的生机,而有所更新与前进,为本国文论的繁荣和文学理论不同学派的出现开辟了良性发展的前景。我本人是对话方式的受益者,我既肯定传统文论中的有生命力的因素,也广泛吸取西方文论中的种种长处。我得出的一些文学观念,既有传统因素,但也融进了西方文论思想。所以它们既不是原来的文论,

---

① 钱中文撰:《误解要避免,"误差"却是必要的》,载《外国文学评论》1989年第4期。

又非西方文论的照搬,而是另一种文学理论形态。

对话的文学理论的建立是一个十分困难的过程。主要障碍在于本土传统思维方式的定势,不同文化的现实差异以及由此而产生的自我感觉良好的优越感。在各种文化的传统中,有对话思维,但独白式的理论思维已习以为常。不仅我国如此,欧洲国家文化中的传统思维也是如此。例如一种文学理论的兴起,往往不是对话的结果,而是不容对方分辩、颠覆对方的结果。这能否可以成为文学理论进展的唯一道路?同时在东西方文化交流中,就目前情况来说,东方人的求知欲望、了解西方的愿望,要比西方人强烈得多,这可以从文化交流中的不平衡状态看出来,东方人熟悉西方文化远较西方人了解东方文化广泛得多,深入得多。但是西方的有识之士早已看到东西方文化是可以互补的。罗素把希望寄托于中国,他说如果中国变来变去变得与西方一样,那世界就没有希望了。西方物质文明高度发展,但由此也出现了精力过剩症,一部分文化富于侵略性,在精神上不断出现危机。东方文化特别是具有深邃内涵的东方哲学与伦理思想,经过对话改造,也许可以充实西方人的精神生活,减弱他们对世界发展前途未卜的消沉心理。自然,要使他们像现代中国人渴望了解西方那样来了解东方,还为时过早,那是需要中国的物质文明的发展和精神文明的进一步建设为基础的。不过即便如此,我们已经有了许多西方朋友。到下一世纪,东西文化交流中人为的异质性会大大削弱,对话性的程度会大大加强,而东西文化在不断相互激活中也会更趋繁荣。

第十章　文学的终结、消亡与理论的扩容、边界问题

“文学已经终结”，并与消亡相提并论，认为可以抛弃文学了；接着有人认为文学理论没有意义了，设想要以其他的知识系统来替代它。

第一节　文学终结了吗

如果文学真的终结了或者消亡了，怎么办呢？或许我们只能阅读过去的文学著作了？其实从19世纪黑格尔提出艺术（文学）的消亡以来，这个问题就经常被重新提起。一般而言，往往文学思潮发生变化的时候，就有作家或者理论家以不同的方式宣称“文学要终结了”“消亡了”，这里“终结”与“消亡”往往是同义语。比如20世纪50年代，西方的一些名流、作家和理论家，曾聚集在巴黎、爱丁堡、斯特拉斯堡、维也纳、列宁格勒等地专门讨论长篇小说的前途问题，主要分为两种观点：一类是现代派作家的观点，他们认为长篇小说“死”了，或者将要“死”了；另一类是理论家的观点，

认为文学遭遇的危机并不具有普遍性，而是现代派自己比如现代派小说遇到了问题，写不下去了，所以指的是这个“死”，双方争论得非常激烈。后来出了个俄文本的集子《长篇小说的命运》，收入了各派的意见。但小说到底“死”了没有呢？事实上是没有“死”，因为自20世纪50年代以后，到了七八十年代，出现了拉丁美洲的魔幻现实主义，证明小说不停地发展着，小说又平平安安地发展下去了。倒是之后的后现代小说，因为它把自己解构了，出现过一些“新小说”“新新小说”，还有一种所谓“活页小说”，就是随便翻开某一页，看完了翻过几页，照样可以看得下去的“活页小说”，但最后这种小说也写不下去了。这也说明了小说虽然不断地玩着一种写作的策略、写作的手段，即语言游戏，然而都写不下去了。就像我们的实验小说一样，在80年代后半期，一些作家也是这样做的，当翻新的花样弄完了之后就难以为继了，这说明了小说对所谓的叙事策略的倚重，是难以持久的，不过这不失是一种可以使小说产生新鲜感的写作手段。

但争论一直都存在着。“文学终结了”“文学死了”的观点在前些年的西方就已出现，最近我国学者把它介绍了来，并写了文章附和。文章认为，文学终结了，或是现在无人在光顾文学了，但文学性——文学之所以成为文学的“文学性”，还存在、还活着。活在什么地方呢？活在其他社会科学、人文科学、广告、社会生活中间。比如社会科学中的哲学，采用了叙事的手法。“叙事”一般是小说的写作方式或手法，而有些哲学著作不用陈述、不表现语言的所指而用能指来写，即使用描述、叙事的方法来写，这或许是有的。还有一些小说，表现的是哲学、高度的哲理思想，如存在主义文学。我们阅读一些著名作家的代表作，如加缪的《局外人》那样的小说，通过小说的方式，深刻地表现了一种存在主义的哲学思想。然而，如果我们阅读伽达默尔的关于诠释学的著作，能够当作文学作品来读吗？相反，它是一些极为艰涩的哲学著作，比如《真理与方法》，是很难被当作文学作品来读的，而且哲学中绝大部分著作，至今都依赖逻辑推演的方法，尽管它们在某些地方或者个别部分可能使用了文学的叙事笔调，但无论如何，它们仍旧还是哲学，而不是文学。

让我们回到“文学死了”的观点。文学是怎么死的呢？我们看到，“后现代”文化思潮登陆美国之后，如德里达的解构主义，美国学者一方面把它作为一种方法来用，解构了原有的思维方法，破除了对以往思想、教条的迷信，不断地推翻过去的原有的结论，不承认有什么预设的、永恒的真理的存在。这种方法其实我们也可以学习，我们也可以提倡这种精神的，这可以帮助我们打破常规，用自己的话语去表述自己的思想，把过去那些并不合乎发展的、并不合乎现状的东西进行解构。但是，如果把这一思想简单化，如果对一切东西都使用解构、颠覆的方法来阐释的话，那无异于否定一切，过去被创造出来的东西就没有存身之地了。出现在美国的“文学终结”，就反映了这样的问题，理论家们使用“差异”等这类方法，认为任何文本都会自行解构的，有人从文学作品自身存在的问题即从文学的虚构的不真实性来否定文学，进而就宣布了文学是欺骗人的，都是谎言。其实，文学的“真实”本来就不是现实的真实，是艺术的假定，是艺术的虚构，现在却用这个办法来颠覆文学写作的前提，来掏空文学，那文学还能存在吗！文学的“真实”是一种艺术的真实，其中包含了一个社会的文化精神和价值，尽管它是虚构的，但是虚构的“真实”，表现了一定社会的、人群的思想感情。所以说，如果把文学虚构的艺术“真实”也否定了，那文学就真的不存在了，那文学还有什么意义呢！当然，科技、声光艺术、图像艺术的广泛普及，也在占领着文学的市场，阅读文学著作的人数减少了。这种种原因，就使一些人认为“文学终结了”“消亡了”。

在20世纪的最后几十年的时期内，在美国的一些大学里，出现了一个贬抑文学教学的过程。这个过程与文化批评日渐高涨的形势相伴发生，在这个过程中，文学的威信、文学经典的权威被渐渐消解，文学变成了一钱不值的东西，因此一些教师不愿讲授文学课，研究生也害怕写作有关文学作品的论文，在一些学校文学研究被“文化批评”取代了，出现了文学的大逃亡，人们都远离文学，而且是避之犹恐不及。既然文学的真实是“假”的无用的东西，似乎人们可以理所当然地抛弃它，这在文化界引起了非常大的震动，也在文学界引起争论，并且一直延续到现在①。而一些倾向较为保守的美国名牌大学，对于这类泛文化的时尚研究，则不予理会，也无博士学位的设置与授予。

在文化研究流行的一些美国大学里，课堂上的讲课内容发生了重大的变化，过去讲解文学经典，进行文学的文本研究，而现在普遍打破了文学、文化、理论的界限，“电影、电视、音乐映画以及广告、动画、春宫图和行为艺术……都成了今日英文系的课程设置内容”。同时，为了激起学生的新奇感，不得不把那些非经典的、冷僻的、品位不高的作品拿到课堂上“表态”。后来，作为美国现代语文学会主席的爱德华·赛义德，对这一过程进行了沉痛的反思。他说，在盛极一时的文化批评中，我们把什么东西都解构掉了，文学本身已经从英文系课程设置中消失，拿些残缺破碎、充满行话、俚语的东西，在课堂上大讲特讲，唯独不研究文学自身。重要的是他认为，这类研究把一个国家文化、文学的价值和精神解构掉了，因而造成了今日美国大学人文科学的滑坡与堕落，他提出还是要回到文本阅读和研究中去，当然那已不是原来的文本研究②。不过，在美国的这场“文学终结”的风波之后，现在文学研究、文化批评都仍在进行着。

---

① 这一现象，可见盛宁《对“理论热”消退后美国文学研究的思考》和余虹《文学的终结与文学性蔓延——兼谈后现代文学研究的任务》，两文均刊于《文艺研究》2002年第6期。

② 见钱中文撰:《全球化语境与文学理论的前景》，载《文学评论》2001年第3期。

现在我们要谈的是国内文学研究中的一些取向。把西方提出的诸如“文学终结”这样一种比较宏大的结论性的判断移植到国内来，我觉得是要谨慎的。落实到现实的情况中来看问题——文学能不能“终结”、会不会“终结”、是不是“死”了呢？一些学者强调“文学的终结”，是当今后现代的大势所趋，有多种因素，如文学是虚假的思想的传播，如人们更为倾向于感性的阅读，因此图像艺术、网络文学占用了人们的阅读时间，等等。但目前来说我们还看不到文学就此终结了，人们还在创作大量文学作品、阅读各种文学作品、颁发各类文学奖项。

从实践的方面来看，图像艺术的发展，吸引了相当部分的原先那些属于文学的读者，使文学的读者圈缩小了。但是我们也看到，由于信息技术的发展，例如电脑这样一些工具的发展，书籍的印数不是少了，而是大量增加了，当然，读者的兴趣也变了。最近我看到一个报道，在桂林的一个全国性书市上，读者对传统的文学作品显得比较冷淡，倒是对那些实用性的东西感兴趣。这篇报道举例说，原来有一本书叫《伤寒学导论》，销量平平，但再版时将书名改为《关注中医》之后，订数一下子上升到 10 万册。这种诱导的确是存在的。但是，我们也要面对这样的现实，即处于后现代社会的广大作家还在继续写作文学作品，世界范围内还设立了各种各样的奖项，文学奖也在继续颁发，至于我们的社会是不是后现代，这本身就是个要引起争论的问题，怎么能说和西方一样，文学终结了呢？从人的艺术思维的发展来看，也不能说艺术思维已经走到了终结的地步。人的艺术思维是和人一同诞生的，与生俱来的，同时通过后天的培植，不断地发展、丰富着。艺术思维和其他思维一样，是人的本质的确证，或者说它是人的思维本质的一个方面的表现。例如可以改变一个人的姓氏，但这改变不了思维的本质，因为它是跟人一同发展着的。再一个方面是，从语言的角度来看，语言是一个民族语音的记录，比如典籍就是用语言来记录一个民族的文化、民族的记忆，文学作品同样也是通过语言记录下来，民族的文化、价值和精神都包含在里面。具体到文学，如果没有过去的那些经典作品，可以肯定的是，我们的人文知识、人文精神、人的健康的发展，就要大大地受到打击。而这一二十年来我们的人文觉悟其实大大地滑坡了，我想这是有原因的。一直到90年代都在不断地恢复社会科学和人文科学的价值。然而在实践上，学校培养的人却主要是向理工科发展的。人们很少意识到，一个国家缺乏社会科学精神和人文精神是会堕落下去的。当然，经济发展和社会稳定的确要依靠自然科学的进步。相应地，人文科学、社会科学很长时间里被摆到很不重要的地位。所幸的是，现在从上到下终于逐渐意识到了这是个大问题了，因此又开始抓青少年的德育问题了，我觉得这是非常必要的。比如像我这一代人，我以为知识分子的精神状态和责任感，都是从小教育出来的。如果没有这些教育和熏陶，那么在那残酷的年代，真不知何以为生，能活着维持下来！

谈到社会科学、人文科学的重要性，这里还有一个例子。我最近看到一份材料，其中谈到美国的名校如哈佛大学、耶鲁大学，它们之所以著名，不但在于理工科管理得好，有尖端的科学家，而且在人文方面有着自己的传统，一流的传统，并且这些大学把人文传统始终保持、传承下来，我看了很有感触。就是像这样一些一流的大学，它们的自然科学和社会科学是并驾齐驱的。李政道说，科学和艺术是一辆车的两个轮子，不可偏废，既要用科学的智慧激发艺术的感情，又要用艺术的感情深化科学知识。我觉得这位科学家讲得非常到位。谈到大学的自然科学与社会科学并重，就是为了强调人文的重要性。我们实在没有必要用国外已经过时的理论，比如“文学的终结”，来作为抛弃文学教学、文学理论的口实，以致认为只剩下还漂浮在其他学科里边的“文学性”。如果缺少了文学对精神的滋养，人的精神和心灵必将变得非常荒芜。我们现今看到的一些文学作品，和《红楼梦》比较一下，当代哪一部流行的作品有《红楼梦》给我们的东西多？它给了你什么？像《红楼梦》这样的小说，阅读可能是要花时间的，但它会丰富你的精神，让人们知道人的情感是怎样发展而来的，人的过去的感情形态是什么样子的，为什么那么苦苦追求又追求不到？人的命运为什么要描写成为一种悲剧的命运？在现在流行的小说里，你就看不到这些东西了，尽是一些躯体写作、美女写作之类。当然，休闲时看看这些我也不反对。但我们要清楚的是，那些古典作品用的是艺术的语言和结构承载了我们民族的文化精神的理念，而我们这个民族所以获得发展，就是依靠这些东西，就是为这些东西维系着的。因此，既然文学作品和其他的典籍中包含了这些东西，那么，学校就更应该予以疏导和提倡，否则我们的精神状态、我们的心灵就会慢慢地荒芜下来。我觉得师范大学，更有弘扬这份精神的责任，应该像哈佛大学那样，树立那种走进来是求取知识的、走出去是报效祖国和为同胞服务的信念的。阅读、学习文学经典，就能帮助我们获得这种信念。人们必须有这种精神需要。在一次会议上，童庆炳先生就讲到，人的审美，作为一种精神需要，在任何时候都是必需的。他举例说，“文化大革命”的后期，朝鲜影片《卖花姑娘》在湖南某地放映的时候，去观看的人成千上万，不少人爬到篮球架上、树上和屋顶上，这是精神荒芜、精神极度饥渴的结果。因此文学不会“终结”，无论从哪个方面来看，都看不到这个迹象。尽管它可能在变化，比如受到图像艺术不断扩张带来的压力等，但是，文学作为一种人类的审美意识形态，它是不会死亡的，因为我们需要它，我们的精神成长需要它。

外国学者说，文学终结了，但“文学性”还存在，而且变得无处不在，它衍生于其他的人文科学、社会科学、社会生活之中，因此我们今后的后现代文学研究的任务，就是去研究“文学性”。不过要说明的是，我们是否都要来进行后现代研究？来解构、颠覆原有的文化与文学？同时“文学的终结”终结后出现的“文学性”，即衍生于其他学科所表现出来的“文学性”，到底有些什么内容？“文学性”首先是在“形式主义”的理论中提出来的，是要使作品成为真正的文学作品的那个东西。那么这是什么东西呢？就是“艺术手法”。什克洛夫斯基有一篇非常有名的文章，叫《艺术即手法》，他认为艺术的发展、文学的发展就是手法的发展。后来到了雅柯布森就提出了“文学性”。要使作品真正成为文学作品，需要有手法，即艺术的手法，所以他说，手法在这里就成了“主人公”，这是比较狭义的理解，也可以说是“形式主义”的理解。

我们讲的“文学性”，比形式主义的“文学性”的涵盖面要宽阔得多，这是导致文学作品内容的形式性与形式的内容性完美结合的那些因素，是使作品成为有意味的形式的那些因素。比如通过语言、结构、体裁、隐喻、象征、感情、思想等多种因素共同构建作品意味的东西。而其他学科比如社会科学、人文科学中表现的“文学性”，只是文学描写的某些修辞特征，即采取了文学描写的一些手段而已，或是局部生动的举例说明，在整体上它不是文学。例如哲学著作中的特征是陈述而不是叙述，从语言的角度说是所指而不是能指。尽管有时能指的成分的挥发可能多一些，“征用”了一些能指的手段，即便如此，也不足以使它们成为文学。这在我们过去的作品中也是存在的，比如《左传》《史记》这样的著作，某种意义上可以当作文学作品来阅读，它们描写人物非常生动，用了一些被后人称之为文学的手法，但它主要写的是历史，是历史著作。在此，我当然赞成我们应当进行文化研究，因为它确实扩大了文学研究的视野，它的一些方法也的确可以应用到文学研究中来，但是我以为不能把文化研究替代文学研究、文学理论研究。

第二节　文学理论的合法性危机

文学理论不断出现危机。比如，80 年代出现了一次危机，但那是教条式的、庸俗社会学的危机。很长一段时间，文学理论和政治意识形态一个调子，这扼杀了文学的发展。直到 70 年代末 80 年代初进行了一次大批判之后，剥离了庸俗社会学的、阶级斗争的口号、教条，文学才慢慢恢复生机。这个时期开始大量引进西方的文学理论，我也是见证者之一，比如韦勒克、沃伦的《文学理论》，就是我找了出来，请人把它翻译过来的；同时，我与同行组织翻译了一批外国的文学理论著作。从理论形态来说，80年代是西方的“新批评”派，统治了我们有十多年，这是我始料未及的。又如强调文学要建立自己的自主性，要回到文学自身，要回到文本，这也可以看作这些年来文学对自身的调整。

1985年，美国学者杰姆逊在北大作报告，介绍了后现代主义文化理论，当时没有什么反应，人们似乎还不太清楚这个理论到底有什么用。直到90年代，一些年轻的学者才从这个理论中间发现了“好处”，这好处是什么呢？原来有好些政治话语过去只能由政治家来讲，例如体制问题、政治问题、殖民主义问题都是政治家的话语，现在通过文化批评，评论家也可以讲了，扩大了自由，发现了它的好处。当后殖民主义、女权主义、新历史主义等理论也介绍进来以后，又扩大了文学研究的视野，不再局限在过去的文学概念中间。文化研究扩大了我们的研究领域，这的确是有好处的。90年代初已有学者提出，要用大众文化、大众文学来解构与消解主流意识形态。然而，这主流意识形态的构成却是很复杂的，相当部分是官方意识、官方话语，但主要成分则是广大学者在文学研究中所取得的学术成果与积累，如果对这些东西也要解构、进行颠覆，那人们就要起来反抗了。到了90年代末，生活泛审美化、泛审美现象生活化这样一些观点就不断地从外国介绍了过来。

现在就出现了两个方面的问题，一个方面是，认为在文学研究中，要清除文学理论，保留文学批评和文学史就可以了，不要文学理论的理由是什么呢？表现在课堂上，文学理论学生不爱听，这个现象是存在的。八九十年代，我和高校的老师联系比较多，他们经常谈到文学理论在教学上的难处，学生爱听的少，如何有效地组织教学是很困难的事情，因为教学大纲的规定摆在那里，教师不便在课堂上随便发挥，我自然体谅文学理论老师的苦衷。当然也不排除学生不爱听是因为教师没讲好。我就老师讲授文学理论课学生爱听不爱听做过一个小小的调查，举个例子，童庆炳教授讲文学理论课，学生都爱听，甚至他在新加坡、在鲁迅文学院的讲课效果也非常好。他讲得比较灵活，比较实在，把大量作品结合起来讲，讲一些理论问题，最后归纳一起来，大家都爱听呀。我知道还有好些学校的老师，讲的同学都很爱听，为什么有些学校的文学理论课学生就不爱听呢？因此有一次我还建议童教授跟讲授文学理论课的老师们介绍一下经验。

另一个方面是，文学理论课程中的一些内容的确跟不上现实的发展和文学的实践，这也是存在的。当然这有它的难处，因为文学理论需要的一般是那些公众认可的东西，比较稳定的东西，恐怕不宜随时变动。而文学实践的发展却是不断更新的，今天出现一种形式，明天出现另外一种，后天又把这些都否定掉了，再来一种，花样不断翻新。倒是文学批评可能跟得上这种变化，文学批评比起文学理论来，能够及时地跟踪、评论新的文学作品的出现。文学理论不大可能把随时发生着变化的文学现象，进行概括、总结，写进教科书中去。但是这样，文学理论就与文学现状之间存在一定的距离。而现在是个实用的时代，什么都讲功利，要求学了就用，立竿见影。经济知识比起文学知识实用得多，所以人们选听经济科学讲座，据说往往是宏观经济方面的讲座选择少，微观经济讲座的多，大概就在于微观方面的经济知识，马上可以在自己的生活里发挥增值的作用，宏观的经济知识就不那么得心应手了，至于文学知识就更加难以发挥这种效益。

有的学者把我们现在的文学理论，仍旧说成是苏联体系。但是我知道，现在的文学理论从经济基础和上层建筑这类概念，来探讨文学问题，已经不是很多了。十多年来，这一直是被定为经济决定论，经济决定论就是庸俗社会学。但是，正是这些反经济决定论的朋友认为，我们现在已经进入经济全球化时代了，我们的社会也是后现代社会了，因此，我们社会的意识形态应和美国的一致了，那么，这是不是新的经济决定论呢？算不算是新的庸俗社会学呢？在文学理论书籍中，的确存在着与意识、思想性、典型、形象等的论述，这在前苏联教科书中是有的。但有目共睹的是，

80年代中期之后，我们的文学理论教科书已经“改头换面”了，里面吸收了大量的西方文学理论概念，如果其中仍有“思想性”“典型”“形象”这类术语，那么怎能说这就是前苏联体系呢？如果还有人说整个文学理论都是苏联体系，我只能说持这种观点的人没有认真看过近几十年来我国学者自己撰写的文学理论方面的著作。我和童庆炳教授从2000年至2003年合作主编了“新时期文艺学建设丛书”，出版了36种。其中有的著作是研究马克思主义文论的，但我觉得这些著作提出的命题和概念，已经和80年代很不一样了，更不用提六七十年代了。其他的著作同样跟苏联体系毫无关系，它们借鉴了西方的各种思想成果与方法，怎么能说我们的文学理论就是苏联体系呢？从文章中看到，有的学者认为，我们的文艺学的概念都来自苏联，现在苏联既然已经解体，真如福山说的历史已经终结，所以这类文学理论理所当然可以不要，因此干脆也把文学理论教学、文学理论一并取消算了，最多也只能靠边，这样的观点是极为片面的。

事实上，文学概论的概念不是从俄国来的。早在1914年，北京大学就设置了文学研究法课程。1917年，蔡元培开始主持北京大学的时候，教学课程里明确设置了“文学概论”，但还没有实际内容。1920年，南京高等师范学校暑期学校的课程中有梅光迪（他被称作所谓的文化保守派的代表人物之一）的文学概论课。1921年，梅光迪在东南大学任教，开设了“文学概论”课，课程内容主要依据美国温采司特的一书，叫《文学评论之原理》，当然，他是把它当成文学概论来讲的（可见旷新年：《中国20世纪文艺学学术史》第2部下卷，上海文艺出版社2001年版，第67、68页）。20年代，我国学者翻译过一些外国的文学理论这类著述。30年代初几年，老舍先生在齐鲁大学开设过“文学概论”课（舒舍予：《文学概论讲义》北京出版社1981年版），而苏联的极为简要的文学概论在30年代曾在我国出现过。40年代末50年代初，我国翻译工作者把苏联的文学概论、文学理论大力翻译过来，并仿照编写，才开始成为我们的一个体系。这跟我们当时的政治取向有关，因为当时西方国家联合起来封锁我们，我们和西方的交流中断了，只能一边倒，倒到苏联那边去了，也可以说这是西方的封锁逼着我们这么做的。始料不及的是，后来却证明在这种被称作马克思主义文学理论的著述中，有很多是庸俗社会学的东西。到了“文化大革命”时期，文学理论、文学批评“中国化”的结果，终于使自身发展到了极端庸俗化的地步，扼杀了整个文艺创作的生机。因此，不能说文学概论是从苏联来的，我们在20世纪之初就有了。如今人们说到理论体系，认为不是西方的就是苏联的，一个是西化，一个是俄化。当然我们的确经历了西化——俄化——西化的过程。我还想说的是，我们在很长时间内失去了传统（这一问题有争议），在对待传统的问题上我们是非常痛苦的，可能没有一个民族像我们这样痛苦过。在各种文化的交流之间，在复杂的文化传统面前，我们有如随风的浪潮，卷过来卷过去，甚至现在还是这样。

有些学者批评文学理论有着这样那样的“不是”，目的何在呢？目的就是要我们把后现代文化思潮当作“后现代真经”来替代我们原有的文学课程。唐僧到西方取的是佛祖的真经，现在我们向西方取经则应取“后现代真经”了，甚至认为在今后的几十年之内，鉴于西方的学术思想会继续占有主导地位，我们就有必要在几十年里，把“后现代真经”学深、学透，等到“修炼”好了之后再来建设中国的文学理论也不迟，这时新的文学理论就自然形成了。但在我看来，这是在创造神话了，如果我们真的这么做了，我们就不用操心中国文学理论的建设，只需做些翻译工作就可以了。但这样做的结果，我们只能在中国开了一个西方“后现代真经”的分店而已，我们除了学样、照搬，还去谈什么新的文化的创造呢！或许有人认为，只有这样才能跟西方接轨，所以也就用不着担心断裂、传统等一揽子问题，这可能是省力的一厢情愿呢。关于传统的思考，我比较赞成全面地看问题，比如我曾提出，要把古代文论的现代转化作为建设中国当代文论的一种策略，目的在于把古代文论中有用的思想吸收到我们当今的理论中来，重新阐述和“发现”传统，以求解决与传统之间的断裂或裂痕。一些学者正在这么做着，而且做的很有成绩。但我的这种倡导，遭到两个方面的嘲弄与批评。一种是古是古、今是今、中是中、西是西，不可通约；另一种是所以提出这类主张，是出于对苏联体系的留恋，而且还是“终南捷径”，这真使我一时不知从何说起了。

第三节　理论“死了”与扩容、边界问题

一种是认为当前“文学理论死了”，要以“文化研究”来替代文艺学的倾向，应该扩充文艺学的内容，超越文艺学的边界。文学理论死了没有，这一问题见仁见智，但不是因为你现在主张要以文化研究替代文学理论研究，就可以做出这种充满非此即彼思维观念的结论的。如前面所说，文学理论在现实生活中发生了许多问题，需要进行内容的扩充与理念的更新，在面向现实这点上大家是没有分歧的。但是把什么东西扩充进文学理论？一些朋友认为，如今艺术的美、文学性已经不在艺术和文学本身了，而是表现在别的地方，认为日常生活审美化了，认为审美活动在别墅里边，“诗意”在售房广告中。美在哪里呢？在汽车博览会、时装展览、商场购物、主题公园、度假胜地、美容院、城市广场、城市规划、女人线条、减肥等，所谓扩容就是把这些东西都扩到文学理论中间来，文学理论研究生的论文要做健身房、香车美女的汽车文化了，等等。如果这种做法也算是文学理论的“扩容”的话，美国早已经做过了。如前所说，他们课堂上讲一些文学的片断、新奇俚语，展览一些春宫图片、美女写真、行为艺术、人体艺术、自拍电视片断，等等。但把这些东西的讲解当作文学理论来讲，文学理论本身就给掏空了，它原有的那些价值，都被转换了，被诸如时装设计、时尚、服装展览、模特美女所替代了。这些东西当然可以讲，但它们不是文学理论课程的内容，因为它们不是文学现象。或许有的人要反驳说，为什么它们不能叫作文学呢？人们不应该先给文学规定一个定义，进

行本质主义的预设:这个是文学,那个不是文学。像以前的长篇小说,它本来也不叫文学,只是一些闲谈、闲聊,一些茶余饭后的谈资,但后来也成了文学。所以人们现在也就不能规定这些“新的内容”不是文学,它们以后可能也会进入文学。然而,文学的概念是经过很长的一个时期甚至几千年的演变,逐步确立起来的。原来是一种“杂”文学,慢慢蜕化出来,通过文字、语言的审美结构形成的一种体裁形式,慢慢把它称作文学,这是一个历史演变,不是随便就可以转换的。至于那些服装时尚、建筑物、度假村、城市规划、健身房、汽车展览,都是物质性的东西,都有专门的部门、专门的人才在管理,把它们都称为文学,或将来可以变为文学,实在太牵强了,实在是对文学知识的挑战,知识门类的再划分,恐怕不是这么进行的。至于在课堂上进行这种研究,比如设立审美文化课程,把上述文化现象的讲述作为文学课程的补充,但仍然不是文学理论。甚至广告,尽管现在很多广告的确借用了文学的语言来“说话”,可能有的几句话还有些像诗,但它们整体上毕竟不是诗。它们面向的是物质的销售,不断刺激你的无法满足的消费欲望,背后潜藏的是商业运作的规则,是机械复制的而非精神的精美创造,你不想观看它们,可它们可以利用金钱权力,通过被收买的媒体,不断强加给你,不断强迫你看。

文学艺术承载的则是精神的东西。我们不能因为进入了一个物质化的时代,就把精神美学抛弃了。这主要在于,一个人除了满足正常的、物质的需要之外,还有精神上的需要与满足,人需要提升、建设自己的精神。如果把精神的需求完全排斥了,那人就被完全物化了,与动物没什么两样了。文学理论扩容或者说越界的问题确是存在的,但是“扩”什么东西,“越”过什么界限,应该扩入那些接近文学的东西。正在产生中的新的文学体裁,比如摄影文学,这在过去是没有的,它是一种新体裁,如果将它置于文学理论进行讨论,我觉得是合乎常识的。摄影文学实际上是摄影与文学的一种具有二重审美维度的融合。还有影视文学、大众文学、网络文学等,都可以成为文学理论讨论的问题,所以我也不是绝对不赞成扩容,问题是扩进什么。很可能学科之间的相互交叉之处是一片模糊地带，但每一种学科都有一定的规定性，如果越过了这个规定性，把一些文化现象特别是物质文化现象扩大到文学理论中来，这就成了泛文化理论。我在2001年的《文学评论》上发表了《全球化语境与文学理论的前景》一文，其中提到，美国以及其他一些西方国家的文化理论就朝着这个方面发展，它们的文化理论和日常生活审美化这些东西，在课堂上带来一些负面的后果；我还提到，美国的学者是如何争论的，赛义德又是如何痛心地检讨这些问题的。所以，当有人把这些理论照搬过来时，我就看到了这种迹象，表达了我的忧虑，现在这个忧虑已经成了事实。当然，关于这种理论的争论，可能要好几年的时间。现在一些学者为了提倡文化批评，把过去的文学理论观点全盘推翻，过去那样说，现在这样讲，唯一的理由就是现在变化了，日常生活审美化了，这实在是言过其实了。怎么能够把日常生活审美化现象当作文学了呢？生活跟文学艺术是有紧密的关系，但生活本身不是什么文学。生活水平提高了，人的审美趣味扩大了，可以表现到日常生活中去，可以美化建筑，美化住房，美化环境，美化自然，使生活多些情趣，但这不是文学或文学现象，而是具有不同程度审美特色的文化现象。

2004年5月16日在北京师范大学召开了"文学理论的边界问题"的研讨会。会上的观点是有分歧和冲突的。诚然，各种观点的确需要切磋和对话，如果人们都抱着求真的信心和探讨的态度，经过一段时间，这些甚至互相歧异的观点将会逐渐形成比较一致的共识，当然也可以继续坚持各自的观点。这些问题，可能在今后还会讨论一个时期。有人提出把流行歌曲、性别、身体等都放到文学理论中来研究，这些想法当然是值得肯定的，歌曲的歌词应是文学创造，文学理论自应研究，同时音乐理论也在探讨。又如有关身体的问题，在几千年的文学艺术中间就有着各种各样的表现。西方学术界有关身体的著述十分丰富，看来这一潮流也在我们这里热闹起来。身体的问题涉及肉体的需求与精神的需求，它们的可能与不可能，过程十分曲折，文学作品也主要在于怎么表现两者的关系。

进行日常生活审美化的研究,我以为应保持反思和批判的精神。作为一个传授知识的学者,同时应该是一个具有人文精神的学者,前面讲到一个学校要发展成名牌大学,它应该是既提倡科学的,又提倡人文这样的双结合。人文的主要方面就是对人的关怀,对于问题的阐释应是反思的、分析的、批判的。并非凡是存在的都是合理的,我们的研究应该秉有基本的反思和批判的能力,至于一些低俗的文学现象、文艺作品之所以会出现,首先应该反思的是它们存在的原因,而不是贸然地以"凡是存在的都是合理的"作为前提。实际上我以为还存在一个反命题:"凡是存在的并不都是合理的",存在大量的物质和精神的东西就其产生的原因来说,有其必然的因素,但就其作用、功能来说,并不都是合理的,而对于不合理的东西应该站在现代性的立场进行反思、分析、批判,起到一个人文学者的应有作用,否则还要人文学者干什么呢?人文学者不应满足传授一些知识,他还应对于知识进行分析,作出判断,做出导向,给学生以引导。如果没有导向,那么现在的网络就可以大大地满足学生的知识需求了。所谓"学为人师,行为世范"就是。人文学者更应该是思想的创造者,他的创造在满足人们的精神需求方面,在创造文明的水平上,并不亚于自然科学家的创造。我们的文学理论原创性的东西太少了,或者说没有多少自己的东西。当然,人文科学和社会科学,尤其是人文科学要创造一些新东西、提出一些新观点,由于种种社会原因以及思维惯性,又是非常困难的,同时它需要大量的积累,这样才能比较准确、深入地提出一些观点来。我在80年代初给研究生上课时就说到,当人文学者提出了一个有价值的新观点,就是向前走了一小步,这是非常不容易的。现在我们看到的一些学者在大力地搬用人家的东西,还以为就是"后现代真经",既不考虑人家用得怎么样,也不顾及在我们这里将会发生的后果。

我觉得通过反思、分析、批判之后,就可能使整个文学理论活跃起来,同时也激发了这门学科自己的生命力,而有所进步。我想我自己也应这样做。

第十一章 文化"一体化"现象

第一节 全球化与文化一体化思想的兴起

20世纪八九十年代,当闭塞既久,外来文学与文学理论的介绍如潮水般涌来时,不少学者强调向外国学习,一时成为潮流。当比较文学研究再度兴起的时候,一些学者认为,将会出现各族文学融合的"一体化世界文学"①。他们纷纷摘引名人的话,兴奋地预言:一个统一的、共同的、一体化的"世界文学"的时代即将来临。于是未来文学是世界的还是民族的问题,就在一些文章、著作中不断提及,进行着论辩。

但是80年代,文学创作中出现的先是描写改革的文学,接着是"反思""寻根"文学,继而是只为少数评论家津津乐道的"先锋文学",和获得不少读者喜爱的中国的"魔幻现实主义"小说,有较大现实容量的现实主义作品,以及大量的属于大众文学一类的作品。

① 曾逸主编:《走向世界文学》"导言",湖南文艺出版社1986年版,第37页。

同时,煽情、滥情的所谓文学作品充斥市场。

90年代中期以后,以及当新的千年来临之际,经济全球化的趋势日益明显,我国加入世界贸易组织的呼声持续高涨,在文化界愈益显出外来文化、文学与文学理论的影响时,文化、文学全球化、一体化的争论又随之而起。有的学者指出,文化全球化在目前已成为一个带有普遍性的现象,跨国资金的运作,全球性的资本化,以及信息时代的到来,导致了文化全球化的强大推力①。有的学者则认为:"在经济全球化的条件下,各国文化中尽管有些民族性的东西在弱化,共同性和世界性的东西在日益增长,但这并没有导致各国文化的一体化、全球化。"②未来文学是"世界的"还是"民族的"争论的声音,也愈来愈高;双方的论争实际上变成了两句简单的而意思相反的口号。看重本土特色的一方强调:"只有民族的才是世界的";而一些研究外国文学的学者则持相反观点:"只有世界的才是民族的"。

2001年,《中国文化研究》冬之卷上发表了几位学者的《聚谈》,提出了文化建设中的许多问题。有的学者提出,经济全球化的兴起,必然影响到文化;当今兴起的一股"民族主义"思潮不容忽视,批评一些人把全球化和民族化对立起来,认为当今世界只有民族化,不可能有全球化;同时

---

① 见王宁、薛晓源主编:《全球化与后殖民批评》,中央编译出版社1998年版,第130页、第131页。

② 见2001年12月21日《中国艺术报》。

提出21世纪不可能仅仅是以某种文化为核心，而是各种文化融合、并存的新世纪；针对《聚谈》中提出“文化一体化”的观点，有的学者表示不能同意，认为文化“全球化”的概念不是“一体化”或“一致化”，认为文化全球化首先是思维模式的现代化，指出把全球化与民族化、中国和西方、传统和现代加以对立是不对的，是二元对立思维模式；歌德提出的“世界文学”观念就是文化全球化的最早预言，等等。这些意见是很中肯的，有的可以深入讨论。同时，在这篇《聚谈》里，又存在着一些值得商榷的问题，例如，批评者说：一些人“把民族化与全球化对立起来……所谓全球化不过是‘帝国主义的强权政治和经济侵略、扩张妄图称霸全球的一种手段而已’”。有的学者提出，“现在还有一种主流思想，认为‘全球化’是‘经济一体化’，而漠视政治、文化的一体化，这是非常要不得的……不存在所谓单独的‘经济一体化’”。有的学者说：“民族国家的差异，不在于文化思想、生活习惯和经济，而只在于政治。”涉及我国现在的民族主义思潮，有的学者认为，“我们的一些观念都后退了，孙中山曾说：‘联合世界上平等待我之民族’，现在我们不但要求别人平等待我，而且我们自己也不平等对待别人”；认为新儒家“就是强调以儒家文化为本位，要建立大中华文化圈……其实，中国就是想建立自己的文化霸权，来抗衡别人的文化霸权”；“在近代以来所谓中学和西学的较量中，对方始终处于攻势，而我们则始终处于守势”。“我们的民族文化心态整个地讲是防守型的，这显然是我们长期以筑墙为能事造成的，现在这墙甚至筑到每个家庭：请看防盗门……”从长远观点看，“关于文化全球化我们完全应该以乐观的心态对待之”。中国的老庄哲学、写意绘画、表意戏剧对西方现代主义文学艺术发生过积极作用，被西方艺术家接受了，所以“这说明，绝大多数‘老外’作为老百姓对中国并没有天生的偏见”①，等等。

就在同期杂志上，刊有《“全球化”语境下的文化命运》一文。该文作者认为：“任何形式的经济和文化上的‘中心主义’‘沙文主义’都会损害

① 见《关于文化“全球化”的聚谈》，载《中国文化研究》2001年冬之卷。

‘全球化’的利益。经济‘全球化’不会带来文化‘全球化’”；又说：“有人主张文化也要‘全球化’甚至‘一体化’，甚至主张‘地球村’要有一样的货币、政治、语言、文化法律等，这种一体化令人不寒而栗，因为它太像‘新殖民主义’了”①。同时，伴随着文化、文学全球化的问题，在文学理论、比较文学研究中，也不断讨论着文化、文学全球化与本土化的问题。

经济全球化引起文化“全球化”“一体化”的争论，必然引向文学观念、世界文学的观念思考与论争，而且它们是相当对立，贯穿于我国20世纪文化与文学的发展、演变的不同阶段与过程之中，其中包含了极其丰富的文学经验，并在最近一个时期由于形势的变化而高涨起来。

第二节　是谁制订了全球化规则

如今谈论世界文学，如果避开“全球化”问题的探讨，看来是不大容易的，因为全球化的氛围正在形成之中。

文化全球化、一体化的说法是由经济全球化、一体化引发开来的。有的学者认为，文化全球化已是一种现实；一种主流思想既然承认了经济全球化、一体化，却漠视政治、文化的全球化与一体化，这是非常要不得的，不可能存在单一的“经济一体化”。其所以非常的要不得，就在于一些人想以“文化民族主义”，来抵制文化、政治的全球化、一体化。再具体一些，就是有的学者指出，某些人想以儒家思想为本位，形成大中华文化圈，建立自己的文化霸权，来对抗别人的文化霸权，比如“中国就想建立自己的文化霸权”，云云。这类论点与判断，情绪化得有失分寸了。但是现实生活要复杂得多。

全球化的迹象的萌发，早在资本主义开辟了世界市场之后就出现了。

---

① 阎纯德撰：《“全球化”语境下的文化命运》，载《中国文化研究》2001年冬之卷。

当资本主义发展到垄断阶段，全球性的景象便日益明显。垄断资本主义弱肉强食，为了再次瓜分世界市场，攫取殖民地，进行世界市场、权力再分配，竟连续发动了两次世界大战，把各族人民投入侵略的战争的血与火之中。战后出现了两个阵营，它们各自要达到的“全球性”的目的是十分明显的，都认为自己具有普遍意义，一个要在全球实行无产阶级专政的社会主义，最终走向共产主义；一个要在全球推行资本主义，维护资本主义的霸权，于是全球就进入了冷战期。战后发达国家之间的贸易往来加强，相互投资增多，形成了跨国资本主义的经济体系。它们相互渗透，又互为依存，出现了经济上的一体化现象。同时，信息技术的飞速发展，交通工具的极大改进，更加快了多国资本的流转与运作，以及自由贸易的拓展。上世纪 80 年代上半期，学术界还并不认为全球化是一个重要概念。只是到了冷战结束前几年，即 80 年代下半期，全球化的话题才日益增多起来。等到苏联解体，社会主义一时陷入低潮，西方的理论家们赶忙宣布历史已经“终结”，资本主义已经“凯旋”，这时全球化的话语宣传急剧高涨起来，以至到了 90 年代末，全球化成了政治、文化理论界的一个普遍用语。

对于“全球化”，确实要问问它的由来，是谁提出的全球化。这并不是说，我们反对经济全球化，要置身于经济全球化之外，但是对全球化不加分析，欣喜地把它说得一片风光，告诉我们要以乐观的态度对待文化全球化，实在是缺乏具体分析的。

先看经济全球化。阿里夫·德里克说道：“对于全球化的异常欣喜却掩盖了社会和经济的实际上的不平等”，“对于全球化是否反映了一种欧洲中心主义现代化的目的或完成形式，仍可以讨论。全球化作为一种话语似乎变得越来越普遍，但是对它的热情宣传来自旧的权力中心，尤其是来自美国，因此加剧了对霸权企图的怀疑……如果不考虑到资本主义在全球范围的胜利，就无法理解全球化”①。看来，“全球化”是欧洲中心主

① ［美］阿里夫·德里克著：《全球化的形成与激进政见》，见王宁、薛晓源主编：《全球化与后殖民批评》，中央编译出版社 1998 年版，第 2 页。

义现代化的结果，它的倡导与宣传，来自主要的资本主义国家，是与20世纪八九十年代资本主义的一次全球范围的胜利分不开的，其目的是指向世界霸权的实现。当社会主义经济体系在世界范围内遭到遏制甚至解体，这时美国所说的经济全球化，自然是由它和发达国家领导的资本主义经济的全球化。世界资本主义经济已经发展到全面控制世界的地步，它通过跨国金融资本、信息技术的联合与组合，在全球的国与国之间形成了一种紧密的联系，组成了一种相互制约的机制，在形式上乃至实质上走向经济全球化、一体化的关系。

标榜第三条路线的英国社会学家吉登斯说道："全球化可以被定义为：世界范围内的社会关系的强化，这种关系以这样一种方式将彼此距离遥远的地域连接起来，即此地所发生的事件可能是由许多英里之外的异地事件所引起，反之亦然。"[①]他运用沃勒斯坦的话："从一开始，资本主义就是一种世界性经济而非民族国家的内部经济……资本决不会让民族国家的边界来限定自己的扩张欲望。"[②]他说："在20世纪后期，原初形式的殖民主义几乎都销声匿迹了，但是世界资本主义却继续在核心、半边缘和边缘地区制造着大量的不平等。"[③]吉登斯的关于全球化的"定义"常被引用，它的意思是全球化使国与国之间原有的距离消失了，彼此相互紧密联系，此处发生的事，和彼处都有关系，社会关系在世界范围内得到强化，世界资本主义的扩张欲望，越过了原始形式的积累，而到处制造大量的不平等。

这种不平等现象，我们可以从经济全球化趋势下出现的经济组织形式来说。比如世贸组织（WTO），这是适应经济全球化而产生的一个机构，它的领导力量主要是那些西方发达国家。经济全球化就是发达国家所造成的经济发展趋势，使得所有国家不得不加入其中的一种关系，因为它们别无选择，因为它们无法置身于这一关系之外，以致一个国家不加入

① ［英］安东尼·吉登斯著：《现代性的后果》，田禾译，译林出版社2000年版，第60页。
② ［英］安东尼·吉登斯著：《现代性的后果》，田禾译，译林出版社2000年版，第61页。
③ ［英］安东尼·吉登斯著：《现代性的后果》，田禾译，译林出版社2000年版，第61页。

这一联系与组织，在经济上就无法展开经济生产，建立市场，就可能会陷于孤立，而导致经济的不景气，对于大国说来尤其如此。但是那些经济极端脆弱的国家，加入之后的前景是否就一定光昌流丽？那也未必。为了跨国资本在全世界范围内的自由流动、技术的转移与控制、高密度生产、赢利和发展，世贸组织，作为实施经济全球化的机构，制定了一系列的法规、准则与制裁措施的，这个制定人自然是西方发达国家。你既然需要加入，或是不得不加入，那么你加入后就得遵守我们订下的游戏规则。这里有国与国的相互靠拢，也有激烈的竞争与冲突；有共同的获益，也显示着发达国家对不发达国家在全球化、一体化中的控制与同化。经济全球化使得不少不发达国家处于这种前所未有的两难处境。这就是为什么中国加入世贸组织的谈判，竟花了 14 年之久。我们也知道，每逢世贸组织开会，总要引来那么多的抗议。抗议有来自发达国家的，也有发展中国家与不发达国家的，最后往往导致冲突。1999 年底，在美国西雅图召开世贸会议时，会议厅被抗议的群众团团围住，进入会场的多国首脑，竟要凭借“左道旁门”夺路而走。进入会议大厅后，先由少数几个发达国家首脑召开秘密的核心会议，然后把他们达成的协议，公布于众，要其他国家照办，否则就高喊“制裁”。在那次会议上，克林顿就是那么高喊“制裁”的！

在这种大趋势下，我国只有因势利导，在计划经济失败的教训中，积极转轨，参与世界资本主义的运作与竞争，广泛吸收国内外资本，扩大生产，积累财富，汇入经济全球化进程，以利国家的生存。

再看所谓政治一体化，它的某种形式，确是存在的，比如欧洲共同体，现在还在加强这种形式。它的出现，就是欧洲诸多发达国家，企图在国际上增加自己的经济和政治的分量的愿望而组成的；有类似的北约这样的军事共同体，还有美国与欧洲共同体、北约之间的实行全球化愿望与协议。但不能说这是政治上的全球一体化，这是一些地域的政治体制类似国家组成的政治共同体。同时我们看到，这些国家还在组织“世界共同体”式的东西，以维护自己的利益。“西方正在并将继续试图通过将自己的利益定为‘世界共同体’的利益，来保持其主导地位和维护自己的利益。这个词已成为一个委婉的集合名词(代替了‘自由世界’)，它赋予美国和其他西方国家为维护其利益而采取的行动以全球合法性。例如，西方正试图把非西方国家的经济纳入一个由自己主导的全球经济体系。西方通过国际货币基金组织和其他国际经济机构来扩大自己的经济利益，并将自己认为恰当的经济政策强加给其他国家”①。

如果以为这是第三世界的哪位学者在揭露美国在全球化中的意图，那就错了。这位论者恰恰是为美国政府提出未来文化战略思想的亨廷顿先生。他所说的这个全球经济体系以及其他国际组织所促成的全球化思想的本意就是如此：凭着它们强势的地位，就是要把认为对自己有利的经济政策、行动，赋予“全球合法性”地位，然后“强加给其他国家”。说得毫无掩饰，全不含糊。20 世纪末最后 10 年，美国通过经济全球化，进一步积聚了巨大的经济实力，并且足以称霸全球，通过经济来建立一个所谓“地球村”的“世界新秩序”。新世纪第一年所发生的巨大恐怖事件，使得美国军事霸权、帝国威力终于爆发，它的独来独往、我行我素的“单边主义”，终于表现了帝国主义的常态，并且要以武力一个一个地“修理”它所不顺眼的国家。它的航母、飞机导弹，不是裹胁着强势文明，正在把别的国家卷入全球化游戏的吗？说有些人只看到全球化是帝国主义强权政治与经济侵略、扩展称霸的一面，事实难道不正是如此吗，有什么可以责备他们的呢！我国有过政治上所谓一体化的结盟经历，但是那时除了形式上的一体化，并无实质性的一体化，倒是在这个结盟之中，相互争斗居多，最后兵戎相见了事。因为别人处于强势地位，你处于弱势地位，你就得交出主权，甚至领土，在经济上心甘情愿地让人盘剥。这不是我们前几十年的经历吗？

在各自怀着不同利益而充满矛盾、冲突的经济全球化与一体化的环

① [美]塞缪尔·亨廷顿著：《文明的冲突与世界秩序的重建》，周琪等译，新华出版社 1999 年版，第 200 页。

境下,所谓政治上的一体化就是如此。这里存在谁化谁的问题,又化到哪里去?于是出现了超越民族国家的理论,即国家主权有限论等说法。哈贝马斯说:“要在下述对世界经济秩序的设想上达成一致就更为艰难:这种世界经济秩序不仅要像世界银行和国际货币基金组织那样补充跨国性的市场流通,而且要引进世界范围的政治意志构成因素,并保证政治决策的约束力。”①这是说,世界经济秩序不仅要有经济方面的机构使之实施,而且要引入政治决策的约束力,做到这点其实是十分困难的。但是一些国家自认他们的价值观是普遍主义的,于是不断要把它们强加给其他国家,制造矛盾与冲突。

确实,我还未听到过我国“一种主流思想”,在经济全球化的情势下,发出政治全球化、一体化的吁求。因为我十分明白,如果一个国家要进入这种政治的全球化与一体化,那就得遵守那些发达国家制定的政治一体化的规则、制度,作为弱势国家,就得准备拱手交出国家的主权与经济命脉,或是甘心被限制自己的主权,在政治上把自己化得和西方发达国家成为一体,实际上成为西方大国的附庸。可是,仰人鼻息的附庸的地位,就是现代化的国家地位吗?在政治上理念不同、传统各异的国家,可以通过对话与沟通而共存共荣,但是在政治上却要融和而成一体,我表示怀疑。不知道上面所提到的几位学者,为什么对政治全球化、一体化的前景如此乐观,而且认为,如果漠视这种政治、文化上的全球化、一体化,还是非常要不得的!

第三节　文化全球化的可能性与不可能性

再说文化的全球化、一体化吧,这同样需要进行具体分析。文化全球

① [德]哈贝马斯著:《超越民族国家?——论经济全球化的后果问题》,见[德]乌尔里希·贝克主编:《全球化与政治》,王学东等译,中央编译出版社 1998 年版,第 80 页。

化实际上可以分成两个层次的问题来理解。一是从全球化的浅层次的一般意义上说，在当今经济全球化的环境下，各国的文化进入了交往、互相吸收，以致达到不断融合、创新的过程。比如，文化的载体手段扩大了，文化的创造机制扩展了，信息共享的机会加大了，本土与外国的距离缩短了，于是文化的接受更为广泛了。在文化的交流中，对于和经济联系较为紧密的物质文化现象，各个国家的人们是比较容易接受的。大概西服、皮鞋，穿戴方便，接受的程度极为普遍；又如中学生从西方电影、地摊文化时尚里学来的在公共场所无所顾忌地接吻拥抱，如今在中国也很平常。在科学技术方面，标准大体都是一致的，所以你做的电视机可以卖给我，我做的计算机可以销售给你；你生产的先进交通工具、信息技术、图像艺术，我可以引进，我制作的大量廉价的日用品，可以向你推销，国际分工，互通有无。网络化提供的种种知识，不分国别，交上费用，大家即可享用。在这种意义上，我们可以说出现了文化全球化或全球性、一体化的现象。在这里，采用各自独立、尊重对方、相互对话、共同协商、求同存异、取长补短、互惠互利、和平共存、共同繁荣的立场与手段，是可行的。在这种全球化的模糊意义上，可以称作文化全球化、一体化，估计在这一点上分歧不大。

可是，这并不表明各国文化的重要方面，都会全球化、一体化。因此在第二个层次上，在文化的深层意义上，说各国的文化会趋于一体化，那是十分盲目的。比如说，一些不发达国家，对发达国家早就心仪已久，它们向往发达国家的生活方式，以致亦步亦趋，认为人们一旦穿上了发达国家的西装革履，改换成与西方一样的政治制度，说上了西方的话语，上了信息高速公路，就可以和西方国家同步发展了，但是这种美好的希望并未如愿。何故？不是政治制度问题，政治上已经有点一体化了；不是住房、生活设施、交通工具的趋同；不是物质、科技、信息方面的表层的文化；不是穿着吃喝的时尚。这里涉及一个国家、民族赖以生存的长久的、历史的文化传承、文化传统、文化底蕴与文化积累，一个民族的文化心理、文化素质、文化习俗与风尚等，综括起来，就是一个国家、民族文化的价值与精神，涉及各个国家、民族的深层的精神文化了。

文化的价值与精神，即深层的精神文化的特征，规定了一个国家、一个民族的特征，在国家与国家、民族与民族的共同的交往方式或是仪式中，在高级的精神产品中，凸现出各自的特征来，显示不同国家、民族文化风采的多样性。世界文化是多种多样的，它们自有价值，各有存在的权利。自然，就是深层文化的特征，也不是一成不变的，而是历史地发展的。关于这点，我们后面还要谈及。有人就对文化能不能被标准化提出怀疑："究竟是文化及所有的社会活动形式都变得标准化了呢，还是由多元文化的交往与接触导致了日益增多的形形色色的新的文化形式？"[①]"世界体系的经济和政治意义上的扩张，并没有使世界文化的扩张成为一种对称的关系"，文化的"全球化是高度多元主义的"[②]。但是，即使是不同的深层文化，由于交往的频繁和相互发生作用，会在全球化的语境中进行讨论与整合，并在沟通中导致相互文化的互补。

在世界文化的多元格局中，实际上文化有强势文化与弱势文化之分，强弱相遇，自然会发生冲突，以致融合，但是也会发生这样的情况，弱者不是受到销蚀，就是走向溃灭。一般说来，强势文化历史悠久，积淀深厚。如我国的文化，虽然曾经有过强势，但它积弱已久，很难影响别人。近代以来，发达国家裹挟其强大的跨国资本、金融势力，凭借高度发展的信息技术，形成文化工业，制作大量文化产品，宣传其文化、物质生活方式，在现代性的名义下，向外倾销与扩张，形成一股不断冲击其他国家政治、文化、思想、艺术的势力，在国际上形成一种强势文化。

吉登斯关于全球化所说的话，比起我国的一些学者来要诚实得多。他不仅讲了我们在前面引用的有关"全球化"的表述，而且认为，全球化是西方现代性的根本性的后果之一，"它不仅仅只是西方制度向全世界的

---

① ［英］马丁·阿尔布劳著：《全球时代》，高湘泽等译，商务印书馆 2001 年版，第 144 页。

② ［美］罗兰·罗伯森著：《全球化：社会理论与全球文化》，梁光严译，上海人民出版社 2000 年版，第 99—100 页。

蔓延，在这种蔓延过程中，其他的文化遭到了毁灭性的破坏；全球化是一个发展不平衡的过程，它既在碎化也在整合，它引入了世界互相依赖的新形式，在这些新形式中，‘他人’又一次不存在了”①。以西方为主导的全球化，毁灭性地破坏了那些不发达国家的文化，本应是对话中的“他人”形象被清除得干干净净，不复存在了。历史难道不是记录了许多这类现象！当这个“他人”已不复存在，只留下的强势文化，自然可以乐见其自身的成功了。吉登斯可没有像我们有的学者那样，让我们以乐观的心态坐等文化全球化的到来。当然，担心也是无济于事的，问题在于我们如何在全球化的浪潮中，做到扬其长，避其短。

其实，触及一个国家、民族的深层文化，即使在单个的发达国家，也是很难达到全球化、一体化。比如，公制度量衡方面，早在1960年，联合国就通过各国使用国际单位制，在全球推广，不少国家都签了字，但在一些发达国家就是签了字也行不通。20世纪90年代下半期，美国向火星发射了一颗探测卫星，几年时间过去，当快到目的地时，卫星却爆炸了。一查原因，原来科学家们在设计卫星时实行了“一国两制”，即在科学研究中，一些科学家计算时采用的是公制，但在工程技术中（包括日常生活中）一些科学家却使用了英制。由于卫星的部分信息未将英制转成公制，到时两制不能自动转换与兼容，指令发不出去，卫星只好自行爆炸了。公里、公斤在中国实行了那么多年，可一些发达国家至今仍在用英镑、英里计算长度与重量。何故？文化素质、文化传承、文化心理、文化荣誉感使然。我富有，我强大，你能把我怎么样？我自有一套计量名称，你要和我打交道，如果涉及长度、重量与体积，你自己折算去，这就是他们的文化心态。至于物质生活设施、科学技术不是全球化、一体化了吗？但是一旦涉及国与国的关系，麻烦就来了。为了阻止中国经济的发展，美国一直在给我国制造麻烦，在政治、经济、文化、军事方面，多方进行围堵，制造摩擦，至于在国防尖端技术方面自然更是如此，在这里哪有什么真正的文化全

① ［英］安东尼·吉登斯著：《现代性的后果》，田禾译，译林出版社2000年版，第152页。

球化、一体化可言！

即使在发达国家之间，文化上实际也有强势和弱势之分，很难做到一体化的。身处弱势的发达国家的学者与政治家，就深刻地感受到另一些发达国家强势文化的威慑力，他们提出在全球化的境遇中，面对强势国家的强势文化的压力，要保护自己文化的特征。2002 年 5 月，德国发生了几千人上街反美示威（后来竟发展到几万人上街），这在近 50 多年里是不可想象的事。何故？英国首相布莱尔出来解说："现在总有一些美国人看不上欧洲，而一些欧洲人出现反美的情绪。"他又说，欧洲的反美情绪的生成，是"由于猜忌美国的立场和担心美国文化凌驾于欧洲文化之上"①；英国希望继续充当欧洲与美国之间的桥梁，化解欧美之间的分歧。其实，今天的美国文化就是凌驾于欧洲文化之上，它有如出鞘之剑，锋芒毕露，咄咄逼人。德国政治家赫尔穆特·施密特的《全球化与道德重建》是本很有意思的著作。他在书中说："事实上，我们应当在全球泛滥的伪文化的压力面前捍卫自己的文化特征。法国历届政府保护电影和电视观众，尽力使他们免受泛滥成灾的外国枪杀、汽车追逐、强奸、谋杀和各种各样的暴力镜头的影响。"他又说："美国的戏剧、小说、爵士乐和其他音乐，的确丰富了世界文化，但是，性和犯罪场面却是美国娱乐工业所提供的不良的、有些甚至是十分危险的内容。目前，娱乐工业所向披靡，不仅席卷德国，而且席卷全球，冲击世界的任何地方，直到中国、日本和印度尼西亚的边远城市……极其廉价的乃至十分不良的节目全球化正在危害各国的文化传统。"②这是施密特在 1998 年出版的新书里讲的，应该不能算是"老调"重弹！遗憾的是我们被这种文化工业冲击了还不觉得，只要有钱赚到手就可以了！

在强势文化、娱乐工业的冲击下，施密特深感德国文化的传统逐渐在丢失，以致今天竟有不少德国人不知亨利希·海涅为何许人了。他说：

---

① 见 2002 年 5 月 22 日《文汇报》。

② ［德］赫尔穆特·施密特著：《全球化与道德重建》，柴方国译，社会科学文献出版社 2001 年版，第 62 页。

“如果我们不把从先辈那里继承来的东西传递下去，我们所能传给后代的东西就所剩不多了；而一旦全球化腐蚀掉我们传递传统价值的能力或意愿，我们将坐吃山空，变得退化，成为那种面向收视率、广告收入和销售指标并追求大众化效应的低水准伪文化的牺牲品。”这种情况，在相对的弱势文化的国家里是一种相当普遍的现象。在法国，的确不乏有关抵制美国大片的报道。法国不断抵制美国大片，当然是想减弱性、暴力的那些镜头的影响。但是这类电影的制作在法国本身也很普遍，以致最近法国不少有识之士对这类电影的制作与传播“喊停”！自然，实行抵制，这里还有一些更为复杂的原因，主要是防止美国电影对法国电影造成的冲击，影响法国电影工业的发展与生存。同时，美国的娱乐工业又冲击着法国的传统文化，特别是消解传统文化的价值与精神，使广大观众成为伪文化的牺牲品。对于德国来说，恐怕也是如此。这种娱乐工业的大量输出所卷起的时髦热，这种伪文化的长时间的潜移默化的影响，正在改变人们的意识、生活习惯与风尚，建立起霸权国家所需要的价值观与人生观。

十分可贵的是，这位政治家表现了德国文化特有的反省精神。他又说：“由于我们所有欧洲人都接受了一种排他性的、欧洲中心主义教育——北美人的情况也差不多——因此，我们通常对中国和印度的宗教、哲学几乎一无所知。我们几乎不了解儒家思想及其影响力。”“遗憾的是许多西方人却对此毫不在乎。”①

《聚谈》的几位论者，看来对儒学所知不多，一谈起新儒学，就往“文化保守主义”方面拉去，说新儒学以儒学为本，企图建立大中华文化圈，要人家说，中国文化好呀；然后话锋一转，说“中国就是想建立自己的文化霸权，来抗衡别人的文化霸权”！这种观点，对儒学、新儒学实在是缺乏分析的。

首先，儒学并不是全无价值的东西，七八十年来，由于我国一些文化

---

① ［德］赫尔穆特·施密特著：《全球化与道德重建》，柴方国译，社会科学文献出版社 2001 年版，第 66 页。

精英从现代化的角度,很大程度上是西化的角度,对儒学抱了绝对否定的态度,甚至到了70年代中期还有"孔学名高实秕糠"的虚无主义之说,对儒学肆意贬低。所以多年来中国的传统文化不分青红皂白地被打倒了,也中断了儒学传统。结果在几十年的文化建设中不是西化,就是俄化,可以说走尽了弯路。其次,对新儒学的全面评价,不是本文的任务。但是应当承认,新儒学是对传统儒学的一种继承,其中不乏真知灼见。比如,它重视、认同传统文化,力图开发其中的积极因素,提出"返本开新,守常应变"的文化纲领。"所谓返本、守常,就是返儒家传统之本,守儒家人伦道德之常;所谓开新、应变,就是适应现代化之变,开民主、科学之新"。新儒学的代表人物对民族文化具有强烈的自我意识,他们力图发扬和复兴民族文化,并对传统文化进行疏导、发掘,而具有一种复兴民族文化的责任感。新儒家的"基本价值取向,不在'复古',而是企图广畅民族文化洪流,护卫民族文化的主体性,接纳西方的民主与科学,使传统儒家文化现代化,发展现实和未来的民族文化"①。再次,新儒学自然不能从整体上代表中国当代文化,它在思维方式上、在以儒家学说来涵盖中华文化整体方面、在倡导泛道德主义方面、在狭隘的民族主义方面,是存在着许多弱点的,也难以为我们接受。但是,新儒学作为文化保守主义,是我国近代文化发展中的一个重要的派别,在整理国故方面,成绩斐然。其实,现在我们对"文化保守主义"的理解,早已与过去的政治划线分割开来了。其中的有益部分,实践证明,对于我们当今文化建设是极为有用的。所以对它一笔抹杀,是否可以说这是七八十年来一种西化激进余绪的继续?正如施密特说的,是一种典型的欧洲中心主义教育的果实?要是他知道一些并不年轻的中国知识分子,"几乎不了解儒家思想及其影响力",并对此非但"毫不在乎",却如此毫不费力地否定儒家学说,会不会感到双倍的遗憾呢!

---

① 宋仲福等著:《儒学在现代中国》,中州古籍出版社1991年版,第457页、第456页。

第四节　文化多元化与单一的普世文化的冲突

如果我们的一些学者在倡导文化全球化与一体化，而并不清楚如何全球“化”、一体“化”，那么，美国学者塞缪尔·亨廷顿则倡导一种相反的理论：文化多元化，文明冲突论。关于他的理论，由于学界介绍已多，因此我们这里只能就部分有关问题进行讨论。他认为，当今文化不可能是全球化、一体化的。在冷战结束后，他说意识形态的冲突不再重要，而转向文明的冲突了。首先，“在未来的岁月里，世界上将不会出现一个单一的普世文化，而是将有许多不同的文化和文明相互并存。那些最大的文明也拥有世界上的主要权力”。“在人类历史上，全球政治首次成了多极的和多文化的”①。其次，文化的积累与传承，形成文明。他认为，世界上存在多种文明，但势力最大的有基督教文明、伊斯兰教文明和儒教（我只是在儒学意义上理解所谓“儒教”）文明。各种文明之间存在着差异，而“冲突的根源是社会和文化方面的根本差异”②。所以冷战结束以后，社会和文化的冲突提上了日程，成为主导，并进而会引发战争，这就是文明冲突论。再次，他提出存在“大中华及其共荣圈”“中华文明”“大中华”“文化中国”，认为中国把自己看成中华文明的核心，企图成为“中华文明的倡导者，即吸引其他所有华人社会的文明的核心国家；以恢复它在19世纪丧失的作为东亚霸权国家的历史地位”。他又说：“两千年来，中国曾一直是东亚的杰出大国。现在，中国人越来越明确地表示，他们想恢复这个历史地位，结束屈辱与从属于西方和日本的漫长世纪，这个世纪是以

① ［美］塞缪尔·亨廷顿著：《文明的冲突与世界秩序的重建》的“中文版前言”，周琪等译，新华出版社1999年版，第2页。

② ［美］塞缪尔·亨廷顿著：《文明的冲突与世界秩序的重建》，周琪等译，新华出版社1999年版，第250页。

1842 年英国强加给中国的《南京条约》为开端的。”[①]在他看来，中国要建设自己的文明，必然和其他文明如基督教文明发生冲突，特别是会和美国文明发生冲突，并设想了一场未来的“中美之战”，那时世界完全变了样子。宣扬不同文明会引起冲突，以致引爆战争，这是一个极有争议的问题。

亨廷顿认为，未来世界的文化是个多元文化的世界，多种文明并存的世界，不会出现一种单一的普世文化。我认为这是很有见识的，也是可信的。因为多种文化的存在，是几千年来的文明的产物，这是公认的历史事实。对于历史传承下来的某种有影响的文化，不是今天那些自认为自己的文化是一种普遍主义的文化，对不符合他们的文化原则、价值观念的他国文化，实行强行的替代就可以替代得了的。强行替代，这是由于历史太短而缺乏历史感与历史主义的霸权主义。文明与文明，确实具有极大的共同之处，所以人们可以相互交流感情、思想，共创共享人类文明果实，促进人类文化进一步接近与融合。但文化与文化又相互不同，它们各有特点，这是在长期的历史形成中的民族特性、群体智慧、地理环境、政治、经济、信仰、宗教、生活风尚、习俗等因素综合而成的现象。文明之间如果发生冲突，其实不在文明自身，真正的原因只在于经济与政治，这是最根本的。政治上要控制他国，经济上要掠夺他国的财富，这才是问题的实质所在。一切形式的恐怖主义和活动应当受到谴责。当今大规模的恐怖活动，好像是在不同文明之间发生的，其实不然，这恰恰是由国际的政治上的极权主义与霸权主义、经济上的残酷盘剥而引起的，是有的国家为了把自己的经济命脉建立到他国的主权之上、把贪得无厌的吸管强行插入他国油井而引发的。

亨廷顿说，中国在倡导中华文明、中华文化，要恢复过去的历史地位，又说要恢复东亚霸权的历史地位。在这里，他把历史地位与霸权等量齐

---

① ［美］塞缪尔·亨廷顿著：《文明的冲突与世界秩序的重建》，周琪等译，新华出版社 1999 年版，第 255 页。

观了。中华文化是我们的传统文明,恢复这种传统文化中的优秀成分,以作为建设我们的新文化的承续与借鉴,这是十分自然的。过去几十年,西化的激进主义情绪,曾经使我国传统文化的继承遭到严重的损失,一度使民族文化的更新与发展失去依附。现在恢复这种文明的应有的历史地位,这怎么就是企图建立霸权地位呢?

所谓霸权,就是把自己的种种文化价值观念,自封为普世文化、普世价值,唯我至高至尊,企图越俎代庖,把它们强加于别人,实际上却是暴力替代,实行侵略,进行掠夺,控制别国。中华文明的传播不是强加,不是强迫接受,不是掠夺,而是交往。例如中华文明中的四大发明,引发了欧洲的现代革命,但这是传播的结果,而不是强加、霸权、侵略的行为。明朝的郑和七下西洋,发现了许多"新大陆",但只是进行文明的交往与传播,并未一发现城市与土地,就攻城略地,像稍后的西方殖民主义者那样,马上就宣布占为己有。这就是中国与西方不同的思维方式:一个倡导交往,互通有无,和而不同;一个力主占有,弱肉强食。

一百多年来,中华民族饱受西方帝国列强的侵略和割地赔款之苦,难道这个伟大的民族应该永远沉沦下去,而不应藉着新的千年的经济腾飞,在振兴中华民族的同时,复兴伟大的中华文化,结束如亨廷顿所说的从1840年开始的"屈辱与从属"?按照一些人的说法,新儒家就是以儒家为本,就是要建立大中华文化圈,语调突然一转说,就是"中国想建立自己的文化霸权,来抗衡别人的文化霸权",再下去,可能就是中国制造文明冲突了。请问这是什么逻辑?有什么根据?这是不是很像亨廷顿式的思维方式,有力量就必然要称霸?像不像按照西方人的思维逻辑,来看待中国的复苏与兴盛?而亨廷顿后来还承认,要"唤起人们对文明冲突的危险性的注意,将有助于促进整个世界上'文明的对话'"①。

同时,我们知道,西方文明未必就那么健全,中华文明却也自有价值,

① [美]塞缪尔·亨廷顿著:《文明的冲突与世界秩序的重建》的"中文版前言",周琪等译,新华出版社1999年版,第3页。

两者在对话中进行互补，自在情理之中，没有必要妄自菲薄。如果有人自发地认同中华文明，在平等、对话的交流中形成一个大中华文化圈，使中华文化广为发扬，这损害了谁呢？难道我国在强迫别国接受中华文化、掠夺他国文化、侵略他国文化、消灭他国文化，谋求建立文化霸权吗？弘扬中华文化，在传播与交往中扩大中华文化的影响，难道这就是去和别人的文化霸权对抗吗？一些人如果在所谓的学术交流中，抱着这种心态，在欧洲中心论和他人文化霸权面前，对弘扬中华文化的自主要求、宣扬儒家学说中的优秀思想的国人，就像发出断喝："中国就是想搞文化霸权"，这让人觉得就有点恐吓国人的味道了！无怪有的学者对于这种政治与文化的全球化、一体化的理论、措施与前景，会感到不寒而栗，因为它真有一点像另类的"新殖民主义"了！

这样看来，文化全球化、一体化是具有现实性的，因为已经存在这类现象，而且可能还会扩大范围。但是深层意义上的文化全球化与一体化，又具有难以实现的不可能性。只能各国文化相互接近，取长补短，互为丰富与交融，实行更新与创造，这大概是不同的、多元的文化互为依存和发展的方式。

第十二章　文学的民族性与世界性

第一节　世界文学是各民族文学交汇的总和

如果对于文化的全球化与一体化有一个比较实事求是的了解，那么对于文学的一体化这类观点，就比较容易好解释了。

几乎没有人怀疑，歌德是第一个提出“世界文学”的人。19世纪初，西欧曾有过一阵所谓“中华风”，通过传教士介绍东方文化，特别是中国的文化，一时东方文化情调使得许多西欧国家的权贵为之倾倒，竞相装点，视为时髦。歌德从这股时风中，了解到了一些儒家典籍，并几度接触过中国文学作品。但由于当时文化交流的水平有限，歌德接触到的文学作品，只有《好逑传》《玉娇梨》《花笺记》和收有10多个短篇的《中国短篇小说集》；《赵氏孤儿》《老生儿》等剧作；以及

《百美新咏》之类的诗歌等[1]。至于那些真正能够代表中国文学的一流作品，十分可惜，那时歌德还无缘见到。

1827年初，歌德在与爱克曼的谈话中，就对他所读过的中国文学作品做了评价。大致有这么几个意思。一、他说中国的《好逑传》[2]这部传奇，“并不像人们所猜想的那样奇怪。中国人在思想、行为和情感方面几乎和我们一样，使我们很快就感到他们是我们的同类人，只是在他们那里一切比我们这里更明朗，更纯洁，也更合乎道德”。接着歌德谈到了这些作品，“没有强烈的情欲和飞腾动荡的诗兴”，另一个引人注目的特点是，“人和大自然是生活在一起的”[3]，因此他认为，这些作品和他的《赫尔曼与窦绿台》与英国小说家理查生的作品有许多类似之处。二、歌德接着说，这部传奇绝对算不上是中国最好的作品，“中国人有成千上万这类作品，而且在我们的远祖还生活在森林的时代就有这类作品了”。又说，“不过我们一方面这样重视外国文学，另一方面也不应拘守某一种特殊的文学，奉它为模范。我们不应该认为中国人或塞尔维亚人、卡尔德隆或尼伯龙根就可以作为模范，如果需要模范，我们就要经常回到古希腊人那里

① 见卫茂平著：《中国对德国影响史述》，上海外语教育出版社1996年版，第105页、第107页、第109页。著者认为，其时歌德见到的作品，也可能是《花笺记》。

② 朱光潜在《歌德谈话录》中译本第111页就《好逑传》作注说，据法译本注，即《两姊妹》。朱按，可能指《风月好逑传》。歌德在这部传奇的法译本上，写了许多评论。

③ ［德］爱克曼辑录：《歌德谈话录》，朱光潜译，人民文学出版社1978年版，第112页。

去找,他们的作品所描绘的总是美好的人”。三、“我愈来愈深信,诗是人类的共同财产”,“我喜欢环视四周的外国民族情况……民族文学现在算不了很大的一回事,世界文学的时代已快来临了。现在每个人都应该出力促使它早日来临”①。同年他又说:“一种普遍的世界文学正在形成,其中替我们德国人保留着一个光荣的角色。”又说:“现在一种世界文学正在形成,德国人会蒙受最大的损失,德国人考虑一下这个警告会是有益的。”“问题不在于各民族都应按照一个方式去思想,而在他们应该互相认识,互相了解;假如他们不肯互相喜爱至少也应学会互相宽容。”②

同时,那些预言会出现一体化的世界文学的文章,一般都会引用马克思和恩格斯在《共产党宣言》里的话。马克思、恩格斯说:“资产阶级,由于开拓了世界市场,使一切国家的生产和消费都成为世界性的了。”“旧的、靠本国产品来满足的需要,被新的、要靠极其遥远的国家和地带的产品来满足的需要所替代了。过去那种地方的和民族的闭关自守状态,被各民族的各方面的互相往来和各方面的互相依赖所替代了。物质的生产是如此,精神的生产也是如此。各民族的精神产品成了公共的财产。民族的片面性和局限性日益成为不可能,于是由许多种民族的地方的文学形成了一种世界的文学。”③

第二节　歌德与马克思的“世界文学”概念辨析

现在我们来对歌德与马克思关于“世界文学”的观念作些辨析。朱光潜先生作为美学家与《歌德谈话录》的译者,在这里做注时指出,歌德

---

① [德]爱克曼辑录:《歌德谈话录》,朱光潜译,人民文学出版社1978年版,第113页。
② 转引自《朱光潜美学文集》第4卷,上海文艺出版社1984年版,第458页。
③ 《马克思恩格斯选集》第1卷,人民出版社1973年版,第255页。

的这一观点是从“唯心论的普遍人性论”[①]出发的。这一评价自然带着时代的痕迹,不可苛求。看来,唯心论倒未必,而“普遍人性”说的倒是有道理的。歌德从不同的民族文学中,看到了人类感情的共同性,不同的民族通过文学是可以互相了解的。他固然认为要从他民族的文学作品中吸取长处,但他也明白表示,不能把中国文学奉为模范,模范还应到古希腊人那里去找。这里的问题在于歌德要人们来促进什么样的“世界文学”的形成,这种“世界文学”是一种什么样的形态。

从上面歌德的文字来看,对于什么是“世界文学”的形态、内涵,语焉不详,看来可以有两层意思。第一层意思是,歌德说的“世界文学”,一、是一种不同于原有民族文学的“世界文学”,民族文学已经存在了,现在“正在形成”一种新的文学形态,他要求人们促进这种文学的早日来临。二、这是一种“普遍的世界文学”。这里所说的“普遍”,大概就文学所表现的意义而言,如人类共有的感情、思想等,比如,他说过,诗是人类共有的财产。三、他又说,这种具有普遍意义的世界文学的出现,会使德国人蒙受损失,即会使德国的民族文学遭受损失。这大概是说,德国文学难以摆脱本民族的特征,创作出更具人类意义的作品。但是从歌德说过之后的一百多年的历史来看,德国并未出现过一种可以叫作“世界文学”的文学形态。19 世纪下半期与 20 世纪,德国文学实际上是一种具有强烈的德意志民族特色的文学。即使 20 世纪的欧洲跨国家的文学流派不断更迭,影响着德国文学的发展,但德国文学仍然保持了其民族的特征,而著称于世。如表现主义作家格·凯塞、卡·埃德施米特、阿·杜布林;现实主义作家托马斯·曼与亨利希·曼、雷马克、孚希特万格、茨威格以及叙事剧倡导者布莱希特等人的作品,虽属不同流派,但都表现了德国民族的特征与标志。第二层意思是,歌德实际上所说的“世界文学”,也可这样理解,即这是一种进入世界范围的多民族的文学。他说,环顾周围,不同

---

① 朱光潜先生做的注,见[德]爱克曼辑录:《歌德谈话录》,人民文学出版社 1978 年版,第 113 页。

的民族文学看的多了。现在则有不同,古老的东方文学、中国文学的传入,使得文学的范围更加扩大,变成世界的了,这样原来周边的民族文学已算不上一回事。他还说到,如果德国文学要获得发展的话,看来还是应该以古希腊人为范本的,而不是以东方文学为典范。世界文学是各族优秀文学的结合体,是文化交流中出现的各民族文学的一种相互关系的表述。

英国学者柏拉威尔写过一本《马克思和世界文学》的著作。此书极为详细地描述了马克思对古希腊、罗马、欧洲中世纪、文艺复兴时期、启蒙时期、18,19世纪欧洲作家以及他们作品的爱好与了解。在谈及“世界文学”时,柏拉威尔说到,歌德虽然多次谈到世界文学,但“对歌德来说,这种‘世界文学’并不意味着放弃民族的特点。恰恰相反,每个民族的文学都因为它的特殊性与差别,因为它加之于世界文学交响乐之中的特殊音色,而受到国外学者的珍视”。“由于意识到其他民族的特殊贡献以及懂得珍视它们,我们也就懂得我们自己的贡献。确实,我们自己的文学在某种程度上也会由于这样的接触而改变它的性质,但这只会是一种丰富,而由此产生共生现象,诸如歌德自己的《西方与东方的合集》和《中德四季晨昏杂咏》,仍然会继续带有独特的民族文化的印记和这些作品的作者的天才和个人性格的印记,通常人们是在本国文化范围之内接受外国的作品的”①。我以为柏拉威尔在这里表述的观点是十分精彩的,各民族因交往日益增多,促使文学相互影响而发生变化,获得新质,这是一方面。但是另一方面,民族文学又仍然不会失去本民族的特征及其天才作家的个性特色。诚然,在这种情况下,民族的片面性、局限性日益减弱,但即使如此,看来各国文学也不会完全失去民族性特征的。

美国学者詹姆逊关于歌德的“世界文学”的说法,提出了一种见解。他说在当今世界各地不同国家里的思想文化活动背景上,出现了某种跨

① [英]柏拉威尔著:《马克思和世界文学》,梅绍武等译,生活·读书·新知三联书店1980年版,第192页。

国文学作品，人们以为，“这种活动似乎是人们以前称之为‘世界文学’的那种文学样式的新形态。人们通常认为‘世界文学’应是由一些经典作品组成，它们能超越直接的国家、民族语境而打动形形色色的读者。然而实际上歌德和其他人倡导‘世界文学’时的用意并不是这样。要是我们细读歌德在这方面留下的零散文字，我们会发现他心目中的‘世界文学’指的是知识界网络本身，指的是思想、理论的相互关联的新的模式。”詹姆逊谈到，当时歌德阅读的一些欧洲杂志，大体上都在鼓吹不同语境间的思想、文化的联系。“在歌德看来，真正新颖的有历史意义的事件，乃是人们如今有机会有条件接触到他国异地的思想环境并与之沟通，为此，他创造了‘世界文学’这个概念。但这个概念在目前的新语境下似乎已不那么恰当了。”詹姆逊认为，某种类似的事物，正在一个更为巨大的规模上出现，但我们对它要谨慎小心。如在现今文化交往频繁的背景上，似乎出现了某种跨国文学作品，有人以为就是世界文学的新形态了。詹姆逊认为，没有必要就此匆忙地作出肯定。他说：“就文学而言，这并不意味着创作某种立即具有普遍意义的作品，从而跨越民族环境去诉之所有的人。相反，我认为‘世界文学’的含义是积极地介入和贯穿每一个民族语境，它意味着当我们和别国知识分子交谈时，本地知识分子和国外知识分子不过是不同的民族环境或民族文化之间接触和交流的媒介。”①这里大致是说：通常人们把歌德所说的“世界文学”视为一种经典性的作品，由于它们表现了普遍的人性、人类共同的问题而超越了民族与国界，受到不同的人们普遍欢迎。但是詹姆逊认为，这种看法有违歌德初衷，歌德说的实际上不是一种文学形态，而是思想、理论相互关联的新模式。真正的新事件，在于使不同语境中的人们有了联系与沟通。因此，“世界文学”的含义，在于不同国家、民族的知识分子积极地介入文学、文化的交流。但是在我看来，歌德所说的“世界文学”实际上包含了上面两层意思，并不矛

① ［美］詹姆逊著：《晚期资本主义的文化逻辑》，张旭东编，陈清桥等译，生活·读书·新知三联书店、牛津大学出版社1997年版，第192页。

盾。当然,我更倾向于我在上面谈及歌德关于“世界文学”时的第二层意思,亦即詹姆逊所说的各族人民的思想、感情相互联系的模式。因为第一层意义上的“世界文学”,虽经歌德倡导,但一时无法实现的东西,是一个抽象的观念。

马克思、恩格斯在谈及“世界文学”的形成时,其出发点是从资本主义生产、世界市场形成的。而资本主义市场的形成,则是一种不可抗拒的世界经济现象。“世界文学”就是在这种资本主义经济的所向无敌的情况下形成的。

在这里,我们要了解一下《马克思恩格斯选集》中文版编者对“文学”一词所做的注,编者认为,这里的所谓文学,指的是“科学、艺术、哲学等方面的书面著作”[①],这是十分重要的。马克思、恩格斯在这里谈的是整个资本主义的生产、消费以及世界市场的开拓等,至于涉及精神生产,则指的是文化的各个方面,自然就不是单指我们通常所了解的文学,这是符合原意的。这里所说的“文学”一词,包括了文学艺术以及科学、哲学等书面著作,由于世界市场的形成,同时也就形成了世界文化。他们认为,这显然不是指出现了一种统一性的世界文化,而是说众多民族、国家的文化走出了原来的孤立、隔离状态,进入一种相互交往的状态,以致成了一种世界范围的文化现象了。在这种情况下,民族的片面性与局限性日益减弱,并且已日益成为不可能的事,后面这句话是经常被引用的。

柏拉威尔的《马克思和世界文学》对马克思、恩格斯在《共产党宣言》一书中使用的 Literatur, Literature 和 Literarisch 做了辨析,认为 Literatur“论述某一科学的一批专门的书籍与小册子等和写作这些作品的作者”,Literature 则指“诗歌、剧本和小说,如果它们带有一点政治色彩或‘信息’的话,就都有资格包括在这一词之内”,后者则指文献一类的一大堆轻飘飘的词,同现实、社会脱节的东西[②]。从这里可以看出,《马克思恩格斯选

① 见《马克思恩格斯选集》第 1 卷,人民出版社 1973 年版,第 255 页注 1。

② [英]柏拉威尔著:《马克思和世界文学》,梅绍武等译,生活·读书·新知三联书店 1980 年版,第 188 页、第 189 页。

集》中文版的注释经综合而表述的意思，基本上是可以接受的。

马克思、恩格斯说："随着资产阶级的发展，随着贸易自由的实现和世界市场的建立，随着工业生产以及与之相适应的生活条件的趋于一致，各国民族之间的民族隔绝和对立，日益消失了。无产阶级的统治将使它们更快地消失。"①这段话说得未免乐观了些，民族、国家的局限性并未很快消失。正如柏拉威尔所说："《共产党宣言》并没有充分估计到对它所发觉的这种倾向的反抗：民族的对立和分歧并没有像生产和商业的逻辑似乎暗示的那样迅速而普遍地消灭。实际上，马克思已开始认识到了这一点，并且在他的晚年，对于过低估计民族感情威力的所谓追随者，始终抱着敬而远之的态度。"②确实，马克思后来意识到了这点，所以在 1866 年，就嘲笑过那些把民族、国家视为早已"过时的偏见"的第一国际总委员会的法国代表。现在我们的一些学者，为了标举"世界文学"，只提马克思早期的言论，而不顾其后来转变了的观点，这往往不符被引者观点的整体性的。

19 世纪末、20 世纪初，我国社会正处于剧烈动荡的时期，文化、制度的求新求变，成为国家、民族的命脉所系。进步的知识分子纷纷冲破藩篱，早在 19 世纪下半期开始，就译介西方文学，面向世界。他们在与西方文学、日本文学接触后，认识到了外国文学的优点，于是大力宣传，进行移译，并将本国文学与之比较研究，一时蔚然成风。外国文学在我国的传播，深刻地改变了我国固有的文学观念。可以说，对于外国文学在某种意义上即对于世界文学的不断介绍，一直影响着我国文学的演变与发展。19 世纪末，有的学者、诗人，由于其条件的独特，通晓多种外语，进入了法国文学的殿堂，如陈季同。他用法语写作，撰写了《中国人自画像》《中国戏剧》等著作，同时把《聊斋志异》部分作品译成了法语。对法国文学的深刻了解，他形成了一个极为前卫性的"世界的文学"的观念。在谈及中

① 《马克思恩格斯选集》第 1 卷，人民出版社 1973 年版，第 270 页。

② [英]柏拉威尔著：《马克思和世界文学》，梅绍武等译，生活·读书·新知三联书店 1980 年版，第 194 页。

国文学时,他深感其不足,何以促进?他说:"第一不要局于一国的文学,嚣然自足,该推广而参加世界的文学,既要参加世界的文学,入手方法,先要去隔膜,免误会。要去隔膜,非提倡大规模的翻译不可,不但他们的名作要多译进来,我们的重要作品也需全译出去。要免误会,非把我们文学上相传的习惯改革不可,不但成见要破除,连方式都要变换,以求一致。然要实现这两种主意的总关键,却全在乎多读他们的书。"①这里无疑是指,一、不要局限于一国的文学、本民族的文学,以为文学唯有我国的好,外国文学不值一哂。二、要了解外国文学,那里有许多值得我们学习的东西,所以要大力译介。三、也要把我们的好作品介绍出去,参与各国文学相互交流融合的过程。这些主意即使对于我们当今的文学的发展与译介工作来说,也是十分中肯的。陈季同在 19 世纪末就提出了"世界的文学"的观念,对于当时我国学界来说,是"相当超前"的,自然也是"和者寥寥"②。

"五四"前后,我国许多著名作家、学者就外国文学的介绍、接受,发表过大量的意见,外国文学的输入,酝酿了我国文学观念的更新,并由于我国文学发展的内在需要,终于促进了"五四"新文学运动的发生。

其后,我国著名学者闻一多先生曾经谈到世界文化发展成一体的思想。在目睹各国的文化交流日见增多的情况下,他提出过未来的文化将会发展成"一个世界的文化"的论点。他说,世界上有四大古国的文化,将来"互相吸收,融合,以至总有那么一天,四个的个别性渐渐消失,于是文化只有一个世界的文化"③。如前所说,有的论者把这一观点延伸到文学之中,认为将会出现一种一体化的总体文学④。

---

① 转引自李华川撰:《"世界文学"观念在中国的发轫》,载 2002 年 8 月 22 日《光明日报》。

② 李华川撰:《"世界文学"观念在中国的发轫》,载 2002 年 8 月 22 日《光明日报》。

③ 闻一多著:《神话与诗》,见《闻一多全集》第 1 卷,开明书店 1948 年版,第 201 页。

④ 见曾逸著:《走向世界文学》"导言",湖南文艺出版社 1986 年版,第 37 页。

第三节 文学的趋同化与难以被替代的差异性

文化、文学全球化、一体化问题，涉及许多方面，是可以深入探讨的。

前面谈及，经济一体化现今实际上正在实现。我们看到，经济一体化要求有一定的权力机构，即使是松散的也罢，有企业行为准则，繁多的规章制度，商品的测定标准，各种制裁手段，定期的首脑会议，自然这些会议都为发达国家、集团所把持。一些国家可能存在多种经济成分，但一旦加入世贸组织，它的主导经济的发展，可能会受制于整个世界跨国市场经济的需求，它的物质产品，不得不接受这个国际市场所要求的统一的标准。在物质文化方面，可能比较容易有个趋于共同承认的标准。

那么在精神文化方面呢？精神文化的生产必须进行现代化与面向世界。第一，先从不同文化、文学的趋同性来说。国家、民族虽然不同，文化、文学艺术虽然各异，但从人类普遍愿望、人性的角度来说，应当说是存在着一种共同的趋向的。比如，不同国家的民族、人民，在历史的发展中获得共同的人性，具有追求美好生活的向往，都面临着诸多共同的问题，如现实与理想，物质与精神，生存与困境，战争与和平，幸福与灾难，理性与反理性，孤独、焦虑与交往，绝望与希望，富有与贫困，生与死，爱与恨，男女老幼等，并反映到文化、文学艺术中去。在这些方面，自然有着许多共同的语言，一致的观点，形成一种趋同倾向。文化、文学艺术本身的趋同性，可以使得不同国家的民族、人民的精神产品，相互获得接受与认可，而且可以成为人类共同的精神财富。可以确定地说，正是这些方面，使得人类可以在文化、文学艺术的交往中，相互了解、接近，变得亲近、合作、和谐、互相影响，避免生存中的消极面，争取人类正常发展的生活权利。18世纪和19世纪初欧洲的中国文化、文学热，20世纪中国的欧洲文化、文学热都是实例。文化、文学艺术的趋同性,可以导致融合与同化。在今天信息化的时代,由于文化交流的加速,人类的隔阂进一步淡化,地域的差别不断在缩小,各民族的文化显示一种融化的趋势,还会得到进一步的加强。我国文学今后的发展,通过中外文化文学的交往,受到现代性的指向的影响,将会进一步地显示自己面向世界的开放性品格,积极吸取他人文化、文学艺术的长处,由趋同、融合而走向创新,进而出现一种与各民族都能欣赏、认同的文化现象与文学艺术。

但是,第二,在很长的时期内,我们还见不到形成一种一体化的文化、文学艺术的必然的决定性因素。

首先,我们在前面谈及的人类面对的共同的问题上,具有趋同的倾向,但是各个国家、民族的文化、文学艺术的共同性、趋同性,却并不能导致其自身的必然的一体化。正是在上述诸多看来是共同的问题上,不同的国家、民族、人民之间的理解上,存在着同中有异的情况,不同民族对于它们的理解不尽一致,甚至存在着严重的分歧。究其原因,这是不同国家、民族、人民的自身特征,在长期的历史发展中不断生成的结果。人性是共同的、趋同的,但它是在不同历史、地域、人文环境中形成的,所以各具特色,它反映了人们自身的本质在历史发展过程中的不同特点。就以人们当前所关怀的生存与困境、物质与精神来说,在这些问题上人们面对着共同的境遇,存在着许多共同的语言,但是深入下去,分歧就出现了。因为各个国家、各个民族生存的条件不一,困境的程度各异,特征就不一样。就说物质与精神,你吃得很好,认为需要提升精神,免得被物的包围所困扰,从而忽视生存的更高意义;他则还食不果腹,主要关心的是如何生活下去。因此在生理上、心理上,以致道德原则等方面就会出现差别。在长长的历史进展中,加上新出现的问题的多方面的影响,于是各族人民各自形成着不同特色的文化积淀,渗透于各自的哲学、政治、宗教、信仰、道德、人伦、风尚、习俗之中,成为不同民族和人的自身的本质特征,进而反映到他们的文化与文学艺术之中。像这类既具有人类共同趋向,而又显示着不同民族文化精神特征的文化与文学艺术，可以相互接近、靠拢，乃至部分的融合，但如何做到一体化呢！

其次，文化、文学艺术的发展，自然与经济的发展以及经济一体化是有密切关系的，并会受到巨大影响。但说由此会出现经济一体化式的文化、文学艺术的一体化，这是不大可能的，也是难以想象的。从浅层次来说，几个具有强势文化的国家，能够成立一个或几个跨国集团与组织，来对其他国家的文化、文学创作发号施令吗？能够制定出一个文化、文学艺术的标准，来让不同国家的人们共同遵守吗？你遵命了，未必就能保证别人一定会去照办。一体化会把具有多样性特征的文化与文学艺术置于死地。我国有过这种教训，一体化的结果，使得文化与文学艺术枯萎了，世界范围的一体化，未必就会例外。

再次，一个十分重要的问题是语言文字问题。既然提出文化、文学的一体化，那么，文化创造与文学艺术创造所使用的语言文字也应该是一体化的了，可是如何一体化呢？希望创造一种世界性的语言，使之流行全球，有人这样做了，如世界语，但近百年来通行的地域并不理想。倒是英语实为美式英语目前大为流行，这是美国的经济大大领先于其他国家，科技发达，文化工业产品倾销全球使然，所以在网络上英语占的比重极大，在文化交流中简直有些畅行无阻的气势。但各个国家是否会用它来创造自己的文化与文学艺术呢？对于一个具有悠久的历史与文化传统的民族来说，语言文字是他们千百年来形成的思维、心理的积淀物，是人们交流思想、记载感情的工具，是一个国家、民族的历史、文化传统的承载物。特别是我国的单音节语言与象形文字，与拼音的语言文字不同，一旦把它们废除了，它们所承载的文化含义就被阉割或消失了，几千年来形成的中华民族的人文思维，就会面临一场难以预见的成败得失的灾变。独特的语言与文字是一个民族的文化的根本特征，所以不少国家，即使人口不多，也把它视为本民族文化的瑰宝。它们顽强地保护本民族的文字，纯洁本民族的语言，并且十分重视把本民族的文化与文学艺术介绍出去，使之传播光大。因此对于那些热情介绍他们国家文化、译介他们国家优秀的文学艺术作品有成就的外国译者,会给以崇高的奖励。如法国、意大利、西班牙、俄罗斯、德国等国家政府,都把我国一些著名的翻译家,视为传播他们国家的文化使者,而屡屡给以高额奖赏,给以种种崇高的称号,各类勋章,并非偶然。十分明显,这些译者不仅传播、保存了这些国家的文化、文学艺术,而且在世界范围内保护、扩大、巩固了这些国家、民族的语言的影响。这是它们花大价钱也是买不到的呀!

在当今全球化的语境中,交往日益频繁,弱势语言的命运实堪忧虑。据有关组织统计,世界上几千种语言正在不断减少,每年大约以 20 种的速度在消失中。处于文化弱势的国家,是应该给以切实关怀的,而那些处于强势文化的国家应该帮助它们生存下去,否则,这些语言将从人类文化中逐渐湮没而致永远消失。自然,人类会不会经过几百几千年的融合,到头来汇集了各种语言的长处,逐渐创造出一种统一的语言,一体化的语言,也未可知。但是,象形文字与拼音文字是难以融合的,如果不能一体化,那就只有共存。

第四节　文学的民族本土化的觉醒

当今情况的复杂性还在于,不是像一些朋友说的,如果不提文化、文学艺术全球化、一体化就是要不得的,等等。经济全球化、一体化由于自身的矛盾,却是不断地衍生着新问题。20 世纪 80 年代特别是 90 年代以来,由于经济全球化趋向的日益明显,文化的趋同性得到空前的强化,这是事实,而且呈现出上升的趋势。但是也正是经济全球化带来的另一方面的影响,即国与国之间、地域与地域之间的人们,在精神文化方面的分歧又进一步加深了,这也是事实,出现了“本土化”的思潮,非西方文化的复兴。

现代化发轫于西方，随着世界市场的开辟，它影响了其他国家，使世界面貌发生了重大的变化。一些国家在现代化的冲击下，因为传统的因袭重负、旧式信仰的根深蒂固，经济起色不大；而另一些国家，同样具有自己的深厚传统，但在自有规范的现代化的指引下，果断地抓住了机遇，进行市场经济的转轨，使自己的经济飞速发展起来，综合国力加强了，在国际上建立了声誉与赢得了尊严，民族的伟大复兴提到了今天的日程之上。亨廷顿说："现代化所带来的非西方社会权力的日益增长，正导致非西方文化在全世界的复兴。"又说：几个世纪以来，非西方民族一直很羡慕西方社会繁荣的经济，先进的技术，而认同西方的价值观。但是随着经济的起飞，却逐渐转向了自己国家的文化与价值观，即转向了本土文化。"80年代和90年代，本土化已成为整个非西方国家的发展日程"①。而本土化的勃起，必然使那些植根于历史的习俗、语言、信仰以及体制，得到自我的舒展与伸张。也就是说，现代化增强了过去被侮辱、被屈辱国家的民族自信，在我国也是如此。

现代化的悖论是，对于强势国家来说，它以现代化推动了经济的全球化；现代化的流行，原是对西方中心论的西方文明的传播。但在不少不发达国家传播的结果是，使其落后的经济发展起来了。经济发展起来后，为其自身文化的复苏提供了机会，于是它们就有能力反顾自身，看到自己的传统文化并非一无是处，而是十分丰富；进而发现本土文化、标榜本土文化、弘扬本土文化的价值观，等等。民族自信的增强，使得文学艺术本土化的问题随之而起，在后殖民主义文化思潮的推动下，酿成一股洪大的潮流。这使得非西方文化在世界范围内走上了伟大复兴的道路，这是一个方面。

另一方面，全球化趋向的发展，又要求所有国家转到一体化的轨道上

---

① ［美］塞缪尔·亨廷顿著：《文明的冲突与世界秩序的重建》，周琪等译，新华出版社1999年版，第88页、第91页。

来，一些强势国家不仅要求所有国家的经济纳入它们打造的全球一体化，而且在文化方面极力推销它们全球化的计划，这种文化输出，大有吞噬其他文化的势头，这使得其他弱势国家的文化进入了生死存亡的时代。到了90年代，不少弱势国家都积极地参与讨论后殖民主义与文化本土化问题，民族的文学艺术的处境，于是在世界各地随着民族认同热，也兴起了所谓的"文化认同"热。这种认同热，对于西方霸权政治来说，实际上是政治离心力，对于文化上的欧洲中心主义来说，这是顽强地展现多元文化存在的文化离心力。霸权与控制，多元、离心与反控制，这就是当前所有国际间的重大分歧、矛盾的原因所在。这些矛盾的内在的、深层因素自然是经济的、政治的，但也在文化思想领域以十分激烈的形式表现出来。比如针对人的存在处境，存在主义哲学与现代主义艺术提出过"我是谁?"的问题，那么现在这种提问已变成集体的了。亨廷顿说："90年代爆发了全球的认同危机。人们看到，几乎在每一个地方，人们都在问'我们是谁?''我们属于哪儿?'以及'谁跟我们不是一伙儿'？这些问题不仅对那些努力创建新的民族国家的人民来说是中心问题……对更一般的国家来说也是中心问题。"①比如，他谈到90年代中期，激烈讨论民族认同问题的国家，不仅有发达国家，如美国、日本、德国、英国、加拿大、俄罗斯，而且还有发展中国家，如中国、印度、伊朗等国，至于其他不发达国家也是如此。这就是说，经济上的全球化和文化上的全球化企图，以不同角度、多种层次与深度，引发了本土化问题，引发了民族认同、文化认同热，并且几乎触及了所有的国家。自然，它们面临的问题是各不相同的。在强势国家中，舆论偏重于对主流思潮的殖民主义及其历史的反思与批判，对于弱势国家来说，则引发了对民族主义的再认识，民族主义正是这样再度引起重视的。

强势文化对于民族主义主要采取批判态度，认为民族主义妨害了全

① [美]塞缪尔·亨廷顿著:《文明的冲突与世界秩序的重建》，周琪等译，新华出版社1999年版，第129页、第130页。

球化的进程,有违它们的文化原则与价值观。但是,我们对于民族主义需要进行分析,不能盲从别人对于民族主义的不分青红皂白的指摘。民族主义实际上具有两面性。一方面,首先,民族主义是民族主体性的表现,是对本土、本民族的历史发展的认同。20 世纪八九十年代,在全球化的大潮的冲击下,不少人一时间失去了民族主体性而产生了迷失感:“我们是谁?”由此而引发了本土化与寻根热,民族认同和回归热,不少弱势民族从中找到了民族自新的契机,民族主义成了民族复兴的精神支柱与民族的凝聚力。其次,民族主义是对本民族文化的认同。强势文化的流行,压抑了弱势文化的生存与发展,贬低了它们的价值。对于我国来说,一百多年来由于积弱太久,一些人求新心切,所以往往把自己的文化视为落后的文化,弃之如敝履,而大力搬进外国文化。但是终究未能建成自己的新文化。80 年代,在新文化的建设中,原有的文化资源有如幽灵一般,形影相随,忽近忽远地挥之不去。90 年代的反思,使大批人士逐渐认识了我们民族文化固有的价值,力图恢复其应有的地位,由此激起我们对于我国灿烂文化的自豪感,一种民族主义的文化自豪感,这是完全正常的。一些人缺乏这种自豪感,主要由于他们只认同于西方文化,而对自己原有的民族文化不屑一顾,或罔无所知。再次,民族主义也是抵制强势国家工业文化垃圾的有效手段,要是没有这种措施,民族文化的发展将会受到阻碍,法国、德国都在这样做。

但是,另一方面,民族主义是不能滥用的,如果使其盲目化,则会变成狭隘的民族主义,变成排外主义,变成盲目的文化自大狂,坐井观天的井底之蛙,从而失去自我更新的活力和反思能力。所以,文化民族主义是一把双刃剑。确实,狭隘的民族主义使我们吃尽了苦头。今天,没有人说我们整个的中国传统文化好得很,但是其中的精华部分,不仅需要发扬与继承,而且作为全人类的文化财富,是当之无愧的。其实,我国广大知识分子都有 20 世纪几十年的西化、俄化的经历,今天除极少数外,绝大数已失去那种自高自大、认为自己不需了解世界、不肯学习外国、一切都是自己的好的“天朝心态”，而更多的倒是由于长期自卑，滋长了那种倾向西方一切都好的西化心态。一些学者认为，中国的民族主义已发展到这等地步，“我们的一些观念都后退了，孙中山曾说：要‘联合世界上平等待我之民族’，现在我们不但要求别人平等待我，而且我们自己也不能平等对待别人”①。如果情况真是如此，那么对于这种极端幼稚和狂妄确实需要反省与批评，对于这种狭隘的民族主义需要进行批判与纠正。不过，最好能够就现在有些人如何不平等地对待别人，举出一些实例，进行分析。

和民族主义相对的是强势国家推行的普世主义或普遍主义。普遍主义的原则与内涵，自然有其普遍的特性与价值，但是在不同的国家，普遍主义未必都能实现，或是马上实现。这里必须考虑到不同国家、不同民族的不同历史与制度，不同的文化传统，不同的思维方式，不同的文化素养，不同的宗教观与风尚习俗，等等。这些因素都是不同国家在几千年的过程中形成的，不是你设计一个方案，就可以让别人马上跟上、效法的。有的强势国家，认为自己的文明原则，放之四海而皆准，并出于极端自私的目的，根本不考虑别国的历史与文化传统，却要求别国同它一样，实行它所主张的所谓普遍的价值观，在政治、文化上企图立刻推行普遍主义。不按它的原则办事，就挑起争端，或凭借自己的军事霸权，诉诸武力。结果，使普遍主义变为世界普遍的不公平与不安定，这些国家就必然成为十足的帝国主义。这才是典型的21世纪的新的“天朝心态”②！

当今，整个世界的组成，是个不同民族国家的联合体，民族国家、多民

① 其实，一百多年来，有哪个强势的民族是平等地对待过我们的？一段时期，我们受到教育，说只有苏联在十月革命后废除了对我们的不平等条约，云云，我们在很长时期里也信以为真。十月革命后，苏联确有废除不平等条约之举，但那是废除1917年二月革命至十月革命之间的条约。1917年2月至11月之间，俄国和我国订了不平等条约了吗？1917年前强加于我国的不平等条约废除了吗，能废除吗？

② 在学术界早就有这样的说法，我们了解欧美要比欧美了解我们多得多，这大概是我们积弱太久，总有一种了解外国、学习外国的强烈愿望。2002年8月4日出版的《世界周刊》（旧金山），载有自中国远嫁美国、署名草原的文章《文化舞台剪不断理还乱》，文中称：“来美虽然不长，但我发现大多数美国人对中国的不了解，超出了人们的想象。究其原因，一是也许大多数普通的美国人根本缺乏了解中国的渠道。二是在于生活得太老大、太现实的美国人，也许根本就没有想去了解其他国家的想法。”

族国家的形式是难以废弃的，而且在今天全球化的声浪中，一个突出的国际现象是，如前所说，不少弱势国家纷纷加强了自身本土化的定位与认同的舆论，这是始料未及的。至于民族，它们是长期历史发展中形成的产物，是受到种族、血缘、共同地域、语言、心理以及经济生活等条件制约的不同的人类群体。在经济全球化趋势还未形成的时候，一些人数极少的民族以及它们的语言，已经被强势民族所同化，而在全球化的趋势中，不同民族的共同性会更多地融合，但是那些具有悠久的历史、文化传统的民族，仍会长期存在下去，而且无可替代，并且更加珍贵、更将突出其本土化的根本特征，加强其定位与认同。这种描写在马克思、恩格斯著作中是见不到的了。

第五节　文学的民族性与世界性的辩证

在全球化与本土化这种相反趋向相互交叉的氛围中，一些人主张文化、文学艺术一体化，因此就有文学艺术“只有世界的才是民族的”，或者“越是世界的就越是民族的”，“只有民族的才是世界的”和“越是民族的就越是世界的”之说。

先说“越是世界的就越是民族的”，或者“只有世界的才是民族的”。这里的“世界的”是什么意思呢？一、如前所说，大概是指人类共同关心的东西，人类共通的感情，普遍的人性，高超的表现技巧，现代技术等运用。我们在上面提到的人类面临的共同的方面，如现实与理想，生存与困境，生死爱恨、忧患焦虑等，这是文学所关怀的东西，是文学应予伸张的对人的终极关怀。文学作品可以不具这种要求，但优秀的文学必具这种品格，而当今我国的文学，恰恰缺少这种强烈的人文吁求。同时，这大概也是指对其他民族优秀文学经验包括文学艺术的表现技巧要有深切的了解，把握当今世界各国文学艺术发展的高度水平。在文学艺术交流如此繁荣的今天，作家、艺术家必须具有敏锐而前卫的目光，宏放大度的气魄，及时把握与接受世界文学艺术演变中新颖而有价值的方面，缺乏这种前沿性的文学艺术知识、识别能力与高起点的艺术感悟，就难以创造出和其他民族优秀文学艺术比肩而立的作品。这也是文学的现代性所要求的。二、可能是指西方人的所谓"普遍价值"，对于强势国家所倡导的"普遍价值"，我们自应分析对待，吸收它的合理成分。但是我们不能不看到强势国家极力要其他国家奉行其"普遍原则"的用心。其实，这种极端自私、霸道的国家，为了霸占他国资源，对于别的国家与民族，是从来不讲什么自由、民主、人权的，否则，世界就不至于那么不安定了。自然，这不等于我们不要认真对待这些东西，因为这正是我们自身所不足的。但是如果以为根据人类的一些共同"世界的"一般体验，去演绎成文字，就能做到文学艺术的"越是民族化"了，恐怕是要落空的。

文学艺术对于人类共同共通的东西，还得通过具体的作家、艺术家，通过作品的人物，通过他们所表述的感悟、感情、思想，所掌握的技巧来表现的，一个作家、艺术家必然是一定民族国家的成员。荒诞剧使用一种抽象的符号，表达了人类的一种相当普遍的生存处境的荒诞感，震撼着人心。但是即使这样的艺术，读者仍然从中体味到一种法国的或是英国民族文学的韵味，因为别的国家没有这样的哲学文化与这种如此深刻的文化生存的体验。别的国家的作家如果也来这样写，实际上就重复了它们，成为仿作。作家可以自称"世界公民"，是在全人类的意义上来写作的，那也是指其创作中的思想的普遍性，关心世间共同面临的问题。他可以采用多国的人物、故事，表现多国文化的冲突，等等。不过迄今为止，也只有一些按照概念进行演绎的东西。作家进行真正的创作，其实总是以其"民族文化精神"为指导的，即使他要描写外国现象，为此他也应该了解其他国家的民族文化精神，但具体的写作却摆脱不了其所属民族的文化精神。民族文化精神，是民族国家的文化价值观与文化价值体系，它体现着一个民族的理性精神，诗性智慧，道德品格，思想风貌，进取求新的愿望。它在不同的人群身上表现各异，但综合起来却是整体精神的体现，显示了民族精神的气度、面貌，而民族性正是民族文化精神的体现。

其实，世界性、全人类性、普遍人性都是概括出来的东西，它们的真正的物化表现则是民族性。也就是说，全人类性、世界性是通过民族性凸现出来的，全人类性、世界性、普遍人性必须附丽于民族性。如果没有了民族性，到哪里去寻找全人类性、普遍人性与世界性呢？人类通过无数的国家的民族群体（自然也包括各个社会集团、阶级）而存在，不同的民族的共同的特性与价值，十分自然地汇入了全人类性、世界性、普遍人性之中。可否这样表述，全人类性、世界性、普遍人性是共性，而民族性是体现共性的个性？如果一种文学艺术没有一个具体的民族立足点，不去描写具体的民族的人的生存处境，民族的人的有价值的东西，那么，全人类性、世界性以及那种具有普遍意义的东西，也是无从得以体现的。因为，我们还不知道今天有哪个人，既不属于哪个国家，也不属于哪个民族。

另一些学者提出，"只有民族的才是世界的"，或者"越是民族的就越是世界的"这类口号，在我看来，恐怕他们并不是说只要是民族的就一切都好。小脚、辫子是我国过去特有的，但它们代表的落后的民族文化，与世界性毫无关系。拿这种例子来反驳上述说法，这是实证错位，毫无意义。再说京剧，也是我国民族特有的一种文化，这是一种传统的、有价值的文化，一种高度程式化的艺术。由于它的民族的独特性十分强烈，不做介绍甚至难为他民族所了解，所以作为具有强烈民族特色的艺术，是否能获得世界性，就难说了，虽说现在受到不少外国朋友的喜爱。拿这些特殊的例子来反驳"越是民族的就越是世界的"，也是毫无针对性的。

"只有民族的才是世界的"，或者"越是民族的就越是世界的"这类口号，意在强调文学的民族性的一面。当然还应看到问题的另一面，即民族性的现代化，对于任何民族文学来说，民族性并不是一成不变、固定僵化的东西，民族性是不断演变、生成的东西，在其保持自身基本特征的情况下,其内涵是不断被改造与丰富的。每一时期的民族性会被各种内外文化因素所浸润,进而获得丰富与新生。因此可以说,民族性是开放的、不断生成的民族性。汉唐时期的汉族的民族性,不同于春秋战国时期的民族性,当商业与资本主义萌芽发展起来,宋明时期的汉族的民族性大概不同于汉唐时期的民族性,清末民初时期的民族性大概不同于宋明时期的民族性,当代我们的民族性不同于“五四”时期与其后五六十年代的民族性。当今我国人民的民族性,已不是封闭的民族性。在我国当今现代化与面向世界的进程中,我国人民与他国人民有着极其广泛的交往,频繁的接触,从中了解并吸取他国人民的文化长处,倡导健康的个人的自由进取精神,积极地改变着自己的文化素质以致民族特性,这是不能不看到的变化。民族性受到现代性的制约,一旦在长时间内凝固不变,墨守成规,就反映这个民族停滞不前、保守落后了。民族性的细微的或是重大的变迁,大概正是文学创作的重要课题。

文学按其自身的内在逻辑而发展,文化交流与外来影响往往是促成本土文学发生重大变革的动因,激活本土文学的动力。外国文学的形式、思想倾向,它的独创与新颖之处,都会被本土文化、文学所吸收,进行消化与改造,与原有的民族文学特性相结合,从而使民族文学艺术不断更新自己,丰富自己的独创与新颖,而更具活力。罗素说:“不同文明之间的接触在过去常被证明是人类进步的里程碑。希腊向埃及学习,罗马向希腊学习,阿拉伯向罗马帝国学习。中世纪的欧洲向阿拉伯学习,文艺复兴的欧洲向拜占庭学习。在许多这种例子中,常常是青出于蓝而胜于蓝的。”①

20 世纪,中国文学所经历的也是这样一个过程。这是现代化的过程,也是面向世界的过程,这是一个冲突过程,也是一个整合、融合过程;是一个比较过程,也是一个吸收、借鉴、创新的过程。在今天全球化的语境中,由于文化、文学交流空前繁荣,民族的狭隘性将会进一步受到冲击,

---

① [英]罗素著:《中西文明的对比》下册,见何兆武等主编:《中国印象——世界名人论中国文化》,广西师范大学出版社 2001 年版,第 89 页。

文学的发展,将面临一个千载难逢的伟大的变更、创新时期,成为新文化的组成部分,形成我国民族文化、文学的伟大复兴,而民族性中最为严整的部分将得以保存并获得发扬。民族文化、文学的伟大复兴,不是复旧,而是在激活原有民族文化、文学的基础上,进行新文化、新文学的建设,并使其走向繁荣!

看来,文学的巨大的生命力,存在于民族性与世界性之间,而不在于越是民族的就越好,或是越是世界的就越高,而是民族性的与世界性的完美的结合。这样,上面两个争论的口号,就需要做些修正:文学既是开放的民族的,又是世界的;既是世界的,又是开放的民族的。这样的表述,可能更合乎其自身发展的情况。

第十三章　文学的乡愁

第一节　乡愁——乡关何处

乡愁这种感情的形态，与诗歌结了不解之缘，诗歌赋予了乡愁以可感的生动的艺术形式。除了在文学作品中，哪里能见到乡愁这种生动的形态呢！

《诗经》作为西周出现后五百年间的周诗，有不少诗歌描述了后世人类社会所产生的一种普遍的感情——乡愁。这时的居民没有了过去“帝力于我何有哉”的那份自在与洒脱了。

在小农经济社会，家与乡联为一体，底层百姓要赋税、服役、戍边。服役、戍边就要他们离开生养之地，就要外出，并且难知归期。于是只得告别了长相厮守的土地、家乡、父母妻子，他们的生存之根，那离愁别绪自然油然而生，化成了点点的乡思——乡愁。

乡愁是离开故土、远离亲人的游子，对故乡的思念之情，是对关山阻隔的故乡的人事的回忆，是游子对记忆中的故乡自然景物、风物变迁的深切思念,一种亲情的诉求与幻想的祈求!可以说,这时的乡愁主要是个人性的、地方性的,一旦克服了距离的阻隔,亲情的诉求便得到了满足。

《邶风》中的《击鼓》就是远戍边疆而引发思乡、思念妻子的情绪而显得忧心忡忡。“从孙子仲,平陈与宋。不我以归,忧心有忡。……死生契阔,与子成说。执子之手,与子偕老。于嗟阔兮,不我活兮!于嗟洵兮,不我信兮!”作者说曾与妻子立有誓言,永不分离,白头偕老,而今关山阻隔,相见无期,岂不令人怅惘!

《陟岵》一诗写的是远出的征人,思念家中的亲人,心里想,父亲要他勿滞留异地,母亲要他不要忘记养育他的娘亲,兄弟要他勿尸埋他乡,“犹来无止”“犹来无弃”“犹来无死”!

《东山》一诗写了一个士兵在归途中的思绪,各种细腻的感受:“我徂东山,慆慆不归。我来自东,零雨其濛。我东曰归,我心西悲。……鹳鸣于垤,妇叹于室。洒扫穹窒,我征聿至。有敦瓜苦,烝在栗薪。自我不见,于今三年。”《采薇》一诗,与《东山》一样,也是把乡愁描写得最为抒情、动人的了。此诗描述了士兵抵御外敌,转战异乡,信书难托,如今终于走上归途,沿途景物,引起了他的回忆和满怀愁绪:“昔我往矣,杨柳依依;今我来思,雨雪霏霏。行道迟迟,载渴载饥。我心伤悲,莫知我哀!”

如果我们在上面征引的是外出服役的征人的思乡情绪的描绘,那么

《诗经》中还有姑娘远嫁他国而引起的对故乡之思，如《卫风》中的《竹竿》："籊籊竹竿，以钓于淇。岂不尔思？远莫致之。……淇水滺滺，桧楫松舟。驾言出游，以写我忧。"还有流落他国，难归家园的乡愁。

这一类乡愁，作为人们感情的原型，在后来的诗歌、散文中写的极多，得到了更为丰富的表现。唐诗中思乡之诗极多，思乡之中总是流淌着一片淡淡的忧绪。比如崔颢的《黄鹤楼》，说的是黄鹤已逝，白云千载，诗人发愁夜幕来临，而乡关遥远，思乡的情意在暮色苍茫与幽暗的朦胧中漫散开来，而显得意绪起伏，"晴川历历汉阳树，芳草萋萋鹦鹉洲。日暮乡关何处是，烟波江上使人愁。"这诗使得后来游览黄鹤楼的李白见后大为激赏，以致不敢再在楼上题诗了。又如马致远的《天净沙——秋思》："枯藤老树昏鸦，小桥流水人家，古道西风瘦马。夕阳西下，断肠人在天涯。"原是秋色平常的排比，已称佳绝，再经"断肠"一点，就使"前四句皆化愁痕"，真的成了绝妙好词。

在后人的散文里，这类乡愁的描写也俯拾即是。例如鲁迅的《故乡》，一开始就表达了回乡路上的愁绪，给小说定了调子："时候既然是深冬，渐近故乡时，天气又阴晦了，冷风吹进船舱中，呜呜的响，从缝隙向外一望，苍黄的天底下，远近横着几个萧索的荒村，没有一些活气。我的心禁不住悲凉起来了。"故乡也就是一个悲凉的故事。

在文学作品里，故乡、故园、家园，常常与国家的命运联系在一起。把故乡扩大开来，那么这种乡愁往往是自我放逐者或被放逐者对家园铭心刻骨的思念，对于家园与国家富强、安危的期望，是身系国家命运的巨大的乡愁。或是由于战祸而失去家园，辗转流离，引起离散者的对家国命运的无尽的焦灼的忧虑，是对可望而不可即的乡关何处的无奈的慨叹！

《离骚》是屈原遭遇忧愁、忧患，"忧愁幽思而作"。"长太息以掩涕兮，哀民生之多艰。……亦余心之所善兮，虽九死其犹未悔！"这里描写的乡愁已是一种大乡愁意识，为百姓的家园、家国的命运而忧愁，它已上升到了忧国忧民的忧患意识，成为后世中国文化精神的源头之一。

杜甫的诗作有不少是乡愁的描写。他把乡愁与国恨糅杂在一起，描述乡愁也就是展现国之殇。《春望》写道："国破山河在，城春草木深。感时花溅泪，恨别鸟惊心。烽火连三月，家书抵万金。白头搔更短，浑欲不胜簪。"《月夜忆舍弟》："戍鼓断人行，边秋一雁声。露从今夜白，月是故乡明。有弟皆分散，无家问死生。寄书长不达，况乃未休兵。"他感时伤怀的诗，由于是他自身的所见所闻，或是亲身经历，所以具有极大的艺术穿透力。他不少有关这方面的诗作，简直是对艰难生存的陈诉了。

李后主作为亡国之君，他的后期作品表现的几乎都是离愁别恨。如《清平乐》里，说"离恨恰如春草，更行更远还生"。又如《虞美人》："问君能有几多愁，恰是一江春水向东流。"又如《乌夜啼》说："剪不断，理还乱，是离愁，别是一般滋味在心头。"古语云："亡国之音哀以思。"李煜描写的是他的小朝廷覆亡之后的哀伤之音，似乎只是一个亡国之君的离愁。但是这种哀伤的离愁，又具有一般人的感情的共通性，因为广大人民在历史、现实中，也有这种亡国之痛、失去家园之恨，所以对于这种丧失家园的离愁、离恨，对于失落的故国的深切的回忆的艺术描写，由于进入了特定的阅读语境，是完全可以被我们接受的。李煜把离愁比作更行更远还生的春草，是剪不断、理还乱的绵密的愁绪，恰如一江滚滚东流去的春水的低吟，都是传诵千载的。

李清照自称"愁人"，在后期词作中所表现的既是离乱中亲人生离死别的悲痛，也是思念故园、家乡的深沉的乡愁，在它们的背后，分明是国破家亡之伤痛。如《声声慢》说的是诗人乍暖还寒时的复杂愁绪，再加上几杯淡酒与面对窗前满地憔悴的黄花，黄昏时的斜风细雨，梧桐落叶中点点滴滴的雨声，突然南飞归雁的一声哀鸣，怎不使诗人更添乡愁而愁肠百结呢！又如《武陵春》："物是人非事事休，欲语泪先流。闻说双溪春尚好，也拟泛轻舟。只恐双溪舴艋舟，载不动许多愁。"愁是多么沉重？一叶小小的舴艋舟何能承载！

在日本侵略者对我国的占领期，国家与人民遭受日本鬼子的铁蹄残踏,造成了我国亿万居民背井离乡、弃家逃亡、生活无着、到处流浪、客死异乡的惨状,乡愁就是被压迫人群的普遍情绪。故乡、家园与国家联成一体,乡愁就是国之愁。诗歌、小说、戏剧,特别是歌曲,通过对人民悲惨境遇的诉说,强烈地表达了我国人民的这种悲怆而又激昂慷慨的普遍情绪。这种乡愁所引起的普遍的爱国主义的强烈抗争,谱写了一支支抗日斗争的交响乐,至今激励着我们。

乡愁是对国家分裂而引发的痛惜感,这时家园也就是家国,命运相同;或是由于家国暂时分裂时分裂,引起家园破碎、亲人难以团聚的痛苦感情。这时的深情无比的乡愁,就变成了一种家国情的倾诉,对国家统一的热切的期待,如诗人余光中的《乡愁》:“小时候,/乡愁是一枚小小的邮票。/我在这一头,/母亲在那头。/长大后,/乡愁是一张窄窄的船票。/我在这头,/新娘在那头。/后来啊,/乡愁是一方矮矮的坟墓。/我在外头,/母亲在里头。/而现在,/乡愁是一湾浅浅的海峡,/我在这头,/大陆在那头。”一湾浅浅的海峡,在瞬息可以跨达的两岸,却成了阻挡亲人相聚的深渊,成了国之大殇。

乡愁可以覆盖个人、亲人、故乡、家园而至于国家,它是对故乡的怀念,是乡恋,是亲情与故园情,是家国情的召唤,也可演化为忧国忧民的忧患意识的一个方面,是弥合国家创伤、共创统一的凝聚力的诉求,而成为几千年来我国文学创作的主题原型。

刘鹗在《老残游记自序》中谈到,人有灵性,乃生感情,感情生哭泣。哭泣分无力类和有力类,无力类的哭泣如痴儿娇女之哭泣,有力类的哭泣分为二,一是以哭泣为哭泣者,如竹染湘妃之泪之类,二是不以哭泣为哭泣者,“其力甚劲,其行乃弥远”。如“《离骚》为屈大夫之哭泣;《庄子》为蒙叟之哭泣;《史记》为太史公之哭泣;《草堂诗集》为杜工部之哭泣;李后主以词哭;八大山人以画哭;王实甫寄哭泣于《西厢》,曹雪芹寄哭泣于《红楼梦》”。“吾人生今之时,有身世之感情,有家国之感情,有社会之感情,有种教之感情;其感情愈深者,其哭泣愈痛”。《离骚》写的是“离忧”;

《史记》乃是充满家国愁绪的、汇入了自己的身世之叹的“发愤”之作；八大山人因清兵入关而遭受国破家亡之痛，他的画每每是“墨点无多泪点多”的。

文学艺术以自己丰富的形式而表现了乡愁，乡愁则以其丰富的历史、文化的意味，丰富了文学艺术的蕴涵，提升了文学艺术的品格，成了文学创作的母题之一。

第二节　乡愁——栖居艰辛

今天的乡愁，在很大程度上已经改变了其性质与面貌，原有的形态仍然存在，但同时新的形态已经出现。这是一种涉及人的生存的乡愁，是人的精神飘零无依、栖居艰辛的乡愁了。

在今天的全球化的语境中，世界成了“地球村”。高科技的发展使物质无限丰富，它代替了上帝、神性、旧式的理性和天道，变得无所不能，成为万物的新的主宰。人的欲望促成思想的更新与创造，与高科技的结合，汇成了巨大的生产力；同时欲望的无限度的需求，也促成了人的物欲享受的极度膨胀，一切以身体感性的享乐、物的无尽的满足的享乐主义为准则。

至于高科技，它使神州大地高楼林立，道路通达，财源滚滚，赐福于人。但一味的技术至上，人定胜天，也会造成福无双至，天降灾祸于人。海德格尔对当今西方技术真理观进行了细致的反思与批判，并且表示了深刻的忧虑，他说：“我们还找不到适应技术控制的道路；技术不断运转起来，不断运转起来，把人从地球上脱离开来，并且连根拔起。我们根本不需要原子弹，现在人已被连根拔起。我们现在只有纯技术的关系。这已经不再是人今天生活于其上的地球了。一位法国诗人与抵抗战士对他说：如果思想和诗歌再不成为不用暴力的力量，那么现在正在出现的人被连根拔起就是末日了。要防止思想被变价出卖。”①在良好的理性社会环境下，科技运转起来，自然可以得到合理的控制与进展，例如“神舟六号”上天。但在另一种社会条件下，思想被变价出卖，进而与霸权政治结合，技术的运转轨道可以改变方向，就会酿成伊拉克式的悲剧，科技是能够把人从土地上即地球上连根拔起的！

人的物质生存状态的严重破坏，引起了人们的乡愁，那么他们的精神生态呢？人的精神家园何在？难道它注定要成为艾略特式的一片零落、败破的“荒原”吗？

第三节　弥漫性的精神生态中的乡愁

20 世纪几次重大的社会灾祸，毁灭了无数人生存的物质家园，同时使人在精神上深受创伤，失去了社会信仰与理想，使他们变得内心惶惶，成为缺失思想血色的扁型的人。而科技的进步与发展，欲望的追求，使他们把生存的愿望，主要倾注于不断满足物质的丰富、身体物欲的享受，这看来似乎无可厚非。问题在于在天下攘攘皆为利往、皆为物欲的追逐中，人们的道德却不断下滑甚至沦丧，成为无数失去了血性与良心、同情与怜悯的丑陋的人。一百多年来，在私室和公共场所，演出了一场又一场的只求满足身体感性快感、歌唱物欲的狂欢。也许人们期望，在信仰的缺失与理想的空白中，这类狂欢可以补偿精神的憾缺，使内心欲望的压抑，在轰鸣的呼喊与尖叫声中，获得释放与发泄，但是正常的人的社会精神生态，则处于极端的非理性的窒息之中。在这个过程中，不少人被物化与异化，

---

① ［德］海德格尔著：《人，诗意地安居——海德格尔语要》，郜元宝译，上海远东出版社 2004 年版，第 148—149 页。

人的精神生态不断走向平面,削平深度,意义被掏空,趋向平庸甚至恶俗。这使不少人产生了人的生存的艰辛与失去了精神家园的飘零感,并形成了20世纪与新世纪的文化危机。

当今的乡愁除却个人性的、距离性的、地方性的、家国性的一面,还是一种弥漫性的、进入各个国家的、社会、文化、精神生态的人的生存的乡愁。

人要生存下去,需要共同营造适合于自己栖居的精神家园,虽然从来就没有存在过理想的家园,但无疑值得向往并设法不断地追求它。自然,这不完全是哲学家的家园,哲学家可以把语言视为人的存在的家园,他回归家园,就是到语言中去诗意地栖居。而通过语言的途径以创造普通人的家园,使人得以诗意地栖居,需要探讨各种中介因素,路途是曲折又漫长的。目前人所栖居的家园是现实的,他的需求是物质的,现实的,又是精神的。欲望的满足与精神的需求,都是合理的,问题在于重新给予合乎理性的规范,确立平衡,建立科技、欲望与人文共同协调的新思想。

在这场深刻的、持久的文化危机中,人文界的部分知识分子,在不断顺应这种局面,大力张扬消费社会的消费主义原则和消费文化,一种能够充分满足人的身体感性的快感需求的消费文化。他们追求享受物欲快乐的消费观念,认为当今审美判断已经不再可能,这实际上是一种富裕阶层的生活哲学和美学原则。我以为西方的消费社会、消费文化、消费主义这类理论,十分需要研究,但如果不予批判,直接移植我国并使用,这不是贴近了我国的国情,而是脱离我国的社会实际了。我国自然资源相当贫乏,人为的破坏十分严重,目前除了少数暴富起来的阶层能够像西方富人大肆挥霍之外,大多数人的消费水平不高。据媒体报道,仅京津地区周围,目前有二百余万人平均年收入与一些大力倡导西方消费文化的大学教授的收入相比,差距有一两百倍,甚至更多!富裕的京津地区周围如此,其他地域贫富差别更大,比例已经严重失调。凭借自然环境和人口的重负,我们难以建立西方的消费型社会,而只能建设以节约型消费观念为指导的可持续发展的社会,这是比较理性、实在的举措。其实我们不是不要消费,而是要努力扩大消费,丰富消费,并用消费来拉动经济的发展,但消费者手里要有钱币,而且不是西方的消费主义。我国要达到物质普遍富裕的中等水平,真正完成我国的现代化建设,还需要时间,而西方发达国家已现代化了。同时,我们所建设的文化,自然包括文化的需求、消费在内,例如文化产业,但还有更高的精神需求的建设。因此,在我看来,我们不宜对现时西方消费社会、消费主义的消费文化理论,不加分析、批判,就作为思想资源和理论指导加以运用,以为我们的文化,就应像西方消费社会如此这般建设,否则就是理论的滞后,难以和西方学者对话,赶不上趟,用超支、透支的消费主义理论,再次给此岸的人们,以非理性的、可望而不可及的美丽彼岸的乌托邦许诺,而使他们大失所望!至于现今的理想的人,据说不过就是那些新型的媒体中介人形象,他们不对暴政说不,也不问人文精神为何物,他们是一群穿梭于各个文化商业集团、往来自如、收入丰厚的人。但是在实利主义、技术主宰一切教育出来的、只求满足物欲、尽情享乐的人,往往是一群品格平庸的食利主义者,甚至可能是一群泯灭了人性与血性、怜悯与同情、失去了善恶底线的人。美国、英国为我们提供了这类教育实例:不少美、英大兵,在被他们侵略的土地上,在伊拉克的阿布特莱卜监狱和其他集中营里,就演出了 21 世纪初一幕一幕的“最伟大”也是最丑恶的“行为艺术”或是人体艺术!不久前去世的美国批评家苏珊·桑塔克撰写了《玩乐》一文,对这种卑劣的行径进行了严厉的抨击,其实这就是审美判断了。因此,我们不能说现在审美判断已不再可能了。自然,在不少方面,审美是无利害性的,我们可以判断高低上下,但是不能判断是非曲直。比如你的家居装修可以欧风时尚为主调,我的则以东方情调为本色,那是个人兴趣、文化涵养所致,无可厚非。

当旧的天道、理想崩溃之后,我们恐怕不能任其自然,无所事事,需要根据新的发展观,寻求新的思想。这就是需要去努力建构适合于今天社会健康发展的人文精神,就是人的精神的依托和栖居之地。其实,人文学者的行为、行动的准则与特性，就在于人文，以人为本，对人的终极关怀，这是最为深刻的人道主义思想。“人通过其自身的实践活动，总是指向什么而被赋予目的性，形成其活动的意义与价值，改造自己的生存，实现自我，超越自我。人有肉体生存的需要，要有安居的住所，因此他不断设法利用自然与科技，创造财富，改善与满足自己的物质条件，同时他还有精神的需要，还要在其物质家园中营造精神安居的家园，还要有精神文化的建构与提高。人与社会大概只能在这两种需要同时获得丰富的情况下才能和谐与发展。在人的精神家园里，支撑着这无形大厦的就是人文精神，就是使人何以成为人，要成为什么样的人，确立哪种生存方式更符合人的需求的那种理想、关系和准则。人文精神就是对民族、对人的关怀，对人的生存意义、价值的追求与确认”①。人文精神具有强烈的理想品格。即使是自然科学家也应如此。爱因斯坦晚年说：“在长时期内，我对社会上那些我认为是非常恶劣的和不幸的情况公开发表了意见；对它们保持沉默，就会使我觉得是在犯同谋罪。”②作者认为，能够对非常恶劣和不幸的情况说不，这就是科学家的良知了。针对今天人文精神的下滑，王元化先生十分痛心地说，在“当前学校中，许多人甚至完全不懂人文精神对人的素养培养的重要……教育的品质某种程度上决定着社会的文化气质。所以人文精神在这里有了至关重要的作用。”③遗憾的是，在当前的大学里，确实存在着完全不懂人文精神为何物的人，那种抛弃了探讨使人何以成为人，要成为什么样的人，不谈人的需求的理想、关系和准则，回避对人的生存价值、意义追求的课程，能算是人文科学吗？但是有的人在课堂上高谈阔论的，还正是这种所谓的人文科学！有报载：“北大四成新生认为活着没有意义”，这真是触目惊心的“空心病”。我们要问，进入大学前12年的教育忙活了什么？竟没有让广大的青年人懂得生命的价值与生活的意义，这样的教育岂不可悲！

---

① 钱中文撰：《文学艺术价值、精神的重建：新理性精神》，载《文学评论》1995年第5期。

② 见2005年8月8日《文汇报》。

③ 王元化语，见2005年8月4日《文汇报》报道。

第四节 文学已面对自身的乡愁

后现代主义文化思潮兴起后,出现了文化整合的思潮。当人因其生存及其精神生态成了问题而面对生存栖居的乡愁的时候,处于后现代社会的外国学者,又提出了充满争议的文学的终结、艺术的终结的预言。20世纪90年代中期,美国人大卫·辛普森提出,在后现代学术中,即各种社会科学、人文科学中,由于渗入了文学的方式,所以实际上已形成了“文学的统治”,“文学方式和文学批评方式有效转换成其他学科”[①],而文学本身则已微不足道了;随后乔纳森·卡勒提出“将‘文学性’注入了各种文化对象,从而保留了文学成分的某种中心性”,又说“文学可能失去了其作为研究对象的中心性,但文学模式已经获得胜利,在人文学术和人文社会科学中,所有的一切都是文学性的”,“这便是文学性成分的统治”[②]哲学写作成了文学方式的写作,“文学文化”一直“在使其他学科规范化”,这类说法在八九十年代初的哲学与文学理论中早就存在过。于是人文科学、社会科学都文学化了,文学则被泛化到社会科学中去,结果这不是抬高了文学,却使文学自身终结了,但是文学性保留了下来,并在社会生活中无处不在。这个在日常生活中原是作为修饰语词使用的文学性,与那个使文学作品何以成为文学作品的文学性合而为一,没有了区别,文学艺术与社会生活之间也失去了界限,二者之间的差异也不再存在,于是提出后现代文学研究的任务不是研究文学作品自身,因为文学自身已无可研究,而是要研究无处不在的文学性。确实,文学性成了一个十分重要的话

① [美]大卫·辛普森撰:《学术后现代?》,载《问题》2003年第1期,中央编译出版社2003年版,第132页、第143页。

② [美]乔纳森·卡勒撰:《理论的文学性成分》,载《问题》2003年第1期,中央编译出版社2003年版,第118页、第129页。

题，它被赋予了极为广泛的含义，出现了新的情况，需要深入研究，但它现在成了文学终结的象征。这样，文学与艺术，不仅面对着人的生存的乡愁，而且面对着文学自身何以生存、乡关何处的乡愁了！

第五节　文学的乡愁与人的精神生活的提升

其实，有关文学的终结，从 20 世纪初开始，已经形成了新一轮的论争。这里所说的“新一轮”，讲的是涉及文学的终结的论争，已经在 19-20 世纪出现过多次，可能论争还会继续下去。在我看来，今天图像艺术的行时和它的难以抗拒的优势，无疑使文学作品的阅读减弱了势头，不过文学自会适应新的情况，不断演变与更新，但是不会终结。这里要弄清楚终结说的是什么。一、在当今文学的发展中，其实所谓终结的只是某种文学思潮、某种文学体裁、某种文学形式的消失、转换与更迭，而不是文学自身的终结，把它当成文学的终结，是大可商榷的。文学思潮、体裁、形式，即使终结于一时，一旦时机成熟，它们又会在形式的演变中得到复苏，这是文学发展中的更迭与非更迭现象。二、在所谓终结声中，其实新的文学体裁却在不断新生，如电影文学、影视文学、网络文学（超文本写作）、摄影文学、通俗歌词创作、市民口头创作，甚至手机文学等。它们的出现，改变了文学存在的形式与载体，但都依附于语言与文字。原有的文学样式吸入了不少其他非文学的成分，如哲学、社会性因素，其他的人文科学学科，如哲学等也引入了文学因素，但是以现有的知识谱系来看，无论是利查德·罗蒂的《后现代哲学》与《自然之镜》，德里达的《论文字学》与《书写与差异》，还是利奥塔的《后现代状况》与波德里亚的《消费社会》等著述，读者都是把它们作为极为艰涩的哲学著作和社会学著作来读的，这些著作并未提供文学阅读所特有的审美愉悦，它们讨论的是哲学、社会学问题。

三、在文学的终结声中，耐人寻味的是在世界范围内，即无论是国内还是国外，各种文学颁奖包括极有声誉的大奖颁发，照常进行着，未有中断。人们即使在图像艺术开始迅速发展的时代，仍然需要文学，这是因为，视觉感官的接受方式与产生的愉悦，和文学阅读的接受方式与所给予的愉悦，是并不完全等同的。关于这点，歌德就曾说过：眼睛也许可以称作最清澈的感官，通过它最能客观传达事物，但是内在的感官比它更清澈，通过语言的途径事物最完善、最迅速地被传达给内在的感官：因为语言是真能开花结果的，而眼睛所看见的东西是外在的，对我们并不发生那么深的影响。歌德的话是很有道理的，的确，人在审美的接受过程中出现的审美的内视与审美的外视两种心理现象，都是客观存在的，两者作用有别。如今人们天天接触图像艺术，但也并未改变两者之间的差异。图像艺术满足了视觉感官的愉悦、身体感性享受的需要，愈来愈使审美需求肉体化了，但那些不断涌来的闪烁即逝的视觉片断与仿真图像，使人在接受中失去了深入思索的可能与回味的余地，形成一个接一个的视觉碎片的转换与追逐，使人在感性、体认的接受上满足于浅俗与平面，在精神上走向浅薄与平庸。当然，单纯的视觉图像接受，对人们深刻的影响是存在的，不容忽视的。

同时，从总体上说，我觉得文学研究是不可能定位于后现代文学研究的任务上的。后现代主义实际上是个十分笼统、混杂的文化思潮，说法很多。英国学者费塞斯通讲到后现代主义时概括它的一些特征："首先，后现代主义攻击艺术的自主性和制度化特征，否定它的基础和宗旨。艺术并不源自创造性天才或特殊才干的艺术家的高雅体验。……艺术家并非独具慧眼，他是命定了从事复制罢了……并有意模糊艺术与日常生活之间的界限。事实上，艺术无处不在：大街小巷、废弃物、身体、偶发性事件。高雅或严肃艺术与大众流行及肤浅艺术的区别，大概已不再有充分的根据。其次，后现代主义发展了一种感官审美，一种强调对初级过程的直接沉浸和非反思的身体美学……使专注于身体（外表和内脏）……第三，后现代主义无论是处在科学、宗教、哲学、人本主义、马克思主义中，还是在其他知识体系中，在文学界、评论界和学术界，它都暗含着对一切元叙事进行着反基础论的批判。……戏剧性地强调非连续性、开放性、任意性、反讽、反身性、非一致性和文本精神分裂特质，而不能带着系统阐释的目的来解读它们……第四，在日常文化体验的层次上，后现代主义暗含着将现实转化为形像，将时间碎化为一系列永恒的当下片段。……后现代的日常文化是一种形式多样的与异质性的文化，有着过多的虚构和仿真，现实的原形消失了，真实的意义也不复存在。……第五，后现代主义所喜好的就是以审美的形式呈现人们的感知方式和日常生活。因此，艺术和审美体验就成为知识及生活价值意义的主要范式。”①

大体看来，这就是后现代主义文化思潮的元理论。它反对过去僵化的中心论、单一论，提倡多元、异质、多样，文化的世俗化，提出了现实生活中的无数新问题，增强了人们的反思力，扩大了思想、知识的视野，极有启发性。但是它作为一种元理论，实际上在不断颠覆任何理论基础，消解其他元理论、元叙事。其实，只有元理论才能抵制、消解另一种元理论。如反对对事物本质的了解，一涉及对事物本质的研究，立刻就给别人扣上本质主义的帽子，而只强调对事物某个现象的研究，以为现象的研究与事物的本质无关。其实它将事物的某个方面，十分投入地当作事物整体的主要特征时，就隐瞒了这正是一种本质的研究了。如将科技仿真混同真实，用世俗文化抵制高雅、严肃艺术，以为两者的区别不再有充分根据，这实际上并不完全符合现实的生活真实，因为雅俗区别仍然存在，严肃文化与文学对于民族文化的继承与发展是极为必要的。后现代式的任意性、开放性的后面，使原有的有用的知识解体，而其自身只是提供了知识的极端相对主义的碎片。如在对文学的文化研究中，它专注于政治、经济、阶级、性别、种族、压迫这类文化现象，却是掏空了文学自身的价值与精神。其

① ［英］迈克·费瑟斯通著：《消费文化与后现代主义》，刘精明译，译林出版社 2000 年版，第 179—180 页。

中如对文学作品的阶级问题研究，简单化现象就相当突出，它不去解释那些流传下来的被称作“资产阶级”的作品，何以具有属于未来的成分，有着与后人共通的东西，而仅仅满足于阶级划分。又如涉及经济、政治问题，西方这方面的力作不少，但是否都属于后现代主义文化范畴，就有争议。在我们这里，对于政治、经济、性别、压迫的研究，一般是表态性的居多，与真正研究政治、经济的学者的著述相比，显得相当表面与肤浅。当然，一般性的表态性的通俗论说也是需要的，是一种发泄，自有它们的读者群。鉴于这种教训，不少外国学者呼吁文学研究还是要回到文本的深入阅读与研究，而文化研究自然应在其自身宽阔的领域、文化产业等方面大展身手。

文学艺术所以不会终结，主要在于其自身的人文品格。一个民族所以能够独立于世界民族之林，不仅以其科学的物质文明著称于世，同时必然以其独特的民族文化精神维系其自身的存在，并对整个世界文明有所贡献，而文学艺术正是蕴涵着这种民族文化精神的重要载体，是体现民族文化精神的重要组成部分，这也正是维系着我们民族生存的东西。

我们在上面描述的各种乡愁，正是这种民族文化精神的品格之一，是平衡与提升我们精神生态的必需物。因此在文化的分类构成中，文学的存在与发展，对于整个民族文化精神的传承与更新来说，不是可有可无的东西，而是整个民族文化不可或缺的。

文学是难以替代的，也是不会终结的。

问学小记(后记)

像我这样的一代人,虽然在20世纪50年代末就开始了文学研究,但是真正地进入文学研究状态,则是70年代末的事了。

到了80年代初,中国文学理论和批评中,各种主义自由标榜,层出不穷,宣言也一天一样,不断翻新,只要有人敢说,就有报刊敢登,而我正在进行着理论的反思,进行着艰难的选择。对我来说,最重要的是在学术上找到自我,找到已失去了20年的学术生命,确立自己的学术个性。我从60年代初开始,就发表理论文章,在那个极左思潮泛滥的"大批判"时代,我何能超然于物外,不受影响!我那时期写过两类文章,一类是白天写的,即在领导组织下写的所谓批判"修正主义"、资产阶级文学理论的文章。一类是夜里写的,即自己寻找论题,如那时很少有人注意的也不屑于谈论的创作灵感、想象、小说的细节描写等,还有在60年代初应约而写的外国作家的评传等。这前一类文章,作为研究人员,自然还应讲些"道理",但时代的烙印清晰可见,实际上,道理被歪理即被错误的政治所支配了。这后一类文章,现在看来尚可一读,因为主要还是学理性的探讨。

这样,在80年代的最初几年,我在精神上经历了一场自我反思与自我批判,意识到必须自觉地清除自己身上因袭的重负,否则是难以进入学术前沿的。在反思中一旦明白了今是而昨非,告别了过去,这时真有一种解脱之感;同时通过艰难的选择,逐渐地找回了自己,努力使自己获得学术的个性,又真有一种新生的喜悦。

在文学方法、文学观念的大讨论前夕,在一片有关文学是什么、不是什么的激扬文字的杂语声中,我在1982年发表的论文中,试着提出自己的观点:文学"是具有审美特性的意识形态"(1984年,我已有一些思考的积累了,提出文学是"审美意识形态")。定下基本观念后,接着,我于1986年发表长文《最具体的和最主观的是最丰富的》,先就"审美反映"进行了阐释。有人以为这是当时正在大力批判的认识论的翻版,必欲除之而后快。这些朋友在评述或批判反映论时,无一例外,都是顺势接过过去庸俗论者对认识论的庸俗化理解,把它当作一种僵死的反映、没有主体的反映,实际上对被他们批判的东西又一次地加以庸俗化,然后展开激烈的挞伐,这在学理上怎么能驳倒对方呢?所以人们常常看到,有些人像现代骑士一样,在攻击有意被他们庸俗化了的对象时,操着一种刚从西方理论武库中搬来的长矛,展开了对风车的大战的景象。有的学者在评述审美反映论时,并未细读我的长文,至今也未读一下我在这篇长文前加的"提要"。其实提要相当清楚地表述了我所提出的观念的内容,它主要阐释创造过程中创作主体的各个方面的关联与发生的主导作用，与一般的反映论不一样，与过去的被简单化的认识论更无共同之处。其实，在人文科学中要张扬一种主张，主要看它在学理上有无道理，学理顺了，被认知的东西就多，被说明的方面就更为宽广，所以完全没有必要为了凸显自己的正确，必须把对方打倒、消灭掉。人文科学积累的思维方式，与自然科学的思维方式是不同的。

1987年，我在《论文学观念的系统性特征》一文中，终于对"文学是审美意识形态"的命题作了较为详细的阐释；次年，我发表论文《论文学形式的发生》，就文学审美意识形态论的逻辑起点——审美意识及其历史发展做了探讨，力图阐明我们先人在其生存的实践中是如何形成审美意识的，审美意识作为人的本质特征的确证，融入了人的长期积淀的生存感悟与意蕴，通过后来发明的语言文字结构的审美创造，演变为审美意识形式，以及后世的文学何以演变为审美意识形态。此说后来被不少学者广为引用。但我发现，不同学者在对审美意识形态的阐发中，所赋予的内涵不尽相同，我想这也是正常的，可以理解的。2000年，著名文学理论家童庆炳先生曾经撰文，认为此说在文学的诗意审美与社会功利、自律与他律的张力之间找到某种平衡，并将这一观念放到了他主编的文学理论教科书之中。

韦勒克、沃伦的《文学理论》是我于80年代初推荐、组织同行翻译介绍过来的。我在1989年出版的《文学原理—发展论》一书中，企图克服韦勒克的内在研究的文学观的局限，指出他的文学本体论实际上是作品本体论，而非文学本体论，文学本体论应该包括被他们排斥了的那些所谓外在因素；并且认为，文学是文化系统的一个组成部分，它以其自身的独特性，天生融合着其他审美文化与非审美文化以及介于两者之间的文化因素，以此确立一个比较符合文学自身的文学本体观念。关于这一点，比较文学专家孙景尧教授在评论本书时认为我的论述是对韦勒克文学本体论的修正。当然，这种认识后来在文化研究传播开来后，几乎就不值一提了。

20世纪90年代,社会、经济的急剧转型,使文化事业一时难以适应,文化已进入市场,但显得十分萧条。我一面回顾20世纪的文学过程与经验,一面阅读历史、哲学,思考当今人的生存状态,反思20世纪。20世纪是社会灾祸频发的世纪,一个科技飞速进步而其负面因素日益明显以致威胁着人的自身生存的世纪,这是理性的急剧衰落、非理性的必然兴起与后来反理性几乎君临一切的世纪,同时是世界文化、文学艺术的价值与精神普遍地、不断地遭到颠覆的世纪。在今天全球化的语境中,西方的文化思潮一波又一波地冲击着我们。作为人文知识分子,在吸收它们合理的思想成果的同时,应该建立起我们自己的特有的主体立场,而不能目迷五色,随波逐流。要确立一种新的文化价值观、文学艺术的价值观,于是经过多年的思索,我就提出了"新理性精神"文学论。

我从四个方面探讨了新理性精神的内涵。新理性精神以现代性为指导,这是一种与社会、文化实践紧密结合、具有不断自我反思与自我批判功能的本土化的现代性,不是当今流行的西方的现代性或什么后现代性。新理性精神以新的人文精神为内涵与核心,新的人文精神的建立,必须发扬我国原有的人文精神的优秀传统,适度地吸收西方人文精神的合理因素,协调人与人、人与社会、人与自然、人与科技之间的相互关系,融合过去不被容许的个人自由进取精神,又使人际关系获得融洽发展的新的精神,并使这种新的人文精神成为文学艺术的灵魂。新理性精神倡导在人与人之间、学术探讨之中确立一种交往对话主义的关系,主张一种具有一定的价值判断的、平等对话的、亦此亦彼的思维方式,来改造我们原有的非此即彼的绝然对立的思维方式,以促进人与人之间的平等关系以及各种理论范式、各种话语之间的交往关系的建立。新理性精神崇尚感性,人的感性、生理需求必须得到满足;新理性精神承认非理性乃至反理性的思想、现实的特殊创造力,需要吸收它们的合理性因素,但反对它们以反理性主义的态度来解释生活与历史,反对它们无度张扬人的感性和生理享乐的本能,解体人的感性,提倡感性与文化的结合。这是一种新的文化、文学艺术的价值观，也是一些人文知识分子半个世纪以来的一种生存的感悟与体认！自然，这一理论需要进一步深入，它不仅适应于文学研究，同时适应于人文科学。

新理性精神的提出，意在回应现实的挑战，五六年后，得到了相当广泛的响应。经有关学者与韩国新星、首尔出版社商洽，出版社于2003年“非典”期间，邀我编辑、出版我的多卷文集。2005年10月，《钱中文文集》四卷集在韩国出版发行，出版社的宗旨是，出版中国学者的优秀著作，意在推向韩国、日本与美国文化领域。接着又向韩方出版社推荐了我国人文科学各个领域的一批优秀学者，这等于是初步实现了季羡林先生“拿出去”的愿望。我在文集的《后记》里说到，新理性精神“能否作为不少同行的共同理念，促进文学理论的建设与创新，我不会过分乐观，而自然要让它在实践中去接受检验，而且它自身在理论上还要不断深化与完善”。我倒宁愿新理性精神只是“有着共同理念的同行的学术立场与行为。这样，我们的心态可以放松一些，探讨可以自由一些，话语可以个性化一些；或是遭到学术与非学术的挞伐而消失，也可以做到悄无声息，心情平和一些。学术一旦被注入外力，学理必然会被减弱或遭到剪裁；或是说得过头了，或是被炒作了，在当今文化氛围尚不十分健全的语境中，就必然会遭到风必摧之的命运！”

一个伟大的民族自然要拥有丰富的物质财富，但是最终昭示于世人、传之久远的，则是其充溢着民族文化精神的文化创造。生产这种精神财富，应该在文化、学术中，从发出自己的声音做起，进行原创性的创造。要坚持自己的声音，坚持那种具有学理精神的原创性声音，因为学术认同的只是独创。学术回应时代，也坚持自身的需求：学理的深化、完善与丰富。但是这种回应，应是绝对的个性化的，而不是重复与雷同。

我在论及苏联著名的哲学家、文学理论家巴赫金时说到，学者要坚持自己的声音，坚持自己具有原创性的观念：学术上的真知灼见，常常可能会被时尚视为异端邪说，这时作为有着学术个性的独立人格的学者，他能够坚持己见,忍受精神的歧视与寂寞,以至生活清贫,甚至生存也难以维持。但他们会克服一切困难和折磨,而超越它们,坚持把自己的思想说出来,这就是巴赫金的精神的写照。这种具有独立的人格、自由的精神的学者,在中外学界还真不乏其人。

中国学者逐渐实现着对学术个性的追求,它们理应超越东方/西方、现代/后现代的二元对立思维模式,在文化、文学理论建构中发出自己独特的声音,创建那种具有中国特色的理论财富,汇入当今世界文明的潮流。

(此文原为韩国新星出版社于2005年10月出版的《钱中文文集》四卷本《后记》,现稍做了一些删节与补充)

2018年5月16日